Thomas Breuer

Leander
und der Rausch der Tiefe

Helgoland-Krimi

Prolibris Verlag

Der Autor

Thomas Breuer studierte Germanistik, Sozialwissenschaften und Pädagogik in Münster. Er unterrichtet seit 1993 die Fächer Deutsch, Sozialwissenschaften und Zeitgeschichte an einem Gymnasium im Kreis Paderborn. Er lebt mit seiner Familie in Büren, Kreis Paderborn. Seit 2010 widmet er sich dem Schreiben und hat seither zahlreiche Kriminalromane und kriminelle Kurzgeschichten veröffentlicht.

Mehr Informationen zum Autor unter: www.breuer-krimi.de

Prolog

18. April 1945

Der Angriff kam ohne Vorwarnung. Gegen 11 Uhr 50 gaben die Sirenen zuerst Fliegeralarm und direkt im Anschluss Vollalarm. Jetzt war es also so weit. Kapitänleutnant Mertens hatte seine Mannschaft seit Tagen in Bereitschaft gehalten. Dass ein Angriff unmittelbar bevorstand, war ihm klar gewesen, denn ohne die *Festung Helgoland* auszuschalten, wäre eine alliierte Invasion über die Deutsche Bucht unmöglich gewesen. Dass er aber nun so plötzlich über die Insel hereinbrach, hatte selbst der erfahrene Offizier nicht kommen sehen.

Zwei Minuten nach dem Alarm waren alle Einwohner Helgolands auf dem Weg in den Bunker. Die ersten Jagdflieger tauchten über dem Felsen auf. Im Tiefflug stürzten sie sich auf die flüchtenden Menschen, feuerten in die Menge, auf die Soldaten an den Flak-Geschützen, die Schiffe im Helgoländer Hafen und auf der Reede. Marine-Soldaten flüchteten im Geschosshagel über die Decks und suchten Schutz hinter den Aufbauten.

Mertens musste handeln, wenn sein Schiff nicht in wenigen Minuten versenkt sein sollte. Auf die Jagdflieger würden die Bomberverbände folgen. Ihr Grollen erfüllte schon die Luft. Hier zwischen Felsen und Düne war die *Adolph Behrens* leichte Beute und ihre Fracht war zu kostbar, um sie auf den Grund der Deutschen Bucht zu schicken. Kurz entschlossen gab er Befehl, die Anker zu lichten.

Da kamen sie! In strenger Formation tauchten die Bomberverbände wie ein Schwarm Hummeln über dem Felsen auf, öffneten ihre Luken, warfen ihre mörderische Fracht ab. Die erste

Bombe schlug auf der Düne ein – eine Sprengbombe, die sich in den Strand fraß, bevor sie explodierte und einen Sandregen weit über die Reede schickte. Nun folgten die Einschläge im Sekundentakt. Bomben fielen wie ein Teppich vom Himmel herab, durchschlugen den Felsen bis auf die Betondecke des Wehrmachtsbunkers, der acht Meter unter der Erde lag. Trümmer schossen in die Höhe. Auf der Düne detonierte die Landebahn des Flugplatzes. Der U-Boot-Bunker Nordsee III bekam schwere Treffer, schien aber zu halten. Im Hafen ging der Öl-Bunker in Flammen auf. Links und rechts des Schiffes explodierte das Wasser.

Wie durch ein Wunder war die *Adolph Behrens* bis jetzt verschont geblieben. Kapitänleutnant Mertens gab Befehl, das Schiff über die Nordreede zu steuern, und hoffte inständig, das offene Meer zu erreichen, bevor eine Bombe das Deck durchschlug. Von der Brücke aus hatte er freie Sicht auf das Inferno. Ein Höllenspektakel! Flammen schlugen über dem Felsen in die Höhe. Überall brannten Häuser. Bomben mit Zeitzünder explodierten und schickten Rauchsäulen in den Himmel. Felsmassen stürzten rauschend in die Tiefe. Bald war die Insel in eine dicke schwarze Wolke gehüllt, die aufs Meer hinauswaberte, das Schiff erfasste und in tiefe Dunkelheit tauchte. Die Sicht war jetzt gleich null.

Mertens gab Befehl zum Kurshalten. Er hatte keine andere Wahl. Er musste das Unmögliche versuchen. Jetzt durchstieß das Schiff die Rauchwand, Mertens hatte wieder freie Sicht. Im nächsten Moment tauchten die Jagdflieger erneut auf, stießen auf das Deck hinab, schickten tödliche Salven hinunter, drehten ab und flogen eine Schleife, um gleich einen neuen Angriff zu starten.

Elf Seemeilen nördlich der Insel ließen die Jäger endlich von ihnen ab. Mertens atmete auf, da detonierte der Bug des Schiffes.

Eine Wasserfontäne ergoss sich über das Deck, Stahlfetzen schossen berstend in die Luft und schlugen klatschend ins Meer. Die *Adolph Behrens* war auf eine Mine gelaufen.

Grollend fraß sich der Rumpf bei voller Fahrt in die Tiefe. Wie schnell das ging! Das Heck hob sich, Soldaten rutschten über das Deck, prallten vor die Reling und stürzten in den nassen Tod. Die Meeresoberfläche rauschte unaufhaltsam auf Mertens zu.

Es war vorbei.

Kapitänleutnant Mertens nahm seine Mütze ab und hielt sie vor die Brust. Für ihn gab es nichts mehr zu tun. Er hatte sein Bestes gegeben.

Kapitel 1: Seehundjäger Tamme Boysen

Hansman steuerte die kleine Cessna durch das Blau und machte einen geradezu entrückten Eindruck. Hier oben schien er mit der Welt im Reinen zu sein. Die Illusion der Schwerelosigkeit und der Überwindung menschlicher Grenzen waren für ihn offenbar gleichbedeutend mit purem Glück. Tief unter dem Flugzeug schillerte die Nordsee in der Mittagssonne, sanfte Wellen beugten die Strahlen und warfen sie flirrend zurück. Am Horizont tauchte grau der Umriss Helgolands aus dem Dunst auf. Über allem lag das gleichmäßige Brummen des Motors.

Leander drehte sich zu Franziska um. Auch sie war sichtlich ergriffen. Ihr Blick wanderte abwechselnd nach links und rechts. Unten trieben wie Spielzeuge Krabbenkutter vorbei, die Netze ausgefahren, Möwenschwärme im Gefolge. Eine Fähre steuerte auf den Felsen zu, von hinten näherte sich der Highspeed-Katamaran *Halunder Jet* mit seinen Passagieren aus Hamburg oder Cuxhaven, in Richtung Festland zeichnete sich eine endlose Kette von Containerschiffen ab, darüber zogen Seevögel ihre Bahnen, als folgten sie in professioneller Geschäftigkeit planmäßigen Kursen.

Als Franziska nun nach vorne blickte, trafen sich ihre und Leanders Augen. Sie lächelte und deutete mit dem Kopf zwischen ihm und Hansman hindurch auf den Umriss von Deutschlands einziger Hochseeinsel, deren Farbe im nachlassenden Dunst nun von Grau nach Rot wechselte und immer kräftiger wurde.

Leander nickte. „Wir sind gleich da." Franziska legte ihm eine Hand auf die Schulter und schloss kurz die Augen.

Drei Wochen Urlaub lagen vor ihnen: Spaziergänge zu den Vogelfelsen, Umrundungen der Düne mit Kegelrobben und Seehunden, lukullische Abende in den *Mocca-Stuben* und der *Bunten Kuh*, einundzwanzig romantische Nächte in einem Blockhaus auf einem Sandhaufen inmitten der Deutschen Bucht. Da konnte man schon anfangen, vom Paradies zu träumen.

„Bereit für den Anflug?", unterbrach Hansman die stillen Träume und sah Leander skeptisch von der Seite an.

„Allzeit bereit", entgegnete der und lachte. Das konnte ihn jedoch selbst nicht über das mulmige Gefühl hinwegtäuschen, das sich auf seinen Magen legte.

Hansmans Skepsis war nicht unbegründet. Als Leander das letzte Mal vor zwei Jahren mit ihm und Mephisto hierhergeflogen war, hatte er sich bei der Landung auf dem schmalen Handtuch, das sich großmäulig Flugplatz nannte, fast in die Hose gemacht. Niemals, hatte er gedacht, würde die kurze Landebahn ausreichen, um das Fluggerät rechtzeitig vor dem Strand zum

Stehen zu bringen. Auch diesmal sah es für ihn aus, als passe die kleine Cessna nicht einmal in der Breite auf diesen sandigen Betonstreifen.

Franziska schien das nicht zu beunruhigen, sie machte einen geradezu erwartungsfrohen Eindruck. Leander wunderte sich über ihr entspanntes Lächeln. Sie hatte offenbar nicht die geringste Ahnung, was für ein Abenteuer da gerade auf sie wartete. Oder sie hatte einfach mehr Mumm in den Knochen als er.

Vor dem roten Felsen, der immer gestochener aus dem Dunst hervortrat, breitete sich der gelbe Sandstreifen der Düne aus. Die Glaskanzel des gedrungenen Leuchtturms reflektierte die Sonnenstrahlen, die ersten Seehunde wurden als schwarze Striche am Spülsaum sichtbar, Urlauber wimmelten klein wie Ameisen über den hellen Sand. Dahinter erhob sich das *Dünenrestaurant* mit seinem gelben Anstrich vor den grün bewachsenen, sanften Sandhügeln, zwischen denen ein grauer Streifen Beton hervorstach.

Und genau der Anblick dieses Streifens war es, der den Druck auf Leanders Solarplexus nun deutlich erhöhte. Denn das, was von hier oben aussah wie ein besonders schmaler Fahrradweg, war die Landebahn, die sich ihnen nun quer in den Weg legte.

„Da unten werden wir landen?", kam es nun mit vollkommen ahnungsloser Stimme von Franziska.

Hansman nickte und grinste Leander an, der auf seinem Sitz immer kleiner wurde.

„Spannend." Franziska beugte sich neugierig zwischen den beiden Sitzen vor. „Das sieht ja tatsächlich fast unmöglich aus."

Ungläubig starrte Leander sie an.

„Was ist?", fragte sie und lachte. „Hast du Schiss?"

„Unsinn", gab er gepresst zurück. „Nur Respekt."

Hansman lachte laut auf und lenkte die Maschine mit einem

Schwenker aufs Meer hinaus, um dann direkt in einer starken Kurve wieder Kurs auf den Sandhaufen zu nehmen. Die Cessna verlor rapide an Höhe, während sie in einem engen Bogen auf die Dünen zuschoss. Die Nase senkte sich bedrohlich, das Dünengras kam zum Greifen nah. Nun legte sich das kleine Flugzeug auf die Seite und drehte auf die Landebahn ein. Der Betonstreifen raste auf sie zu, wurde breiter, aber in Leanders Wahrnehmung dadurch nicht länger. Er krallte seine Hände in den Sitz und fühlte auf seiner Schulter, dass Franziska sich nun an ihm festhielt.

Im letzten Moment, kurz vor dem unvermeidlich tödlichen Aufschlag auf die Betonpiste, zog Hansman die Nase des Flugzeugs wieder hoch. Sie setzte hüpfend mit den Rädern auf und sofort bremste der Pilot die Geschwindigkeit scharf herunter, so dass Leander ruckartig nach vorne gerissen wurde. Das Flugplatzgebäude rauschte links an ihnen vorbei, das Ende der Landebahn raste auf sie zu, der Begrenzungszaun vor dem Strand, der unmittelbar dahinter begann, sah seinen letzten Sekunden entgegen.

Da ließ der Bremsdruck nach und die Cessna rollte langsam aus. Hansman drehte sie direkt vor dem Zaun und fuhr im Schritttempo zurück zum Flugplatzgebäude.

Zischend ließ Leander die Luft ab, die er unmerklich angehalten hatte.

„Wahnsinn!", kam es begeistert von Franziska. „Das war die spannendste Landung, die ich je erlebt habe. Vielleicht mit Ausnahme von Nizza. Da hat man auch das Gefühl, mit dem Flugzeug ins Meer zu stürzen."

Leander blickte sie fassungslos an und erkannte tatsächlich keinerlei Anspannung in ihrem strahlenden Gesicht. Sie hatte die ganze Aktion genossen und nicht eine Spur von Angst gehabt.

„Wenn du das nächste Mal nach Helgoland fliegst und einen Platz frei hast, sag Bescheid", forderte sie Hansman auf. „Dann komme ich wieder mit."

Der Pilot lachte und zwinkerte Leander zu.

Die Tür des niedrigen Gebäudes, in dem sich die An- und Abflughalle befand, öffnete sich und Pia trat heraus. Leanders Herz machte einen Sprung, als er sie erblickte.

Hinter ihr trat Lasse Thorgren durch die Tür ins Freie. Sein Äußeres hatte sich seit ihrem letzten Zusammentreffen noch mehr Leanders Vorstellung von einem Naturburschen genähert: Der Pferdeschwanz war länger geworden, ein Stoppelbart bedeckte das wettergegerbte Gesicht, seine Figur war geradezu drahtig, als absolvierte er täglich einen Marathonlauf, bei jeder Bewegung walkten stark ausgearbeitete Muskeln unter seiner Haut. Leander blickte verschämt auf seinen eigenen Bauch, der in letzter Zeit an Umfang merklich zugenommen hatte.

„Raus mit euch", unterbrach Hansman seine Selbstbetrachtung. „Ich will so schnell wie möglich wieder zurück, weil ich später noch eine Buchung für einen Rundflug über Föhr und Amrum habe." Während Franziska und Leander aus der kleinen Maschine kletterten, zog er ihr Gepäck hervor und stellte es vor sie auf den Boden. „Bis in drei Wochen also?", versicherte er sich, nickte auf Leanders Bestätigung, stieg wieder in die Cessna und startete den Motor. Er winkte noch kurz, dann fuhr er bis zum Anfang der Rollbahn, wendete die Maschine und gab Gas.

Das kleine Flugzeug schoss nach vorne, raste auf das Ende der Landebahn zu und hob direkt vor dem Zaun so plötzlich und steil ab, dass auch dem letzten Zweifler deutlich werden musste, warum auf Helgoland nur Piloten landen durften, die den Start- und Landeanflug auch hier vor Ort gelernt hatten.

Als die Cessna hinter den Dünen und über dem Meer verschwand, griff Leander nach zwei der Taschen und wandte sich in Richtung des Flugplatzgebäudes. Pia und Lasse kamen ihnen ein Stück entgegen.

Leander setzte das Gepäck ab, umarmte seine Tochter wortlos und drückte Lasse fest die Hand. Er freute sich aufrichtig, auch den kernigen Wissenschaftler wiederzusehen. Dann gab er den Weg frei und wollte seine Begleitung vorstellen.

„Hallo, ich bin Franziska", kam die ihm jedoch zuvor. „Und du bist Pia? Du kommst ja wohl eindeutig auf deine Mutter raus, so hübsch, wie du bist." Sie umarmte die Tochter ihres Freundes ungeniert.

Pia lachte und erwiderte die Umarmung, als wären sie alte Freundinnen. „Dich scheint er aber auch nicht verdient zu haben", entgegnete sie.

Leander wunderte sich, wie schnell es bei Frauen gehen konnte, dass sie sich sympathisch fanden. Er selbst war eher der verhaltene Typ, der immer erst mit anderen warm werden musste und auch dann nicht zum Überschwang neigte.

„Mein Freund Lasse", stellte Pia ihren Begleiter vor.

Auch ihn umarmte Franziska ungehemmt. Lasses Erwiderung wirkte allerdings ungelenk, was Leander etwas beruhigte.

„Bei dem Wetter hattet ihr bestimmt einen angenehmen Flug." Lasse griff nach dem restlichen Gepäck und drehte sich damit um.

„Angenehm ist die Untertreibung des Jahrhunderts", schwärmte Franziska, während Leander die anderen beiden Taschen anhob. „Blauer Himmel, blaues Meer und dazwischen wir. Da verstehe ich, warum das Fliegen ein Menschheitstraum ist. Und die Landung erst! Davon kann man süchtig werden."

„Süchtig?", unkte Leander. „Na ja, ich weiß nicht."

„Hat er wieder mal Panik geschoben?", fragte Pia Franziska, als sei sie von ihrem Vater, dem Feigling, nichts anderes gewohnt.

„Er hat sich in die Hosen gemacht", bestätigte die augenzwinkernd.

Während die Frauen auf seine Kosten lachten, zuckte Lasse nur mit einem Seitenblick auf Leander mit den Schultern. Einfach nicht hinhören, drückte die Geste aus.

Aber Leander hatte ohnehin nicht die Absicht, sich gleich den ersten Tag hier draußen auf der Düne verderben zu lassen. Sollten die Frauen sich doch auf seine Kosten beschnuppern. Was kümmert es die stolze Eiche, wenn sich ein Borstenvieh dran wetzt?, hörte er in Gedanken Mephistos Stimme. Recht hatte er!

Sie trugen ihr Gepäck in den Bungalow, der am Rande eines kleinen Feriendorfes lag und trotz seiner kompakten Bauform sehr geräumig war. Es befand sich wie der Flughafen auf der ruhigeren Helgoländer Düne, nicht auf der Hauptinsel.

„Werdet ihr euch hier draußen auf diesem kleinen Sandhaufen mitten in der Deutschen Bucht nicht langweilen?", erkundigte sich Lasse bei Leander.

„Auf gar keinen Fall", kam Franziska ihrem Freund zuvor. „Ihr könnt euch nicht vorstellen, wie stressig ein Urlaub an der Seite dieses Mannes sein kann." Sie senkte die Stimme, als folgte nun ein geheimnisvoller Bericht. „Leichen pflastern seinen Weg! In den Jahren, seit ich ihn kenne, hat es keinen Sommer gegeben, in dem er nicht in irgendeinem Mordfall ermittelt hat. Und nicht selten hat er sich dabei selbst in Gefahr gebracht."

„Na ja", versuchte Leander zu relativieren, „es ist manchmal etwas eng geworden, aber so wirklich gefährlich …"

„Ist im letzten Jahr auf Sylt etwa nicht auf dich geschossen worden?", beharrte Franziska. „Also, was mich angeht, ist mein Bedarf an Mord und Totschlag gedeckt. Für mich kann ein Urlaubsort gar nicht abgeschieden genug sein."

„Dann ist die Düne genau der richtige Platz für euch", sagte Pia lachend. „Mord und Totschlag hat es hier schon ewig nicht mehr gegeben. Die einzigen Toten, die hier gefunden wurden, sind nach Stürmen und Schiffsuntergängen angespült worden."

Franziska drehte sich nun ganz Leander zu. „Versprich mir eines", sagte sie in ernstem Ton. „In diesem Sommer wird es keine Leichen geben."

„Versprochen", entgegnete Leander. „Sofern ich das beeinflussen kann."

Franziska drohte mit dem Zeigefinger. „Keine Leichen, keinen Kriminalfall und keinerlei Gefahr! Ich warne dich!"

Leander hob halb resigniert, halb verzweifelt die Schultern und ließ sie wieder sinken. Gegen diese Ansage war er wehrlos, auch wenn er sich zu Unrecht derart gemaßregelt fühlte. Was konnte er schließlich dafür, dass ihm ständig Mordopfer vor die Füße fielen?

Sie verabredeten sich mit Pia und Lasse zum Abendessen auf der Hauptinsel, dann fuhren die beiden Wissenschaftler zurück, um ihrer Arbeit in der Hummer-Aufzuchtstation nachzugehen.

„Und was machen wir jetzt mit dem angefangenen Tag?", fragte Leander und hoffte auf eine Antwort, die viel Ruhe versprach.

„Na was wohl? Du zeigst mir die Düne. Auf geht's!"

Sie begannen ihren Rundgang an der kleinen Molen-Anlage des Dünenhafens und betraten von dort aus den Nordstrand. Überall am Spülsaum drängten sich fett und faul Kegelrobben dicht aneinander. Hin und wieder bewegte sich eines der größten Raubtiere Deutschlands, robbte ein paar Meter vorwärts oder drehte sich einfach nur auf die Seite. Kamen sich die Tiere dabei ins Gehege, grunzten sie grimmig und bissen mit ihren gewaltigen Hauern um sich.

„Toll", staunte Franziska. „So nah bin ich noch nie einer Robbe gekommen."

Sie wandten sich nach rechts und schlenderten durch den feinen Sand, den Blick immer auf die grunzenden Tiere gerichtet. Zwischen den ausgewachsenen fettleibigen Kegelrobben entdeckten sie überall Jungtiere, die im letzten Winter geboren worden waren und aus neugierigen Augen auf die Urlauber schauten, die sich ihnen mit ihren Fotoapparaten bis auf wenige Meter annäherten. Ein junger Ranger wies die Leute ununterbrochen darauf hin, dass sie dreißig Meter Abstand zu halten hatten.

Je mehr sie sich auf die Ostspitze der Düne zubewegten, desto steiniger wurde der Strand. Leander erzählte Franziska von den roten Feuersteinen, die man nur hier auf Helgoland finden konnte.

Die Ostspitze, die sogenannte Aade, war mit einem Holzzaun und einem Betretungsverbot vor den Urlaubern geschützt. Von hier aus erreichten sie nun den Südstrand und erblickten die ersten Seehunde, die in deutlich kleineren Gruppen als die Kegelrobben vor dem Spülsaum lagen. Einige Tiere tummelten sich im Wasser, schwammen auf und ab, tauchten immer wieder, um einige Meter weiter an die Wasseroberfläche zurückzukehren, und behielten dabei die Urlauber am Strand immer im Blick.

Ein Mann mit einer Kapitänsmütze und einem auffälligen Kinn- und Backenbart stand wie ein unverrückbarer Pfeiler inmitten eines hoch aufgespülten Steinfeldes. Er stützte sich mit beiden Händen auf einen Stock und beobachtete eine Gruppe Jungtiere mit hellgrauem Fell und dunklen Punkten.

„Tamme Boysen", rief Leander erfreut aus und erklärte auf Franziskas fragenden Blick hin: „Tamme ist der ehemalige Leiter der Wasserschutzpolizei auf Helgoland. Seit er in Pension ist, bekleidet er die Position des Seehundjägers." Als Franziska nun erschrocken die Augen aufriss, ergänzte er lachend: „Keine Angst, er schießt sie nicht, er kümmert sich um die Gesundheit der Tiere hier auf der Düne."

Nun hatte Tamme Boysen auch ihn erkannt und wandte sich ihnen zu. „Henning?" Er nickte knapp in Franziskas Richtung, ohne jedoch seinen grimmig wirkenden Blick zu verändern.

Der Grimmbart war alt geworden, befand Leander. Umso bewundernswerter war es, dass er immer noch so verantwortungsbewusst wie diszipliniert seiner Aufgabe nachkam.

„Tamme", grüßte Leander zurück. „Wie geht es dir?"

Der Seehundjäger zog eine gebogene Pfeife aus der Tasche, klemmte sie sich zwischen die Zähne, ohne sie jedoch anzuzünden, und antwortete an dem Mundstück der Pfeife vorbeigepresst: „Ich will nicht klagen. Ich bin nur nicht mehr so gut zu Fuß wie früher. Das Alter."

Damit war offensichtlich alles gesagt, was es zwischen ihnen auszutauschen gab. Er wollte sich schon wieder den Seehunden zuwenden, als Franziska ihn auf die Bezeichnung Seehundjäger ansprach.

Die Reaktion war ein Grunzen, als hätte man einen alten Bären im Innersten getroffen. Wie sehr ihn die Frage aufwühlte, erkannte Leander auch daran, dass er für seine Antwort diesmal sogar die Pfeife aus dem Mund nahm: „Geht das schon wieder los? Jeder Begriff muss heute politisch korrekt sein. Als würde ausgerechnet ich, der sein ganzes Leben dem Schutz von Menschen und Tieren gewidmet hat, losziehen und Robbenbabys die Köpfe einschlagen!" Als er Franziskas erschrockene Reaktion bemerkte, grunzte er etwas sanfter und steckte die Pfeife wieder in den Mund. „Aber ihr könnt beruhigt sein: Seit Kurzem bin ich offiziell kein Seehundjäger mehr, sondern ein Ranger. Das ändert zwar nichts, erspart mir aber hoffentlich lästige Fragen."

In dem Moment tauchte ein Kutter jenseits der Aade auf, der Tamme von Franziska ablenkte und bei dessen Anblick sich seine Augen zu Schlitzen verengten.

„Was ist los?", erkundigte sich Leander, dem die Veränderung in der Haltung des Seehundjägers nicht entgangen war.

Der nahm die Pfeife in die Hand und deutete damit über die Tiere hinweg auf das Schiff, vor dessen Führerhaus ein schwenkbarer Kran angebracht war. „Das ist die *Marijke*."

„Ich verstehe nicht. Was ist mit dem Boot?"

„Wo die auftaucht, gibt es Ärger."

Ohne eine nähere Erklärung wandte er sich ab und stakste grußlos durch den Kies davon.

„Merkwürdiger Typ", reagierte Franziska eingeschüchtert. „Und verdammt empfindlich."

„Tamme ist in Ordnung", entgegnete Leander. „Normalerweise etwas wortkarg. Ich schätze, so viel wie eben spricht der sonst den ganzen Tag nicht." Er lachte, um den Druck von Franziska zu nehmen, und legte ihr beruhigend die Hand auf den Arm. „Tamme ist ein Helgoländer Urgestein. Auf ihn ist absolut Verlass. Auf Helgoland passiert nichts, von dem er nicht weiß. Und er fühlt sich immer noch für die Ordnung auf der Insel verantwortlich, obwohl er schon lange im Ruhestand ist."

Er blickte dem alten Mann nach, der nun festen Sand erreichte und so schnell, wie es seine alten Beine zuließen, in Richtung Dünenhafen verschwand. Dabei beschlich auch Leander ein ungutes Gefühl. Wenn Tamme etwas derart aus der Ruhe brachte, musste man das ernst nehmen. Der ehemalige Polizist hatte ein untrügliches Gespür für Gefahr.

Kapitel 2: Forscherdrang

Pia hatte einen Tisch auf der Terrasse des Restaurants *Isola Bella* reserviert, das auf dem Oberland am Falm lag. Diese Straße verlief wie eine Promenade entlang der Felskante zum Unterland, so dass sie von hier aus freie Sicht über den Hafen und die Düne bis weit hinaus in die Deutsche Bucht hatten.

Während Franziska noch das Panorama bewunderte und sich darüber mit Pia und Lasse austauschte, studierte Leander bereits die Speisekarte und hatte die Qual der Wahl.

„Seht euch diesen Banausen an", kommentierte Pia ihren tief in die Speisekarte vergrabenen Vater. „Denkt wieder einmal nur ans Essen."

„Nur bis ich satt bin, dann steht mir der Sinn auch wieder nach anderen Dingen", schränkte Leander ein und zwinkerte Franziska zu, die lächelnd den Kopf schüttelte.

„Ihr züchtet also Hummer?", wechselte die das Thema.

„Allerdings." Lasse beugte sich leicht vor und war sichtlich erfreut über ihr Interesse an seiner Arbeit. „Das Programm ist so erfolgreich, dass unsere Fischer die Restaurants der Insel mit ausgewachsenen Hummern beliefern können, ohne den Bestand zu gefährden. Die vermehren sich selbst inzwischen sogar in beachtlichem Umfang da draußen." Seine Hand zog einen unbestimmten Kreis über die Deutsche Bucht.

„Aber ihr siedelt doch immer noch Jungtiere aus, oder?", wandte sich Leander an Pia.

„Natürlich", bestätigte die und schilderte Franziska, wie sie aussiedelungsreife Junghummer zu den Offshore-Windparks hinausbrachten und am Fuß der Windräder ansiedelten. „Die künstlichen Riffe, die da unten entstehen, sind wertvolle Lebensräume für die Tiere. So ergänzen sich durch unser Projekt die Interessen von Wirtschaft und Ökologie."

Der Kellner kam und nahm ihre Bestellung auf. Während Lasse und Pia Pasta-Gerichte und Franziska eine Platte mit Fischvariationen und Garnelen auswählten, bestellte Leander ein Rumpsteak.

„Ihr seid heute Abend natürlich eingeladen", verkündete er und erntete dafür ein dreihändiges Klopfen auf die Tischplatte.

„Wenn das so ist", erklärte Franziska und klappte ihre Speisekarte zu, „nehme ich natürlich einen trockenen Weißwein dazu. Pia?"

„Ich auch."

„Also eine Flasche", bestellte Franziska.

„Und die Herren?", fragte der Kellner.

„Bier", beeilte sich Leander, als fürchte er, ebenfalls auf Wein festgelegt zu werden. „Ein großes!"

„Das nehme ich auch." Lasse sammelte die Speisekarten ein und überreichte sie dem Kellner.

„Kann man vielleicht einmal mit euch rausfahren?", nahm Franziska das Gespräch wieder auf.

„Du meinst zu den Windparks?" Pia freute sich sichtlich über ihr Interesse. „Von oben sieht man da aber nichts. Kannst du tauchen?"

„Wie man's nimmt. Ich habe mal im Urlaub einen Tauchkurs auf Teneriffa gemacht. Aber ob das reicht?"

„Für die Nordsee eindeutig nicht", beschied Lasse. „Was ist mit dir, Henning?"

Leander rang um eine Antwort, sagte aber schließlich: „Ich war bei den Kampfschwimmern, bevor ich zur Polizei gegangen bin. Zur Ausbildung gehört natürlich auch das Tauchen."

„Du warst bei den Kampfschwimmern in Eckernförde?" Lasse blickte ihn halb erstaunt, halb ungläubig an.

Leander nickte beiläufig und hoffte, das Thema wäre damit beendet, denn der Kellner brachte nun die Getränke.

„Ist das so etwas Besonderes?", hakte Pia jedoch bei ihrem Freund nach.

„Na, und ob! Die Ausbildung ist nicht nur die härteste aller Truppenteile der Bundeswehr, die Kampfschwimmer sind auch noch eine streng geheime Elite-Truppe!" Lasses Bewunderung nahm augenscheinlich von Minute zu Minute zu. „Und warum bist du dann zur Polizei gegangen? Ich meine, das ist doch ein unglaublicher Abstieg."

„Lange Geschichte." Leander winkte ab.

„Du willst nicht darüber reden?" Lasse nickte enttäuscht. „Gut, dann lassen wir das. Aber auf jeden Fall brauchen wir dir dann ja nichts mehr beizubringen."

„Das heißt, ihr nehmt uns wirklich mit zu den Hummerbänken?" Franziska klatschte vor Begeisterung in die Hände. „Wann?"

Pia sah Lasse an, aber der schüttelte den Kopf. „Henning ja, aber du musst dann an Deck bleiben. Das ist kein Spaß da unten. Wir haben höchstens eine Stunde Grundzeit und fast keine Sicht. Außerdem ist die Strömung wirklich tückisch und ein Crashkurs reicht da nicht aus."

Pia zuckte entschuldigend mit den Schultern, aber dann hellte sich ihr Gesicht plötzlich auf. „Was meinst du, Lasse, könnten wir mit den beiden nicht wenigstens einmal vor der Düne tauchen?"

Lasse nickte. „Das geht natürlich."

„Wann?", hakte Franziska schnell nach, als habe sie Angst, dass es sich um ein leeres Versprechen handelte.

„Was haltet ihr von morgen Nachmittag?", schlug Lasse vor. „Um 15 Uhr am Strand vor dem *Dünenrestaurant*?"

„Henning?" Franziska blickte Leander so erwartungsvoll an, dass er resignierend mit den Schultern zuckte.

Er sah, dass Franziska sein Zögern nicht entgangen war. Skeptisch betrachtete sie ihn von der Seite. Da er sich aber auf keinen Fall jetzt und hier erklären wollte, zwang er sich zu einem Lächeln.

„Also dann, Freunde!" Franziska hob ihr Glas und prostete den anderen zu. „Auf einen spannenden Urlaub!"

„Irre ich mich oder wolltest du nicht einfach nur Ruhe haben?", wandte Leander ein.

„Jetzt sei kein Spielverderber." Franziska knuffte ihn leicht in den Arm. „Tauchen ist ein Sport und Sport gehört eindeutig auch zu einem erholsamen Urlaub. Denk an deine Plauze!"

„Also gut", Leander hob ebenfalls sein Glas, „auf drei erholsame Wochen und einen spannenden Tauchgang!"

Auf dem Weg zur Dünenfähre blieben Franziska und Pia im Lung Wai, der Bezeichnung für Langer Weg auf Halunder, immer wieder vor den Schaufenstern stehen. Leander fragte sich, was an Schnaps und Zigaretten, die hier überwiegend ausgestellt waren, so interessant sein konnte, und ging mit Lasse langsam voraus. Vor dem Fahrkartenhäuschen an der Mole setzten sie sich auf die Bank und warteten.

Im Hafenbecken lag ein merkwürdig aussehendes Boot vertäut, das Leanders Aufmerksamkeit auf sich zog. Es hatte Ähnlichkeit mit einem Kutter, wirkte aber mit seinem silbernen, lang gezogenen Aufbau viel moderner und war mit viel Technik ausgestattet. Ein großes rundes Sonar erhob sich über dem Führerhaus und dahinter stach eine Art Ladebaum in den Himmel, der wie ein kleiner Kran wirkte.

„Gehört das Schiff eurem Institut?" Leander deutete mit dem Kopf hinüber.

„Nein. Unser Forschungsschiff ist viel größer und liegt beim Alfred-Wegener-Institut in Bremerhaven. Für unsere kleinen Tauchgänge hier vor Ort benutzen wir einen Kutter und ein Schlauchboot. Das Schiff da drüben gehört einem Team Wracktaucher." Und auf Leanders fragenden Blick hin fuhr Lasse fort: „Die sollen in den nächsten Tagen für das Helgoland-Museum eine Netzsäge eines der alten U-Boote da unten bergen."

„Netzsäge?"

Lasse nickte. „Auf dem Grund der Deutschen Bucht liegen jede Menge Wracks aus den Weltkriegen, viele direkt hier vor Helgoland. Eines davon ist ein Minenleger-U-Boot. Na ja, und das hat am Bug so eine Art Stahlsäge, um Seile und Netze zu zerschneiden. Die ist irgendwann abgerostet und liegt nun da unten im Sand. Das ist natürlich ein tolles Exponat für unser Museum."

Inzwischen waren Franziska und Pia bei ihnen angekommen. Die Frauen verstanden sich prächtig und tauschten sich aus, als wären sie schon im Sandkasten Freundinnen gewesen.

Pia und Lasse winkten noch, als die Dünenfähre längst abgelegt hatte und auf die Hafenausfahrt zufuhr. Leander sah als Letztes, dass Lasse einen Arm um die Hüfte seiner Tochter legte. Pia schien wirklich glücklich zu sein. Mehr konnte er als Vater nicht wollen.

Im Bungalow holte Franziska eine Flasche Roséwein aus dem Kühlschrank und brachte zwei Gläser auf die Veranda, ohne Leander zu fragen, ob er lieber ein Bier trinken wolle. Sie schien beschlossen zu haben, so für ein Gemeinschaftserlebnis zu sorgen, was Leander durchaus recht war. Da brachte er dann auch gerne einmal ein Opfer und trank Wein statt Bier.

In das Holzhaus links von ihnen war am Nachmittag eine Familie mit zwei kleinen Kindern eingezogen. Durch die offenen Fenster drang das Quengeln der Kleinen, die nicht ins Bett gehen wollten, überdeutlich nach draußen, während sich die immer ungeduldiger werdenden Eltern vergeblich bemühten, ihr Schimpfen innerhalb der vier Wände zu halten. Der Bungalow rechts war hell erleuchtet. Durch das Fenster konnte er ein älteres Ehepaar sehen, das am Esstisch irgendein Rätsel zu lösen versuchte. Beide hatten Kugelschreiber in den Händen und wechselten sich mit den Eintragungen in das vor ihnen liegende Heft ab.

Aus der Tiefe des kleinen Dorfes, das die Holzhäuser bildeten, drangen Musik und Kinderstimmen, hin und wieder auch Baby-Geschrei. Er war froh über die Randlage ihres eigenen Häuschens, die dazu führte, dass hier nur die junge Familie und das ältere Paar in den Nebenhäusern auf dem Weg zu ihrem Domizil vorbeikam. Zufrieden lehnte er sich zurück und verschränkte die Arme hinter dem Nacken.

„Deine Tochter ist wunderbar", setzte Franziska zu einem Gespräch an.

„Das finde ich auch."

„Sie hat mir erzählt, dass ihr lange den Kontakt zueinander verloren hattet."

Leander nickte.

Franziska wartete einen Moment auf eine Erklärung, als aber keine kam, hakte sie nach: „Lag das an dir?"

„Wahrscheinlich", bekannte Leander. „Meine Ehe ist gescheitert, weil ich zu wenig Zeit für die Familie hatte. Ilka hat sich irgendwann einen anderen Partner gesucht, der mehr Zeit für sie hat."

„Sie ist Lehrerin", ließ Franziska durchscheinen, dass Pia doch mehr erzählt hatte.

„Stimmt. Und sie hat sich mit einem Kollegen zusammengetan, während ich den Dienst an der Allgemeinheit für wichtiger gehalten habe." Das klang selbst für Leanders Ohren beleidigter, als es eigentlich gemeint war. „Wir haben uns getrennt, ich habe Lena kennengelernt und so ist jeder seiner Wege gegangen. Die Kinder sind dabei auf der Strecke geblieben. Wir haben uns regelrecht aus den Augen verloren."

„Wie verliert man denn seine Kinder aus den Augen?" Franziskas Blick verriet völlige Verständnislosigkeit.

Leander merkte sehr wohl, dass ihre Formulierung vor allem ihm die Schuld gab, und zuckte unsicher mit den Achseln. Er konnte keine Antwort geben, die er selbst nicht kannte, und er wollte sich auch nicht in künstliche Entschuldigungen flüchten. Franziska hätte ihn ohnehin durchschaut.

„Ich bin froh, dass Pia und ich uns vor ein paar Jahren hier auf Helgoland wiederbegegnet sind", gestand Leander. „Und ich hoffe, dass sie mir irgendwann verzeihen kann." Er nahm sein Glas und nippte nachdenklich daran.

„Ich bin mir sicher, dass sie das schon hat. Pia ist dir ähnlicher, als du vielleicht weißt. Sie nimmt die Dinge, wie sie sind."

Leander sah seine Freundin von der Seite an und freute sich darüber, dass sie nicht nur klug und hübsch, sondern auch außerordentlich einfühlsam war. Wie hatte Pia gesagt? Er habe sie nicht verdient? Vermutlich hatte sie Recht.

„Ich wünschte mir nur, dass ich auch zu meinem Sohn wieder einen solchen Kontakt aufbauen könnte."

„Hanno." Franziska nickte wissend.

„Sag mal", Leander stellte sein Glas auf den Tisch und wandte sich ihr nun ganz zu, „was können sich Frauen eigentlich in so kurzer Zeit alles erzählen?"

„Das willst du gar nicht wissen", entgegnete Franziska und lachte über sein entrüstetes Gesicht. „Wenn du mich fragst – ohne dass ich Hanno kenne, versteht sich –, dann wartet er genau wie du nur auf die richtige Gelegenheit, um wieder in Kontakt zu kommen. Pia sieht das übrigens genauso." Sie zwinkerte ihm neckisch zu.

Leander zog zweifelnd die Stirn kraus.

„Sie steht jedenfalls in engem Kontakt zu ihm, und er weiß, dass wir hier sind", ergänzte Franziska.

„Soso." Leander ließ ihre Worte einen Moment auf sich wirken. „Und was soll das jetzt heißen?"

„Gar nichts. Deine Schlussfolgerungen musst du schon selber ziehen."

„Er könnte dann ja auch von sich aus mal auf die Idee kommen, seine Schwester zu besuchen, wenn sein Vater ebenfalls auf der Insel ist", reagierte Leander trotzig.

„Männer!", war das Einzige, das Franziska dazu einfiel. „Eigentlich müsstet ihr mit Blitz und Donner auf die Welt kommen. Da ich dich aber inzwischen ganz gut kenne, weiß ich, dass du viel empathischer sein kannst, als du tust. Und deshalb bin ich mir sicher, dass du als Vater irgendwann den ersten Schritt machen wirst."

Leander lehnte sich zurück, verschränkte die Hände im Nacken und blickte hinauf in den Sternenhimmel. In diesem Moment fühlte er, dass sie Recht hatte, auch wenn sein Stolz es noch nicht zuließ, Kontakt zu Hanno aufzunehmen. Mit Franziska hatte er wahrlich das große Los gezogen. „Weißt du eigentlich, wie sehr ich dich liebe?", fragte er mit leicht heiserer Stimme.

„Wissen?", antwortete Franziska ernst. „Nein. Wissen kann ich es nicht. Aber ich ahne es."

Leander blickte sie verständnislos an. „Wieso kannst du es nicht wissen?"

„Weil du es mir so selten sagst."

„Wenn man etwas immer aussprechen muss und nicht auch so vermitteln kann, ist es nicht selbstverständlich."

„Da hast du Recht. Liebe ist ganz und gar nicht selbstverständlich." Franziska schwieg einen Moment nachdenklich, als müsse sie abwägen, wie sie ausdrücken sollte oder durfte, was sie meinte. „Weißt du, Henning, Frauen wollen immer aufs Neue erobert werden. Sie wollen, dass man um sie wirbt, weil es eben nicht selbstverständlich ist, dass Liebe dauerhaften Bestand hat. Denk an dich und Ilka."

Leander spürte, dass genau hier der Unterschied zwischen Männern und Frauen lag. Er wusste aber nicht, wie er Franziska das plausibel machen konnte. Ein Jäger hängt sich ja auch nicht die Trophäe an die Wand und schießt dann immer wieder auf sie. Das war zugegebenermaßen ein Vergleich, den er jetzt nicht aussprechen durfte. Dann wäre die Stimmung des Abends hin. Aber der Gedanke war immerhin abwegig und verwegen genug, dass ihm ein Grinsen entwich.

„Was ist?" Klar, dass Franziska mit ihren feinen Antennen mal wieder eine respektlose Überlegung vermutete. „Kann es sein, dass du mich nicht ernst nimmst?"

„Oh, doch, ich nehme dich sehr ernst", entgegnete Leander schnell. „Aber weißt du, ich denke einfach, dass eine Liebe, die andauernd durch Aussprechen bestätigt werden muss, nicht gefestigt genug ist. Wenn du immer wieder mein Bekenntnis haben willst, heißt das doch, dass du meine Liebe ständig anzweifelst, anstatt das nötige Vertrauen zu haben."

Das ließ nun Franziska ausgiebig nachdenken.

„Außerdem", ergänzte Leander schnell, „wie könnte ich dich nicht lieben? Du bist hübsch, intelligent und klug, was nicht dasselbe ist, liebevoll und manchmal sogar zärtlich."

„Soso, nur manchmal." Franziska nickte erkenntnisvoll. „Zugegeben, ich bin liebenswert. Aber wie ist das mit dir? Hübsch? Na ja. Intelligent? Ja, doch. Klug? Eher nicht, sonst würdest du mehr auf meine Bedürfnisse eingehen. Liebevoll und zärtlich?" Nun wedelte sie mit dem Kopf hin und her. „Vielleicht kannst du mir das ja mal etwas öfter beweisen."

Leander grinste. „Ich glaube, darauf könnten wir uns verständigen."

Franziska drehte sich ihm zu und blickte ihm in die Augen. „Kann es sein, dass du Liebe und Sex verwechselst?"

„Wieso *verwechselst*?" Er spürte selbst, dass sein Grinsen unverschämt wurde. „Ist das nicht dasselbe?"

„Du hast Recht", erwiderte Franziska ernüchtert und wandte sich wieder ab. „Männer und Frauen sind sehr verschieden."

„Das habe ich doch gar nicht gesagt!"

„Aber gedacht!"

Leander seufzte. Da war wohl Hopfen und Malz verloren. Aber vielleicht sollte er sich ja wirklich mal bemühen, herauszufinden, ob es tatsächlich einen so gravierenden Unterschied zwischen Liebe und Sex gab, wie sie immer behauptete. Er nahm sich vor, noch in dieser Nacht den ersten Feldversuch zu starten, und hoffte inständig, dass Franziska ein ähnliches Forschungsinteresse entwickeln würde.

Tamme Boysen drehte, nachdem er seinen Weg um das Oberland absolviert hatte und über den Invasorenpfad zum Unterland abgestiegen war, die letzte Kontrollrunde des Abends durch den Binnenhafen. Er blieb vor den Hummerbuden stehen, zog seine Pfeife aus der Hosentasche, die er vorsorglich schon zu Hause gestopft hatte, steckte sie sich zwischen die Zähne und entzündete sie mit einem Streichholz. Genüsslich zog er die Flamme in den Tabak und stieß dicke Rauchwolken aus. Er war zufrieden mit sich und der Welt und hatte sich seine Pfeife redlich verdient.

Paffend betrat er den Holzbohlensteg und blieb wenige Meter weiter vor der *Odyssee* erneut stehen. Das Deck war leergeräumt, auch unter Deck schien sich niemand aufzuhalten. Tamme wusste natürlich, warum das Taucherteam auf Helgoland war. Er hatte den langen Vorlauf für die Bergung der Netzsäge, die von dem alten U-Boot abgerostet war, aufmerksam verfolgt. Auch freute er sich über den Ausbau des Museums und darüber, dass es nun ein derart prominentes Exponat bekommen würde.

Und doch ergriff nun wieder dieses bohrende Gefühl von ihm Besitz, das er zum ersten Mal am Nachmittag gehabt hatte, als auch die *Marijke* vor der Düne aufgetaucht war: die Ahnung einer drohenden Gefahr.

Kapitel 3: Tauchgang mit Robben

Kurz vor 15 Uhr näherte sich Lasses und Pias Kutter von der Reede aus dem Südstrand der Düne und ließ den Anker schließlich in sicherem Abstand zu den schwarzen Schotterbuhnen fallen, die den Strandabschnitt schützen sollten. Pia stand an der Reling und winkte zu Leander und Franziska hinüber.

Auf dem Weg zum Spülsaum zogen die beiden Urlauber ihre T-Shirts aus, legten sie zusammen mit ihren Handtüchern auf einem trockenen Sandhaufen ab und tasteten sich langsam in das empfindlich kalte Wasser vor. Als sie nun nebeneinander hinausschwammen, tauchte zwischen ihnen ein Seehund auf, blickte kurz nach links und rechts und tauchte dann genauso schnell wieder ab, wie er gekommen war.

„Meinst du, die beißen?", fragte Franziska.

„Warum sollten sie das tun?", entgegnete Leander. „Wir sind doch keine Gefahr für sie."

„Hauptsache, die wissen das auch."

„Falls du übrigens pinkeln musst", sagte Leander, „machst du das besser jetzt hier im Wasser." Und auf Franziskas verständnislosen Blick hin ergänzte er: „Die beiden werden dir gleich schon erklären, warum."

Als sie den Kutter erreicht hatten, ließ Lasse eine Leiter hinab und hängte sie in die Bordwand ein. Leander half Franziska hinauf und kletterte dann selbst an Deck.

„Puh, ist das Wasser kalt!" Franziska klapperte mit den Zähnen.

„Keine Angst, dir wird gleich wieder warm, wenn du dich in den Anzug zwängst", versprach Pia lachend.

„Wir tauchen heute mit euch bei den Seehunden, weil das vergleichsweise ungefährlich ist", erklärte Lasse. „Auf der anderen Seite der Düne bei den Kegelrobben würden wir das nicht machen. Das ist auch nur zu Forschungszwecken erlaubt. Kegelrobben sind nämlich nicht nur wilde Tiere, sie sind auch extrem gefährlich."

„Am Strand glaubt man das gar nicht", wandte Franziska ein. „Da liegen sie einem ja geradezu im Weg und bewegen sich nicht weg, wenn man kommt."

Pia nickte. „Das stimmt. Sie suchen inzwischen sogar regelrecht Kontakt zu den Menschen. Das darf aber nicht darüber hinwegtäuschen, dass ihre Angriffe tödlich sein können. An Land wirken sie behäbig, im Wasser sind sie aber trotz ihrer bis zu 300 Kilo elegante und wendige Schwimmer."

„Seehunde sind dagegen in der Regel absolut harmlos", ergänzte Lasse. „Ihr werdet sehen, dass sie sogar Spaß daran haben, wenn sie mit uns ihre Spielchen treiben können. Seid aber trotzdem vorsichtig und fasst sie nicht an. Auch Seehunde sind wilde Tiere und können unberechenbar reagieren."

„So, genug der warnenden Worte", rief Pia. „Lasst uns sehen, dass wir ins kühle Nass kommen."

„Ich hoffe, ihr wart vorher auf der Toilette", sagte Lasse ernst. „Wenn mir einer von euch in den Tauchanzug pinkelt, war das unser erster und letzter gemeinsamer Tauchgang."

„Waren wir", erwiderte Leander und zwinkerte Franziska grinsend zu, deren Wangen sich leicht rot färbten.

Während Lasse Leander in den schweren, dicken Tauchanzug half, unterstützte Pia Franziska. Leander streifte die Flossen über seine Füßlinge. Das Material des Anzugs war steif und absolut luftundurchlässig, und so fühlte Leander schon nach wenigen Sekunden, wie ihm in der Sonnenglut an Deck der Schweiß in Strömen am Körper hinablief. Dazu kamen das Gewicht des Bleigürtels, den Lasse ihm umlegte, und das der Flasche, die ihm nun auf den Rücken gehievt wurde und seinen Körper regelrecht auf die Planken presste. Zuletzt reichte er ihm den Lungenautomaten über die Schulter.

Pia erklärte Franziska während des Ankleidens die einzelnen Ausrüstungsgegenstände und fand in ihr eine faszinierte und hoch konzentrierte Schülerin. „Wir tauchen heute ohne Funk", sagte sie schließlich. „Deshalb müsst ihr euch die Handzeichen einprägen, mit denen wir uns unter Wasser verständigen." Sie machte die notwendigen Zeichen vor, erklärte ihre Bedeutung, ließ sie sich vor allem von Franziska wiederholen und übte sie dann mit ihr einige Male.

„Und noch etwas musst du wissen, Franziska", sagte Pia. „Beim Tauchen steigt mit jedem Meter Wassertiefe der Druck: ein Bar pro zehn Meter, um genau zu sein. Dadurch wird in deinem Körper Stickstoff angereichert, der erst im Laufe von 24 Stunden nach dem Tauchgang wieder vollständig abgebaut wird. Die Tauchzeit ist daher begrenzt und man muss beim Auftauchen Dekompressionsstopps einlegen. Dabei lösen sich bereits Gasbläschen aus deinem Gewebe. Tauchst du zu schnell aus großer Tiefe auf, wird der Druck nicht wieder abgebaut und es kann zu Schäden an deinen Organen kommen. Lungenbläschen platzen, im schlimmsten Fall reißt deine Lunge. Die sogenannte Taucherkrankheit kann tödlich enden."

„Ich hatte ja keine Ahnung, dass Tauchen so gefährlich ist", reagierte Franziska erschrocken.

„Keine Angst, das gilt vor allem für Tauchgänge in große Tiefen oder wenn du aus geringerer Tiefe mehrfach ohne Deko-Stopps auftauchst", versuchte Leander, sie zu beruhigen. „Trotzdem solltest du das nur im absoluten Notfall machen."

„Wir werden heute auch gar nicht so tief tauchen", ergänzte Pia, „und nur die sogenannte Nullzeit unten bleiben, also die Zeit, nach der keine Deko-Stopps nötig sind. Was wir aber auf jeden Fall machen werden, ist der Sicherheitsstopp in drei Metern Tiefe für etwa drei bis fünf Minuten. Dadurch wird die Stickstoffsättigung im Körper reduziert." Sie blickte Franziska fragend an. „Alles klar soweit?"

„Klingt kompliziert", antwortete die.

„Deshalb fangen wir ja auch mit der Nullzeit an", sagte Lasse.

„Du wirst sehen, das ist im Grunde ganz einfach, und du wirst es ganz schnell draufhaben."

Franziska runzelte zweifelnd die Stirn.

„Mach einfach, was die beiden dir da unten anzeigen, und orientiere dich an mir", versuchte Leander, sie zu beruhigen. „Dann kann überhaupt nichts passieren."

Inzwischen halfen sich Pia und Lasse gegenseitig in die Anzüge, was deutlich schneller und geübter vonstattenging. Bei den beiden saß jeder Handgriff. Franziska und Leander sahen ihnen schweigend zu und hatten genug damit zu tun, Gewicht und Hitze auszuhalten, während sie nebeneinander an der Bordwand lehnten. Franziska war die personifizierte Anspannung. Sie wirkte gleichermaßen unsicher und erwartungsvoll.

„Wir lassen uns zunächst gemeinsam etwa fünf Meter absinken", erklärte Pia. „Dann schwimmt Henning direkt neben Lasse, und du, Franziska, bleibst immer an meiner Seite und versuchst, die Tiefe zu halten. Okay?" Sie machte mit Daumen und Zeigefinger das entsprechende Zeichen, das Franziska genauso erwiderte.

Dann war es endlich so weit. Sie setzten ihre Masken auf, klemmten die Mundstücke der Lungenautomaten zwischen die Zähne und machten ein paar tiefe Züge. Pia stieg vorwärts die Leiter hinab und ließ sich den letzten Meter mit den Füßen zuerst ins Wasser fallen. Lasse half zunächst Leander, anschließend Franziska und folgte schließlich selbst.

Das Eintauchen in die kalte Nordsee rief schlagartig Erinnerungen in Leander wach. Er hatte gelernt, sich rückwärts ins feuchte Element zu stürzen und darauf zu vertrauen, dass er nicht ins Bodenlose fiel. Und doch war sein letzter Tauchgang so viele Jahre her, dass die Urinstinkte stärker waren und einen Schreckmoment erzeugten. Das Wasser schlug über ihm zusammen, aber Sekunden später war er wieder an der Oberfläche und hielt sich mit Hilfe seiner Flossenschläge auch dort. Langsam sickerte das kalte Wasser durch das Neopren, was ihn frösteln ließ, aber schon bald passte es sich der Körpertemperatur an. Das laute Zischen seiner Atemgeräusche war das Einzige, was er hörte. Durch das Glas der Taucherbrille, an dessen Außenseite das Wasser abperlte, blickte er zu Franziska hinüber. Pia stand regelrecht im Wasser, als hätte sie festen Boden unter den Flossen, und machte ihr vor, wie man seine Atmung beruhigen und damit mehr Kontrolle über den eigenen Körper bekommen konnte.

Seine Freundin war in guten Händen und so konnte Leander sich guten Gewissens um sich selbst kümmern. Er musste die Beklemmung loswerden, die seit einem verhängnisvollen Vorfall damals bei den Kampfschwimmern immer dann aufkam, wenn er sich unter Wasser begab. Deshalb zwang er sich, ruhig und lang ein- und auszuatmen. Lasse gab ihm das Signal, ihm zu folgen. Okay, signalisierte Leander, ließ sich vornüberkippen und von den Bleigewichten in die Tiefe ziehen.

Das Wasser war hellgrün und von gleißenden Sonnenstrahlen durchzogen. Allerdings konnte er nur wenige Meter weit sehen, da Plankton, Algen und Sedimente es stark eintrübten. Schon nach wenigen Metern ließ die Helligkeit deutlich nach. Leander sah sich nach Franziska um, aber Lasse stieß ihn an und gab ihm Zeichen, sich von nun an nur noch auf sich selbst zu konzentrieren. Leander signalisierte, dass er verstanden hatte. An Bord eines Schiffes und unter Wasser gab es nur einen, der die Kommandos gab, und hier war eindeutig Lasse der Boss.

Sie glitten mit sanften Flossenschlägen voran, das Atmen durch die Lungenautomaten übertönte jedes andere Geräusch: ein lang gezogenes Zischen beim Einatmen, lautes Blubbern beim Ausatmen.

Ein Seehund tauchte in ihrem Blickfeld auf, schwamm direkt auf sie zu und drehte kurz vor ihnen seitlich ab. Leander fing einen Blick aus schwarzen Knopfaugen auf. Immer wieder schossen die wendigen Tiere vor und neben ihnen durch das Wasser. Sie hatten ihren Spaß mit diesen merkwürdigen Wesen, die sich so schwerfällig in ihrem Element bewegten.

Nach einigen Metern löste sich der Umriss einer dicken, mit Algen bewachsenen Kette aus dem trüben Grün. Lasse deutete darauf und gab Zeichen, daran entlang weiter abzutauchen. Leander kippte den Oberkörper direkt vor der Kette vornüber und tauchte hinter Lasse senkrecht hinab, bis sie den Meeresboden erreichten. Hier verschwand das Ende der Kette im Sand. Leander schaute zurück und beobachtete, wie nun Pia und Franziska langsam entlang der Kette in die Tiefe tauchten. Gleichmäßig bewegte sich seine Freundin in dieser für sie neuen Umgebung. Ihr Oberkörper blieb starr, während ihre Hüfte sanft rollend die Bewegungen der Flossen unterstützte. Hätte er nicht gewusst, dass es ihr erster Tauchgang in der Nordsee war, hätte er es ihr nicht angemerkt.

Hier unten ging eine leichte Strömung, aber Leander hatte keine Mühe, die Position zu halten. Überhaupt kam ihm inzwischen alles wieder so vertraut vor, als hätte er während der letzten Jahre nie etwas anderes getan, als zu tauchen.

Pia deutete auf die beiden Männer und schwamm neben Franziska zu ihnen hinüber. Sie ordneten sich im Kreis zueinander an und hockten so eine Zeitlang mit vor der Brust verschränkten Armen kniend auf dem Grund der Nordsee. Dicke Tangblätter bewegten sich leicht in der Strömung, Fische schwärmten vorbei, Seehunde jagten nach ihnen. Einige wandten sich nun den Tauchern zu und begannen damit, sie zu umkreisen. Dabei kreuzten sie ihre aufsteigenden Luftblasen und schienen sich über die Abwechslung tatsächlich zu freuen. Wie Lasse und Pia schon vorhergesagt hatten, zeigten sie keinerlei Scheu und blickten direkt in die Taucherbrillen. Neugierig inspizierten sie die Taucherflossen, berührten sie mit den Nasen und stießen Zisch- und Blubbergeräusche aus, die von Luftblasen begleitet wurden. Ein Seehund schwamm auf Franziska zu und stupste mit seiner Nase sanft an ihre Brille. Dann drehte er sich auf der Stelle um die eigene Achse und wedelte flossenschlagend wieder davon.

Leander fing den Blick seiner Freundin auf. Ihre Augen strahlten und sie gab ihm das Zeichen mit Daumen und Zeigefinger, das Leander mit derselben Geste beantwortete. So viel war in diesem Moment klar: Franziska genoss das Tauchabenteuer in vollen Zügen. Und auch Leander fühlte sich hier unten sauwohl. Darüber freute er sich genauso wie über den Spaß, den seine Freundin hatte.

Pia gab Franziska nun das Zeichen, ihr zu folgen. Sie schwamm zur Kette zurück, tauchte daran langsam und gleichmäßig hoch und achtete immer darauf, dass die Tauchanfängerin einigermaßen an ihrer Seite blieb. Etwa drei Meter unter der Wasseroberfläche hielt sie inne und signalisierte Franziska durch Tippen auf ihre Taucheruhr und fünf abgespreizte Finger, auf dieser Höhe fünf Minuten zu warten.

Lasse und Leander folgten und machten es ihnen nach. So übten sie nun auf einfache und ungefährliche Weise eine Dekompression. Fünf Minuten später signalisierte Lasse okay und sie durchbrachen gemeinsam die Wasseroberfläche. Die Kette hatte sie direkt zu der Boje geführt, die man vom Südstrand aus sehen konnte.

Die Frauen befanden sich bereits wieder auf dem Rückweg zum Kutter. Sie schwammen nebeneinander durch die sanft rollenden und platschenden Wellen, ihre Bewegungen wirkten deutlich weniger elegant als unter Wasser. Die Männer folgten ihnen zur Leiter des Bootes. Nun begann der mühsame Aufstieg an Deck, und so wurde Leander erst jetzt wieder bewusst, wie schwerelos sie trotz der Geräte und des Bleigürtels durch den Auftrieb des Anzugs im Wasser gewesen waren.

Als sie sich schließlich schwer atmend gegenseitig von den Flaschen befreit hatten und sich mühsam aus ihren nassen Anzügen pellten, waren sie bereits wieder schweißüberströmt. Ächzend ließen sich Franziska und Leander an der Reling auf die Planken sinken, während Pia und Lasse den Eindruck vermittelten, als wäre das alles geradezu mühelos gewesen. Leander musste sich angesichts der durchtrainierten jungen Leute neidvoll eingestehen, dass er nicht mehr in Form war.

„Das hast du super gemacht, Franziska", lobte Pia.

„Ich habe nicht geahnt, wie schön das Tauchen in der trüben Nordsee sein kann", stellte Franziska fest, der das Lob sichtlich guttat. „Schade, dass wir das nicht bei den Hummerbänken fortsetzen können."

„Keine Chance", beschied Lasse. „So weit da draußen ist das zu gefährlich. Dafür sind die Strömungen unterhalb der Windkraftanlagen einfach zu unberechenbar. So, wenn ihr euch jetzt etwas erholt habt, müssen wir aufbrechen und euch leider bitten, wieder zum Strand zu schwimmen."

Leander nickte widerwillig. Er fühlte sich im Sitzen gerade eigentlich ganz wohl und hatte so gar keine Lust, sich schon wieder anstrengen zu müssen. Außerdem graute ihm vor der Kälte. Franziska sah ihm das offenbar an. Sie lachte, sprang auf und zog ihn hoch.

„Komm, alter Mann, ab ins Wasser mit dir!"

Ehe er es sich versah, schubste sie ihn über die Bordwand. Er platschte ungeschickt in das kalte Nass, überschlug sich dabei und bekam Wasser in Mund und Nase. Hustend tauchte er wieder auf. Franziska lachte und sprang mit einem Kopfsprung in die Nordsee. Zehn Meter weiter tauchte sie wieder auf und drehte sich zu ihm um.

„Was ist? Willst du da festwachsen?"

„Na warte", rief Leander. „Wenn ich dich erwische!"

Aber da hatte er gar keine Chance. Franziska kraulte in einer Geschwindigkeit an den Strand zurück, dass er schon nach wenigen Metern aufgab und ihr behäbig brustschwimmend folgte. Man musste wissen, wann sich eine Anstrengung lohnte. Hier im kalten Wasser lohnte sie sich eindeutig nicht.

Kapitel 4: Maik

Nach dem Tauchgang fühlten sie sich wie ausgehungert. Sie machten nur einen kurzen Abstecher in ihren Bungalow, duschten das Salzwasser von ihren Körpern und gingen zurück zum *Dünenrestaurant*. Die meisten Urlauber, die gegenüber auf dem Felsen wohnten, hatten die Düne bereits verlassen und so hatten sie nahezu freie Platzwahl. Sie setzten sich an das Geländer zum Strand und blickten dorthin, wo sie an diesem Nachmittag getaucht waren.

„Kann es sein, dass Tauchen süchtig macht?", fragte Franziska.

Leander nickte. „Allerdings sollte man niemals die Gefahren unter Wasser unterschätzen", wandte er ein. „Da unten kann jeder Fehlgriff und jeder technische Defekt tödlich sein. Deshalb darf man niemals alleine tauchen und muss sich auf seine Partner absolut verlassen können."

Zwei Männer betraten die Terrasse, gingen an ihnen vorbei und ließen sich ein paar Tische weiter in Leanders Rücken nieder. Zuerst beachtete der sie nicht weiter, aber dann drangen Wortfetzen ihres Gespräches zu ihm herüber. Einer der Männer sprach begeistert über die *HMS Explosion*. Jetzt komme man bestimmt endlich ein ganzes Stück weiter. Die Rede war offenbar von einem englischen Schiffswrack, denn die Männer tauschten auch Tiefenangaben und Koordinaten aus, bei denen sie sich aber nicht einig wurden.

Inzwischen kam die Bedienung, um die Bestellung aufzunehmen: Während Franziska das Labskaus Seemanns Art wählte, entschied sich Leander für gebratenen Dorsch mit Salzkartoffeln und Meerrettich-Sauce. Ihm war das rote Durcheinander des Labskaus' nicht geheuer, lieber hatte er klar erkennbare Komponenten auf dem Teller. Franziska nahm einen leichten Weißwein dazu, Leander das obligatorische Bier.

Während sie auf das Essen warteten, versuchte er, weitere Wortfetzen aufzuschnappen, aber die Männer unterhielten sich nun so leise, dass nichts mehr deutlich genug zu ihm vordrang. Franziska indessen blickte verträumt auf das Meer hinaus und ließ offenbar den nachmittäglichen Tauchgang noch einmal Revue passieren. Sie wirkte frisch und unbeschwert, und Leander wünschte sich, dass es zwischen ihnen immer so entspannt sein könnte wie hier im Urlaub. Als das Essen vor ihnen stand, konzentrierte sich Leander wieder auf das Gespräch in seinem Rücken. Eine der Stimmen kam ihm bekannt vor. Es wollte ihm aber nicht einfallen, wo er sie schon einmal gehört hatte.

Franziska bemerkte seinen abwesenden Blick, deutete mit ihrem Messer auf seinen Dorsch und fragte: „Gut?"

„Wunderbar."

Ihr spöttisches Grinsen wies ihn darauf hin, dass er noch gar nicht probiert hatte. „Ich glaube, in diesem Umfeld würde so ziemlich alles schmecken. Die Düne ist wirklich wie ein Stück Karibik mitten in der Nordsee."

Leander nickte und griff zu seinem Bierglas. In dem Moment wurden in seinem Rücken Stühle gerückt und die Männer gingen an ihnen vorbei auf den Ausgang zu. Leander blickte kurz auf und begegnete dabei dem Blick des bärtigen Mannes, der als Zweiter ging.

Während die Erkenntnis langsam zu ihm durchsickerte, blieb der Mann abrupt stehen und fragte: „Henning?"

„Maik!", rief Leander erstaunt. „Das gibt's doch nicht!"

Der Mann rief seinem Begleiter zu, er komme später nach, griff unaufgefordert einen Stuhl und setzte sich zu ihnen an den Tisch. Franziska beobachtete die Szene erstaunt.

„Henning, Mensch, wie lange ist das jetzt her? Zwanzig Jahre? Mindestens, oder? Und jetzt treffen wir uns hier draußen, mitten in der Deutschen Bucht."

Leander betrachtete belustigt das braun gebrannte, wettergegerbte Gesicht, das zur Hälfte von einem verwegen wirkenden Vollbart bedeckt war. Darüber breitete sich eine wilde Mähne in alle Richtungen aus. „Franziska, darf ich dir meinen Jugendfreund Maik vorstellen?"

„Oh, Entschuldigung", kam es nun von Maik. Er erhob sich halb und reichte Franziska die Hand. „Maik Gröning. Der Prachtkerl hier und ich kennen uns schon seit unserer Schulzeit in Hamburg." Nun wandte er sich in vorwurfsvollem Ton wieder Leander zu: „Und irgendwann war er einfach verschwunden."

„Franziska Tadsen", entgegnete sie. „Für Freunde des Prachtkerls aber einfach nur Franziska."

Maik lachte. „Sag mal, Henning, wo gabelst du eigentlich immer diese tollen Frauen auf?"

„Wirklich tolle Frauen lassen sich nicht aufgabeln", antwortete Franziska an Leanders Stelle. „Sie lassen es höchstens so aussehen."

„Und schlagfertig ist sie auch noch. Du hast diese Frau nicht verdient, Henning."

„Das hört er öfter", sagte Franziska wie beiläufig.

„Er scheint es aber nicht zu glauben."

„Nö, er ist ja vom Gegenteil überzeugt. Und meistens lasse ich ihn auch in dem Glauben." Franziska hob ihr Weinglas und prostete Leander zu.

In dem Moment kam die Bedienung vorbei. Maik hielt sie am Arm fest und orderte: „Zwei große Pils, bitte. Und du, Franziska, noch ein Glas Wein?"

Die Bedienung nahm ihr Nicken entgegen und ging wortlos weiter.

„Jetzt erzähl mal, Henning, was hast du seit damals so getrieben?" Maik beugte sich zu Leander vor und blickte ihm schräg von unten in die Augen.

„Oh je, wo fange ich da an?" Leander holte theatralisch Luft und berichtete dann in groben Zügen von seiner Polizeikarriere beim LKA in Kiel und seinem vorgezogenen Ruhestand auf Föhr, immer begleitet von einem interessierten Nicken seines alten Freundes.

„Und jetzt machen wir drei Wochen Urlaub fernab vom hektischen Getriebe der Faulheit", vollendete Franziska den Bericht lachend.

„So gut möchte ich es auch mal haben", sagte Maik und nahm der Bedienung die Gläser ab. „Auf dieses unerwartete Wiedersehen!" Er prostete den beiden zu, wischte sich den Schaum aus dem Bart und setzte sein Glas hart auf dem Tisch ab. „Da hast du ja nun jede Menge Zeit zum Tauchen", stellte er an Leander gewandt fest.

„Ich war seit damals nur noch ein einziges Mal mit Flaschen im Wasser", entgegnete der achselzuckend, „und zwar heute Nachmittag da draußen." Er deutete über den Strand auf die Boje. „Zusammen mit meiner Tochter Pia und ihrem Freund Lasse Thorgren."

„Du kennst Lasse?"

„Meine Tochter und er leiten das Hummer-Aufzuchtprogramm."

Maik nickte anerkennend. Dann fragte er Franziska unvermittelt: „Du tauchst also auch?"

„Bisher nur einmal im Urlaub auf Teneriffa", bekannte sie. „Heute Nachmittag habe ich meine erste Einweisung für die Nordsee bekommen."

„Du wirst es lieben!"

„Das tue ich schon jetzt." Franziska lachte. „Allerdings wird es wohl ein einmaliges Erlebnis bleiben."

Maik blickte sie fragend an, schien aber nicht weiter nachhaken zu wollen. „Und du?" Er schwenkte den Kopf wieder in Leanders Richtung. „Wie kann es sein, dass du so viele Jahre nicht mehr getaucht bist? Früher warst du doch kaum aus dem Wasser zu kriegen!"

„Der Vorfall damals war für mich ein zu einschneidendes Erlebnis. Ich hatte danach einfach keine Lust mehr." Franziska sah ihn fragend an, aber Leander schüttelte in ihre Richtung leicht den Kopf.

„Das ist ein Fehler!", tadelte Maik mit erhobenem Zeigefinger. „Ich war mir sicher, dass du das irgendwann überwinden würdest."

„Und du, tauchst du noch", lenkte Leander ab.

„Na und ob! Mich hat die Welt da unten nie wieder losgelassen. Und das verdanke ich nicht zuletzt dir und den Sklaventreibern in Eckernförde. Als mir der Dienst bei den Kampfschwimmern zu langweilig wurde, habe ich meinen Abschied eingereicht, mich zum Forschungstaucher ausbilden lassen und inzwischen arbeite ich seit fast fünfzehn Jahren als Unterwasser-Archäologe."

Franziska beugte sich interessiert vor. „Unterwasser-Archäologe? Auf der Suche nach Atlantis oder was muss ich mir darunter genau vorstellen?"

„Fast, allerdings geht es mir weniger um versunkene Welten, auch wenn ich den Nachweis von Atlantis nicht uninteressant fände. Wusstest du, dass es Hinweise darauf gibt, dass es sich um eine Nordseeinsel namens *Alt Helgoland* gehandelt haben könnte? Aber das zu erforschen, wäre eine Lebensaufgabe mit ungewissem Ausgang. Da befasse ich mich lieber mit versunkenen Schiffen."

„Hier vor Helgoland?"

„Auch. Ich bin schon in allen Weltmeeren getaucht, aber die Nordsee ist für mich das spannendste aller Meere. Allein in der Deutschen Bucht liegen 4000 Wracks, die meisten nicht einmal archäologisch erforscht."

„Dann ist das euer Schiff da drüben im Hafen?" Auch Leander fühlte sich von der Begeisterung seines früheren Freundes angesteckt.

„Richtig. Wir betauchen gerade das Wrack der *UC-71*. Ein Minenleger-U-Boot aus dem Ersten Weltkrieg. Das einzige U-Boot des Ersten Weltkriegs, das noch in deutschen Gewässern liegt. Vor zwei Jahren habe ich zusammen mit dem Helgoländer Museum die Bergung der Netzsäge beantragt. Wir haben die Genehmigung jetzt endlich bekommen. In den nächsten Tagen hole ich meine Leute hierher, dann bereiten wir die Aktion vor. Nächste Woche soll es losgehen." Er trank einen Schluck aus seinem Bierglas und wischte sich wieder mit dem Handrücken durch den Vollbart.

„Du bist das also", stellte Leander fest und erzählte, dass Lasse am Abend vorher von diesem Projekt berichtet hatte.

Maik nickte mit wichtiger Miene. „Diese Netzsäge ist einzigartig. Es gibt kaum noch U-Boote in so einem guten Zustand in der Deutschen Bucht und in der Regel sind die Netzsägen abgebrochen und so verrostet, dass man sie nicht mehr restaurieren kann. Dieses Exemplar ist, nach allem, was wir da unten sehen konnten, in hervorragendem Zustand."

Er trank einen Schluck Bier, bevor er fortfuhr: „Aber heute bin ich aus einem anderen Grund auf der Düne: Am Nordstrand ist ein Stück Treibgut angespült worden, das möglicherweise zur *HMS Explosion* gehört. Das ist ein englisches Schiff aus der Zeit, als Helgoland der britischen Krone unterstand. Bislang haben wir nur ein paar Kanonen auf dem Meeresgrund gefunden, aber nicht das Wrack selbst. Vielleicht bringt uns das Stück Holz nun einen Schritt weiter." Er hob einen Beutel hoch, öffnete ihn und zeigte Franziska und Leander ein kleines morsches Holzstück. „Diese Probe habe ich aus dem Plankenrest herausgesägt. Ich werde sie nach Berlin schicken, um das Alter feststellen zu lassen. Wenn das passt, könnte es sein, dass die Strömung jetzt tatsächlich die Überreste der *Explosion* freilegt, auf die ich schon so lange scharf bin. Dann werden wir in den nächsten Jahren gezielt danach suchen. – Und wer weiß, vielleicht stoße ich dabei auch endlich auf die *Maria*." Er zwinkerte Leander verschwörerisch zu.

„*Maria*?" Franziska nahm das Holzstück in die Hand und betrachtete es interessiert.

Maik nickte. „Das ist ein Segelschiff, das 1850 irgendwo in der Deutschen Bucht gesunken ist. Es soll einen sagenhaften Goldschatz transportiert haben. Wenn ich den finde, habe ich allein durch den Finderlohn ausgesorgt."

„Goldschatz, soso!" Leander zog vielsagend die Augenbrauen hoch. „Ich dachte, du bist ein ernst zu nehmender Archäologe und kein Jäger des verlorenen Schatzes à la Indiana Jones. Obwohl, du hast schon früher zu Spinnereien geneigt. Hast du als Schüler nicht begeistert Erich von Däniken gelesen und bist allen mit deinen Außerirdischen auf den Sack gegangen?"

Maik winkte ab, als seien das bedeutungslose Jugendsünden gewesen. „Nein, ehrlich", fuhr er dann mit ernstem Gesicht und großen Augen fort, „das ist kein Seemannsgarn. Die *Maria* ist historisch belegt und auch ihre Ladung aus Gewürzen, Edelhölzern und eben jenem großen Goldschatz steht wissenschaftlich außer Frage. Ich scanne bei meinen Expeditionen seit Jahren systematisch den Meeresgrund ab. Dabei habe ich schon so manches Wrack entdeckt, aber die *Maria* versteckt sich bislang noch vor mir."

Franziska hatte Maik mit glänzenden Augen zugehört. „Das klingt wahnsinnig aufregend. Am liebsten würde ich mir so ein Wrack auf dem Meeresgrund mal mit eigenen Augen ansehen."

„Warum nicht?" Maik zuckte mit den Schultern und hob dabei beide Handflächen hoch, als wäre es das Selbstverständlichste der Welt.

„Du nimmst mich nicht ernst", tadelte Franziska ihn.

„Erstens nehme ich tolle Frauen immer ernst", entgegnete Maik augenzwinkernd, „und zweitens meine ich es genauso, wie ich es gesagt habe. Den Henning hier", er klopfte Leander leicht auf die Schulter, „haben wir in ein, zwei Tauchgängen wieder fit. Die Grundtechniken verlernt man nicht, auch wenn einem offensichtlich das Training fehlt." Er deutete einen Punch auf Leanders Bauch an. „Und zusammen bringen wir dir das Notwendigste für einen Tauchgang in der Tiefe bei. Kein Problem. Wir sind vor ein paar Wochen auf ein bislang unbekanntes Wrack gestoßen. Könnte ein Zerstörer aus dem Zweiten Weltkrieg sein, den wir bei Gelegenheit mal unter die Lupe nehmen wollen." Er senkte die Augen, als dächte er in Ruhe über etwas nach. „Wenn ich es mir recht überlege, kommt ihr eigentlich wie gerufen. Meine Leute sind noch nicht hier und ich habe ein paar Tage Zeit. Zusammen mit euch könnte ich sie nutzen, um mir das Wrack schon mal näher anzusehen. Was meinst du, Henning?"

Leander, der bislang geschwiegen hatte, weil dieser Urlaub allmählich in eine von ihm nicht geplante Richtung zu entgleiten drohte, hatte mit zwiespältigen Gefühlen zugehört. „Lasse hält es für zu gefährlich, mit Franziska zu den Hummerbänken zu tauchen", wandte er ein.

„Ja, zu den Hummerbänken!" Maik winkte entschieden ab. „Die Windparks liegen ja auch dreißig Kilometer da draußen in der offenen See. Da ist das Meer sehr tief und die Strömung ist unberechenbar, noch dazu am Fuß der riesigen Dinger. Aber das Wrack liegt nah am Felssockel in wesentlich geringerer Tiefe. Außerdem ist Lasse kein Kampfschwimmer! Elitesoldaten wie wir sollten deine Franziska doch wohl beschützen können, oder?"

„Henning?" Franziska bedachte ihren Freund mit einem betörenden Augenaufschlag.

„Na ja!", war das Einzige, zu dem Leander in diesem Moment in der Lage war, da er sich regelrecht in die Ecke gedrängt fühlte.

Maik lachte auf. „So, wie ich dich in Erinnerung habe, ist das für deine Verhältnisse fast schon ein Begeisterungssturm. Also abgemacht! Mit der Bergung der Netzsäge geht es erst in ein paar Tagen los. Die Vorbereitungen würden meine Leute notfalls auch ohne mich schaffen. Da bleibt genug Zeit um euch zu trainieren und gemeinsam runter zu dem alten Zerstörer zu tauchen."

Franziska hob begeistert ihr Bierglas und prostete ihm lächelnd zu.

„Sieht aus, als hättest du gerade jemanden glücklich gemacht", ergab sich Leander seufzend.

Maik winkte leichthin ab. „Das bin ich gewohnt."

Sie verabredeten sich für den kommenden Vormittag zum Tauchtraining. Maik versprach, sie um 11 Uhr am Anleger im Binnenhafen an Bord zu nehmen, dann brach er auf.

Kapitel 5: Leanders Beichte

„Jetzt komme ich doch noch zu meinem Tauchabenteuer", freute sich Franziska, als sie und Leander später einen Verdauungsspaziergang um die Düne machten. „Vertraust du Maik nicht?", hakte sie nach, als Leander nicht reagierte.

„Doch, natürlich, wenn ich überhaupt jemandem außer dir vertraue, dann ihm."

„Na bitte!"

„Wie, na bitte?"

„Na ja, du hast doch selbst gesagt, das Wichtigste beim Tauchen sei, dass man seinem Partner vertrauen kann. Also kann uns mit ihm zusammen doch gar nichts passieren."

Leander lachte. „Wenn du dir etwas in den Kopf gesetzt hast, was?"

Franziska zuckte mit den Schultern.

„Maik hat dich schwer beeindruckt", stellte Leander mit einem Anflug von Eifersucht fest. „Vorsicht, Franziska, er ist ein Menschenfänger. Immer schon gewesen."

Nun war es Franziska, die lachte, während Leander erneut schwieg. Er war sich seiner Gefühle nicht sicher: Einerseits freute er sich aufrichtig, den alten Freund wiedergetroffen zu haben, andererseits kam dadurch so viel verdrängte Vergangenheit wieder hoch.

„Erzähl mir von eurer gemeinsamen Zeit", forderte Franziska ihn auf, als hätte sie seine Gedanken gelesen. „Was war damals bei den Kampfschwimmern?"

Leander überlegte, wo er anfangen sollte, und beschloss, ganz weit zurückzugehen und so etwas Zeit zu gewinnen. „Wie gesagt, wir waren Schulkameraden und haben zusammen das Abi gemacht. Beste Freunde, wenn man so will. In der Oberstufe sind wir in einen Tauchsportclub eingetreten und waren bald so fasziniert von dem Sport, dass wir ihn zum Beruf machen wollten." Er zuckte leicht mit den Schultern, als Franziska ihn zweifelnd ansah. „Du kennst das ja: Flausen, die man sich als Teenie in den Kopf setzt. Für mich jedenfalls. Aber Maik war das schon damals absolut ernst. Wenn er sich für etwas begeistern kann, dann ist er wie besessen davon."

„Die *Maria* zum Beispiel", erinnerte Franziska lachend.

„Ganz genau. So, wie er von dem Schatz erzählt hat, glaubt er fest daran und wird alles tun, um sein Ziel zu erreichen." Leander ließ seine Worte einen Moment nachklingen. „Und ich meine: wirklich alles!"

„Du sagst, ihr wolltet das Tauchen zum Beruf machen. Seid ihr so zu den Kampfschwimmern gekommen?"

Leander nickte. „Das war auch wieder Maiks Idee. Wir haben

uns alle möglichen Berufe angesehen, die mit Tauchen zu tun haben. Ich glaube, Maik hätte sogar eine Ausbildung zum Unterwasser-Schweißer auf einer Werft gemacht, nur um niemals ohne Taucheranzug zu arbeiten."

„Und wie ist er dann auf die Kampfschwimmer gestoßen?"

„Wegen der Wehrpflicht", erklärte Leander. „Wir mussten damals ja alle einen Wehrdienst leisten. Das wollten wir natürlich wieder gemeinsam machen und so haben wir uns am Tag der offenen Tür den Marinestützpunkt in Kiel angesehen. Da war auch ein Jugendoffizier aus Eckernförde, der uns regelrecht angeworben hat. Kommt zur Elitetruppe, hat er gesagt. Maik war sofort Feuer und Flamme, als er hörte, was für eine Ausbildung man dort bekam. Tja, und so haben wir dann als Zeitsoldaten unterschrieben – sogar mit der Option, Berufssoldaten zu werden."

Sie umrundeten nun die Absperrung an der Aade. Abgesehen von einem anderen Pärchen weit vor ihnen lag der Nordstrand menschenleer da. Die schwarzen Reihen der Kegelrobben zogen sich am Spülsaum entlang.

„Die Grundausbildung in Eckernförde war knochenhart", fuhr Leander fort, „fast unmenschlich, aber wir haben uns gemeinsam durch die Zeit getragen und gegenseitig motiviert. Wenn einer mal durchhing und aufgeben wollte, hat der andere umso entschlossener dagegen gehalten." Leander lachte kurz auf. „Ich gebe allerdings zu, dass ich in der Regel derjenige war, der motiviert werden musste. Ich habe einfach keine bessere Berufsidee gehabt, aber Maik war wie besessen von dem Job."

„Und irgendwann ist es ihm dann nicht mehr gelungen, dich bei der Stange zu halten", mutmaßte Franziska. „Bist du deshalb ausgestiegen?"

Leander zögerte, bevor er antwortete. Jetzt folgte der Teil, der ihm bis heute zu schaffen machte.

„Nein, dann kam der verhängnisvolle Tag, an dem Maik mir nicht nur die berufliche Karriere, sondern wahrscheinlich auch das Leben gerettet hat." Er atmete einmal tief durch, bevor er fortfuhr: „An den Wochenenden hatten wir immer Ausgang und sind in die Stadt gezogen. Nicht selten haben wir dabei die Regeln des Ausbildungszentrums verletzt und Alkohol getrunken – für Kampfschwimmer ein No-Go. An einem Samstagabend haben wir die Sache aber übertrieben: In einer Bar in Eckernförde haben wir nicht nur Köm aus Wassergläsern getrunken, sondern im Rausch auch noch zwei Mädchen aufgerissen und uns von ihnen dazu überreden lassen, ihnen unsere Unterkunft zu zeigen. Zwei befreundete Kameraden hatten Wachdienst, und wir haben ihnen angeboten, freiwillig ihre nächste Wache zu übernehmen. Dafür haben sie einen Moment lang nicht so genau aufgepasst und wir konnten die Mädchen an ihnen vorbei ins Ausbildungszentrum schmuggeln."

Franziska räusperte sich vernehmlich. „Und das war natürlich auch wieder nur Maiks Idee."

„Nicht wirklich", gestand Leander schulterzuckend. „Es wäre ja auch alles gutgegangen, wenn Maik nicht nach dem Sex auch noch zwei Joints aus der Tasche gezogen hätte."

„Oha", kam es leise von Franziska.

„Tja, was soll ich sagen? Die haben wir dann gemeinsam geraucht. Wir hatten halt in dem Moment das Hirn in der Hose und eine nicht geringe Menge Restalkohol im Blut. Dank unserer Kameraden am Tor haben wir die Mädchen später auch wieder heile aus dem Sicherheitsbereich herausbekommen. Alles gut so weit. Am Sonntag konnten wir uns ausschlafen, und am Montagmorgen war eigentlich alles im Reinen, als unsere Gruppe zu einem Tauchgang in der Kieler Förde aufbrach. Wir sollten erstmals Munition aus einem Schlachtschiff bergen, das am Ende des Zweiten Weltkriegs versenkt worden war. Der Auftrag war für so unerfahrene Taucher wie uns natürlich gefährlich, und wir wussten auch nicht, dass es zum Trainingsprogramm gehörte und vorher die Zünder entfernt worden waren. Unsere Anspannung war enorm, aber wir fühlten uns angesichts unserer grandiosen Tat am Wochenende quasi unbesiegbar."

Vor ihnen tauchte nun in der Ferne jenseits der Reede der Felsen auf. Die ersten Häuser auf dem Oberland waren beleuchtet, obwohl es noch hell war und die Sonne sich erst allmählich der Wasseroberfläche näherte.

„Unten am Wrack ist es dann passiert", setzte Leander seinen Bericht fort. „Du musst wissen, dass mit den Schiffen meistens auch die Besatzungen untergegangen und nie geborgen worden sind. Das ist schon eine ziemlich gruselige Vorstellung in der Dunkelheit und Enge da unten. Ich bin also durch einen schmalen Abgang in den Rumpf hinabgetaucht, als ich wie aus dem Nichts einen Flashback bekam. In diesem Rausch sah ich ein Skelett vor mir und fühlte mich von den Geistern der toten Marinesoldaten umzingelt und in die Enge getrieben. Ich hatte wohl so was wie eine Panikattacke und wäre garantiert im Bauch des Wracks tödlich verunglückt, wenn nicht Maik direkt hinter mir gewesen wäre und sofort begriffen hätte, was passiert war. Irgendwie ist es ihm gelungen, mich trotz meiner heftigen Gegenwehr durch den Aufgang ins freie Wasser zu bringen und mit mir aufzutauchen. Oben hat Maik meinen Lungenautomaten manipuliert und behauptet, der Defekt habe zu einem falschen Luft-Gas-Gemisch geführt und mich in einen Tiefenrausch versetzt."

„Und das hat funktioniert?", zweifelte Franziska.

Leander zuckte mit den Schultern. „Niemand ist auf die Idee gekommen, dass wir Drogen konsumiert hatten. Im Grunde waren wir ja vorbildliche Rekruten und fast schon eine Ausnahme mit unserer Besessenheit für das Tauchen. Also hat da keiner so genau nachgeforscht. Wie gesagt, Maik kann sehr überzeugend sein. Klar, wenn herausgekommen wäre, dass ich THC im Blut und dadurch einen Flashback erlitten hatte, wäre garantiert auch Maik untersucht worden. Alle wussten ja, dass wir ununterbrochen zusammenhingen. Er hat also auch sich selbst in Sicherheit gebracht, indem er mir den Arsch gerettet hat."

„So weit, so gut", stellte Franziska fest. „Damit wart ihr dann also aus dem Schneider. Aber für dich war von da an nichts mehr wie vorher, richtig?"

„Schlimmer: Für mich war das Erlebnis so einschneidend, dass ich mir keine solch gefährlichen Einsätze mehr zugetraut habe. Vom Kopf her war mir natürlich klar, dass ich nur die Finger von den Drogen lassen musste, damit so etwas nicht wieder passierte, aber psychisch hatte ich einen Knacks weg. Und wie sollten die Ärzte mir auch helfen? Ich durfte ja niemandem sagen, was wirklich passiert war. Also habe ich schließlich den Dienst quittiert und bin zur Polizei gegangen. Auch diesen Ausweg verdanke ich Maiks Schwindelei, denn wenn mein Drogenvergehen bei den Kampfschwimmern aktenkundig geworden und ich unehrenhaft entlassen worden wäre, wäre mir auch dieser Weg verbaut gewesen."

„Und seitdem stehst du in seiner Schuld", schloss Franziska.

„Die er allerdings nie eingefordert hat", schränkte Leander ein. „Wie gesagt, er hat sich damit ja auch selbst gerettet."

„Was hat dann zu eurer Trennung geführt?"

Leander drehte beide Handflächen nach oben. „Das kann ich gar nicht so genau sagen. Jedenfalls hat es keinen besonderen Zwischenfall mehr gegeben. Es waren wohl einfach die unterschiedlichen beruflichen Wege, die dazu geführt haben, dass wir uns immer seltener gesehen und uns schließlich aus den Augen verloren haben." Er blieb stehen und blickte aufs Meer hinaus, ohne da draußen aber wirklich etwas wahrzunehmen.

„Du bist dir nicht sicher, oder?" Franziska griff nach seiner Hand.

„Was meinst du?"

„Na ja, du fragst dich bis heute, ob nicht nur du nach dem Flashback das Vertrauen zu dir verloren hast, sondern auch Maik."

Neben dem roten Felsen tauchte der Sonnenball langsam ins Meer. Ein Krabbenkutter steuerte direkt darauf zu. Leander drückte Franziskas Hand und schluckte schwer. Sie hatte die Sache mal wieder auf den Punkt gebracht.

Den Rest des Abends verbrachten sie auf der Terrasse ihres kleinen Bungalows. Franziska war sehr schweigsam und ließ offenbar den Tag mit all seinen spannenden und enthüllenden Facetten Revue passieren. Hin und wieder nippte sie an einem Glas Rosé. Leander hatte sich eine Flasche Bier aus dem Kühlschrank geholt und war insgeheim froh über Franziskas Schweigsamkeit. Die Bilder aus seiner Vergangenheit hielten ihn gefangen und wollten sich nicht mehr verscheuchen lassen. Außerdem war er sich nicht klar darüber, ob er sich selbst wieder hinreichend vertrauen konnte, um mit Maik und Franziska zu einem Wrack hinunterzutauchen. Wenn er versagte, brachte er nicht nur sich selbst in Gefahr. Allerdings wusste er auch nicht, wie er das herausfinden konnte, ohne sich auf einen Tauchgang einzulassen.

„Ich gehe ins Bett", sagte Franziska und streichelte über seinen Arm.

Leander lächelte ihr zu. „Ich komme gleich nach."

In den Bungalows um sie herum war Ruhe eingekehrt, nur ein Baby schrie hin und wieder im Gewirr der Holzhäuser. Irgendwo zeterte eine Möwe. Leander war sich in diesem Moment sicher: Die Düne war der friedlichste Ort, den man sich vorstellen konnte. Wäre er seinerzeit hier in Dienst gestellt worden, wäre er sicher immer noch Polizist. So wie Tamme, der alte Griesgram, der selbst im Ruhestand noch die Flöhe husten hörte, obwohl es hier ja nun wirklich weit und breit keinerlei Anzeichen irgendeines Verbrechens gab. Der ideale Ort also für einen erholsamen Urlaub mit Franziska – drei Wochen lang Schwimmen, Sonnenbaden und nun auch noch Tauchen. Es würde ihm diesmal leichtfallen, sein Versprechen einzulösen und seine Freundin glücklich zu machen.

Kapitel 6: In der Tiefe

Maik erwartete sie bereits auf seinem Schiff, der *Odyssee*. Unter dem rustikalen Namensschild, das aussah, als wäre es per Hand aus Treibholz geschnitten worden, war als Heimathafen Cuxhaven angegeben.

„Willkommen an Bord!", begrüßte Maik sie mit einer einladenden Geste, die auch Stolz ausdrückte.

Leander blickte sich um und nickte anerkennend. „Ist das dein Schiff?"

„Na ja, Schiff ist wohl leicht übertrieben", gab sich Maik bescheiden. „Und im Grunde gehört es der Bank, aber ja, ich habe diesen Kutter umgebaut und mit allen Schikanen ausgerüstet. Immerhin verdiene ich damit mein Geld."

„Ich habe mir so ein Expeditionsschiff, von dem aus man nach Wracks taucht, immer viel größer vorgestellt", wandte Franziska ein.

Maik lachte laut auf. „Frauen können so schonungslos ehrlich sein."

„Entschuldige, ich wollte nicht ..."

„Nein, du hast ja ganz Recht. Dieser Kutter ist gut genug für die küstennahen Gewässer. Wenn wir auf großer Tour sind, mieten wir uns die *Fritz Reuther* aus Büsum. Die ist mit allem ausgestattet, was man für die Wracksuche und für die Bergung braucht: ein Sonar-Multibeam, mit dem man den Meeresboden millimetergenau abscannen kann, ein Satelliten-Telefon, schweres Bergungsgerät und und und. Allerdings ist das Schiff so teuer, dass wir es nur gezielt einsetzen. Hier vor Helgoland mit den geringen Tiefen reicht die *Odyssee* vollkommen."

„Wie muss man sich deine Arbeit denn konkret vorstellen?", fragte Leander.

„Das erzähle ich euch, wenn wir unterwegs sind. Wir müssen uns etwas sputen, sonst verpassen wir unser Zeitfenster."

Maik wies Leander an, die Leinen von den Pollern zu lösen. Er warf inzwischen den Motor an und steuerte das Schiff, sobald es sich von der Mole entfernt hatte, im Bogen durch das Hafenbecken auf die Ausfahrt zu. Leander und Franziska stellten sich neben ihn und hielten sich an der Schanze des Führerstandes fest.

Als sie den Hafen verlassen hatten, lenkte Maik das Schiff nach backbord durch die Reede zwischen Helgoländer Felsen und Düne hindurch. Bald hatten sie die Buhne an der Jugendherberge passiert und nahmen Kurs auf die offene See.

„Also", setzte Maik an, während er den Blick konzentriert geradeaus gerichtet hielt, „in der Regel arbeite ich im Auftrag, wenn ich ein Wrack erkunde oder Schiffsteile berge. Dann übernehmen meine Kunden die Kosten der *Fritz Reuther*. Ich nutze aber die Hin- und Rückfahrt zwischen Büsum und dem Einsatzort, um mit dem Multibeam den Boden der Nordsee zu scannen und zu kartografieren. Dabei habe ich schon so manches Wrack entdeckt, das ich bei späteren Einsätzen nebenbei betaucht und erkundet habe. Ideal sind Research-Aufträge, um bestimmte Gebiete gezielt zu erkunden. Dann schlage ich zwei Fliegen mit einer Klappe. Step by step scanne ich auf die Art die gesamte Nordsee ab. Und irgendwann, da bin ich ganz sicher, werde ich so die *Maria* finden."

„Das heißt, deine Einsätze sind extrem teuer", schlussfolgerte Franziska. „Wer sind denn deine Auftraggeber?"

„Das ist ganz unterschiedlich. Museen, wie jetzt zum Beispiel hier auf Helgoland, oder das Deutsche Schifffahrtsmuseum in Bremerhaven, das Internationale Maritime Museum in Hamburg, gelegentlich auch das Militärhistorische Museum in Dresden, wenn die Historiker ein bestimmtes Exponat suchen oder für ein vorhandenes Exponat einen Herkunftsnachweis brauchen. Manchmal beauftragen mich auch Kunsthandwerker, die ganz scharf auf den Schiffsstahl sind, den man von den Wracks bergen kann." Leander sah ihn fragend an und Maik erläuterte: „Einer meiner Stammkunden ist ein Kunstschmied, der sich darauf spezialisiert hat, Sammlermesser aus historischem Wrack-Stahl zu schmieden. Die Griffschalen fertigt er aus Treibholz. Er limitiert die Auflagen auf 500 Messer pro Wrack und schmiedet alles per Hand. Die Dinger sind schon ausverkauft, bevor er sie alle gefertigt hat." Er lachte, als hielte er das selbst für absurd. „Die Preise sind astronomisch, das kann ich euch sagen. Ihr glaubt gar nicht, wie viele Menschen es gibt, die Dinge nur besitzen wollen, weil sie aus dem Zweiten Weltkrieg oder dem Dritten Reich stammen. Für die scheinen solche Funde geradezu eine magische Aura zu besitzen."

„Und woher weißt du, wo du danach suchen musst?"

„Ich tauche zu den Wracks, die ich mit dem Multibeam entdeckt habe, wann immer sich die Gelegenheit bietet. Wenn ich dort abgetrennte Teilstücke finde, suche ich nach einem interessierten Käufer und berge sie für ihn."

„Du schweißt oder schneidest also die Wracks unter Wasser nicht auseinander?", fragte Franziska.

„Um Gottes willen!" Maik hob abwehrend die rechte Hand. „Wenn ich das täte, käme ich in Teufels Küche. Es ist verboten, die Wracks zu verändern. Zum einen stehen sie unter Denkmalschutz, und das heißt, dass jede Plünderung Diebstahl wäre, zum anderen werden sie nach geltendem internationalem Recht als Kriegsgräber eingestuft. Störung der Totenruhe ist in dem Zusammenhang kein Kavaliersdelikt. Wenn ich ein Wrack genau untersuchen will, brauche ich dafür die Genehmigung des Archäologischen Landesamtes Schleswig-Holstein. Und ich bin an strenge Auflagen gebunden: Ich muss die Untersuchung des Wracks dokumentieren, einen Bericht verfassen und den innerhalb von zwei Wochen einreichen. Vor allem der Abbau von Geräten muss gründlich dokumentiert werden, sonst sind sie für Forschungszwecke unbrauchbar."

„Das übliche deutsche Bürokratiedesaster", kommentierte Leander kopfschüttelnd.

Maik lachte. „Na ja, das hört sich schlimmer an, als es ist. Die Behörden sind ja an meinen Ergebnissen hochgradiert interessiert, deshalb bekomme ich in der Regel jede Genehmigung, die ich brauche. Allerdings verdanke ich das nicht zuletzt dem guten Ruf, den ich mir erarbeitet habe. So eine Taucherlaubnis bekommt nämlich bei Weitem nicht jeder. Und man braucht Geduld, bis sie ausgestellt ist. Darauf, das Schlachtschiff erkunden zu dürfen, zu dem wir gleich hinabtauchen werden, habe ich eineinhalb Jahre gewartet."

„Ist das nicht gruselig, in Kriegsgräbern auf dem Meeresboden zu tauchen?" Franziskas Tonfall verriet, dass sie das sogar für so unheimlich hielt, dass sie es sich ihrerseits gar nicht vorstellen konnte.

„Oh ja", antwortete Maik, mit einem Mal sehr ernst. „Ich habe verdammt viel Respekt und Ehrfurcht davor. Deshalb käme ich schon von selbst gar nicht auf die Idee, ein Wrack zu zerstören. Und das unterscheidet mich eben auch von den Wrackräubern und Plünderern, denen absolut nichts heilig ist."

„Wrackräuber!", rief Leander zweifelnd aus. „Du erzählst uns hier etwas von Schatzschiffen auf dem Grund der Nordsee wie der *Maria* und kommst jetzt auch noch mit Wrackräubern um die Ecke. Am Ende gibt es hier auch noch Piraten, oder was?"

Maik blickte ihn ernst an. „Das ist kein Seemannsgarn, mein Lieber! Wenn ich ein Wrack entdecke und die Lage dokumentiere, beginnt für mich ein Wettlauf gegen die Zeit. Es besteht immer die Gefahr, dass während der ein bis zwei Jahre, die ich auf die Genehmigung warte, Hobbytaucher und Tauchclubs auf das Wrack stoßen und alles abschrauben und abschlagen, was nicht niet- und nagelfest ist. Vor allem die Holländer sind da ganz gefährlich. Haben die Wind von einem Wrack bekommen, sind die wertvollen Ausrüstungsgegenstände des versunkenen Schiffes schon im Internet verscherbelt, bevor ich die Genehmigung habe, das Wrack zu untersuchen. Solche Relikte sind dann für die Forschung für immer verloren. Und es sind ja nicht nur unsere Museen, die ein Interesse daran haben. Hast du eine Ahnung, wie viele Menschen in den Weltkriegen mit ihren Schiffen verschollen sind? Die Hinterbliebenen haben ein Recht darauf, Klarheit zu bekommen, auch wenn das 80 Jahre nach dem Untergang des Schiffes passiert und Generationen dazwischenliegen."

Letzteres hatte Maik mit so viel Überzeugung vorgetragen, dass Leander der Piraten-Scherz nun kindisch vorkam.

„Und das sind verdammt viele Schiffe, die hier unten liegen", fuhr Maik fort. „Die Nordsee ist eines der gefährlichsten Gewässer der Welt, weil sie unberechenbar ist. Der Wechsel von einer spiegelglatten See zu meterhohen Wellen kann binnen Minuten geschehen. Darum hat es hier immer schon extrem viele Schiffsunglücke gegeben, ganz zu schweigen von den Katastrophen der beiden Weltkriege. Man geht von etwa 50.000 Schiffswracks in der Nordsee aus, davon allein über 4000 in der Deutschen Bucht. Und darunter befinden sich nach Schätzung aller Experten etwa ein Dutzend Schatzschiffe. Der Fund eines davon wäre ein Jackpot."

„Und die vermutest du auch hier vor Helgoland?" Maik hatte Franziska offensichtlich in seinen Bann gezogen. Sie hing förmlich an seinen Lippen.

Der Wracktaucher nickte ernst. „Dafür spricht einiges: Erstens hat es rund um Helgoland im Laufe der Jahrhunderte ungefähr 700 dokumentierte Schiffsstrandungen gegeben. Die meisten Wracks sind archäologisch noch nicht erforscht. Entsprechend ist das hier ein Eldorado für Leute wie mich – aber eben auch für Wrackräuber. Zweitens war Helgoland immer schon ein begehrter Vorposten und Zufluchtsort, zum Beispiel für den berühmten Piraten Klaus Störtebeker im 14. Jahrhundert. Aber auch die Engländer hatten den Felsen fast während des gesamten 19. Jahrhunderts in ihrem Besitz, haben hier Handel getrieben und Steuern erhoben. Das Geld musste natürlich nach England transportiert werden und bei stürmischer See kam es nicht immer dort an. Und Drittens ist Helgoland immer schon eine Schmuggler-Hochburg gewesen. Hier wurden also sehr viel Gold und Silber auf Schiffe verladen. Und ein Teil davon liegt irgendwo auf dem Grund der Deutschen Bucht und wartet darauf, von mir gehoben zu werden." Nun lachte Maik und zwinkerte Franziska schelmisch zu. „Erst 2015 haben Sporttaucher etwa sechzehn Seemeilen vor Helgoland in zwanzig Metern Tiefe eine französische Silbermünze mit dem Konterfei von König Ludwig IV. gefunden. Und wo eine Münze ist, können noch ganz viele weitere sein."

„Gehören solche Funde nicht dem Land oder dem Bund?", wandte Leander ein.

„Natürlich." Maik nickte heftig. „Aber stell dir nur den Finderlohn vor, wenn ich ein ganzes Schiff voll Silber oder Gold finde! Wie schon gesagt, allein der würde mich reich machen."

Sie waren inzwischen so weit von Helgoland entfernt, dass sie den Felsen nur noch als grau-roten Umriss ausmachen konnten. Maik stoppte die Maschine.

„Hier werfen wir Anker und machen einen Tauchgang. Aber vorher hissen wir die Taucherflagge." Er kramte einen blau-weißen Stofffetzen hervor, der auch schon bessere Tage gesehen hatte, und zog ihn am Drahtseil des Mastes hoch, wo er leicht im Wind hin und her wedelte. „Jetzt wissen die anderen Schiffe, dass Taucher im Wasser sind und sie 150 Meter Abstand halten müssen, um keinen gefährlichen Wellenschlag zu erzeugen." Dann warf er einen Blick auf seine Taucheruhr. „In einer halben Stunde öffnet sich das Stauwasser-Fenster, dann müssen wir unten sein."

„Was für ein Fenster?", zeigte sich Franziska verständnislos.

„Das ist die Zeit, in der die Tide wechselt", erklärte Leander, während Maik sich daranmachte, den Anker zu werfen. „Dann steht das Wasser für ungefähr eine Dreiviertelstunde bis zu einer Stunde quasi still. Das ist das sogenannte Stauwasser-Fenster, also die Zeit, die man zur Verfügung hat, um da unten zu tauchen, sonst ist die Strömung einfach zu stark."

„Na bitte", lobte Maik und klopfte Leander auf die Schulter. „Du hast ja doch nicht alles verlernt. Dann muss ich dir ja auch nicht beim Anlegen der Ausrüstung helfen und kann mich voll und ganz auf dieses reizende Wesen konzentrieren."

Dafür bekam er von Franziska einen Hieb auf den Arm, allerdings ließ sie sich dann doch sehr bereitwillig beim Anziehen des schweren Taucheranzuges helfen.

„Jetzt zu unseren Deko-Stopps", sagte Maik. „Hast du davon schon einmal etwas gehört?"

„Natürlich", entgegnete Franziska großspurig und zwinkerte Leander zu. „Die sind dazu da, den Druck abzubauen und den Stickstoff, der sich beim Tauchen im Körper anreichert."

„Richtig. Wir werden heute das gesamte Stauwasserfenster nutzen. Das heißt, wir bleiben ungefähr eine Stunde in etwa 23 Metern Tiefe."

„Wie lang wäre die Nullzeit?"

Maik blickte sie anerkennend an und antwortete: „23 Minuten, also deutlich weniger als unsere Stunde. Dein Tauchcomputer informiert dich beim Auftauchen, wann du einen Stopp einlegen musst und wie lange der dauert. Für eine Anfängerin ist das kompliziert, also orientiere dich unbedingt an Henning und mir. Und ganz wichtig: Tauche niemals alleine und ohne Stopps auf! Verstanden?"

„Ay ay, Captain!" Franziska legte Zeige- und Mittelfinger an ihre Stirn.

„Das ist kein Spaß, Franziska!" Maik blickte sie ernst an. „Wir haben keine Druckkammer an Bord, falls du zu schnell auftauchst."

„Keine Angst." Leander legte Franziska beruhigend eine Hand auf den Arm. „Wir tauchen nicht so tief und so lange, dass Lebensgefahr besteht. Aber du musst dich trotzdem genau an das halten, was Maik sagt."

Sie nickte verlegen.

Leander streifte sich das enge Neopren ohne Unterstützung über und erinnerte sich inzwischen wieder an jeden Handgriff. Nur die Flaschen musste er sich von hinten anreichen und aufsatteln lassen. Anders als bei dem vergleichsweise unvollständigen Anzug, der vor der Düne ausgereicht hatte, gehörte nun auch ein Wing-Jacket dazu, die Tarierweste, die den Druckausgleich beim Auftauchen unterstützte und die Taucher auf der entsprechenden Höhe hielt, sowie ein Tiefenmesser, also ein sehr leistungsstarker Tauchcomputer in der Größe einer Armbanduhr. Und statt der Monoflasche benutzten sie nun Duo-Geräte, Doppelflaschen mit speziell für diese Tauchgründe und Tauchtiefen aufbereiteten Atemgasen.

Maik erklärte Franziska das alles, während er ihr beim Ankleiden half. Dabei rollten unter seiner braungebrannten Haut die Muskelstränge wie dicke Kabel. Leander beschloss, den durchtrainierten Zustand seines Freundes lieber nicht mit seiner eigenen Kondition zu vergleichen.

Auch Atemgeräte und Masken bekam jeder in doppelter Ausführung. „Zu unserer Sicherheit", erklärte Maik. „Falls ein Teil einmal ausfallen sollte. Andernfalls kämst du von da unten nicht mehr hoch."

Diese Äußerung war dann auch der Trigger, der Leander in Alarmbereitschaft versetzte. Er hatte bereits während der ganzen Fahrt ein beklemmendes Gefühl gehabt, eine Art Angst vor der Angst, nur war ihm das nicht bewusst gewesen. Jetzt aber baute sie sich vor ihm auf wie eine Wand, um ihm den Weg zu verstellen. Gestern vor der Düne hatte sie sich ihm nicht so bedrohlich gezeigt. Warum eigentlich nicht? Weil es da nur wenige Meter tief hinabgegangen war? Weil es ihn eher an die Jugend im Tauchsportclub erinnert hatte, an seine ersten Erfahrungen im

Baggersee? Und was war heute anders? Noch während er sich diese Frage stellte, wusste er schon die Antwort: Heute würde es in die Tiefe der Nordsee gehen, hinunter zu einem Wrack aus dem Zweiten Weltkrieg, wie damals an diesem verhängnisvollen Tag. Und genau wie damals in der Kieler Förde war heute wieder Maik an seiner Seite. Das war es, was die Angst in ihm triggerte.

Leander war klar, dass er sie nicht zulassen durfte. Er musste sich ihr stellen, sonst würde sie den Rest seines Lebens beherrschen.

Der Sturm aus Gefühlen und Gedanken, der in Leander tobte, wurde von Maik unterbrochen. Er hatte sich inzwischen in seinen Anzug gezwängt und stand nun vor Leander, um sich von ihm bei den Geräten helfen zu lassen. Ein Automatismus steuerte Leanders Handgriffe, und es war einigermaßen beruhigend, dass der so tadellos funktionierte.

Als schließlich alle drei komplett angekleidet waren, verteilte Maik Taschenlampen, kontrollierte noch einmal die Tiefenmesser, gab das Okay-Zeichen und sprang mit den Flossen zuerst über Bord. Dabei hielt er Maske und Atemgerät mit der Hand fest. Leander gab Franziska ein Zeichen, es genauso zu machen, und folgte ihr, kurz nachdem sie in die grau-grüne Nordsee eingetaucht war.

In dem Moment, in dem das Wasser über ihm zusammenschlug, war sie plötzlich voll da, die Klammer, die seine Brust einschnürte und ihm die Sinne zu rauben drohte. Er atmete hektisch ein und aus. Reiß dich zusammen!, befahl er sich. Schließ die Augen. Konzentrier dich ganz auf dich. Nur nicht nachgeben jetzt, nicht den Rückzug antreten!

Er musste seine Atmung unter Kontrolle bringen, dann wurde alles gut. Wenn nicht, konnte er gleich wieder an Bord klettern und den Taucheranzug für immer auszuziehen. Leander zwang sich zu gleichmäßigen Atemzügen, zischend einatmen, blubbernd ausatmen, zischend ein, blubbernd aus, ein, aus. Allmählich wurde seine Atmung ruhiger.

Nun kehrte auch die Zuversicht zurück, die Fähigkeit zum Denken, die Erkenntnis, dass heute alles anders war, dass er keine Angst vor einem Flashback zu haben brauchte. Seit jener verhängnisvollen Nacht im Ausbildungszentrum hatte er nie wieder einen Joint angerührt. Folglich hatte er keinerlei Substanz im Blut, die einen Vorfall wie damals am Wrack auslösen konnte. Was also stand einem erfolgreichen Tauchgang in diesem Moment im Wege, außer der Angst vor der Angst? Außer ihm selbst? Nichts, wusste Leander, absolut gar nichts. Also los, Henning, vertreib die alten Geister! Jag sie zum Teufel! Gewinn die Macht über dein Leben zurück! Atme, Henning! Zischend ein, blubbernd aus, ein, aus.

Er konzentrierte sich vollständig auf die Geräusche, die ihn regelrecht zu fluten und auszufüllen schienen, zählte die Sekunden zwischen den Atemzügen, die immer mehr wurden, bis sie schließlich gleichmäßig waren, ohne abgehackte Zwischenzüge, ohne Druck auf der Brust.

Als Leander die Augen öffnete, traf ihn Maiks Blick, der sicher schon die ganze Zeit alarmiert auf ihm geruht hatte. Dieser Blick war es, der seine Aufmerksamkeit von innen nach außen zog. Leander wusste schlagartig, dass er den Freund nun nicht im Stich lassen konnte, dass er ihm nicht die Verantwortung für einen unsicheren, ja unkontrollierbaren Partner und für eine Anfängerin allein aufbürden durfte. Maik musste sich auf ihn verlassen können, sonst war ihr Tauchgang hier und jetzt beendet. Und das konnte er Franziska nicht antun.

Er signalisierte dem Freund, dass alles in Ordnung sei. Der

sah ihn noch einen Moment skeptisch an, aber dann schien er zu beschließen, Leander vertrauen zu können, und gab das Okay zurück.

Sekunden später standen sie sich wassertretend im Dreieck gegenüber. Maik wartete, bis auch Franziskas Atmung einigermaßen ruhig ging, dann gab er das Zeichen zum Abtauchen. Nun setzte bei Leander die Routine wieder ein. Mit jedem Flossenschlag kehrte die Sicherheit zurück und die Gewissheit, dass wirklich alles gut war.

Die Männer achteten darauf, dass Franziska direkt am Ankerseil und zwischen ihnen blieb, während sie nun dank der Bleigurte schnell an Tiefe gewannen. Dabei bewunderte Leander die Sicherheit, die Franziska ausstrahlte, wusste aber, wie es wirklich in ihr aussah. Schließlich begab sie sich hier draußen in der Deutschen Bucht in ungewohntes und gefährliches Terrain und damit auf Gedeih und Verderb in die Hände ihrer Freunde. Die eigentliche Gefahr aber war die Selbstüberschätzung, zu der Anfänger neigten, weil ihnen die Erfahrung riskanter Situationen fehlte.

Je tiefer sie kamen, desto mehr ergriffen das Zischen und Blubbern der Atmung wieder ganz von ihm Besitz. Luftblasen gingen in regelmäßigen Abständen von allen drei Tauchern aus, in Franziskas Fall in merklich kürzeren Abständen, was Leander auf ihre Aufregung und Unerfahrenheit zurückführte. Und gleichzeitig nahm er bei sich selbst wahr, wie selbstverständlich er sich nun bewegte, wie sehr er sich in diesem Element zu Hause fühlte. Mit der Routine strömte auch das Glücksgefühl zurück, das er früher immer dann gespürt hatte, wenn er sich voll und ganz der abgeschlossenen Welt der Tiefe anvertraut hatte.

Die Dunkelheit nahm hier wesentlich schneller zu als vor der Düne. Hatte dort der Sand in wenigen Metern Tiefe die Sonnenstrahlen reflektiert, verloren sie sich nun in dem unendlich scheinenden Grün, das schon bald in Schwarz überging. Maik schaltete seine Taschenlampe ein, woraufhin die anderen beiden es ihm gleichtaten.

Plötzlich tauchte vor ihnen der gewaltige Umriss eines schräg im Grund steckenden Schiffswracks auf. Es wirkte, als habe es sich mit dem Bug zuerst in den Sand gebohrt. Das Heck ruhte einige Meter über dem sonst flachen Meeresgrund auf einem Felsenriff, die Aufbauten stachen schräg in die Höhe. Leanders Herzschlag beschleunigte sich, als er auf das dunkle Ungetüm zutauchte. Bis eben hatten noch Trübstoffe die Sicht erschwert, nun wurde das Wasser allmählich klarer. Das war ein Indiz dafür, dass das Stauwasser eingesetzt hatte und die Sedimente sich absetzten. Zudem kamen in dieser Tiefe weniger Algen vor. Ein Blick auf den Tiefenmesser zeigte Leander, dass sie sich in 20,3 Metern Tiefe befanden.

Drei Lichtkegel tasteten das Wrack ab und ließen Farben sichtbar werden. Das Schiff hatte sich um ein paar Grad auf die Backbordseite gedreht und war über und über gelb und weiß verkrustet und mit grünen Algenfäden bewachsen. Dazwischen schienen rosarote und blaue Blüten auf – Anemonen, sogenannte Blumentiere, die sich mit ihrer Fußscheibe auf dem Untergrund festkrallten und über zahlreiche Tentakeln Mikroorganismen aus dem Wasser fischten und sich davon ernährten. Braune Krebse und sogar blaue Hummer huschten vor dem einfallenden Licht der Lampen zu den Seiten weg und suchten Zuflucht in Nischen und schwarzen Öffnungen, die einmal von Bullaugen verschlossen gewesen waren.

So faszinierend das alles war, dies hier war ein stählerner Sarg. Bis zu diesem Zeitpunkt hatte Leander das ausgeblendet und sich voll und ganz auf das eigene Befinden und den ungewohnten Anblick des Wracks konzentriert. Er blickte Franziska an und erkannte, dass auch sie geradezu mit Ehrfurcht auf den schwarzen Koloss starrte. Die Vorstellung, durch eine der Öffnungen in die Totenfratze eines Marinesoldaten zu blicken, ließ selbst ihn erschauern. Franziska würde garantiert in Panik geraten.

Maik machte sich daran, das Wrack langsam auf der Steuerbordseite abzutauchen und mit einer Unterwasserkamera Fotos von der Lage des Schiffes zu machen. Außerdem fotografierte er durch die offenen Luken und in die Aufbauten hinein. Franziska versuchte, möglichst dicht an seiner Seite zu bleiben, während Leander sich leicht zurückfallen ließ, als er ihnen nun folgte. Am Ende des Schiffskörpers drehten sie um und tauchten auf der Backbordseite langsam zurück. Auf halber Strecke zwischen dem Heck und den Aufbauten erkannte Leander verkrustete Rohre von Geschützen, die auf dem Deck angebracht waren. Außerdem klaffte ein Loch in der Bordwand, das an den Kanten ausgefranst war. Maik leuchtete hinein und schoss ein paar Fotos, bevor sie bis zum Bug zurücktauchten. Hier hielt er einen Beutel für die Fundstücke hoch, gab Franziska und Leander einen eigenen und begann damit, den Grund langsam schwimmend abzusuchen, und signalisierte ihnen, es ihm gleichzutun.

So wanderten nun drei Taschenlampen-Kegel über den teils sandigen, teils schlammigen Meeresboden. Maik fächelte mit seinem Handschuh an einigen Stellen Sediment auf, nahm hin und wieder etwas in die Hand, hielt es vor seine Taucherbrille, ließ es wieder fallen oder steckte es in den Beutel. Franziska und Leander verfuhren ebenso, fanden aber bei Weitem nicht so viel wie Maik mit seinem geübten Blick. Einmal hob Franziska einen länglichen, schlanken Gegenstand in den Lichtkegel, drehte ihn hin und her und steckte ihn in ihren Beutel. Leander sah, wie sich dabei etwas löste und von der sanften Strömung in die Dunkelheit getragen wurde. Er selbst stieß auf einen schwarzen Klumpen, der wie Teer aussah. Zunächst warf er ihn beiseite, doch dann hob er ihn wieder auf und steckte ihn in seinen Beutel. Er konnte schließlich nicht ganz ohne Fundstücke an die Oberfläche zurückkehren.

Als er sich unterhalb der Aufbauten befand, wandte er sich vom Meeresboden ab und schwamm am Schiffsrumpf entlang. Der Lichtkegel seiner Lampe erfasste einen offenen Abgang, der in die absolute Finsternis hinabführte. Sofort waren die Bilder von dem Ostseewrack wieder da, in das er damals hineingetaucht war. Auch hier führte eine rostige Stahltreppe in die Tiefe des Rumpfes und verlor sich im Schwarz. Er horchte in sich hinein, aber außer einem mulmigen Gefühl, das man in solch einem Fall durchaus als gesund und normal betrachten konnte, war da nichts – kein Fluchtreflex und schon gar keine Panik. Er wandte sich ab. So schnell würde er sich nicht in das Innere eines Wracks locken lassen und schon gar nicht allein.

Als sie den Grund auf beiden Seiten abgesucht hatten, deutete Maik mit dem Zeigefinger auf seinen Tauchcomputer und dann mit dem Daumen nach oben: Ihre Grundzeit war vorbei, sie mussten auftauchen, bevor die Strömung wieder stärker wurde und sie Gefahr liefen, abzutreiben.

Sie formierten sich im Dreieck zueinander und stiegen gleichmäßig langsam auf. Dabei befüllten sie ihre Tarierwesten mit Luft, wie Maik es oben an Deck erklärt hatte, und unterstützten so ihren Auftrieb. Immer seinen Anweisungen folgend, verharrten sie auf den Dekompressionsstufen – fünf Minuten auf sechs Metern Tiefe, neunzehn Minuten auf drei Metern –, wobei Leander Maiks Beispiel folgte und die Zeiten auf seinem Tauchcomputer kontrollierte. Die alten Reflexe funktionierten noch, als hätte er nie mit dem Tauchen aufgehört. Nach der Anfangskrise hatte er in keiner Sekunde Angst verspürt – weder beim Abtauchen, noch unten am Wrack. Im Gegenteil, die Faszination der Welt unter Wasser hatte ihn in ihren Bann gezogen wie damals, als er mit dem Tauchen angefangen hatte. Er hatte seine Dämonen besiegt. Noch während sie die Meeresoberfläche durchbrachen, konnte Leander den nächsten Tauchgang kaum erwarten.

„Meine Güte, war das herrlich", schwärmte Franziska vor Kälte schlotternd, als sie schließlich wieder an Bord waren und sich gegenseitig von ihrer Ausrüstung befreiten. Sie schien von einer Art Lebensvirus infiziert. Energie und Glück entströmten ihr aus jeder Pore.

„Nicht wahr?", freute sich Maik über ihre Begeisterung. „Das macht süchtig."

„Stimmt", stellte auch Leander fest und fing sich dafür ein dankbares Strahlen von Franziska ein. „So faszinierend hatte ich es nicht mehr in Erinnerung."

Maik trat vor ihn, lächelte und legte seine Hand mit leichtem Druck auf seine Schulter. „Noch zwei, drei Tauchgänge und du bist wieder ganz der Alte und ich vertraue mich dir wieder an", versprach er. „Deine Sicherheit da unten war unübersehbar."

„Ehrlich gesagt, fand ich das am Anfang ziemlich gruselig", gestand Franziska. „Nach allem, was du über Seekriegsgräber erzählt hast, war ich jeden Moment darauf gefasst, über ein Skelett in Marineuniform zu stolpern."

Maik lachte. „Keine Sorge. Da unten ist nichts mehr übrig von den sterblichen Überresten. Trotzdem handelt es sich um ein Grab." Er nahm die Flaschen und brachte sie in die dafür vorgesehene sichere Halterung unterhalb des Ruderhauses.

„Lasse hat etwas von einem Tag Pause gesagt, bis der Stickstoff wieder abgebaut ist", erinnerte sich Franziska. „Heißt das, wir können theoretisch erst in 24 Stunden wieder tauchen?"

„Grundsätzlich ja. Wenn Du schneller wieder runtergehst, bleibt ein Rest an Stickstoff in deinem Körper und deine nächste Tauchzeit muss entsprechend verkürzt werden." Maik war sichtlich beeindruckt von der Auffassungsgabe seiner Tauchschülerin. „Ehrlich, Franziska, ich bin total begeistert. Noch nie habe ich jemanden erlebt, der absolut keine Ahnung vom Tauchen hatte und dann so schnell die Grundbegriffe lernt und umsetzt."

„Bestimmt war ich in einem früheren Leben Wracktaucherin." Franziskas Wangen färbten sich rot über das dicke Lob des Berufstauchers.

„Wohl eher Meerjungfrau, so elegant wie du mit den Flossen wedelst." Maik zwinkerte ihr leicht grinsend zu, was dazu führte, dass sie die Augen niederschlug.

Backfisch!, schimpfte Leander in Gedanken, während Maik den Motor startete und Kurs auf Helgoland nahm.

Im Hafen gingen Leander und Franziska von Bord, während Maik zurückblieb und sich um die Geräte kümmerte, die heute im Einsatz gewesen waren. Sie verabredeten sich aber für den Abend zum Essen in ihrem Bungalow auf der Düne, um die Fotos und ihre Funde gemeinsam zu sichten. Dazu mussten sie jedoch zunächst einmal einkaufen.

Sie liefen durch den Lung Wai in Richtung Treppe. Die Geschäfte hatten noch geöffnet, auch wenn nur noch wenige mit Taschen bepackte Kunden unterwegs waren. Der Supermarkt lag oben direkt am Falm. Dort kauften sie alles, was sie für den Abend brauchten und für die nächsten Tage einplanten. Dabei durften natürlich Wein und Bier nicht fehlen, was dazu führte, dass sie schwer bepackt den Rückweg zur Fähre antraten.

69

„Wir sollten Rucksäcke kaufen", stöhnte Franziska unter der Last der Taschen, die sichtbar an beiden Armen zogen. „Diese Schlepperei ist kein Vergnügen."

„Wir könnten auch abends immer ins *Dünenrestaurant* gehen", schlug Leander vor, der sich lieber bedienen ließ, als selbst aufwändig zu kochen. „Frisch gezapft schmeckt Bier ohnehin besser."

Franziska blieb abrupt stehen und funkelte ihn an. „Was hältst du stattdessen davon, auf Bier zu verzichten? Dann wären unsere Taschen jetzt deutlich leichter. Und deiner Plauze würde es auch guttun."

Leander zog ungerührt an ihr vorbei. „Nee, dann lasse ich lieber dich schleppen", entgegnete er.

Kapitel 7: Von Röhrchen und schwarzen Klumpen

Sie hatten sich für Pasta mit Tomatensoße entschieden. Leander war für den leichteren Part zuständig: Er kochte die Spaghetti und hatte einzig darauf zu achten, dass sie al dente blieben, während Franziska mit ihrer Soße Geschmack an die Nudeln bringen musste.

Maik saß derweil mit einer Flasche Bier auf der kleinen Veranda vor dem Bungalow und unterhielt sich angeregt mit dem älteren Nachbarn. Was genau sie da austauschten, konnte Leander in der Küche nicht verstehen, aber da sie immer wieder laut lachten, schienen sie sich ausgezeichnet zu verstehen.

Als Leander Pasta und Soße hinausbrachte und Franziska Teller, Besteck und zwei weitere Bierflaschen für sich und Leander, war Maik allein. Leander sah gerade noch, wie das Nachbarpaar in Richtung *Friedhof der Namenlosen* in den Dünen verschwand. Beim Essen ließen Maik und Franziska die Augenblicke unten am Wrack noch einmal lebendig werden. Begeistert tauschten sie sich über die Farben der Anemonen und über die Tiere aus, die ihnen begegnet waren. Leander verlegte sich aufs Zuhören. Er freute sich über Franziskas Faszination, die aus jeder ihrer Schilderungen deutlich wurde. Für ihn war das ja alles nicht neu, und so gab er sich im Stillen ganz dem Erfolgserlebnis hin, sein altes Trauma überwunden zu haben.

Nach dem Essen holte Maik die Beutel hervor, in die sie ihre Fundstücke gesteckt hatten. „Dann lasst uns mal sehen, ob etwas Brauchbares dabei ist", sagte er und zog einen stark verkrusteten und von Rost überzogenen großen Gegenstand hervor.

Er begann gleich damit, ihn vorsichtig mit seinem Tauchermesser zu bearbeiten. „Das lag etwa in Höhe der Aufbauten im Sand", erzählte er. „Na, Henning, hast du eine Ahnung, was das ist?"

Leander betrachtete die runde Glasscheibe, die Maik von ihrem Kalkpanzer befreit hatte. „Irgendein Instrument aus dem Ruderhaus", vermutete er. „Vielleicht ein Kompass oder ein Barometer?"

„Ich halte es eher für einen Maschinen-Telegrafen." Und in Franziskas Richtung erklärte Maik: „Damit sind die Befehle in den Maschinenraum übermittelt worden. Leider ist Wasser eingedrungen und alles viel zu verrostet, um Genaueres erkennen zu können." Maik drehte das Instrument in seinen Händen. „Dem Gehäuse nach zu urteilen, handelt es sich um Messing aus der Zeit des Zweiten Weltkriegs. Es muss also zu dem Zerstörer gehören."

„Woher weißt du denn, dass *unser* Schiff da unten ein Zerstörer ist?", hakte Franziska nach.

„Das nehme ich an, weil die Form des Schiffes und die Aufbauten dem entsprechen, auch wenn die Linienführung ungewöhnlich ist. Jedenfalls ist es kein U-Boot und auch kein Schlachtschiff, aber es trägt Geschütze an Deck. Aus dem Zweiten Weltkrieg liegen meiner bisherigen Erkenntnis nach erstaunlich wenige Wracks hier vor Helgoland – dafür, dass hier so viele Schiffe im Zweiten Weltkrieg stationiert und von den Bombardierungen betroffen waren. Ich habe hier schon eine französische Galeone in etwa 26 Metern Tiefe und diverse Schiffe aus dem Ersten Weltkrieg geortet. Darunter das U-Boot, dessen Netzsäge wir in den nächsten Tagen bergen, die *UC-71*. Auch ein Kesselwrack, also einen Dampfer mit zwei großen Dampfkesseln, der um 1900 gebaut worden ist, habe ich direkt vor Helgoland schon betaucht oder die *SMS Mainz*!" Er beugte sich vor und machte damit deutlich, dass nun von einem besonderen Wrack die Rede war.

„Das Schiff ist gleich zu Beginn des Ersten Weltkriegs versenkt worden. Das war ein sogenannter Kleiner Kreuzer der Kaiserlichen Marine, der kurz nach Kriegsbeginn, genauer am 8.8.1914, vor Helgoland lag, als plötzlich aus dem Morgennebel britische Schiffe auftauchten und die Insel angriffen. Die *Mainz* feuerte aus allen Rohren Torpedos ab und traf zwei britische Zerstörer, bevor sie selbst unter Beschuss eines ganzen Geschwaders geriet. Sie wurde dreimal getroffen, die Dampfleitungen barsten und schon bald trieb sie steuerlos zwischen den feindlichen Schiffen. Die Mannschaft beschloss, das Schiff nicht in feindliche Hände geraten zu lassen, und öffnete die Flutventile. Die *Mainz* sank sofort auf den Grund der Nordsee."

„Und mit ihr die Mannschaft?" Franziska schaute Maik erschrocken an. „Wäre es nicht besser gewesen, zu kapitulieren und in Kriegsgefangenschaft zu gehen?"

„Wie man es nimmt. Es gab ein paar Überlebende, denen es auch ohne Kapitulation nicht schlecht ergangen ist. Sie wurden von den Engländern aufgefischt, genauer gesagt von dem Zerstörer *HMS Lurcher*. Der wurde von einem Admiral namens David Beatty kommandiert. Er soll die Soldaten mit den Worten empfangen haben: Ich bin stolz, so tapfere Männer an Bord meines Geschwaders begrüßen zu dürfen." Maik nahm einen Schluck Bier, lehnte sich wieder zurück und ergänzte: „Jedenfalls wurde es später so überliefert. Es ist natürlich durchaus möglich, dass sich die Kaiserlichen Soldaten ihre vermeintliche Heldentat einfach nur schöngeredet haben."

„Ich kann mit derartigen Kriegshelden-Mythen wenig anfangen", gestand Franziska. „In Wahrheit sind alle Gefechte doch von Blut, Angst und Elend geprägt. Das *Feld der Ehre* halte ich für imperialistischen Schwachsinn."

Maik lachte laut auf. „Auf jeden Fall machen sich solche Geschichten verdammt gut, wenn ich ein Wrack entdecke, betauche und später darüber schreibe. Meine Berichte verkaufen sich wie geschnitten Brot. Aber deine Ausgangsfrage war ja, woran ich einen Zerstörer erkenne. Jeder Schiffstyp hat eine ganz spezifische Silhouette, so wie man auch Kampfflugzeuge der unterschiedlichen Staaten an ihren Flugbildern unterscheiden kann. Und das da unten erinnert mit seiner Silhouette an einen Zerstörer, dessen genaue Herkunft und dessen Name bislang noch ungeklärt sind. Mit unseren Funden können wir Geschichte schreiben, wenn es uns gelingt, die Herkunft nachzuweisen. Lasst uns also sehen, was wir sonst noch hochgeholt haben."

Damit griff er nach dem zweiten Beutel und holte den Gegenstand hervor, den Franziska gefunden hatte. Er schien aus einem Leichtmetall zu bestehen, denn er hatte keinen Rost angesetzt.

Es handelte sich um ein Röhrchen, dessen metaller Schraubverschluss zu verkrustet war, um ihn öffnen zu können.

„Vermutlich Aluminium. An Schnitt- und Kratzstellen wie hier zwischen Röhrchen und Deckel verkrustet es und wird damit zwar unempfindlich für Luft und Wasser, aber es lässt sich dann auch nicht mehr aufschrauben", erklärte Maik. „Ich tippe auf Tabletten."

„Genau", bestätigte Franziska. „Vitamine. Als ich es aus dem Schlick gezogen habe, ist das Etikett weggespült worden. Es war rot-blau mit weißer Schrift. Ich konnte gerade noch *vit* entziffern, mehr war nicht mehr lesbar."

„Vermutlich aus der Schiffsapotheke." Maik legte das Röhrchen neben das Instrument. „Erstaunlich, dass überhaupt noch ein Etikett daran geklebt hat. Ich nehme an, das Röhrchen ist erst bei einem der letzten Stürme freigelegt worden. Du musst mir bei unserem nächsten Tauchgang die Stelle zeigen, an der du es gefunden hast. Vielleicht gibt es da noch mehr davon. – Und du, Henning? Was hast du gefunden?"

Leander zog den schwarzen Klumpen hervor. „Nur ein Stück Teer, befürchte ich." Bedauernd zuckte er mit den Schultern.

Maik drehte das Fundstück in seinen Händen und betrachtete es von allen Seiten. „Teer, ja? Mein lieber, ahnungsloser Freund."

„Wieso?" Franziska beugte sich neugierig vor. „Was ist es denn sonst?"

Maik wiegte nachdenklich den Kopf hin und her. „Wenn es das ist, was ich vermute, könnte es ein Geheimnis bergen." Er hielt den Klumpen den beiden Freunden hin und deutete mit dem Zeigefinger darauf. „Oxidiertes Eisen, da bin ich sicher. Aber das ist nicht alles. Seht her, hier sind zwei Teile regelrecht zusammengebacken. Und an dieser Stelle schimmert etwas durch, das nach einem anderen Metall aussieht. Irgendetwas scheint also darin eingeschlossen zu sein. Wer weiß, Henning, vielleicht hast du von uns allen das wertvollste oder zumindest das interessanteste Stück gefunden."

„Brich es auf", forderte Franziska und deutete auf Maiks Messer.

„Ich werde mich hüten", entgegnete der. „Das überlasse ich einem Fachmann. Ich habe morgen leider selbst keine Zeit, aber du, Henning, kannst es doch sicher einrichten, unseren Fund ins Helgoland-Museum zu bringen. Bestell Jörn einen Gruß von mir. Er soll bitte versuchen, es zu trennen und zu reinigen. Jörn Klaassen hat die nötigen Instrumente und Chemikalien dafür."

„Geht klar", antwortete Leander.

„Und Franziska, du könntest mir einen anderen großen Gefallen tun."

„Jeden!", erklärte die überschwänglich.

„Ich hasse staubige Arbeiten. Wäre toll, du würdest in die Bücherei gehen und herauszufinden versuchen, welche Schlachtschiffe oder Kreuzer während des Zweiten Weltkriegs nördlich von Helgoland gesunken sind. Es gibt da Hafenmeldungen, wer wann hier angelegt hat. Vielleicht findest du auch Hinweise auf Schiffe, die zwar ausgelaufen, aber gleich danach in schwerer See gesunken oder bei einem Angriff versenkt worden sind. Immerhin ist Helgoland gegen Kriegsende massiv angegriffen worden. Mach uns eine Liste. Und vielleicht finden wir am Wrack genauere Hinweise, um welches der Schiffe es sich handelt. Mit Hilfe deiner Liste können wir dann genau nachvollziehen, wann es gesunken ist und warum."

Franziska nickte ihm zu und schien sich darüber zu freuen, derart in Maiks Forschung eingebunden zu werden.

Zuletzt betrachteten sie noch die Fotos, die er mit der Unterwasserkamera gemacht hatte. Es waren rostige Aufbauten und Geschütze zu erkennen, dazu der steile Abgang mit verrosteten Treppenstufen und Geländern. Blickte man durch das ausgefranste Loch in der Bordwand, war nur ein zugesandeter Frachtraum auszumachen. Durch ein Bullauge konnte man durcheinandergeworfene Stühle und Tische sehen – „Wohl die Schiffsmesse", vermutete Maik – und kleine Kajüten mit Pritschen, die in die Wände eingelassen waren. Nichts Aufregendes insgesamt und auch nichts, was sie wirklich weiterbrachte.

„Was meinst du?", fragte Leander. „Wie tief steckt das Schiff am Bug im Sand?"

Maik bewegte abwägend der Kopf. „Es sieht so aus, als hätte es sich sehr tief eingebohrt, nicht wahr? Aber das glaube ich nicht. Ich nehme eher an, dass es auf eine Mine gelaufen ist oder von einer Bombe oder einem Torpedo getroffen wurde und dadurch seinen Bug verloren hat. Auch das Loch in der Bordwand dürfte von einer Mine oder einem Torpedo stammen, schätze ich."

„Das sind ja nur spärliche Erkenntnisse heute", stellte Leander enttäuscht fest.

Maik hob beide Handflächen, als wollte er sagen: So ist das nun mal, wenn man nach Wracks taucht. Stattdessen wandte er sich an Franziska: „Was meinst du, könntest du wohl eine Skizze von dem Wrack anfertigen und zwar möglichst genau so, wie es da unten im Sand steckt?"

Franziska nickte

Maik lehnte sich zurück, hielt seine Bierflasche gegen den Himmel und meinte: „Wir haben zwar heute sehr viel Wasser um uns herum gehabt, aber das ist noch lange kein Grund, jetzt auf dem Trockenen zu sitzen."

Leander lachte, sammelte die leeren Flaschen ein und ging zum Kühlschrank, um volle zu holen.

Kapitel 8: Das *Projekt Hummerschere*

Das Helgoland-Museum befand sich im Gebäude der Nordsee-halle. Leander fragte an der Ticketkasse nach dem Museumslei-ter, bekam zur Antwort, dass die Kassiererin diesen informieren werde, und betrat dann den ersten Raum. Er lief direkt auf einen Tisch zu, unter dessen Glasplatte sich ein Modell Helgolands in-mitten des Meeres befand. Bei dem Anblick des breiten Felsso-ckels konnte er sich gut vorstellen, dass hier im Sturm Schiffe gestrandet waren.

Ein großes Börteboot zum Transport von Passagieren zwi-schen der Insel und großen Schiffen, die außerhalb des Hafens ankerten, stand auf einer Seite des Raumes und dahinter, in der Ecke, eine Fischerhütte mit all den Utensilien, die im Laufe der Jahrhunderte in der Fischerei eingesetzt worden waren. Die Wand rechts davon füllte ein Schaukasten. Er beherbergte eine Anzahl von Schiffsmodellen und einen riesigen Schiffsmotor. Leander stand gerade davor und bewunderte die Ausmaße dieser gigantischen Maschine, als er von hinten angesprochen wurde.

„Sie haben nach mir gefragt?"

Als er sich umdrehte, erkannte er den Mann wieder, den er zusammen mit Maik auf der Terrasse des *Dünenrestaurants* ge-sehen hatte. Er nickte und stellte sich als Freund des Wracktau-chers vor.

Der Museumsleiter, Jörn Klaassen, sah genau so aus, wie Leander sich einen Mann vorstellte, der sein Leben mit verstaubten Dingen wie historischen Exponaten und Urkunden verbrachte. Er war groß und schmächtig, das genaue Gegenteil von Maik, und wirkte, obwohl er bestimmt nicht älter als vierzig war, mit seiner Brille und seinem hellblauen Hemd wie ein weltfremder Bücherwurm aus einem vergangenen Jahrhundert.

Sein eher stoischer Blick hatte sich leicht aufgehellt, als Leander Grüße von Maik ausrichtete. Und er wurde geradezu lebendig, als Leander sein Anliegen vortrug. „Von dem Zerstörer, soso. Dann lassen Sie mal sehen, was Sie da haben." Klaassen deutete auf einen Tisch, der mit zwei Stühlen an der Wand gegenüber den Exponaten stand.

Leander legte den Beutel darauf, in den er alle drei Fundstücke gesteckt hatte. Klaassen griff hinein und zog zunächst das große Instrument hervor, drehte es in beiden Händen und nickte wissend.

„Maschinen-Telegraf, eindeutig. Auch wenn man nichts entziffern kann, ist es für einen Kompass zu groß. Von welchem Schiff, lässt sich so nicht sagen."

Er griff erneut in den Beutel und hatte diesmal das Tabletten-Röhrchen in den Händen. Leander glaubte einen Moment, ein Flackern in den Augen des Museumsleiters zu erkennen, aber gleich darauf machte er wieder einen routinierten Eindruck, als habe er so etwas täglich in den Händen. Er drehte das Röhrchen hin und her und wirkte nun fast gelangweilt.

„Tja, nichts Besonderes, das kann aus jeder Schiffsapotheke stammen."

„Wir vermuten, dass Vitamintabletten darin sind." Leander berichtete, was Franziska auf dem Etikett gelesen hatte, bevor es fortgetrieben worden war.

„Davon gehe ich auch aus", bestätigte Klaassen. „An Bord der Schiffe herrschte im Krieg nicht selten Mangelernährung, jedenfalls bei den Mannschaften. Da wurden die Dinger in Massen geschluckt."

Er legte das Röhrchen beiseite und zog den schwarzen Klumpen aus dem Beutel. Diesmal war er wirklich elektrisiert, als er ihn zwischen seinen Händen drehte und von allen Seiten betrachtete.

„Wofür hält Maik das Ding?"

„Oxidiertes Eisen, das etwas anderes einschließt", antwortete Leander.

„Hat er gesagt, was er darin vermutet?"

„Nein, er hat nur gemeint, es könne etwas Wertvolles sein."

„Silber", bestätigte Klaassen unvermittelt. „Darin ist eine Silbermünze oder etwas Ähnliches. Vielleicht eine Medaille oder ein Orden, falls es wirklich aus demselben Schiff stammt wie der Maschinen-Telegraf."

Leander fand die Formulierung merkwürdig. „Was meinen Sie mit *falls es wirklich aus demselben Schiff stammt?*"

Klaassen blickte auf, schien einen Moment zu überlegen, wie er das erklären sollte, und erhob sich schließlich. „Kommen Sie mal mit."

Leander folgte ihm zu einem Modell des Meeresbodens, das eine Art Riff darstellte, an dessen Fuß ein Wrackmodell halb aus dem Sand ragte.

„Das hier soll der Felssockel von Helgoland sein", erklärte Klaassen. „Nehmen wir an, eine französische Galeone oder ein englisches Segelschiff ist vor ein paar Hundert Jahren im Sturm auf das Riff gelaufen und direkt am Sockel gesunken. Im Laufe der Zeit wurde es von der Strömung mit Sand bedeckt. Weiter angenommen, dass einige Jahrzehnte später das nächste Schiff an derselben

Stelle untergegangen ist – ich meine, im Sturm war es extrem gefährlich hier vor Helgoland, da ist das nicht selten passiert ..."

„... dann haben sich die Schiffswracks möglicherweise überlagert", vollendete Leander den Gedanken.

„Genau. In der Strömung und vor allem in heftigen Herbst- und Winterstürmen wurden Wracks im Laufe der Jahrhunderte regelrecht durcheinandergewirbelt, so dass sich Fundstücke aus zwei Schiffen heute vermischen."

„Das heißt, unter dem Zerstörer aus dem Zweiten Weltkrieg, den wir gestern betaucht haben, könnte ein englisches Segelschiff liegen."

„Das ist zumindest möglich", bestätigte Klaassen. „Und selbst wenn zwei Schiffe nicht an derselben Stelle gesunken sind, können sie dennoch durch einen Sturm freigelegt und durch die Meeresströmung zueinander bewegt worden sein. In den letzten Jahren hat die Stärke der Orkane durch den Klimawandel enorm zugenommen. Deshalb werden wir demnächst noch häufiger Wrackteile auf der Düne finden und vielleicht sogar ganze Wracks da draußen an Stellen, an denen bisher nichts geortet werden konnte."

„Goldene Zeiten für Maik und sein Sonar", schloss Leander und lachte.

Der Museumsleiter nickte lächelnd, ging wieder an den Tisch zurück und nahm den schwarzen Klumpen in die Hand. „Ich werde das in einem Säure-Bad säubern. Im besten Fall kommt eine Silbermünze zum Vorschein, die Maiks Traum von der *Maria* beflügeln wird. Im schlechtesten Fall ist es irgendein Mörderorden aus dem Zweiten Weltkrieg. Aber auch der hat dann einen Ausstellungswert für unser Museum." Er steckte die Stücke in den Beutel zurück. „Lassen Sie alles hier, ich mache mich gleich heute Nachmittag an die Arbeit."

Als er ihn hinausbegleitete, fragte Klaassen: „Wollen Sie weiter dort unten tauchen?"

„Natürlich. Wer weiß, was wir da noch alles finden."

„Ich rate Ihnen dringend davon ab", entgegnete der Museumsleiter ernst. „Auch wenn Maik ein erfahrener Wracktaucher ist, Sie sind es nicht. In den Schiffen da unten liegt häufig noch eine Menge Munition. Sie haben ja gesehen, was das Meerwasser aus Metall macht. Im Falle der Granaten und Torpedos bedeutet das, dass Sie über Zeitbomben tauchen, die jeden Moment losgehen können. Durch die Korrosion genügt schon die kleinste Berührung und Sie werden in tausend Einzelteile zerfetzt. Glauben Sie mir, ich übertreibe nicht. Maik kann die Gefahr einschätzen und weiß, was er riskiert. Mich wundert allerdings, dass er so ein Risiko mit Ihnen eingeht."

Leander reichte dem Mann wortlos die Hand und verließ das Museum. Draußen vor der Nordseehalle überfiel ihn die Hitze mit einem Schlag, so dass ihm erst jetzt klar wurde, wie angenehm kühl es in dem Gebäude gewesen war. Überhaupt lastete eine drückende Schwüle auf dem windgeschützten Bereich, in dem Nachbauten der Hummerbuden und des Leuchtturms ein museales Flair verströmten. Aus Erfahrung wusste Leander, dass andernorts innerhalb der nächsten Tage ein Wetterwechsel drohte. Aber vielleicht galten die üblichen Regeln hier draußen in den Weiten der Hochsee ja nicht.

Als er an dem Exponat einer Fliegerbombe vorbeikam, die am Eingang des Geländes ausgestellt war, kam ihm Klaassens Warnung wieder in den Sinn. Der Mann hatte zweifellos Recht, das war ihm klar. Auch bei den Kampfschwimmern hatten die Ausbilder immer wieder auf die Gefahr explodierender Munition hingewiesen und auf das Phosphor, das aus den Bomben, die von den Alliierten nach dem Krieg in den Meeren entsorgt worden waren, inzwischen austrat, weil die Metallhüllen sich auflösten. Andererseits war Maik ein erfahrener Wracktaucher, der schon so manches Schiff aus den Weltkriegen untersucht hatte und sich im Umgang mit Munition auskannte. Leander beschloss, dem Freund zu vertrauen, der sicher weder sein eigenes Leben noch das seiner Freunde in Gefahr bringen würde.

Von dem Gedanken einigermaßen beruhigt, machte er sich auf den Weg zurück zur Dünenfähre. Als er an der Bücherei vorbeikam, überlegte er einen kurzen Moment, ob er hineingehen und Franziska unterstützen sollte. Aber die Idee verwarf er gleich wieder. Er hatte absolut keine Lust, sich bei diesem Wetter stundenlang mit Schiffslisten und Büchern über die „*Festung Helgoland*" herumzuschlagen. Der Strand der Düne war da deutlich reizvoller.

Franziska wühlte sich inzwischen durch den Bestand Dutzender Veröffentlichungen, die sich mit der Helgoländer Militärgeschichte befassten. Sie notierte sich alles, was sie über das *Projekt Hummerschere* und die hier stationierten Schiffe und U-Boote zusammentragen konnte. Und das war eine Menge.

Im Dritten Reich war im Zuge der Wiederbewaffnung auch Helgoland in den Fokus der militärischen Planungen gerückt. Zu wichtig war die Lage der Insel in der Deutschen Bucht. Sie war ein Vorposten, von dem aus man nicht nur Marinemissionen starten, sondern auch die Verteidigung gegen eine Invasion aufbauen konnte. So wurde für das Oberland bereits 1934 die Bestückung mit schwerer Marineflak geplant. In den Jahren 1935 bis 1937 wurde der Hafen für Seeflieger ausgebaut, später wurde er dann als Basis für U-Boote mit großen Bunkeranlagen genutzt.

Das eigentliche *Projekt Hummerschere* wurde ab 1937 vorangetrieben, war aber so ambitioniert, dass der erste Bauabschnitt zur Wiederherstellung des früheren Kriegshafens erst 1941 starten sollte. Die weiteren Ausbaumaßnahmen inklusive einer Verstärkung der Bewaffnung der Insel sollten bis 1948 abgeschlossen sein. Man plante halt für ein *Tausendjähriges Reich*. Und welch einen Gegensatz stellten die Beton-Exzesse der Nazis zu der holzverschalten Bäder-Architektur der englischen Zeit dar, von der es Skizzen und aus späteren Zeiten auch Fotos gab!

Über die Schiffe, die auf Helgoland stationiert waren, fand Franziska enttäuschend wenig heraus. Es gab Dutzende Pläne und Fotos von dem U-Boot-Hafen und von den Bunkeranlagen. Soldaten hatten sich auf schweren Geschützen sitzend abbilden lassen und die Bebauung sah insgesamt wie eine große Kaserne aus. Der U-Boot-Bunker mit seinem Schwimm-Dock hätte genauso gut im Hamburger Hafen stehen können, so überdimensioniert wirkte er für den kleinen Felsen.

Neben den großen U-Booten hatte es sogar ein paar Kleinst-U-Boote vom Typ *Seehund* auf Helgoland gegeben, die nur mit zwei Torpedos bestückt und von einer zweiköpfigen Besatzung gesteuert werden konnten. Damit sollten feindliche Schiffe im Falle eines Invasionsversuches der Alliierten gezielt angegriffen werden, was an Kamikaze-Aktionen erinnerte.

Franziska war geradezu angeekelt von der in Beton gegossenen Eintönigkeit der Baumaßnahmen und von der völligen Zerstörung der Idylle, die damit verbunden war. Also wandte sie sich nun den Aufzeichnungen der wechselnden Hafenmeister zu.

Darin waren aber nur die Namen ziviler Schiffe erfasst. Listen über Kriegsschiffe aus der Zeit des Zweiten Weltkrieges fand sie keine. Das wunderte sie angesichts der üblichen bürokratischen Ordnungswut der Nazis schon sehr, auch wenn man bedachte, dass die militärische Nutzung Helgolands sicherlich unter hoher Geheimhaltung stand.

Als sie schon nahe daran war, aufzugeben, stieß sie wenigstens auf eine Auflistung von Schiffen, die im Seegefecht vor Helgoland im Jahre 1914 gesunken waren. Die SMS *Mainz*, von der Maik am gestrigen Abend erzählt hatte, war auch darunter. Sie war im Sommer 2015 von holländischen Tauchern geplündert worden. Der Artikel, der dies beschrieb, betonte die besondere Abscheulichkeit derartiger Vorgänge angesichts der Tatsache, dass mit dem Schiff 89 Seeleute untergegangen waren und ihre Körper seitdem in dem Wrack ruhten, das man entsprechend als Seekriegsgrab einzustufen hatte. Weitere sogenannte Kleine Kreuzer waren die SMS *Cöln*, die SMS *Ariadne* und die SMS *Hela*. Sie alle ruhten als Wracks auf dem Grund der Nordsee vor Helgoland, genau wie das Torpedoboot V 187.

Leider waren das alles keine Schiffe aus der Zeit, für die sich Franziska eigentlich interessierte. Dennoch listete sie die Namen auf, um nicht mit leeren Händen zurückzukommen. Dann räumte sie die Bücher wieder weg und machte sich daran, die von Maik gewünschte Skizze des Wracks anzufertigen. Sie rief sich ihre Beobachtungen in Erinnerung und zeichnete sowohl die Aufbauten, als auch den Treppenabgang und das Loch in der Bordwand ein.

Als sie eine Stunde später aus der klimatisierten Bibliothek in die Hitze hinaustrat, dachte sie an Leander. Der hatte bestimmt nicht so lange im Museum ausgeharrt und lag längst mit einem kühlen Bier im Liegestuhl auf ihrer Veranda oder irgendwo am Strand. Franziska seufzte tief und wusste in diesem Moment nicht, ob es die Enttäuschung über ihre kläglichen Recherche-Ergebnisse war oder ihr allgemeiner Zweifel am männlichen Geschlecht, von dem sie ein besonders faules Exemplar erwischt zu haben schien. Er schien in seinem Berufsleben eine regelrechte Antipathie gegen zeitaufwändige Recherchen entwickelt zu haben und jede Gelegenheit zu nutzen, sich unter den Apfelbaum in seinem Garten oder hier auf Helgoland an den Strand zu legen. Nur wenn es um gefährliche Ermittlungen ging, war er zu erstaunlichem Aktionismus in der Lage. Und das war Franziska dann auch wieder nicht recht, wie sie sich nun schuldbewusst eingestand. Konnte es sein, dass sie manchmal ganz schön unfair ihm gegenüber war?

Leander saß am Rand der Dünen und beobachtete die Kegelrobben. Eine schwarze wabbelte gerade aus dem Wasser und nahm keinerlei Rücksicht auf die Artgenossen, die sie dabei aus dem Weg rempelte. Als sie ein Jungtier regelrecht zu überrollen drohte, bekam sie es mit der Mutter zu tun, die ihren Nachwuchs unter lautem Grunzen und mit spitzen Zähnen verteidigte. Erst das bremste sie aus und zwang sie unter lautstarkem Protest zu einem Umweg, dem andere Kegelrobben zum Opfer fielen.

Leander gönnte sich gerade ausschweifende Gedankenexperimente wie die Frage, ob ein zivilisierterer Umgang miteinander das Leben der Raubtiere leichter oder vielleicht sogar schwerer machen würde, als Franziska über den Bohlenweg auf ihn zukam. Sie hatte zwei Wasserflaschen in den Händen und ließ sich leicht stöhnend neben ihm in den Sand fallen.

„Schön, dass du mir wenigstens einen Zettel auf dem Esstisch hinterlassen hast", sagte sie statt einer Begrüßung. „Ich glaube nicht, dass ich die ganze Düne nach dir abgesucht hätte."

„Ich freue mich auch, dich zu sehen." Leander grinste und nahm eine der Wasserflaschen aus ihrer Hand.

„Entschuldige." Franziska streichelte ihm sanft über den Arm. „Ich schiebe Frust."

„Du warst also nicht erfolgreich?" Leander setzte die Flasche an den Mund.

„Frag besser nicht", erwiderte Franziska, berichtete aber dann doch in knappen Worten von ihren noch knapperen Erkenntnissen. „Und wie war es bei dir?"

„Ergiebiger", antwortete Leander und schilderte nun seinerseits, was er von Jörn Klaassen erfahren hatte.

„Hoffentlich ist wenigstens dein Teerklumpen etwas wert."

Leander reichte ihr die Flasche zurück. „Ich frage mich allerdings, wie es sein kann, dass das Tablettenröhrchen noch ein Etikett hatte, als du es gefunden hast. Wenn es die ganze Zeit im Wasser gelegen hätte, wäre davon doch längst nichts mehr übrig gewesen."

„Es war halt im Schlamm vergraben", entgegnete Franziska achselzuckend. „Wird Klaassen die Tabletten analysieren lassen?"

„Warum sollte er Vitamintabletten analysieren lassen?" Leander dachte an die Reaktion des Museumsleiters, die er einen kurzen Moment lang wahrgenommen zu haben glaubte, und überlegte, ob er Franziska davon erzählen sollte. Aber dann entschied er, dass er sich bestimmt geirrt hatte und es nicht der Rede wert sei. „Wenn kein Zerstörer aus dem Zweiten Weltkrieg auf deiner Liste steht, haben wir ja vielleicht sogar ein Schiffswrack entdeckt, das bisher unbekannt ist."

„Ich habe ja nur nach Schiffen gesucht, die hier stationiert waren", wandte Franziska ein. „Der Zerstörer ist vielleicht auf der Durchreise gewesen – kann man das so bei Kriegsschiffen sagen? Vielleicht ist er deshalb nicht verzeichnet."

„Zumindest im Protokoll des Hafenmeisters muss er dann aber stehen."

„Eben nicht. Ich schätze, dass der nur für zivile Schiffe zuständig war und die Marine ihre Listen unter Verschluss gehalten hat."

„Ich werde Maik danach fragen", entschied Leander.

Er zog sein Smartphone aus der Tasche und wählte die Nummer des Freundes, der das Gespräch schon beim zweiten Klingeln annahm. Leander berichtete ihm, was sie herausgefunden hatten, und fragte nach dem Marineregister. Maik versprach, sich darum zu kümmern.

„Jedenfalls haben wir genug, um weiterzumachen", schloss er. „Morgen früh um elf im Hafen?"

„Wir werden da sein", versprach Leander und beendete das Gespräch.

Franziskas Miene hellte sich deutlich auf, als sie hörte, dass sie am nächsten Tag wieder tauchen würden. Die Nachricht schien ihr geradezu Leben einzuhauchen. Mit Schwung erhob sie sich aus dem Sand und reichte Leander die Hand. „Komm, du Schnarchnase, lass uns roten Feuerstein suchen."

Kapitel 9: Franziskas Entdeckung

Auf der Fahrt zum Tauchrevier besprachen sie ihr heutiges Vorgehen. Maik breitete die Skizze aus, die Franziska ihm gegeben hatte.

„Wir werden etwa 45 Minuten Grundzeit haben", erklärte er. „Da ist es wichtig, dass wir uns vorher genau absprechen, um keine kostbare Zeit zu verlieren. Henning, wo genau hast du den schwarzen Klumpen gefunden?"

Leander deutete auf eine Stelle in der Nähe des Bugs: „Ungefähr hier."

Maik nahm einen Stift und beschriftete die Stelle. „Wunderbar, da werden wir als Erstes weitermachen. Allerdings sollten wir nicht zu dritt da rumwedeln, sonst werden wir nach ein paar Minuten gar nichts mehr sehen. Franziska, wo hast du das Röhrchen entdeckt?"

Franziska deutete auf die Mitte zwischen den Aufbauten und dem Heck, direkt unterhalb des Loches in der Bordwand.

„Da suchst du nach weiteren Röhrchen. Aber pass auf, dass du nicht zu viel Sediment aufwirbelst, und bleib immer in unserer Sichtweite. Wenn etwas ist, müssen wir das Signal deiner Taschenlampe sehen können." Er faltete die Skizze wieder zusammen. „Wir werden nach den windstillen letzten Tagen eine gute Sicht haben, etwa fünf Meter, vielleicht sogar etwas mehr. Die Strömung ist heute im Stauwasserfenster sehr schwach. Gute Tauchbedingungen also. Ich werde das Ankerseil so dicht wie möglich am Wrack platzieren, dann können wir ganz gezielt runtergehen."

Als sie ihr Tauchrevier erreicht hatten, ließ Maik den Anker fallen. Sie machten sich sogleich daran, die Ausrüstung anzulegen. Leander bemerkte, wie sicher Franziska dabei schon war. Offenbar erschloss sich ihr jeder Handgriff in seiner Logik ganz automatisch.

„Da unten bewegen wir uns heute mit dem Frog Kick", ordnete Maik an. „Henning, du weißt, wie das geht. Erklär doch bitte Franziska, was sie machen muss."

Leander machte den Schlag mit seinen Händen vor. „Du machst dieselben Beinbewegungen wie beim Brustschwimmen nach hinten und schräg nach oben – Froschbewegungen also. Dadurch wirbelst du den Boden nicht auf. Lass dich nach jedem Flossenschlag ruhig ausgleiten, bevor du den nächsten machst."

„Wir zeigen dir das unten am Wrack noch einmal", versprach Maik. „Du wirst sehen, das ist sogar weniger anstrengend als der Flatterschlag."

Franziska nickte und wirkte nicht eine Sekunde verunsichert durch diese neue Anforderung.

„Und denk immer daran: Wenn du dich an die Regeln hältst, kann dir da unten nichts passieren. Atme ruhig, und sollte etwas Unvorhergesehenes passieren, halte dich sofort an einen von uns. Für einen Tiefenrausch gehen wir nicht weit genug hinunter – also besteht keine Gefahr."

Franziska machte den Eindruck, als sei eine derartige wiederholte Beruhigung in ihrem Fall überflüssig. Sie fühlte sich ihrer Sache absolut sicher. Und genau das, wusste Leander, war leichtsinnig und auf ihre Unerfahrenheit zurückzuführen. Er nahm sich vor, so gut wie möglich in ihrer Nähe zu bleiben und sie im Blick zu behalten, ohne dass sie sich beobachtet fühlte und er sie dadurch verunsicherte.

Sie sprangen ins Wasser, gruppierten sich im Dreieck, versicherten sich gegenseitig per Handzeichen, dass alles in Ordnung sei, dann tauchte Maik als Erster direkt am Ankerseil hinab. Franziska folgte in kurzem Abstand, Leander blieb als Letzter direkt hinter ihr.

Das Sonnenlicht drang in Schlieren durch das grünblaue Wasser, das klar und nur von wenigen Schwebstoffen durchzogen war. Je tiefer sie kamen, desto besser wurde die Sicht, was an der von Maik angekündigten sehr schwachen Strömung lag und daran, dass sich Algen und Plankton zum Licht hin orientierten und deshalb in den oberen Schichten konzentrierten.

Das Wrack tauchte direkt unter ihnen auf wie ein im Boden steckender stählerner Wal. Im Licht der Lampen wedelten die Tentakeln der weißen, roten und gelben Anemonen sanft hin und her. Fische schwammen hindurch, ein blauer Hummer reckte ihnen seine Zangen entgegen, als sie ihm zu nahe kamen, und zog sich dann langsam rückwärts in die Dunkelheit zurück. Der Schiffskörper war weiß von Seepocken überzogen und wirkte wie ein natürliches Riff. Alles war wie bei ihrem letzten Besuch am Wrack. Hier unten schien die Zeit stillzustehen.

Sie ließen sich am Bug auf den Meeresgrund sinken. Genau an dieser Stelle hatte Leander den schwarzen Klumpen gefunden. Maik signalisierte ihm, dass er nun den Frog Kick vormachen solle, was er auch umgehend tat Dabei ließ er sich gemütlich ausgleiten und achtete darauf, keine Sedimente aufzuwirbeln. Er drehte sich in einigen Metern um, ließ sich auf die Knie sinken und deutete an, dass Franziska nun auf ihn zutauchen sollte. Die führte die Bewegungen auf Anhieb in Präzision aus. Als sie neben Leander am Grund hockte, nickte er ihr bestätigend zu, signalisierte okay und deutete mit dem Zeigefinger in Richtung der Stelle, an der sie das Tablettenröhrchen entdeckt hatte. Sie signalisierte zurück und tauchte mit leichten Flossenschlägen im Frog Kick in die angezeigte Richtung. Maik hatte offenbar auf Anhieb richtig erkannt, dass man ihr trotz fehlender Ausbildung Tauchgänge wie diese ohne Weiteres zutrauen konnte, zumal sie ja in Begleitung erfahrener Taucher war.

Der Wracktaucher zog einen alten Tischtennisschläger hervor und begann damit, den Sand vor sich leicht aufzuwirbeln. Auch Leander machte sich nun daran, den Meeresboden nach weiteren Funden abzusuchen.

Franziska konnte in der Dunkelheit hier unten in 20 Metern Tiefe die Taschenlampen der Männer schwach erkennen und das gab ihr ein Gefühl von Sicherheit. Bei einem Zwischenfall wäre sie in wenigen Sekunden wieder bei ihnen – egal, ob im

Frog Kick oder im Flatterschlag, dachte sie belustigt. Die Gleichmäßigkeit des hellen Zischens beim Ein- und des dumpfen Blubberns beim Ausatmen – die einzigen Geräusche, die sie hier unten wahrnahm – beruhigte sie zusätzlich.

Sie ließ den Lichtkegel ihrer Lampe über den Meeresboden gleiten. Ein Krebs versuchte, der Gefahr seitlich laufend zu entgehen. Dabei hielt er beide Scheren drohend in Franziskas Richtung gestreckt, während seine dünnen, spinnenartigen Beinchen den Sand wie kleine Wölkchen aufwirbelten, die sich aber gleich wieder legten. Sie folgte ihm, bis er schließlich Zuflucht in einer schmalen Höhle unter dem Rumpf des Schiffes fand. Als sie sich schon wieder abwenden und weitertauchen wollte, entdeckte sie mehrere längliche Gegenstände im Sand. Sie fingerte sie vorsichtig hervor und betrachtete sie im Schein ihrer Taschenlampe genauer. Es handelte sich offenbar um Besteck, das stark korrodiert und verkrustet war. Bei einer Gabel hatte sich einer der Zinken vollständig aufgelöst, ein zweiter zur Hälfte, ein Messer war bis kurz vor dem Schaft abgerostet. Franziska steckte die Fundstücke in ihren Beutel. Vielleicht war das Besteck wie auf vielen Schiffen mit dem Schiffsnamen graviert, so dass sie auf diesem Wege schon einen Herkunftsnachweis erbringen konnten.

Als ihre Suche nichts mehr zutage förderte, schwamm Franziska weiter in Richtung Heck, bis sie sich unterhalb des Loches in der Bordwand befand. Ungefähr an der Stelle hatte sie zwei Tage zuvor das Tablettenröhrchen entdeckt. Sie ließ sich langsam auf die Knie sinken und schob den Sandboden mit ihrer linken Hand vorsichtig zur Seite. Bald schon stieß sie auf etwas Hartes, Dreieckiges. Wegen ihres dicken Handschuhs konnte sie nicht ertasten, worum es sich dabei handelte. Einen Moment lang kam ihr die Warnung von Jörn Klaassen in den Sinn, von der Henning ihr berichtet hatte: Möglicherweise war es Munition, die mit dem Schiff untergegangen war und hier unten nun verrottete. Maik hatte die Gefahr relativiert und gemeint, es könne eigentlich nichts passieren, solange man nicht auf die Idee komme, mit Granaten um sich zu werfen. Bei Minen sehe die Sache allerdings anders aus. Falls der Gegenstand unter ihren Fingern tatsächlich eine Mine war, konnte jede Berührung zur Detonation führen und ihr Leben in Sekundenbruchteilen beenden. Der Hummer, der Krebs und ihre Artgenossen würden ihre Fetzen verspeisen und die zurückbleibenden bleichen Knochen ihre letzte Ruhestätte auf dem Grund der Nordsee finden, hier an dem Seekriegsgrab, vor dem sie gerade kniete. Keine besonders erstrebenswerte Vorstellung, wie Franziska fand.

Sollte sie Henning und Maik holen? Die beiden, vor allem Maik, kannten sich mit Munition aus den Weltkriegen aus und würden auf Anhieb erkennen, ob hier Gefahr drohte. Andererseits hatte der Gegenstand eine dreieckige Form, was schon einmal nicht auf die Spitze eines Sprengkopfes oder eine flache Mine hinwies. Franziska verbot sich in diesem Moment das Eingeständnis, dass sie das ja gar nicht beurteilen konnte, weil sie nicht den Hauch einer Ahnung von solchen Dingen hatte. Stattdessen keimte der Gedanke in ihr auf, dass sie vielleicht etwas ganz Wichtiges und Wertvolles entdeckt hatte und später an Bord des Schiffes den Ruhm dafür auch ganz allein ernten konnte, wenn sie die Männer nicht hinzuzog und die Dinge damit aus der Hand gab. Vorsicht ist gut, entschied sie, Panik aber keineswegs angebracht.

Also machte sie allein weiter. Sie legte die Taschenlampe so auf einen Stein, dass die Stelle gut ausgeleuchtet war, und grub nun mit beiden Händen vorsichtig tiefer. Der Sand war weich und fein an dieser Stelle und floss immer wieder von den Seiten nach, während sie zentimeterweise vorankam. Bald war der dreieckige Gegenstand sichtbar: Es handelte sich um die Spitze einer silbergrauen Kiste aus Metall, die schräg im Meeresboden steckte. Je weiter Franziska sich vorzuarbeiten versuchte, desto beweglicher wurde der Sand am Rand ihrer kleinen Grube. Hier kam sie so nicht weiter, das wurde ihr bald klar. Ruhm hin oder her, sie würde die Kiste nicht ohne Hilfe freilegen können. Das Seufzen, mit dem sie schließlich aufgab, äußerte sich in einem lauten Blubbern. Ihr Lachen darüber verstärkte es noch zusätzlich.

Franziska nahm ihre Lampe und drehte sich in Richtung der Männer. Mit wenigen Flossenschlägen würde sie da sein. Noch während sie sich langsam vom Meeresboden abhob und aufschwamm, immer darauf bedacht, nicht zu viel Sediment aufzuwirbeln, schoss plötzlich etwas von rechts über das Wrack hinweg direkt auf sie zu, etwas Großes, Schwarzes, das über ihr vorbeijagte und augenblicklich wieder in der Dunkelheit verschwand. Genauso schnell tauchte es nun von links wieder auf. Im Lichtkegel der Taschenlampe fing Franziska einen Blick aus schwarzen Hai-Augen auf, die direkt auf sie zusteuerten und in ihr eine leichte Beute auszumachen schienen.

Leander fing den flackernden Lichtstrahl auf, der an ihm vorbeizuckte und dann auf und ab flatterte. Alarmiert schaute er in Franziskas Richtung und sah, wie sich seine Freundin, heftig mit den Armen um sich schlagend, wild im Kreis drehte. Ihre Flossen wirbelten Sand und Schlamm auf, der sie nach Sekunden dicht umhüllte. Dann erkannte er den Grund für ihre Panik: Ein Katzenhai zog seine Bahnen und streifte dabei mit seinem schwarzgrau gefleckten Körper immer wieder durch den Schein der wild durch das Wasser zuckenden Taschenlampe, als treibe er ein Spiel mit ihr.

Leander tippte Maik auf die Schulter, deutete hinüber und schwamm mit kräftigen Flossenschlägen los, um Franziska zu beruhigen. Die war allerdings schon auf dem Weg nach oben, so dass er Mühe hatte, sie zu erreichen. Es gelang ihm auch nur, weil sie nicht ruhig und langgezogen, also effektiv, mit den Flossen arbeitete, sondern panisch in kurzen hektischen Stößen unkoordiniert in alle Richtungen austrat. Das wurde ihm nun fast zum Verhängnis, als seine Maske von einer Flosse getroffen wurde und seitlich wegrutschte. Er griff danach, schob sie wieder zurecht, aber es war bereits Wasser eingedrungen und er konnte nur noch sehr undeutlich sehen.

Dennoch erkannte er Franziska nun schon einige Meter entfernt. Maik schwamm von der Seite an sie heran, während sie wild um sich schlug. Es gelang ihm, sie an den Schultern zu greifen. Heftig schüttelte er sie und suchte ihre Augen durch die Taucherbrillen. Franziskas Arme machten starke Zugbewegungen nach oben, ihr Körper wand sich kräftig, die Flossen schlugen abwechselnd und in kurzen Stößen. Leander beobachtete schemenhaft, wie die beiden viel zu schnell und ohne über die Tarierwesten den Auftrieb zu kontrollieren oder gar Druckausgleichs-Pausen einzulegen, aber immerhin zusammen auftauchten. Er hingegen blieb zunächst auf seiner Tiefe stehen und setzte dann seinen Weg zur Wasseroberfläche vorschriftsmäßig fort.

Als Leander später wieder an Deck des Schiffes stand und sich mühsam aus seinem Taucheranzug schälte, hockte Franziska blass und zitternd vor der Reling auf dem Boden. Maik stand neben ihr und schimpfte über ihre kopflose Reaktion von oben auf sie herab. Franziskas Gesicht wirkte trotzig verkniffen, aber Leander kannte sie gut genug, um zu wissen, dass sie mit den Tränen kämpfte und sich in die Ecke gedrängt fühlte.

„Verdammt, Henning, weißt du, was da eigentlich los war?",
wandte sich Maik nun an ihn.

„Ein Katzenhai hat sie erschreckt und da ist sie in Panik geraten."
Leander versuchte, das so beschwichtigend wie möglich zu sagen.

„Ein Katzenhai?", donnerte Maik Franziska fassungslos an.
„Du bringst uns wegen eines lächerlichen Katzenhais dermaßen
in Gefahr?"

„Maik!", ging Leander nun laut dazwischen, „Ist gut jetzt! Ich
bin sicher, sie hat es verstanden.".

Der Freund sah ihn grimmig an, stoppte aber seine Tirade
und trat ein paar Schritte zurück. Franziska stützte die Stirn auf
ihre Knie und legte die Arme schützend über ihren Kopf.

„Tut dir irgendetwas weh?", erkundigte sich Leander leise.

„Leichte Kopfschmerzen", antwortete sie. „Und die Schultern,
wie Muskelkater."

„Das sind typische Symptome, aber glücklicherweise nur sehr
schwache. Offenbar ist es noch einmal gutgegangen. Beobachte
das. Wenn es schlimmer wird, sag Bescheid."

Während Leander sich neben sie setzte und den Arm um ihre
Schultern legte, holte Maik den Anker ein, startete die *Odyssee*
und nahm wortlos Kurs auf Helgoland.

Im Hafen trennten sie sich zunächst. Franziska hatte die ganze
Rückfahrt über kein Wort gesagt und verließ nun auch schweigend das Schiff. Sie hielt ihre Arme vor der Brust verschränkt
und schien trotz der Hitze, die über dem Felsen lastete, zu frieren.
Maik senkte schuldbewusst den Kopf, als er Leanders Blick begegnete. Der legte ihm eine Hand auf die Schulter und drückte
leicht zu. „Kommst du später nach?", fragte er.

„Meinst du nicht, ich sollte euch heute Abend alleine lassen?",
kam es zweifelnd zurück.

„Nein, meine ich nicht", antwortete Leander bestimmt. „Ihr beide müsst euch so schnell wie möglich aussprechen. Wenn wir einander da unten vertrauen wollen, darf so etwas nicht zwischen euch stehen und sich tiefer einfressen."

„Du hast Recht." Maik nickte, als wolle er sich selbst aufmuntern. „Ich bin in zwei Stunden auf der Düne."

Leander deutete auf den Beutel in seiner Hand. „Und vergiss unsere Beute nicht. Ich bin schon ganz gespannt, was da drin ist." Auch das klang lockerer, als ihm zumute war.

Franziska und Leander duschten und legten sich dann für eine Stunde aufs Bett. Es war jetzt wichtig, dass seine Freundin zuerst einmal wieder mit sich selbst ins Reine kam, fand Leander, und so überließ er sie ihren Gedanken und war einfach nur da.

Als er später auf die kleine Terrasse hinaustrat, saß Maik dort bereits am Tisch und reinigte ihre Funde.

„Nicht schlecht", begrüßte der Wracktaucher ihn und war spürbar um eine positive Stimmung bemüht. „Zumindest dürften wir mit dem Besteck, das Franziska gefunden hat, herausbekommen, um welchen Zerstörer es sich da unten handelt."

Bevor Leander etwas erwidern konnte, trat seine Freundin hinter ihm aus dem Bungalow. „Was machen die Kopfschmerzen?", erkundige er sich.

„Wieder okay", antwortete sie verhalten. „Maik, es tut mir aufrichtig leid, wie ich mich heute aufgeführt habe." Sie setzte sich neben den Freund an den Tisch und blickte ihn offen an.

Der war darauf sichtlich nicht gefasst und senkte beschämt den Blick. „Unsinn, ich habe mich dir gegenüber unmöglich benommen. Es hätte mir klar sein müssen, dass eine Anfängerin schnell in Panik geraten kann, und ich hätte dich niemals alleinlassen dürfen. Vor allem aber hätte ich dich nicht so anschreien dürfen."

Franziska legte ihre Hand auf seine. „Ich verstehe, wenn du mich von nun an nicht mehr dabeihaben willst", sagte sie kleinlaut.

Maik hob den Blick und sah sie nun direkt an. „Du musst weiter tauchen", entgegnete er bestimmt. „Sonst verarbeitest du das Erlebte nie und wirst immer an dir zweifeln. Frag Henning." Er bedachte seinen Freund mit einem schiefen Grinsen. „Ich verspreche dir, so etwas wird dir nicht wieder passieren. Ab jetzt wirst du darauf gefasst sein. Und Henning und ich werden in Zukunft bei jedem Tauchgang an deiner Seite bleiben."

Franziska nickte. „Danke, Maik."

„So, jetzt habt ihr beiden euch aber genug ausgeheult", versuchte Leander, die Stimmung zu lockern. „Ich habe Bier und Wein im Angebot."

„Ein Glas Rosé, wenn's recht ist." Franziska lächelte ihn erleichtert an.

„Bier! Was für eine Frage?", kam es etwas zu laut von Maik.

„Das ist ein Schiffsname", erklärte Maik und deutete auf die Buchstaben, die auf dem Griff eines scheckig korrodierten Löffels wenigstens teilweise einigermaßen deutlich zu entziffern waren. „Hier standen mal zwei Wörter. Beim ersten fehlt der Anfang, dann kommt *olph* und das zweite beginnt mit *Be*."

„Wenn das ein Name ist, irgendein Kriegsheld oder Germanenfürst, nach dem das Schiff benannt worden ist, könnte der Vorname Adolph heißen und am Anfang des Nachnamens steht *Be*", schlussfolgerte Franziska.

„*Adolph Be...*", sinnierte Maik. „Da fällt mir auf Anhieb nichts ein. Aber das kriege ich raus, auch ob das Schiff auf Helgoland stationiert war."

Er legte die übrigen Besteckteile nebeneinander auf den

Tisch, aber weitere Buchstaben waren nicht mehr zu erkennen, dafür war das Metall zu stark beschädigt. Bei manchen Teilen fehlte fast ein Drittel.

„Wenn wir das jetzt mit Hilfe von Originallisten oder wenigstens über die Literatur absichern können, haben wir damit den nötigen Herkunftsnachweis für den Zerstörer. Mit der Frage, ob darunter tatsächlich ein altes englisches Schiff liegt, von deren Ladung wir vielleicht eine Silbermünze gefunden haben, sind wir leider keinen Schritt weitergekommen."

„Es kann ja auch einfach nur ein Orden sein, den einer der Offiziere auf dem Zerstörer getragen hat", wandte Leander ein.

„Spielverderber!", kam es von Franziska und Maik wie aus einem Mund, was dazu führte, dass beide ausgelassen lachten.

„Na, zwischen euch ist ja offenbar alles wieder in Ordnung", freute sich Leander.

Franziska zog ihre Skizze heran und zeichnete die Stelle ein, an der sie das Besteck gefunden hatte.

„So war das allerdings nicht gemeint, als ich gesagt habe, dass du da unten nach Fundstücken suchen sollst!" Maik zog die Augenbrauen hoch. „Typisch Frau: sucht nach Besteck! Was kommt als Nächstes? Ein Service mit Hakenkreuzen in Rosa?"

„Warum nicht?", entgegnete Franziska ernst. „Dafür gibt es bestimmt einen Markt. Nazis sind ja wieder schwer im Kommen. Allerdings ist das Besteck ja auch nicht alles, was ich da unten entdeckt habe." Sie hob theatralisch den Zeigefinger. „Ich habe auch noch eine Kiste gefunden."

„Genau!" Leander nickte übertrieben und ergänzte ironisch: „Eine vierhundert Jahre alte Schatzkiste aus Eichenholz mit einem silbernen Schloss."

„Quatsch! Die Kiste war sehr stabil und wahrscheinlich aus

Edelstahl. Jedenfalls war sie überhaupt nicht verrostet, nur grau angelaufen. Kann das sein?"

Maik nickte. „Auf den Schiffen wurden damals Instrumente, Waffen, Munition und andere kriegswichtige Gegenstände in Kisten aus Kupfer, Messing, Edelstahl oder auch Leichtmetall verstaut. Die Dinger waren wasserdicht, auch für Medikamente also durchaus geeignet. Ob man solch einen Aufwand aber für Vitamintabletten betrieben hat, wage ich mal zu bezweifeln. Wahrscheinlich sind da Minen drin oder so etwas. Wenn wir ganz großes Glück haben, ist es eine Kiste mit Papieren." Er dachte einen Moment darüber nach und ergänzte dann lachend: „Geheime Einsatzpläne für die Invasion in England wären zum Beispiel ein Sechser im Lotto – fast so gut wie die *Maria*."

„Das heißt, wir sollten bei unserem nächsten Tauchgang versuchen, die Kiste zu bergen", schlussfolgerte Leander und wandte sich an seine Freundin: „Kannst du die genaue Lage mal aufzeichnen?"

Franziska begann sofort damit, die Ecke der Kiste in den Sand neben dem Loch in der Bordwand zu zeichnen. „Voilà", sagte sie schließlich und schob den Männern die Skizze hin.

„Erstklassig", lobte Maik. „Dann haben wir jetzt einen klaren Auftrag: Bergung der Kiste."

„Und das ist erlaubt?", hakte Franziska nach. „Ich meine, du sagtest ja, dass man von den Wracks nichts entfernen darf."

„Alles, was bereits nicht mehr mit dem Schiff verbunden ist, kann geborgen werden", erläuterte Maik. „Aber darum geht es mir in erster Linie gar nicht. Für mich ist es einfach ein großes Abenteuer, ein unbekanntes Wrack zu finden und zu erforschen. Unter Wasser bleiben die Instrumente und Geräte lange erhalten. Wenn man sie hochholt, werden sie wertlos, weil sie nicht mehr im Zusammenhang mit dem Wrack stehen, und sie zerfallen schnell durch den Kontakt mit Sauerstoff."

„Es sei denn, sie werden sachgerecht aufgearbeitet und konserviert", widersprach Leander. „Womit wir bei unserem Museumsleiter Jörn Klaassen wären. Ich werde morgen zu ihm gehen und mich nach dem Ergebnis seiner Untersuchungen erkundigen."

„Und ich durchkämme meine Unterlagen nach einem Zerstörer namens *Adolph Be...* aus dem Zweiten Weltkrieg", sagte Maik.

„Was mache ich?" Franziska fühlte sich merklich übergangen.

„Du erholst dich von unserem heutigen Tauchgang, damit du übermorgen wieder fit bist", schlug Maik vor. „Oder du begleitest Henning ins Museum."

Franziska schwieg. Leander wusste genau, dass sie sich damit nicht zufriedengeben würde. Allerdings schien sie heute auch nicht mehr zu einer Auseinandersetzung bereit zu sein.

„Na gut", entgegnete sie. „Ein Tag auf der Düne tut mir vielleicht ganz gut. Oder ich fahre zum Shoppen rüber. Da gibt es doch diesen Outdoor-Laden im Hafen."

„Rickmers", bestätigte Maik.

„Genau. Den werde ich mir mal genauer ansehen."

„Oha", meinte Leander, „*ansehen* klingt verdächtig. Denk bitte daran, Schatz, dass Hansmans Cessna nur eine begrenzte Zuladung transportieren darf."

Maik lachte, während Franziska nur gnädig grinste. Leander ahnte, dass sie etwas im Schilde führte. Garantiert dachte sie längst gründlich darüber nach, wie sie zu den weiteren Recherchen beitragen konnte, worüber sie ihm genauso garantiert nichts erzählen würde, selbst wenn er noch so hartnäckig nachfragte. Franziska war keine Frau, die sich so einfach aufs Abstellgleis schieben ließ.

Kapitel 10: *Big Bang*

Am Abend fuhren sie zum Felsen hinüber, wo sie sich mit Pia und Lasse verabredet hatten. Sie wollten zusammen in den *Mocca-Stuben* essen und anschließend vom Vogelfelsen aus mit einer Flasche Wein den Sonnenuntergang genießen.

Der Lung Wai ruhte nach der Hektik, die regelmäßig mit den Tagestouristen über die Insel herfiel, zwischen den Schaufenstern der geschlossenen Geschäfte. Die Hitze des Tages lastete schwer auf der schmalen Häuserschlucht. Von dem mitunter starken Luftzug, der hier oft durchwehte, war nichts zu spüren. Die Sicht über die Reede und die Düne war klar bis zum Horizont. Kein Wölkchen weit und breit, das Meer lag spiegelglatt da und verheimlichte an diesem Abend, wie wild und gefährlich die Nordsee in der Deutschen Bucht sein konnte.

Sie mieden wie immer den Aufzug und seine Enge und wählten den Weg über die Treppe hinauf zum Falm. Dort oben befanden sich zahlreiche Restaurants und Kneipen, so dass hier schon mehr los war als im Unterland. Menschengruppen strebten durch den Steanaker und über den kleinen Platz am Hingsgars vor den *Mocca-Stuben*.

Als sie das Restaurant betraten, winkte Lasse von einem Tisch ganz links in der Ecke zu ihnen hinüber. Sie bahnten sich ihren Weg dorthin, wichen der Bedienung aus, die ein Tablett voller Gläser quer durch den Raum balancierte, und wurden von zwei fröhlichen jungen Menschen begrüßt.

„Na, ihr Urlauber, wie war euer Tag?", eröffnete Pia das Gespräch.

Sie berichteten von ihrem Tauchgang zum Wrack, den Funden und den Bruchstücken eines Namens auf dem Besteck.

„Na, das sollte doch wohl herauszubekommen sein", meinte Lasse. „Wofür gibt es Schiffsregister? Zur Not fragt ihr einfach bei Lloyds nach. Dort sind alle Schiffe verzeichnet, die jemals die Weltmeere befahren haben. Am spannendsten finde ich ja, dass ihr vielleicht eine Silbermünze gefunden habt. Da bekomme ich direkt Lust, mit euch zu tauchen und auf Schatzsuche zu gehen."

Pia lachte und zwinkerte Franziska zu. „Männer!"

„Ich kann das nachvollziehen", entgegnete die ernst. „Mich hat die Faszination genauso gepackt. Und die Vorstellung, da unten vielleicht auf alten Schmuck oder dergleichen zu stoßen, hat schon Suchtpotential."

„Mulmig wäre mir allerdings wegen des Zerstörers", sagte Lasse. „Da verrottet eine Menge Munition am Meeresgrund. Wenn die hochgeht, überlebt das keiner, der sich in der Nähe befindet."

„Davor hat Jörn Klaassen auch schon gewarnt", bestätigte Leander. „Andererseits hält Maik das Risiko für einigermaßen kalkulierbar."

„Ein kalkulierbares Risiko", sinnierte Franziska. „Gibt es so etwas überhaupt?"

„Henning hat Recht", stimmte Pia dem Vater zu. „Wenn einer die Sache im Griff hat, dann Maik. Ihr solltet euch den Spaß nicht verderben lassen. Solange ihr da unten nicht mit dem Bagger anrückt oder im Bauch des Schiffes ein ganzes Regal mit Granaten zu Fall bringt, wird euch nichts passieren."

„Aber solltet ihr mal unsere Unterstützung brauchen, sagt Bescheid, dann sind wir dabei", bot Lasse an.

Die Bedienung kam, brachte Speisekarten und nahm die Getränkebestellung auf. Genauso flink, wie sie am Tisch aufgetaucht war, war sie dann auch wieder weg.

„Die haben gut zu tun hier", stellte Franziska fest.

„Die *Mocca-Stuben* sind immer voll", bestätigte Pia. „Das Essen ist hier wirklich klasse."

Pia, Lasse und Franziska wählten eins der zahlreichen Fischgerichte, Leander fühlte sich vom Rumpsteak Café de Paris hoffnungslos angezogen. Als die Bedienung die Getränke brachte, gaben sie direkt ihre Bestellung auf.

„Wusstet ihr eigentlich, dass die *Mocca-Stuben* das Stammlokal der U-Boot-Kommandanten im Zweiten Weltkrieg waren?" Lasse beugte sich leicht vor, als verrate er den anderen ein großes Geheimnis.

Während Leander nickte, weil er das schon während seines letzten Aufenthaltes auf dem Felsen erfahren hatte, bekam Franziska große Augen und forderte Lasse auf: „Erzähl!"

„Die Offiziere der U-Boote, die auf Helgoland stationiert waren, kamen jeden Abend hierher. Und auch die Kapitäne aller anderen Kriegsschiffe, die im Hafen Zwischenstation machten, sollen Unmengen an Alkohol genau in diesen Räumen vernichtet haben." Lasse vollzog mit der rechten Hand eine großzügige Geste durch den Raum. „Ihr könnt euch sicher vorstellen, dass hier so manche Heldengeschichte erfunden worden ist."

„Hier ist bestimmt unter dem Einfluss von Alkohol die ein oder andere geheime Order ausgeplaudert worden", vermutete Franziska und blickte zur Theke hinüber, wo zwei alte Männer nebeneinandersaßen, Bier tranken und sich rege austauschten. „Gibt es eigentlich noch Leute auf der Insel, die damals schon hier gelebt haben?"

„Bestimmt", antwortete Pia. „Die wurden zwar im April 1945 evakuiert, nachdem sie einen heftigen Bombenangriff der Engländer in den Bunkern überlebt hatten, aber später sind einige von ihnen zurückgekommen, um das Dorf wiederaufzubauen."

„Das war schon tragisch damals", berichtete Lasse. „Die Insulaner hatten Wind davon bekommen, dass die Engländer einen Großangriff planten. Fünfzehn Helgoländer versuchten das abzuwenden, indem sie heimlich Kontakt zu den Briten aufnahmen, aber sie wurden verraten und am Tag des Angriffs von der Gestapo verhaftet. Das war der 18. April 1945. Vier Tage später wurden sieben der Anstifter in Cuxhaven erschossen. Bei dem Angriff haben 1000 britische Bomber innerhalb von 104 Minuten 7000 Bomben über Helgoland abgeworfen. Dass die Bunkeranlagen dem standgehalten haben, war schon erstaunlich."

„Noch erstaunlicher ist, dass der Felsen den *Big Bang* überlebt hat", ergänzte Pia. „Zwei Jahre nach dem Bombardement, am 18. April 1947, versuchten die Briten, die Insel mit 4000 Torpedos, 91000 Granaten und 9000 Wasserbomben in die Luft zu jagen. Der Felsen sollte für alle Zeiten im Meer versenkt werden. Wie wir wissen, hat sich der Buntsandstein als widerstandsfähiger erwiesen, als man damals ahnen konnte."

„Genau, und 1952 begann dann der Wiederaufbau", fuhr Lasse fort. „In den Folgejahren sind einige der früheren Bewohner zurückgekommen. Diejenigen, die zu Zeiten des *Projektes Hummerschere* schon alt genug waren, um zu verstehen, was um sie herum geschah, sind heute 90 Jahre und älter. Von denen gibt es nicht mehr ganz so viele."

„Im Hafen sitzen immer ein paar alte Männer herum, urige Gestalten mit Rauschebärten und langen geschwungenen Pfeifen", überlegte Pia. „Das könnten noch Zeitzeugen sein. Aber wie gesagt: Im Krieg waren sie Kinder und alles hier auf der Insel unterlag strengster Geheimhaltung."

„Außer im Suff hier in den *Mocca-Stuben*", erinnerte Lasse mit erhobenem Zeigefinger an den Ausgangspunkt ihres Gespräches.

„Gutes Stichwort", warf Leander ein und gab der Bedienung ein Zeichen, ihre leeren Gläser gegen volle auszutauschen.

Nach dem Essen zogen die vier satt, zufrieden und einigermaßen angeheitert auf eine Bank auf dem Oberland um, die zu dieser Stunde einsam und verlassen an der Aussichtsplattform Medelst Hörn auf sie gewartet hatte. Von hier aus hatten sie einen wunderbaren Blick auf die roten Klippen bis hinüber zu dem kleinen Tunnel hinter der Flutschutzmauer, der zu den Vogelfelsen führte. Genau dort unten war Tamme Boysen vor einigen Jahren eine Leiche vor die Füße gefallen.

Die Luft war angenehm lau hier oben, der Luftzug sanft, der Ausblick über die glatte See und auf den Sonnenball, der sich allmählich dem Horizont näherte, klar und von keinerlei Wolken getrübt. Pia hatte eine Tasche mitgebracht und holte nun eine Flasche Rosé heraus und vier Weingläser aus, wie Leander fand, völlig unromantischem Plastik. Die Flasche hatte einen praktischen Schraubverschluss, den er auch besser nicht hinterfragen wollte, und so waren die Gläser schnell gefüllt.

Sie beobachteten schweigend, wie der glutrote Sonnenball kitschig schön im Meer versank, und nippten an ihrem Wein, der Leander in dieser romantischen Atmosphäre sogar schmeckte. Am Horizont bildete sich ein feiner Dunst und ging in sanften Schleiern auf, die nun von der Sonne hinter der Erdbeugung grellrot eingefärbt wurden. Allmählich verblasste das Rot und die Blaue Stunde setzte ein. Der Meeresspiegel erstrahlte wie blanker Stahl.

Pia seufzte und legte den Kopf auf Lasses Schulter. Leander nahm Franziskas Hand.

„Morgen wiederholen wir das bei uns auf der Düne", schlug Franziska vor.

„Oh, schade", entgegnete Pia. „Morgen Abend sind wir schon verabredet. Aber übermorgen haben wir beide einen Tag Urlaub."

„Dann habt ihr ja sogar den ganzen Tag Zeit", freute sich Franziska. „Was haltet ihr von einem gemeinsamen Sektfrühstück?"

„Sehr viel!" Pia nickte ihr begeistert zu. „Aber diesmal kommt ihr zu uns. Dann können wir euch mal zeigen, wie man hier auf Helgoland wohnt."

Kapitel 11: Zeitzeugen

Zum ersten Mal, seit sie mit Henning zusammen war, hatte Franziska das Gefühl, ein gleichwertiger Teil eines gemeinsamen Abenteuers zu sein. All die Jahre zuvor hatte er sich in seine Fälle vergraben, ohne sie zu beteiligen, ohne sie zu fragen, ob sie damit einverstanden sei, ja sogar gegen ihren ausdrücklichen Wunsch, sich nicht ständig in Gefahr zu bringen. Das hatte natürlich zu Spannungen geführt. In diesem Urlaub aber war alles anders: Endlich einmal waren sie nicht in einen gefährlichen Kriminalfall verstrickt. Das Tauchen machte ihr nicht nur Spaß, es war auch ihre Chance, zu zeigen, was in ihr steckte. Dass er sich auf sie und ihr Engagement verlassen konnte und sie nicht immer nur aus falsch verstandener Fürsorge aus allem heraushalten musste.

Deshalb war sie an diesem Morgen auf eigene Faust im Helgoländer Hafen unterwegs. Die alten Männer an der Theke der *Mocca-Stuben* hatten sie darauf gebracht, dass man möglicherweise auf Helgoland genau wie auf Amrum und Föhr die besten Geschichten und die Missing Links in der mündlichen Überlieferung finden konnte. Was nicht schriftlich fixiert, was in keiner Urkunde, keinem Dokument zu finden war, das konnte immer noch in den Erinnerungen der alten Insulaner aufzustöbern sein. Karin de La Roi-Frey, die Historikerin mit Wurzeln auf Föhr, füllte ganze Bücher mit den Anekdoten und Lebensgeschichten, die sie in den Dörfern ihrer Heimatinsel einsammelte. Warum also sollten die alten Leute auf Helgoland, die bereits vor der Evakuierung hier gelebt und Helgolands Entwicklung im Dritten Reich miterlebt hatten, nicht genau die Informationen gespeichert haben, die Franziska suchte?

Pia hatte von den alten Männern im Hafen erzählt und genau die fand Franziska nun auf der Holzpromenade vor den Hummerbuden: Drei knorrige Gestalten mit grau-weißen Rauschebärten und von Wind, Wetter und Alter tief eingekerbten Seebären-Gesichtern saßen schweigend nebeneinander auf einer Bank, starrten über das Hafenbecken hinweg, als sei dort in der Ferne etwas, das nur sie selbst sehen konnten, und entließen dicke, graue Rauchwolken aus ihren bis zum Kinn hinunter geschwungenen Pfeifen in die klare Nordseeluft. Sie trugen blauweiß gestreifte Fischerhemden und schlabberige braune Hosen über festen, abgewetzten Schuhen. Auf den Köpfen saßen schräg die Schirmmützen mit dem Anker, die nur Männer dieses Kalibers authentisch tragen konnten.

Franziska näherte sich ihnen vorsichtig und wurde völlig ignoriert, als sie schließlich vor ihnen stand.

Schweigend stierten die Seebären geradeaus, bis schließlich einer durch die zusammengebissenen Zähne, die die Pfeife hielten, knurrte: „Sacht mal, Kollegen, steht euch da auch wer in der Sonne?"

Zustimmendes Knurren der anderen beiden.

„Werden immer lästiger, die Touristen", murrte der Sonnenanbeter.

Franziska machte einen Schritt zur Seite und stellte sich unsicher mit ihrem Namen vor. Sie war doch mehr von der knorrigen Art der Männer beeindruckt, als sie erwartet hätte.

„Ich bin Journalistin", wagte sie sich vor, „und habe den Tipp bekommen, dass Sie mir interessante Geschichten erzählen können."

„Einen Tipp bekommen hat die Deern", brummte der Erste.

„Aha, und von wem?", fragte der Alte neben ihm, allerdings nicht zu Franziska.

„Keine Ahnung", antwortete der Erste. „Hat sie nich gesacht."

„Frach sie doch", schlug der Dritte nun vor.

„Willst du denn mit ihr reden?", fragte der Erste.

„Weiß ich noch nich", bekam er zur Antwort. „Kommt drauf an."

Worauf es ankam, wollte erstaunlicherweise niemand von ihm wissen.

Franziska war fasziniert von der Fähigkeit der Männer, zu sprechen, ohne dabei die geschwungenen Pfeifen aus den Mündern nehmen zu müssen. Sie räusperte sich und ärgerte sich insgeheim, dass sie sich von diesen alten Stieseln so einschüchtern ließ.

„Pia Leander, Lasse Thorgren und Jörn Klaassen waren der Ansicht, dass Sie mir etwas über das Leben auf der Insel zur Zeit des Dritten Reiches erzählen können." Den Museumsdirektor hatte sie spontan hinzugefügt, um ihre eigene Seriosität gegenüber den alten Männern zu steigern. Zumindest hoffte sie, dass er bei ihnen auf Anerkennung stieß, da er sich ja ganz der Geschichte ihrer Insel verschrieben hatte.

„Pia Leander? Kenn ich nich", entgegnete der Erste.

„Das ist die Perle von dem Hummertypen", sagte der Zweite.

„Dieser Öko mit dem Pferdeschwanz."

„Ach der", kam es wenig begeistert zurück.

„Klaassen schickt dich?", fragte der Dritte.

„Genau. Jörn Klaassen aus dem Museum." Na bitte, dachte Franziska erleichtert.

„Wir wissen, wer Klaassen is", wurde sie von dem Ersten belehrt.

Auf eine eingespielte Art und Weise überreichten sie sich in diesem Wortwechsel den Staffelstab, als hätten sie seit Jahrzehnten feste Rollen inne.

„Quatscht 'n bisschen viel, der Klaassen", stellte der Zweite fest.

„Was dagegen, wenn die Deern sich setzt?", fragte der Dritte.

„Weiß nich", kam es von dem Zweiten zurück.

Der Erste reckte den Kopf in die Höhe und strich sich mit dem Rücken des rechten Zeigefingers über den faltigen Hals. „Verdammt trockene Luft hier heute, findet ihr nich?"

Zustimmendes Murren.

Franziska verstand, dass die Tür geöffnet würde, wenn sie den gewünschten Eintrittspreis entrichtete, und machte sich auf den Weg zum nächsten Kiosk in den Hummerbuden. Dabei musste sie grinsen. Die alten Männer sahen aus, als wären sie einem Museum für Seefahrtgeschichte entstiegen, aber geistig waren die hellwach, wie sie erfreut feststellte. Sie kaufte vier Flaschen Bier und kehrte zu den alten Männern zurück, die sich in der Zwischenzeit keinen Millimeter gerührt hatten und immer noch die endlose Weite fixierten. Sie teilte die Flaschen aus, die Männer nahmen wie auf Kommando ihre Pfeifen aus dem Mund und führten die Flaschen wortlos an ihre faltigen Lippen zwischen den weißen Bärten. Ein paar Sekunden lang waren nur zischendes Saugen und gluckerndes Schlucken zu hören. Franziska tat es ihnen gleich, weil das offenbar die Art war, ihr Vertrauen zu gewinnen.

Der Dritte setzte die Flasche als Erster ab, klemmte seine Pfeife wieder zwischen die Zähne und klopfte neben sich auf die Bank. „Setz dich, Deern. Was willst du denn wissen?"

Franziska ließ sich erleichtert nieder. „Ich interessiere mich dafür, wie das Leben hier so war, als die Nazis ihr *Projekt Hummerschere* vorangetrieben haben."

„Das waren nich alles Nazis", widersprach der Erste. „Die meisten waren einfach nur Marinesoldaten."

„Waren hier halt stationiert und hatten ihre Befehle", stimmte der Zweite zu.

„Ein paar scharfe Hunde waren schon dazwischen", wagte der Dritte, zu widersprechen.

„Geht ja auch nich ohne", wandte der Erste ein, „wenn du so einen Hafen bauen willst."

„In der kurzen Zeit", stimmte der Zweite zu. „Die mussten ja die ganze Küste beschützen von hier aus. Atlantikwall. Der Tommy hat ja nur darauf gewartet, uns zu überrennen."

„Waren denn viele Kriegsschiffe hier stationiert?", lenkte Franziska das Gespräch in die gewünschte Richtung.

„Viele nich", antwortete der Erste. „U-Boote, ja. Der U-Boot-Bunker war ja auch bald fertig. Minenleger auch. Aber Zerstörer kaum. Hilfskreuzer manchmal."

„Jo, wenn sie nach Norwegen hochwollten oder von da zurückkamen", erzählte der Zweite. „Die mussten unsere Jungs da oben ja mit allem versorgen."

„Wie der *Belgier*. Der hat ziemlich lange hier gelegen", erinnerte sich der Dritte und erntete ein Nicken der anderen beiden.

„Welcher *Belgier*?", hakte Franziska nach.

„Der sollte eigentlich nach Belgien", antwortete der Dritte. „Für die Invasion gegen England. Aber die haben ja dauernd die Pläne geändert."

„Nee, der kam aus Belgien, weil der da wechmusste", widersprach der Erste. „Und dann haben die den hier vergessen."

„Wer sacht das?", fragte der Zweite zweifelnd nach.

„Mein Vater", antwortete der Erste mit bestimmtem Ton. „Der hat ja im Hafen gearbeitet und das mitbekommen. Die Soldaten waren stinksauer damals, weil sie hier so lange warten mussten."

„Zuerst", warf der Dritte ein.

„Wie: zuerst?", hakte der Erste nach.

„Zuerst waren sie sauer", antwortete der Zweite anstelle des Dritten.

„Jo", stimmte der zu. „Dann waren die froh, dass sie hier in Sicherheit waren, als die Sache andersrum ging."

„Und mit der Invasion war es dann ja auch Essich", erinnerte sich der Erste.

Der Zweite nickte. „Deshalb lag der so lange hier im Hafen."

„Dann sind die Bomben gefallen und hier war es auch Essich mit der Sicherheit", erzählte der Dritte. „Dann is der ausgelaufen."

„Hat ihm nich geholfen", meinte der Erste. „War zu spät zum Abhauen. Is auf 'ne Mine gelaufen. Liecht jetzt irgendwo da draußen." Er deutete mit wedelnder Hand auf das offene Meer.

„Wissen Sie, wie das Schiff geheißen hat?", fragte Franziska.

„*Adolph Behrens*", kam es dreistimmig zurück, wobei die Köpfe zustimmend nickten.

„Und das wissen Sie genau?"

Zum ersten Mal ruckten die drei Köpfe in ihre Richtung, drei Augenpaare blickten sie direkt an und es war kein freundlicher Blick, der sie traf.

„Natürlich wissen wir das genau", grunzte der Zweite. „Wir waren ja dabei."

„Und mein Vater hat im Hafen gearbeitet", rief der Erste ihr in Erinnerung. „Der hat das jeden Tach mitbekommen."

Der Dritte schien zunächst nur dazu nicken zu wollen, schob dann aber doch noch nach: „Und was der Fiete nich mitbekommen hat, dat is nich passiert."

Zustimmendes Grunzen.

„War 'n Admiral", sagte der Erste unvermittelt.

„Ihr Vater war Admiral?", staunte Franziska.

„Nich sein Vater", korrigierte der Zweite, ungehalten über so viel Begriffsstutzigkeit.

„Der Adolph Behrens", ergänzte der Dritte.

„Im Ersten Weltkrieg", fuhr der Erste fort.

„Nach dem war der benannt, der *Belgier*." Der Zweite gab mit dieser Feststellung offenbar ein für Franziska unsichtbares Signal, denn nun nahmen alle drei gleichzeitig ihre Pfeifen aus dem Mund und tranken die Bierflaschen auf einen Zug leer.

Als die Pfeifen wieder an Ort und Stelle steckten, holte Franziska eine Gabel und den Löffel mit der lückenhaften Gravur hervor und hielt sie den Alten hin. „Könnte dieses Besteck von der *Adolph Behrens* stammen?"

Drei Köpfe beugten sich schwerfällig vor, blieben kurz über den beiden Besteckteilen stehen und ruckten dann wieder zurück.

„Jo", antwortete der Dritte, während der Zweite nur zustimmend nickte.

„Wo hast du das Zeuch denn wech?", fragte der Erste.

„Die Taucher, die für das Museum die Netzsäge von einem U-Boot aus dem Ersten Weltkrieg bergen sollen, haben das da unten gefunden", berichtete sie und blieb damit wenigstens zum Teil bei der Wahrheit.

„Der Maik Gröning?"

„Genau."

„Na, dann frach doch den", riet der Zweite.

„Der weiß doch genau Bescheid", ergänzte der Dritte.

„Wissen sie, was die *Adolph Behrens* geladen hatte?", überhörte Franziska den Rat.

„Nee", antwortete der Erste. „War geheime Kommandosache, die Invasion."

„Was soll der schon geladen haben?", fragte der Zweite zurück. „Munition wahrscheinlich. Geht ja nich ohne, so 'ne Invasion."

„Wissen Sie etwas über Medikamente?"

„Medikamente?", fragte der Dritte, als sei das eine völlig unsinnige Idee.

„Was denn für Medikamente?", wollte auch der Erste in demselben Tonfall wissen.

„Von Medikamenten hat der Fiete nix erzählt", meinte auch der Zweite.

„Und was der Fiete nich erzählt hat ...", ergänzte der Dritte.

„War denn vielleicht mal die Rede von geheimer Fracht, von einem Nazischatz oder so etwas?", blieb Franziska hartnäckig.

Die Alten schwiegen und starrten geradeaus. Letzteres war nichts Neues, Ersteres ließ Franziska aufmerksam werden.

„Gab es Schiffe, die unter besonderer Geheimhaltung hier lagen?", erweiterte sie deshalb ihre Frage und wandte sich dann direkt an den Ersten: „Hat Ihr Vater davon mal etwas erzählt?"

„Is ja so einiges wechgeschafft worden aus Deutschland damals", kam die unklare Antwort.

„Auch über den Helgoländer Hafen?"

„Nix Genaues weiß man nich", wich der Zweite der Frage aus.

„Seemannsgarn wird ja viel gesponnen", ergänzte der Dritte.

„Zum Beispiel?", versuchte Franziska einen weiteren Vorstoß bei den störrischen Männern.

„Ich finde ja, die Deern hat jetz genuch gefracht", meinte der Erste unvermittelt.

„War so schön ruhich hier vorher", stimmte der Zweite zu.

„Sieht einer von euch den Klaassen mal wieder?", fragte der Dritte.

„Ich, heute Abend", antwortete der Erste. „Im Shantychor."

„Warum?", wollte der Zweite wissen.

„Sach dem, der soll nich immer so viel quatschen", antwortete der Dritte. „Bringt alles durcheinander damit."

„Sach ich dem", versprach der Erste.

„Wenn die Deern wissen will, wie das damals hier war, soll er ihr den neuen Bunker am Fahrstuhl zeigen", ließ der Dritte nicht locker. „Lesen kann sie ja wohl."

Franziska wollte gerade fragen, um was für einen neuen Bunker es sich handle, als der Zweite ihr zuvorkam: „Und die Luft is auch schon wieder ganz schön trocken."

„Jo", stimmte der Dritte zu und strich sich über den faltigen Hals. „Richtich trocken!"

Franziska lachte, sammelte die leeren Flaschen ein und ging zurück zu der Hummerbude. Dort kaufte sie weitere sechs Bierflaschen. Die Alten hatten sich eine Belohnung verdient, fand sie.

Nachdem sie das Bier vor den Männern abgestellt hatte, wandte sie sich in Richtung Dünenfähre. Da stand ein hagerer Mann mit glatten blonden Haaren von einer der benachbarten Bänke auf und stellte sich ihr in den Weg. Er war etwas größer als Franziska und wirkte im Ganzen etwas glatt. Franziska blickte ihn herausfordernd an, in der Erwartung, dass er ihr den Weg freimachte.

„Entschuldigung", sagte er mit holländisch klingendem Akzent, „mein Name ist Henk van Geldern. Ich bin Hobbytaucher und sammle alles, was man da unten in den Wracks so finden kann. Ich habe gerade ein bisschen von dem Gespräch mitbekommen, das Sie mit den alten Männern geführt haben."

„Aha?"

„Ja, Sie haben den Männern ein Besteckteil gezeigt. Kommt das aus einem der Wracks da draußen?"

Franziska nickte vorsichtig.

„Darf ich es mal sehen? Wie gesagt, ich tauche selber und interessiere mich für solche Sachen."

Franziska überlegte kurz, ob sie dem Wunsch entsprechen sollte. Sie kannte den Holländer nicht und hatte ein etwas mulmiges Gefühl dabei, dass er sie hier im Hafen einfach so ansprach. Andererseits war sie nicht allein mit ihm und da er das Besteck ohnehin schon gesehen hatte, als sie es den Alten gezeigt hatte: Was hatte sie schon zu verlieren? Also holte sie es noch einmal hervor und hielt es ihm hin.

Henk van Geldern nahm ihr den Löffel aus der Hand, drehte ihn hin und her und schien die eingravierten Buchstaben genau zu studieren. „Schade, dass da nicht der ganze Name draufsteht", meinte er und reichte ihr den Löffel zurück. „Konnten die Alten Ihnen weiterhelfen?"

Franziska hatte nicht vor, dem Fremden die Informationen zu überlassen, die sie so mühsam bekommen hatte – und das auch nur, weil es ihr gelungen war, so etwas wie Vertrauen bei den alten Männern aufzubauen. Entsprechend bemühte sie sich um ein ausdrucksloses Gesicht und antwortete nicht auf die Frage.

Der Holländer räusperte sich. „Gut, ich mache Ihnen ein Angebot: Ich kaufe Ihnen die Stücke ab."

„Tut mir leid." Franziska schüttelte bestimmt den Kopf. „Sie sind nicht zu verkaufen."

„Ich zahle gut", beharrte er und zog vielversprechend die Augenbrauen hoch. „Sehr gut sogar. Nennen Sie mir einen Preis."

„Wie gesagt ..."

„Falls Sie es sich anders überlegen: Sie finden mich hier im Hafen auf meinem Schiff." Er deutete auf die Seite des Hafenbeckens, wo ein Kutter festgemacht hatte. Drei Männer stützten dort ihre Ellenbogen auf die Reling und schauten zu ihnen hinüber. Sie passten mit ihrem verwegenen Äußeren so gar nicht zu dem aalglatten Typ vor ihr. „Ich betreibe ein kleines Museum in Den Helder und hätte die Stücke gerne für meine Ausstellung."

Mit diesen Worten gab er den Weg frei. Franziska entfernte sich grußlos, warf aber kurz darauf einen Blick über die Schulter zurück. Der Holländer stand inzwischen vor den alten Männern und redete auf sie ein. Die gaben ihm jedoch keine Antwort, ignorierten ihn regelrecht und widmeten sich demonstrativ ihren Bierflaschen und Pfeifen.

Franziska lachte leise. „Da beißt du auf Granit, Henk van Geldern", murmelte sie und war in diesem Moment mit sich sehr zufrieden.

Kapitel 12: Silberschätze

Jörn Klaassen stand vor einem Ausstellungstisch mit Fundstücken aus den Wracks rund um Helgoland und leitete einen Handwerker an, der Info-Tafeln darüber anbrachte, als Leander das Museum betrat.

„Sehen Sie", rief er, „hier werde ich Ihre Münze platzieren." Er deutete auf eine freigelassene Stelle in dem Schaukasten.

„Sofern ich Sie Ihnen überlasse", stellte Leander klar.

„Das werden Sie müssen." Klaassen zog die Augenbrauen hoch und blickte ihn ernst an. „Das Land Schleswig-Holstein hat ein grundsätzliches Ankaufsrecht für alles, was Sie von da unten hochholen. Schließlich sind die Wracks Kulturdenkmäler. Und dafür, dass Ihre Münze angekauft wird, werde ich schon sorgen."

Diese Information gefiel Leander gar nicht. Andererseits musste er sich eingestehen, dass die auch ihm bekannte Gesetzgebung in dieser Sache eindeutig war. Auf sich bezogen hatte er sie im Zusammenhang mit seinem Fundstück aber bisher nicht. Apropos: „Es handelt sich also tatsächlich um eine Münze?"

Der Museumsleiter nickte und deutete auf einen Tisch an der Seite des Raumes. „Einen Moment, ich bin gleich bei Ihnen."

Er gab dem Handwerker noch ein paar Anweisungen und verließ dann den Raum. Kurz darauf kam er mit einer Kunststoffschale zurück und stellte sie vor Leander ab. Klaassen hatte die Münze nicht nur aus ihrer schwarzen Hülle befreit, sondern sie auch in einem Säurebad gereinigt, so dass sie nun in hellem Silberglanz strahlte.

„Es ist zwar nicht mehr alles genau zu entziffern, aber es handelt sich eindeutig um eine englische Münze aus der Zeit, als Helgoland eine britische Kronkolonie war, also zwischen 1807 und 1890. Kennen Sie sich mit der Geschichte aus?"

Leander verneinte, was Klaassen dazu veranlasste, zuerst zu nicken, dann Luft zu holen und notgedrungen zu einem Kurzreferat anzusetzen. „Helgoland gehörte im 18. Jahrhundert zum Herzogtum Schleswig, das der dänischen Krone unterstellt war.

Dumm nur, dass Dänemark 1807 nach langer Neutralität in den Napoleonischen Kriegen doch noch mit Frankreich kooperierte und sich damit auch gegen Großbritannien stellte. Dessen Truppen besetzten im selben Jahr Helgoland," berichtete Klaassen mit einer Routine, die darauf hindeutete, dass er diesen Text schon einige Male bei Vorträgen abgespult hatte.

„Damit verfügten die Briten über eine Art Vorposten, über den der Handel zwischen Festland und Großbritannien fortgesetzt werden konnte. Diesen hatte Napoleon ja mit seiner Kontinentalsperre unterbinden wollen. Jetzt konnte sie unterlaufen werden. Denn Hamburger und britische Kaufleute richteten Handelsstationen auf dem Felsen ein und ab 1808 erblühte hier ein wahres Schmuggelzentrum. Es sollen bis zu 400 Schiffe pro Tag auf der Reede gelegen haben." Er unterstrich diese Zahl mit bedeutungsvoll hochgezogenen Augenbrauen.

„Die Waren wurden von britischen Schiffen auf die von Kontinentalstaaten verladen, umgekehrt natürlich auch, und von Helgoländer Fischern und erfahrenen Lotsen durch die Sperren gebracht. So gelangten Kolonialwaren und Fertigprodukte von Großbritannien zum Festland und Agrarprodukte fanden den Weg in umgekehrter Richtung. Allein 1809 sollen Waren im Wert von fünf Millionen britischen Pfund auf Helgoland umgeschlagen worden sein." Nun legte er eine kurze Pause ein, um das Ausmaß der Bedeutung Helgolands gebührend zu würdigen.

„Mit dem Schmuggel kam der Reichtum auf die Insel und es fand eine rege Bautätigkeit auf dem Felsen statt. Allerdings nahm der wirtschaftliche Erfolg bereits 1810 wieder ab, da Großbritannien in Portugal und Spanien Kriegserfolge erzielte und somit über diese Länder direkten Zugang zum Festland bekam. 1812 erlitt Napoleon seine Niederlage gegen Russland und die Kontinentalsperre wurde wieder aufgehoben. Damit war der Aufstieg

Helgolands zum Haupthandelsplatz zwischen Großbritannien und dem europäischen Festland nach nur sechs Jahren schon wieder beendet. Es brach regelrechte Armut aus, die erst besiegt wurde, als Helgoland 1826 zum Seebad ernannt wurde. Diverse Gouverneure machten aus dem Felsen mal ein Zentrum für freizügige Badegäste, mal einen Zufluchtsort für europäische Revolutionäre, mal einen Hotspot des Glücksspiels. Eine Spielbank wurde etabliert und es entstanden zahlreiche Hotels und Pensionen. Am 1. Juli 1890 wurde Helgoland dann im Tausch gegen Sansibar an das Deutsche Reich übertragen." Klaassen drehte die Münze in der Hand und betrachtete sie aufmerksam. „Vor allem in der Schmugglerzeit gab es sicherlich Schiffe mit enormen Geldbeträgen an Bord. Wenn wir einfach mal voraussetzen, dass Ihre Münze von einem solchen Geldtransport stammt und nicht einfach nur von ganz normalen Touristen aus der Bäderzeit über Bord gegangen ist, könnten Sie da unten tatsächlich auf einen Schatz gestoßen sein."

„Das werden wir herausfinden", entgegnete Leander. „Wenn ein britisches Schiff mit den Einnahmen aus Handelsgeschäften oder von der Spielbank im Sturm da draußen gesunken ist, muss ja noch eine Menge mehr zu finden sein."

„Nur einmal angenommen, Sie haben Recht: Dann müsste der Zerstörer direkt neben oder sogar über dem Wrack des Handelsschiffes liegen." Jörn Klaassen blickte Leander direkt in die Augen, um die Tragweite der Feststellung zu unterstreichen. „Das bedeutet, dass Sie möglicherweise unter das Wrack aus dem Zweiten Weltkrieg gelangen müssen, um an den Silberschatz zu gelangen. Angesichts der Munitionsmengen, die man darin vermuten muss, halte ich das für unmöglich. Und wegbewegen dürfen wir den Zerstörer nicht."

„Wie Sie richtig sagen, kann das ältere englische Handelsschiff aber auch in der Nähe des anderen Wracks liegen", wandte Leander ein. „Dann sieht die Sache anders aus."

„Richtig. Allerdings ist es dann reines Glück, dass Sie die Silbermünze gefunden haben, zumal sie durch das oxidierte Eisen zunächst gar nicht zu erkennen war. Andererseits könnte es sich bei dem Eisen um den Rest des Beschlages einer Kiste oder eines Schlosses handeln. Dann würden vielleicht andere Münzen aus der Kiste oder auch weitere Geldkassetten in unmittelbarer Nähe im Sand liegen." Er hatte bei diesen Gedanken die Stirn in tiefe Falten gelegt, als müsse er nun selbst die nächsten Tauchgänge planen.

„Könnte, würde ... Für meine Begriffe ist da ein bisschen viel Konjunktiv im Spiel", bekannte Leander.

„Verstehen Sie mich nicht falsch", fuhr Klaassen fort. „Ich will Ihnen nicht den Spaß am Schatztauchen nehmen. Allerdings befinden wir uns hier nicht in tropischen Meeren und schon gar nicht in Stevensons *Schatzinsel*. Sie werden nicht da runtergehen und mit einer Kiste Gold und Silber wiederauftauchen."

Leander nickte resigniert. Er hatte sich nach dem Fund tatsächlich romantischere Vorstellungen gemacht und fühlte sich nun geradezu desillusioniert.

Jörn Klaassen lachte und klopfte ihm auf die Schulter. „Kopf hoch! Egal, was Sie da unten finden – oder eben auch nicht –, es ist und bleibt ein Abenteuer, von dem Sie Ihren Enkeln facettenreich erzählen können. Nun aber zu etwas anderem: Maik weiß natürlich, dass es vor Allem darauf ankommt, das Wrack beziehungsweise die beiden Wracks für die Forschung zu sichern. Absolute Geheimhaltung also, sonst besteht die Gefahr, dass Plünderer sie ausnehmen und die Fundstücke verkaufen, bevor wir die nötigen Genehmigungen für unsere Arbeit eingeholt haben. Für die Wissenschaft sind sie dann nahezu wertlos."

Leander nickte und fügte hinzu, dass Maik sie darüber schon instruiert habe und Franziska und er sich ihrer Verantwortung bewusst seien.

„Die Reinigung des Maschinen-Telegrafen wird noch einige Zeit dauern", erklärte der Museumsleiter. „Wir werden ihn dann direkt in die Ausstellung übernehmen. Was wir allerdings unbedingt brauchen, ist ein Herkunftsnachweis – idealerweise für beide Schiffe, die namentlich genannt werden müssen."

„Da sind wir dran und wir haben auch schon eine Spur", beruhigte Leander ihn und berichtete von den eingravierten Buchstaben in dem Besteck, das sie gefunden hatten.

Klaassens Augen blitzten einen Moment auf, aber dann bemühte er sich sichtlich, wieder ein neutrales Gesicht zu machen. Leander, der in Verhörtechniken geschult und es gewohnt war, bei Befragten auf solche kurzen, aber nichtsdestoweniger verräterischen körpersprachlichen Zeichen zu achten, stutzte.

„Hm." Klaassen schüttelte den Kopf. „Auf Anhieb fällt mir kein Schiffsname ein, der dazu passen würde."

Leander beschloss, dem nicht zu widersprechen. Er ahnte, dass er bei dem Museumsleiter auf Granit beißen würde, wenn er tatsächlich etwas verheimlichen wollte.

„Was ist mit dem Tablettenröhrchen?", wechselte er also das Thema.

„Wie schon vermutet: ein Vitamin-D-Präparat." Klaassen winkte ab. „Die Tabletten sind in der langen Zeit natürlich völlig unbrauchbar geworden. Und das Röhrchen selbst ist aus Historikersicht ebenfalls wertlos. So etwas gibt es wie Sand am Meer. Ich habe es weggeworfen."

„Schade", entgegnete Leander. „Für Franziska wäre es eine nette Erinnerung an ihren ersten Tauchgang hinunter zu einem Wrack gewesen."

„Das tut mir leid. Daran habe ich wirklich nicht gedacht."

Leander ließ das im Raum stehen, spürte aber, wie ein noch nicht zu greifender Verdacht in ihm aufkeimte.

Kapitel 13: Von Bomben und Bunkern

Da von Leander am Anlegeplatz der Dünenfähre noch nichts zu sehen war, wandte sich Franziska am Lung Wai kurz entschlossen nach links in Richtung Fahrstuhl. Dort fand sie, wie die alten Männer gesagt hatten, den Zugang zu einem neuen Museumsstollen. An der Kasse erfuhr sie, dass es keine Führungen gab, dafür aber ausführliche Informationstafeln. Sie hatte jedoch Glück: Als sie den Stollen betrat, befand sich direkt vor ihr eine Seniorengruppe, die offenbar einen ortskundigen Guide angeheuert hatte. Die alten Leute standen im Halbkreis vor einem vollbärtigen Insulaner in gestreiftem Fischerhemd und einer blauen Strickmütze auf dem Kopf, die ihn nur notdürftig vor dem überall herabtropfenden Wasser schützte.

„Der neue Stollen ist 286 Meter lang", erklärte der Mann gerade. „Im Zweiten Weltkrieg wurde er von den Insulanern als Verbindungsgang zu ihren zugewiesenen Bunkerplätzen genutzt. Sie müssen sich das so vorstellen: Die Nazis hatten Helgoland zu einem Flottenstützpunkt mit einem großen Marinehafen und einem gewaltigen U-Boot-Bunker ausgebaut. Für das sogenannte *Projekt Hummerschere* wurden ganze Flächen durch Aufspülungen neu geschaffen und überall auf der Insel gab es Betonbauten für die Soldaten und Flakstellungen. Helgoland war ein wichtiger Vorposten in der Deutschen Bucht. Das führte dazu, dass der Felsen zum Ziel für die Luftangriffe der Alliierten wurde." Dabei deutete er auf Monitore an der Decke, auf denen unaufhörlich Bomberverbände über ihre Köpfe flogen und Bombenteppiche abwarfen. „Ab 1943 gab es mehrmals am Tag Fliegeralarm, und die Inselbevölkerung wusste nicht, ob die Bomber Helgoland angriffen oder nur über sie hinweg Kurs auf das Festland nahmen. Also mussten sie jedes Mal in den Bunker fliehen, wenn die Flugzeuge in Richtung Küste flogen, und gleich noch mal bei ihrem Rückflug. Sie konnten ja nicht wissen, ob dann nicht auch Bomben auf den Stützpunkt abgeworfen wurden."

Die Seniorinnen und Senioren nickten sich bedrückt zu. Sie waren in einem Alter, in dem sie selbst noch Erinnerungen an die Bombennächte in ihrer Kindheit auf dem Festland haben konnten, die nun angesichts der Fliegerverbände auf den Monitoren über ihren Köpfen wiederbelebt wurden.

Der Guide fuhr fort: „Dieser Stollen ist nach dem Krieg von den Engländern durch eine Sprengung verschüttet worden und der Big Bang 1947, bei dem 6700 Tonnen Munition gesprengt wurden, sollte sogar die ganze Insel zerstören. Man muss sich das mal vorstellen: Der Felsen war komplett untertunnelt, insgesamt fast 14 Kilometer Gänge waren das. Im Süden der Insel befand sich eine Großraumanlage für 4000 Soldaten, die durch diese unterirdischen Anlagen vom Hafen bis zur Langen Anna laufen konnten. Hier unten gab es neben den Schutzräumen sogar ein Krankenhaus, Gleisanlagen mit Weichen und Gegenverkehr und eine Großbäckerei für die Verpflegung der Männer. Und das alles auf einer Fläche von nicht einmal einem Quadratkilometer!" Er ließ die Zahlen einen Moment wirken, bevor er fortfuhr: „Dieser historische Stollen ist erst kürzlich wiederentdeckt worden. Die Erschließung und die Dokumentation", er deutete auf die Informationstafeln und großformatigen Schwarz-Weiß-Fotos an den Wänden, „haben insgesamt dreieinhalb Millionen Euro gekostet. Zweieinhalb hat die Gemeinde Helgoland aufgebracht, zum Beispiel durch Spenden der Insulaner und Urlauber, den Rest haben die EU und das Land Schleswig-Holstein beigesteuert.

– Ich überlasse Sie nun den Ausstellungstafeln. Wir treffen uns in 30 Minuten am Ausgang wieder."

Die Gruppe zerstreute sich und verteilte sich auf die einzelnen Objekte. Dabei unterhielten sich die alten Leute nur flüsternd, so sehr hatte sie der Vortrag beeindruckt und so bedrängend war die Atmosphäre in dem nasskalten Stollen, der nur durch die Infotafeln und die Bildschirme an der Decke schwach beleuchtet war.

Auch Franziska wandte sich den Tafeln zu, auf denen sie bestätigt fand, was der Guide eben erzählt hatte. Die Ausbauphasen des Marinestützpunktes seit dem Ersten Weltkrieg wurden hier nachvollzogen, in deren Verlauf der wachsende Kriegshafen, die Flugabwehrstellungen und die Stationierung von mehreren Tausend Soldaten auf diesem kleinen Felsen stattfanden. In der bedrückenden Atmosphäre hier unten wirkten die gigantischen Betonbauten im Hafen so bedrohlich, dass Franziska sich gar nicht vorstellen konnte, wie man unter solchen Bedingungen als Insulaner auf Helgoland hatte bleiben können. Und auch für die Soldaten musste es ein bedrückender Aufenthaltsort gewesen sein.

Sie betrachtete die Schwarz-Weiß-Fotos mit U-Booten und Kriegsschiffen und überlegte, dass eines davon vielleicht die *Adolph Behrens* war, der vergessene *Belgier* mit der geheimnisvollen Fracht, dessen Wrack nun da draußen in der Deutschen Bucht am Meeresboden lag. Mit den Bomberverbänden über ihrem Kopf und von den Fotografien umgeben stellte sie sich vor, wie der Kommandant des Schiffes den Befehl zum Auslaufen gegeben und es dann durch die überall um es herum detonierenden Bomben manövriert hatte. Er hatte es tatsächlich aus dem Hafen herausgeschafft und wahrscheinlich hatten sich die Marinesoldaten schon in Sicherheit gewähnt, als der tödliche Treffer erfolgte, der das Schiff versenkte. Der Gedanke an die Wassermassen, die durch die Gänge schossen und wehrlose Männer mit sich rissen und ertränkten, ließ Franziska noch mehr frösteln.

Sie folgte dem Tunnel und wurde mit der Situation der Zwangsarbeiter konfrontiert, die diese Gänge in den Felsen getrieben hatten. Was war das damals für ein menschenverachtendes und mörderisches Regime gewesen, das festlegte, wer Herren- und wer Untermensch war, wer ein Recht auf Leben hatte und wer nicht und dass Soldaten einfach nur Kanonenfutter waren!

Am Ende des Stollens atmete sie dann auf, als sie auf die einzige farbige Bildtafel stieß: Ein Foto des Baums der Hoffnung sollte wohl ausdrücken, dass selbst auf die finstersten Zeiten etwas Positives folgen konnte. Es handelte sich um einen Maulbeerbaum, der bei der Rückkehr der ersten Insulaner 1952 inmitten vollständiger Verwüstung an verbrannten Ästen winzige Triebe und einzelne grüne Blätter gehabt hatte. Dieser Baum war wie ein Zeichen gewesen, dass es einen Neuanfang geben konnte und dass es auf dem Trümmerfelsen doch noch Leben gab. Heute hatte er auf einem kleinen eingezäunten Grundstück seinen Ehrenplatz.

Franziska atmete tief durch, als sie in einer kleinen Seitengasse wieder ins Tageslicht trat. Sie schüttelte sich heftig und hätte in diesem Moment nicht sagen können, was sie mehr gefangen gehalten hatte: die feuchte Kälte des Bunkers oder die bedrückende Atmosphäre der Ausstellung. Sie ging zurück zur Treppe und stieg zu einer der Aussichtsplattformen auf, von der sie freien Blick über den Hafen hatte. Hier setzte sie sich auf eine Bank. Ihr Körper saugte die Sonnenstrahlen regelrecht auf.

Dort unten, wo jetzt Börteboote dümpelten und Touristen von der *Witte Kliff* zum Baden auf die Düne übergesetzt wurden, hatten damals Kriegsschiffe gelegen und auf ihre mörderischen Himmelsfahrtkommandos gewartet. Sie waren von Tieffliegern beschossen und mit Bomben beworfen worden.

Die Bilder der Ausstellung waberten Franziska durch den Kopf. Was hatte den Kapitän der *Adolph Behrens* dazu bewogen, sein Schiff mit diesem riskanten Manöver retten zu wollen, anstatt seine Männer in den Schutz der Bunkeranlagen zu schicken? Was hatte es geladen, das dieses Risiko wert gewesen war? Waffen und Munition konnten es nicht gewesen sein. Die waren angesichts der unter Volllast laufenden Kriegswirtschaft des Dritten Reiches ersetzbar gewesen. Sollte es sich um eine Geheimwaffe gehandelt haben? Oder um einen gigantischen Nazischatz? Angriffspläne vielleicht, die es um jeden Preis zu retten galt? Das würde sie wohl erst erfahren, wenn sie mit Maik und Henning dort hinuntertauchte und das Wrack erforschte.

Franziska machte sich wieder auf den Weg über die Treppe in Richtung Dünenfähre. Die bunten Gebäude links und rechts wirkten nun anders auf sie, seit sie eine bessere Vorstellung von der völligen Zerstörung Helgolands hatte. Nicht mehr so kitschig. Wie hätte man die Lebens- und Überlebensfreude beim Wiederaufbau besser ausdrücken sollen als in Rot, Gelb, Grün und Blau?

Kapitel 14: Tamme hört die Flöhe husten

Das merkwürdige Verhalten des Museumsleiters hing Leander noch nach, als er zur Dünenfähre zurückging. Die Reaktion auf den lückenhaften Schiffsnamen war schon komisch. Leander hatte den Eindruck, dass Klaassen entgegen seiner Aussage sehr wohl etwas damit anzufangen gewusst hatte. Aber warum sollte er den Namen verschweigen, wenn er ihn kannte? Auch die Tatsache, dass er das Tablettenröhrchen entsorgt hatte, fand Leander komisch. Ein Mann, der sich hauptberuflich mit Funden aus den Wracks befasste, die vor Helgoland lagen, musste doch wissen, dass die Taucher ein grundsätzliches Interesse an allem hatten, das sie von dort unten hochholten – selbst wenn es sich nur um ein Röhrchen aus Aluminium mit wirkungslos gewordenen Vitaminen handelte.

Sofern es sich nur um ein Röhrchen mit wirkungslos gewordenen Vitaminen handelt!, dachte Leander, wusste jedoch nicht, wie er dieses Misstrauen gegen den Museumsleiter einordnen sollte, das sich in ihm regte. Denn auch wenn sich darin irgendein Medikament befunden haben sollte, vielleicht sogar eines, das noch Wirkung entfalten konnte, gab es doch in der medizinischen Forschung sicherlich keine Geheimnisse aus der Zeit des Dritten Reiches. Garantiert handelte es sich ja nicht um ein noch nicht patentiertes Krebsmedikament, mit dem sich heute Milliardenerlöse erzielen ließen. Leander musste lachen, als er diesen absurden Gedanken zu Ende gedacht hatte.

Er bog an der Mole zum Anleger der Dünenfähre ein und erblickte Franziska, die bereits dort auf der Bank saß und wartete. Sie wirkte seltsam nachdenklich dafür, dass sie einen Einkaufsbummel hinter sich hatte. Eine Einkaufstasche hatte sie auch

nicht dabei. Demnach war sie bei *Rickmers* nicht fündig geworden, was in Franziskas Fall schon verwunderlich war. Gewöhn-
lich hatte sie keine Schwierigkeiten, schwer bepackt aus Kla-
mottenläden herauszukommen.

Auf dem Weg zu ihr stutzte er gleich noch einmal, denn Franziska war nicht die Einzige, die hier wartete. Tamme Boysen
lehnte an der Wand neben der Fährkasse und starrte auf ein
Schiff, das gegenüber an der Ostkaje festgemacht hatte. An dem
schwenkbaren Kran vor dem Führerhaus erkannte Leander, dass
es sich um die *Marijke* handelte, die Tamme schon an ihrem An-
kunftstag auf der Düne in Unruhe versetzt hatte. Von hier aus
war nun auch der Heimathafen zu entziffern: Den Helder. Am
Mast wehte eine Fahne mit der Aufschrift *Duikteam van Geldern.*

„Tamme, was ist los?", wunderte sich Leander, denn das Gesicht des alten Mannes wirkte heute noch düsterer als sonst.
Der Kinnbart war bis zur Unterlippe hochgezogen, die nur noch
als dünner Strich zu erkennen war. Der Seehundjäger schien
geradezu alarmiert zu sein.

Franziska, die Leander auf sich zukommen sehen hatte, trat
ebenfalls heran, nickte Boysen kurz zu und hakte sich wortlos
bei ihrem Freund ein.

Tamme Boysen nahm keine Notiz von ihr und schüttelte nur
leicht den Kopf. „Das gefällt mir nicht", murmelte er.

„Was gefällt dir nicht, du alter Griesgram?", versuchte Leander ihn mit einem kleinen Lacher aufzumuntern.

„Die Holländer sind immer noch da." Tamme deutete ungerührt mit einer Kopfbewegung auf das Schiff gegenüber. „Wenn
das mal keinen Ärger gibt!"

„Du wirst sie im Blick behalten", ahnte Leander, ohne verstanden zu haben, was eigentlich genau das Problem war, und

klopfte dem ehemaligen Wasserschutzpolizisten auf die Schulter.

„Worauf du Gift nehmen kannst", brummte Tamme, zog seine Pfeife aus der Tasche, steckte sie kalt zwischen seine Lippen, stieß sich von der Wand ab und schritt mit erhobenem Haupt und hinter dem Rücken verschränkten Armen auf die Promenade zu.

Leander schüttelte grinsend den Kopf. Der alte Knabe hörte offenbar mal wieder die Flöhe husten.

„Einmal Bulle, immer Bulle", befand er achselzuckend.

Franziska sah ihn grinsend an. „Das ist offenbar eine Déformation professionelle", urteilte sie und ergänzte: „Aber wer im Glashaus sitzt, sollte besser nicht mit Steinen werfen."

Leander zog es vor, darauf nicht einzugehen. Außerdem bog gerade die Dünenfähre in voller Fahrt in das Hafenbecken ein, beschrieb einen großzügigen Bogen, bremste vor der Mole scharf ab und legte an der Schräge an. Eine Handvoll Passagiere verließ das Boot, dann folgte ihnen die dreiköpfige Mannschaft, einer legte das Seil vor den Zugang und begab sich hinter den anderen her zu einer kurzen Pause in ihren Aufenthaltsraum neben der Fährkasse. Franziska seufzte, ließ Leanders Arm los, kehrte zu ihrer Bank zurück und nahm wieder darauf Platz. Leander folgte ihrem Beispiel und so warteten sie schweigend, jeder in eigene Gedanken vertieft.

Leander wälzte Tammes Boysens Vorahnungen und Franziskas Reaktion darauf hin und her. Zugegeben, der ehemalige Inselpolizist konnte von seiner Lebensaufgabe einfach nicht lassen. Und noch etwas musste Leander sich eingestehen: An dem Vergleich mit seinem eigenen Alarmismus war etwas dran. Natürlich, Franziska lag in ihrem Urteil, wie er sehr wohl wusste, fast immer richtig. Allerdings zog Leander eine andere Konsequenz aus der Erkenntnis als sie, die das alles für reine Übertreibung zu halten schien: Wenn er sich selbst und seine Instinkte ernst nahm, warum sollte er Tamme dann nicht genauso ernst nehmen? Und wenn an Tammes Urteil über die Holländer etwas dran war, konnte man froh sein, dass der alte Haudegen sie im Blick behalten wollte.

Kapitel 15: Schatzfieber und Wrackplünderer

„Henk van Geldern." Maiks Stirn legte sich in Falten. „Die *Marijke* liegt seit ein paar Tagen im Hafen. Das ist merkwürdig, weil Henk nie lange an einem Ort bleibt, an dem es nichts zu holen gibt."

Sie saßen auf der Terrasse des *Dünenrestaurants* vor ihren Getränken und blickten über den Südstrand aufs Meer hinaus. Ein Fischerboot mit Touristen passierte gerade ihren Strandabschnitt und nahm Kurs auf den Hafen drüben am Felsen.

„Wer ist denn dieser Henk van Geldern, dass Tamme so aufgeschreckt war?", hakte Franziska nach.

Leander horchte auf, er glaubte, einen merkwürdig verhaltenen Unterton in ihrer Stimme wahrgenommen zu haben. Skeptisch lugte er zu Franziska hinüber, die seinen Blick aber entweder nicht bemerkte oder ihm geschickt auswich.

„Einer der übelsten Burschen unter den Wrackplünderern", antwortete Maik, dessen Stimmlage pure Verachtung ausdrückte. „Er und sein Team sind immer zur Stelle, wenn es etwas zu holen gibt. Sie tauchen da runter, schlagen mit Hämmern und

Brechstangen Maschinenschreiber, Zielvorrichtungen, Anker und alles ab, was sich irgendwie vermarkten lässt, öffnen Geräte völlig unsachgemäß, brechen dabei Schrauben und Zeiger ab und verkaufen alles zu horrenden Preisen an Sammler. Und natürlich dokumentieren sie absolut nichts und zerstören so die Forschungsmöglichkeiten an diesen Wracks für alle Zeiten. Dabei haben die noch nicht mal ein Schuldbewusstsein." Er schüttelte angewidert den Kopf.

„Henk hat einmal zu mir gesagt, das verrotte doch eh alles da unten, da könne er doch besser Profit aus den Fundstücken schlagen. Solche seelenlosen Gesellen gibt es auf allen Weltmeeren. Das Wrack des KdF-Dampfers *Gustloff* in Polen zum Beispiel ist seit Jahren gesperrt, weil es das Grab von 9000 Menschen ist. Und trotzdem herrscht dort ein reger Wracktourismus. Aschenbecher aus der *Gustloff* werden inzwischen zu fünfstelligen Summen im Internet vertickt. Bei solchen Preisen ist kein Platz mehr für Moral und Pietät. Und Henk van Geldern und seine Mannschaft sind hier bei uns in der Nordsee genau solche Typen, die nicht den geringsten Respekt oder auch nur einen Anflug von historischem Bewusstsein haben. Zum Kotzen!"

„Meinst du, die sind deshalb noch nicht weitergefahren, weil sie Wind von unserem Zerstörer bekommen haben?", fragte Leander.

„Das sollte mich nicht wundern." Maik stieß zischend Luft durch die Nase. „Die haben überall ihre Spitzel, die sie reich belohnen, wenn sie einen lukrativen Tipp bekommen. Manchmal reicht schon die Tatsache, dass ich mit meinen Männern auf Helgoland bin. Die wissen, dass ich den gesamten Meeresboden abscanne und immer wieder etwas finde. Und die wissen auch, dass ich für die nötigen Genehmigungen Monate, mitunter Jahre brauche. In der Zwischenzeit holen die sich, was nicht niet- und nagelfest ist, und ich komme dann zu spät."

„Diesmal nicht!" Leander wunderte sich selbst über die Entschlossenheit in seiner Stimme. „Diesmal werden wir da unten sichern, was gesichert werden kann. Und wir werden alles dokumentieren, was wir finden. Es sollte doch mit dem Teufel zugehen, wenn wir die Plünderer nicht von unserem Wrack fernhalten könnten. Um den Rest sollen sich die Kollegen von der Wasserschutzpolizei kümmern. Dafür sind sie schließlich da."

„Die können aber auch nicht ein bis zwei Jahre lang rund um die Uhr da draußen ein Wrack bewachen", winkte Maik ab. „Nein, nein, wir müssen die Zeit nutzen, das Wrack innen und außen betauchen, den Meeresgrund drumherum absuchen und alles dokumentieren. Falls da noch ein englisches Segelschiff in der Nähe liegt, müssen wir es vor ihnen finden. Das Dumme ist nur, dass ich nicht ausschließlich mit euch tauchen kann. Ich soll für die Gemeinde den Bereich südlich des Hafens nach Blindgängern abscannen, weil da demnächst ein weiterer Ausbau ansteht. Das dauert ein paar Tage. Ich kann auf solche Aufträge nicht verzichten, sonst darf ich meinen Laden bald zumachen."

„Dann brauchen wir Unterstützung", schlussfolgerte Franziska. „Pia und Lasse könnten in ihrer Freizeit mit uns da runtergehen. Die haben uns ihre Hilfe schon angeboten. Wir sind morgen früh mit ihnen verabredet. Wenn du einverstanden bist, kommen wir auf ihr Angebot zurück."

Leander sah Maik fragend an. Der dachte über den Vorschlag nach und nickte schließlich.

„Ich bezweifle zwar, dass das ausreicht", wandte er ein. „Aber es ist besser als nichts. Alleine könnt ihr jedenfalls nicht da runter. Und falls da unten tatsächlich ein Schatzschiff liegt, reicht der Finderlohn für uns alle." Er lachte auf und schlug sich mit den Handflächen auf die Oberschenkel. „Wenigstens haben die noch keine Ahnung, auf was wir da gestoßen sind. Und diesen Vorteil müssen wir nutzen."

„Ich hoffe, dass du Recht hast", wandte Leander ein.

„Wieso?"

„Ich frage mich die ganze Zeit, ob van Geldern nicht doch von unserem Fund wissen könnte." Leander ging Franziskas merkwürdiger Unterton nicht aus dem Sinn.

Maik schüttelte entschieden den Kopf. „Davon wissen bislang nur wir drei und dann noch Jörn, Pia und Lasse."

Leander blickte Franziska direkt an und registrierte, wie sie mit sich rang.

„Kann sein, dass das meine Schuld ist", presste sie schließlich hervor, atmete tief durch und fasste dann sichtlich Mut. „Ich wollte euch mit der Nachricht überraschen, dass ich den Namen des Schiffes herausgefunden habe. Allerdings hatte ich mir die Situation jetzt anders vorgestellt."

Sie berichtete nun ausführlich von ihrem Zusammentreffen mit den drei alten Männern im Hafen und von den Informationen, die sie heute Morgen von ihnen erhalten hatte. Und dann kam der schwierigere Part, als sie von ihrer Begegnung mit Henk van Geldern erzählen musste.

„Sammler!", stieß Maik spöttisch aus. „Der Mann ist ein Pirat, aber kein Sammler!"

„Es tut mir leid, dass ich so unvorsichtig war und er nun auch von dem Schiff weiß." Franziska war sichtlich schuldbewusst, als hätte man sie beim Ladendiebstahl ertappt.

Leander schwieg. Vorwürfe machte sie sich schon selbst genug.

„Mach dir keine Gedanken", kam es entgegen ihrer offensichtlichen Erwartung von Maik. „Der war ja schon seit ein paar Tagen hier im Hafen, als du ihm das Besteck gezeigt hast. Hier bleibt nichts lange geheim, also kann er auch auf ganz anderen Wegen erfahren haben, dass wir ein Wrack entdeckt haben. Er hat seine Leute überall und zahlt einfach zu gut für derartige Hinweise."

„Dann war es also auch falsch, dass ich die Alten befragt habe", stellte Franziska resigniert fest.

„Unsinn!" Jetzt war es an Leander, ihr beizustehen. „Das war eine sehr gute Idee. Und du hast ja auch genau die Dinge in Erfahrung gebracht, die wir wissen wollten. *Adolph Behrens*! Mit dem Namen des Schiffes können wir jetzt gezielt auf die Suche gehen. Vielleicht gibt es irgendwo Ladepapiere oder so etwas."

Maik nickte zustimmend. „Ich schicke gleich mal Anfragen an das Internationale Maritime Museum in Hamburg, das Militärhistorische Museum in Dresden und das Deutsche Schifffahrtsmuseum in Bremerhaven. In einem der Archive wird schon was zu finden sein." Er wandte sich an Leander: „Und was hat es bei Klaassen gegeben? Ist er weitergekommen?"

„Ist er." Leander berichtete von den Erkenntnissen über die Silbermünze.

„Na bitte!", rief Maik begeistert. „Ich habe gespürt, dass da etwas zu holen ist. Und wir werden es holen, das verspreche ich euch."

„Klaassen ist da weniger zuversichtlich", berichtete Leander.

„Ach der!" Maik winkte ab. „Das ist der Unterschied zwischen einem staubtrockenen Historiker und uns Schatztauchern: Wir können uns wirklich für Träume begeistern." Er lachte, was auf die anderen sehr befreiend wirkte.

Vor diesem Hintergrund überlegte Leander, ob er auch seinen Verdacht gegen den Museumsleiter aussprechen sollte. Er entschied sich gerade dagegen, als Maik ihn direkt ansprach: „Und was genau hast du noch auf dem Herzen?"

Leander grinste, weil der Freund ihn so gut kannte, dass er nichts vor ihm verheimlichen konnte. Also berichtete er von dem Tablettenröhrchen und der Tatsache, dass Klaassen es weggeworfen hatte.

„Das ist wirklich merkwürdig", bestätigte Maik. Als Leander darauf seinen Verdacht formulierte, winkte er jedoch ab. „Jörn ist ein schrulliger Vogel, aber bescheißen würde der uns nie. Für den lege ich meine Hand ins Feuer. Glaub mir, Henning, du hörst mal wieder die Flöhe husten."

Hoffentlich hast du Recht, dachte Leander und musste grinsen, weil Franziska und er sich genau mit dieser Formulierung über Tamme lustig gemacht hatten. Déformation professionelle, erinnerte er sich an Franziskas Vorwurf.

„Trotzdem", entgegnete er. „Ich finde, wir sollten alles daransetzen, die Kiste zu bergen, die Franziska am Wrack entdeckt hat. Vielleicht ist da noch mehr von dem Zeug drin. Dann können wir uns ja immer noch davon überzeugen, dass es wertlos ist."

„Natürlich", stimmte Maik zu. „Was da unten im Sand zu finden ist, holen wir hoch. Ist doch Ehrensache. Hast du deine Skizze dabei, Franziska?"

Franziska zog die Zeichnung des Wracks aus der Tasche und breitete sie vor ihnen aus. Da schob sich plötzlich ein Schatten über ihren Tisch und Maik legte in einem schnellen Reflex seine Hand auf das Papier. Hoffentlich noch schnell genug.

„Sieh mal einer an: Maik Gröning", tönte eine Stimme mit holländischem Akzent. „So sieht man sich wieder."

„Ich könnte gut darauf verzichten", war Maiks unfreundliche Antwort.

Drei weitere Gesichter tauchten hinter van Geldern auf und grinsten die Gruppe am Tisch hämisch an.

„Haben Sie sich mein Angebot überlegt?", wandte sich der Holländer an Franziska.

„Wie gesagt, das Besteck ist unverkäuflich", entgegnete die mit eisiger Stimme.

„Und toll zeichnen können Sie auch noch", lobte van Geldern und zwinkerte Maik spöttisch zu. „Respekt. Was wohl in der Kiste sein mag, die Sie da eingezeichnet haben?" Maik war zu langsam gewesen!

„Ich schlage vor, Sie lassen uns jetzt in Ruhe." Leander erhob sich und blickte dem Holländer direkt in die Augen.

„Oho, da ist aber einer angriffslustig." Van Geldern hob abwehrend beide Handflächen gegen Leander. „Mutig, mein Lieber, sehr mutig! Aber wir wollen uns hier ohnehin nicht lange aufhalten." Und zu Franziska gewandt, fügte er hinzu: „Wie gesagt: Mein Angebot steht, und Sie wissen ja, wo Sie mich finden. Sagen wir einhundert Euro pro Besteckteil? Überlegen Sie es sich." Er grüßte mit der Hand an einer imaginären Mütze und zog mit seinen Kumpanen wieder ab in Richtung Strand.

Leander beobachtete, wie die vier Männer kurz vor dem Spülsaum nach rechts in Richtung Hafen abzogen, und setzte sich wieder. „Scheiße", sagte er, „die haben die Skizze gesehen."

„Ja." Maik machte eine wegwerfende Handbewegung. „Aber nur ganz kurz. Sie werden nichts damit anfangen können, solange sie nicht wissen, wo das Wrack liegt."

„Das werden sie aber schnell herausfinden", wandte Franziska ein. „Die müssen uns ja nur folgen."

„Und da draußen haben wir dann keine Handhabe gegen sie", ergänzte Leander. „Wer will ihnen verbieten, da zu tauchen, wo wir tauchen?"

Maik nickte. „Ihr habt zwar Recht, aber ich lasse mir etwas einfallen. Auf jeden Fall läuft jetzt die Zeit. Die haben Blut geleckt, das war eindeutig. Wir müssen nur schnell genug sein, damit die uns nicht zuvorkommen, sonst können wir das Wrack vergessen."

„Zumindest von dem Engländer wissen sie nichts", versuchte Franziska, sich und die Männer aufzumuntern.

„Ich hoffe, du hast Recht." Leander dachte an Jörn Klaassen, führte seine Zweifel aber nicht noch einmal aus.

„Wie machen wir jetzt konkret weiter?", fragte Franziska. „Tauchen wir morgen wieder zum Wrack?"

„Morgen geht es nicht." Maik hob bedauernd die Handflächen. „Es ist ein Tiefdruckgebiet angekündigt, das die Deutsche Bucht streifen wird, da ist das Tauchen viel zu ungemütlich und gefährlich."

„Sturm?" Franziska hob zweifelnd die Augenbrauen. „Danach sieht es doch gar nicht aus."

„Hier draußen in der Hochsee kommt das schneller, als man ahnen kann", belehrte Maik sie.

„Das macht die Nordsee ja so gefährlich", ergänzte Leander.

„Und so spannend!", schob Maik nach. „So", er stemmte sich unvermittelt an der Tischkante hoch. „Ich muss wieder rüber. Und ihr redet mit Pia und Lasse, ja? Wäre gut, wenn wir ein paar Hände dazugewinnen könnten. Übernimmst du das hier, Henning?" Er deutete auf die leeren Gläser.

Leander nickte. Wortlos blickte er dem Freund nach, der die Terrasse verließ und direkt in Richtung Hafen auf den Bohlenweg abbog.

„Und was machen wir zwei Hübschen mit dem angefangenen Abend?", fragte Pia, als Leander bezahlt hatte.

„Oh, da fällt mir schon etwas ein", antwortete der neckisch.

„Nichts da!" Franziska winkte entschieden ab. „Jedenfalls

noch nicht so früh. Mir ist erst mal nach einem ausgiebigen Verdauungsspaziergang um die Aade."

Leander seufzte theatralisch und stand auf. „Ich ahne es: Feuersteine sammeln."

Franziska lachte und hakte sich bei ihm ein.

Sie verließen die Terrasse des *Dünenrestaurants* und bogen auf dem Holzbohlenweg direkt nach links ab. Überall am Südstrand waren Urlauber unterwegs. Als sie in Höhe des Leuchtturms zum Spülsaum kamen, frischte der Wind ohne Vorwarnung auf.

„Na bitte", sagte Leander und deutete in Richtung Westen.

Über der Hauptinsel tauchten die ersten Wolken auf, die inmitten eines bleiern-grauen Dunstes regelrecht aufgequollen zu sein schienen. Mit dem Wind setzte sich der feine Sand in Bewegung und prickelte an den Beinen.

Franziska kuschelte sich an Leander, der sie eng an sich zog. So stapften sie etwas umständlich über die rollenden Kieselsteine weiter in Richtung Aade. Das Meer, das sich anfangs nur gekräuselt hatte, baute allmählich kleine Wellen auf. Die Seehunde nahmen das zum Anlass, ihre Liegeplätze zu verlassen und wie auf Kommando ins Meer zu robben. Nur die kleinen Heuler blieben in Gruppen am Strand zurück, während ihre Eltern ausgelassen untertauchten und kurz darauf ihre Köpfe wieder aus dem Wasser streckten.

Als sie zur Aade kamen, trieb der Wind bereits dichtere Wolken vor sich her. Der Sonnenuntergang hinter dem Felsen färbte sie von unten glutrot, was aussah, als würde der gesamte Himmel brennen.

„Fantastisch", stieß Franziska begeistert aus.

Sie wechselten unterhalb der Landebahn des Flugplatzes hinüber zum Nordstrand, wo sie zwar nun die ganze Farbenpracht direkt vor sich sahen, gleichzeitig aber den immer mehr auflebenden Wind von vorne hatten. Der Sand peitschte ihnen gegen die Schienbeine. Dabei hatten sie hier keine Chance, in die feuchtere Zone am Spülsaum zu wechseln, weil dort die Kegelrobben in großer Zahl lagen. Die Raubtiere schien ebenfalls eine gewisse Unruhe erfasst zu haben. Sie robbten lebhaft durcheinander, grunzten laut und teilten Hiebe mit ihren gewaltigen Zähnen aus. Dabei wechselten einzelne Tiere zwischen Meer und Strand hin und her.

„Nur schade, dass jetzt das Wetter umschlägt." Franziska versuchte, ihre Augen halbwegs gegen den peitschenden Sand abzuschirmen, der auch von den Dünen zu ihnen hinabgetrieben wurde.

„Wenn das Tief morgen durchzieht, ist es übermorgen wieder schön genug zum Tauchen", versuchte Leander, sie zu beruhigen. „Und Sturm gehört an der Nordsee nun mal dazu. Als Insulanerin weiß das doch niemand besser als du."

Franziska löste sich aus Leanders Arm, nahm ihn stattdessen an die Hand und zog ihn auf den Holzbohlenweg, der hier schräg in die Dünen hinaufführte. Am Himmel wich das Rot nun genauso schnell einem Grauschwarz, wie es sich zuvor ausgebreitet hatte.

„Weißt du was?", fragte Leander, als habe er in diesem Moment eine geniale Eingebung. „Wir verkriechen uns morgen in unserem Holzhäuschen und bleiben den ganzen Tag im Bett."

Franziska lachte hell auf. „Das könnte dir so passen. Erstens möchte ich dich alten Mann nicht überfordern und zweitens hast du anscheinend schon vergessen, dass Pia und Lasse uns zum Frühstück erwarten."

„Pia und Lasse", stöhnte Leander. „Aber da bleiben wir ja nicht den ganzen Tag."

„Richtig. Wir werden danach genug Zeit haben, um in Regensachen die Düne im Sturm zu umrunden."

„Na gut." Leander tat so, als füge er sich ins Unausweichliche. „Nach so einem Regenspaziergang ist es im Bett ja auch noch mal viel gemütlicher."

Nun war es Franziska, die theatralisch seufzte.

Kapitel 16: Sturm

In der Nacht zog der Sturm über die Deutsche Bucht und rüttelte heftig an den Holzhäuschen auf der Düne. Als Franziska und Leander am Morgen zum Hafen kamen, rollten weiß gekrönte Wellen in Richtung Insel und zerstoben an der Schutzmauer des Nordstrandes im böigen Wind. Auf der Hauptinsel jenseits der Reede trieben Gischtschleier über die Jugendherberge. Auch am Hafen peitschten die Wogen hoch über die Befestigungsmauern hinweg bis auf die Kurpromenade. Heute war an einen Tauchgang hinunter zum Wrack tatsächlich nicht zu denken, zumal die Sicht da unten bei dem Seegang ohnehin gleich null wäre.

Der Regen führte dazu, dass sie in wenigen Minuten durchnässt waren. Sie flüchteten in den Schutzraum am Anleger und warteten dort auf die Dünenfähre, wobei Franziska fröhlich *It's Raining Again* pfiff. Sie freute sich so auf das gemeinsame Frühstück mit Lasse und Pia, dass sie sich von dem bisschen Schietwetter, wie sie sich ausdrückte, nicht die Laune verderben lassen wollte.

Als die *Witte Kliff* in das Hafenbecken der Hauptinsel einbog, bot sich ihnen ein ungewohnter Anblick: Alle Anlegeplätze entlang der Mole waren besetzt. Direkt vor der *Marijke* schaukelten zwei holländische Fischkutter sogar in doppelter Reihe, so über- füllt war das Hafenbecken. Auf Leanders Frage hin erklärte der Kapitän der Dünenfähre, das seien alles Fischer aus den Häfen am Festland. Die hätten in der Nacht auf Helgoland Schutz vor dem Sturm gesucht.

Pünktlich um zehn Uhr erreichten sie das kleine rote Reihen- häuschen in einer engen Gasse namens Bop Stak nahe der James- Krüss-Schule. Auf dem Weg dorthin hatten sie beim Inselbäcker Brötchen gekauft. Der Regen hatte inzwischen nachgelassen, nur der Wind heulte noch unvermindert zwischen den Häuser- reihen hindurch, so dass Pia die Haustür festhalten musste, als sie die beiden einließ.

„Und, wie war die Überfahrt?", erkundigte sie sich bei Fran- ziska, während Lasse Leander die Brötchentüte abnahm.

„Der reinste Wellenritt", beschrieb diese die Fahrt mit der Dünenfähre. „Das Boot hob bei jeder Woge ab und knallte laut wieder auf das Wasser. Das war Hochsee-Rodeo in Perfekti- on!"

Leander hatte schon auf der *Witte Kliff* darüber gestaunt, welchen Spaß sie an der Überfahrt gehabt hatte, und zwinkerte Lasse zu. „Es gab tatsächlich Leute, die sich trotz des Regens zu- nächst nach draußen gesetzt haben", erzählte er lachend. „Kaum hatten wir den Hafen verlassen, waren die nach der ersten Welle patschnass und sind Hals über Kopf nach drinnen geflüchtet."

Pia lachte und schüttelte den Kopf. „Was haltet ihr zunächst einmal von einer Führung durch unser kleines Häuschen?"

„Gerne!" Franziska schien nur auf dieses Angebot gewartet zu haben. „Von außen sehen die Häuser ja abgesehen von den unterschiedlichen Farben alle gleich aus. Und so eng, dass ich mich schon gefragt habe, ob ich darin nicht Platzangst bekäme."

„Ganz so schlimm ist es nicht." Pia forderte sie mit einer Handbewegung auf, ihr durch den schmalen Flur zu folgen. „Aber es stimmt schon, was Möbel angeht, müssen wir den Platz gut einteilen, wenn wir uns noch frei bewegen wollen." Sie deutete durch eine Tür in die Küche, die so klein war, dass sich dort unmöglich zwei Leute gleichzeitig vor dem Herd bewegen konnten.

„Nach der Bombardierung im April 1945 und dem Big Bang 1947 stand hier kein Stein mehr auf dem anderen und alles musste ab 1952 neu aufgebaut werden", berichtete Lasse. „Man hat damals einen Architektenwettbewerb ausgeschrieben und sich nach dem Gewinnerkonzept gerichtet. Deshalb sehen alle Häuser im Wesentlichen gleich aus. Sogar die Fassadenfarben können nur aus einer kleinen Palette ausgesucht werden."

Der Küche gegenüber befand sich die Treppe ins Obergeschoss. Pia ging jedoch zunächst geradeaus in das Wohnzimmer, das die hintere Hälfte des Erdgeschosses in der gesamten Breite einnahm. Trotzdem wirkte es beengt mit dem Schrank, einem schmalen Sofa und einem Esstisch mit immerhin vier Stühlen, der für das Frühstück vorbereitet war.

„Klein, aber gemütlich", urteilte Franziska.

„Anfangs war das schon eine Umstellung, als wir aus Kiel hierhergezogen sind." Lasse schob sich an den anderen vorbei und legte die Brötchentüte auf den Tisch. „Aber der Platz auf der Insel für Wohnraum ist nun mal begrenzt und nach einiger Zeit gewöhnt man sich daran."

Pia drehte sich um und ging voran, die Treppe hinauf. Im Obergeschoss gab es ein kleines Badezimmer, zwei Schlafräume und eine Kammer, die sich genauso wie das Bad unter die Dachschräge duckte.

„Mit Kindern wäre das hier schon sehr beengt", gestand Pia.

„Da wir aber keine haben, verfügen wir damit sogar über ein Gästezimmer und ein kleines Arbeitszimmer."

„Wenn ich dagegen sehe, wieviel Platz ich alleine in meinem Haus auf Amrum habe", staunte Franziska darüber, dass man mit derart wenig Raum klarkommen konnte.

Leander dachte an sein Fischerhaus in Wyk mit dem großen Garten dahinter und schätzte, dass er alleine doppelt so viel Platz hatte wie seine Tochter und ihr Freund.

„Und jetzt stellt euch vor, was hier los ist, wenn wir mal wieder einen Wasserrohrbruch haben und eines der Zimmer ausräumen müssen!" Pia lachte, als sie das entgeisterte Gesicht ihres Vaters sah.

„Kommt das etwa öfter vor?" Auch Franziska konnte man ansehen, dass diese Vorstellung für sie ein Horror war.

Lasse nickte. „Unsere alten Kupferleitungen halten das entsalzte Wasser aus der Aufbereitungsanlage nicht aus. Rohrbrüche sind auf Helgoland der Klassiker."

„So, nun lasst uns aber endlich frühstücken." Pia stieg als Erste die Treppe wieder hinab und ging in die Küche, um Kaffee zu holen, während die anderen sich an dem Esstisch im Wohnzimmer niederließen.

„Schade, dass wir heute nicht tauchen können." Franziska schüttete die Brötchen in den Korb. „Aber morgen soll es wieder besser werden. Dann können wir auch wieder raus zum Wrack."

„Du hast ja richtig Feuer gefangen, was?" Pia goss ihnen Kaffee ein.

„Wenn sie nicht aufpasst, wachsen ihr in diesem Urlaub Flossen", bestätigte Leander. „Ich habe ja schon lange den Verdacht, dass sie eine verzauberte Meerjungfrau und nur deshalb an Land geklettert ist, um mir zu begegnen."

Franziska zwinkerte ihm belustigt zu. „Nun bilde dir mal ja nicht zu viel ein, Poseidon." Dann wandte sie sich wieder Pia und Lasse zu: „Das ist aber auch spannend da unten. Und jetzt haben wir auch noch Konkurrenz bekommen." Während des Frühstücks berichtete sie den beiden von ihrer Begegnung mit den Holländern.

„Ich kenne die, das sind üble Burschen", warnte Lasse. „Wenn die Lunte gerochen haben, habt ihr sie an den Hacken. Und wenn ihr Pech habt, kommt ihr demnächst zu eurem Wrack und die waren schon vor euch da und haben abgeschlagen, was auch nur ansatzweise interessant sein könnte."

„Deshalb haben Maik und wir uns ja auch überlegt, dass wir keine Zeit verlieren dürfen und Unterstützung gebrauchen könnten", berichtete Leander und trug ihr Anliegen vor.

Lasse dachte über den Vorschlag nach und antwortete schließlich: „Unter zwei Bedingungen. Erstens: Wir dokumentieren nur, was da ist, sammeln ein, was lose rumliegt, und lassen das Wrack an sich unangetastet."

„Selbstverständlich." Leander verstand den Einwand nicht. „Maik will ja gerade verhindern, dass das Wrack geplündert wird."

Lasse schien etwas entgegnen zu wollen, überlegte es sich aber offenbar anders und stellte stattdessen seine zweite Bedingung: „Zweitens: Sobald uns die Holländer zu sehr auf die Pelle rücken, brechen wir ab und informieren die Wasserschutzpolizei. Ich habe keinen Bock auf einen Zweikampf unter Wasser."

„Das traust du denen zu?" Franziska schwankte zwischen Unglaube und Furcht.

„Denen traue ich absolut alles zu." Lasse zog vielsagend die Augenbrauen hoch.

Leander nickte zustimmend. „Einverstanden."

„Gut", sagte Maik. „Was sagst du, Pia? Sind wir ab morgen dabei?"

„Natürlich, wenn wir den Wrackräubern damit zuvorkommen können, immer." Sie machte einen abenteuerlustigen Eindruck, während ihr Freund deutlich verhaltener wirkte.

„Prima." Leander freute sich darüber, dass er nun Franziskas unverhoffte Freude an aufregenden Erlebnissen befriedigen konnte und gleichzeitig viel mehr Zeit mit seiner Tochter verbringen würde, als er zu hoffen gewagt hatte. „Zeig den beiden deine Skizze, Franziska, und unterrichte sie über alles, was wir bisher herausgefunden haben. Ich räume den Tisch ab und bringe alles in die Küche."

„Bring bitte den Sekt aus dem Kühlschrank mit. Gläser stehen auch bereit", trug ihm seine Tochter auf.

Franziska kramte ihre Zeichnung heraus und erklärte den anderen beiden die genaue Lage der Kiste und der bisherigen Fundorte. Außerdem berichtete sie von ihren bisherigen Recherche-Ergebnissen.

„Ein englisches Segelschiff unter dem Zerstörer, das wäre natürlich ein absolutes Highlight. Aber eine Schwalbe macht noch keinen Sommer! Das kann ein Zufallsfund sein, eine Münze, die dorthin getrieben worden ist. Weitere Fundstücke würden die Annahme natürlich untermauern, dass ein älteres Schiff unter der *Behrens* liegt." Jetzt beugte sich auch Lasse konzentriert über die Skizze. „Hier, sagst du, habt ihr sie gefunden? Dann schlage ich vor, dass zwei von uns den Sand an der Stelle durchsieben, und die anderen beiden sollten versuchen, die Kiste freizulegen."

„Stellt euch vor, wir würden da unten eine ganze Schatzkiste mit Münzen finden", träumte Franziska.

„So etwas passiert nur Tauchern in Abenteuerromanen", wandte Lasse ein. „Wonach wir aber unbedingt suchen müssen, ist ein Nachweis, um was für ein Schiff es sich handelt. Darauf, dass die Seeleute im neunzehnten Jahrhundert mit graviertem Besteck gegessen haben, können wir im Gegensatz zur *Adolph Behrens* nicht bauen. Die Schiffsnamen waren nur auf den Bordwänden angebracht, die verfault sein dürften, und auf der Schiffsglocke. Und ausgerechnet die zu finden ..." Er zog die Augenbrauen hoch und machte damit deutlich, für wie unwahrscheinlich er das hielt.

„Tja, wie weist man denn dann die Herkunft des Schiffwracks nach?", fragte Leander.

Lasse zuckte mit den Achseln. „Genau das ist das Problem." Als er merkte, wie enttäuscht Franziska und Leander darauf reagierten, ergänzte er: „Wenn uns das nicht gelingt, überlassen wir die Aufgabe, die Herkunft nachzuweisen, halt den Unterwasser-Archäologen, die nach uns da unten forschen werden. Für uns wären ein Silberschatz – und wären es auch nur verstreut herumliegende Münzen – und vielleicht Gebrauchsgegenstände aus der Zeit damals wertvoll genug, um mit dem Finderlohn einiges anfangen zu können."

„Zum Beispiel könnte Maik damit die Suche nach der *Maria* finanzieren", stimmte Leander zu.

„Maik und seine *Maria*!" Lasse lachte laut auf. „Das ist auch so eine Geschichte. Ich fürchte, für die Erfüllung dieses Traums würde er seine Großmutter verkaufen."

„Ich glaube, du kennst ihn nicht genug", widersprach Leander. „Maik ist nicht Henk van Geldern. Ihm würde ich mein Leben anvertrauen."

Lasse zog die Augenbrauen hoch, als wollte er etwas einwenden, schwieg aber erneut. Leander hatte den Eindruck, dass er deutliche Vorbehalte gegen Maik hatte, die er aber aus irgendwelchen Gründen für sich behielt. Während er noch darüber nachdachte, ob er ihn einfach direkt fragen und damit möglicherweise eine Missstimmung in ihre Gemeinschaft mit dem Wracktaucher bringen sollte, fiel ihm sein eigenes Unbehagen im Zusammenhang mit Jörn Klaassen ein. Als er dies Lasse vorsichtig andeutete, schüttelte diesmal der Wissenschaftler entschieden den Kopf.

„Klaassen ist ein Top-Mann auf seinem Posten. Keine Ahnung, wie der Bürgermeister den geködert hat, um ein vergleichsweise unbedeutendes Museum wie das von Helgoland zu leiten. Allerdings macht er nun auch einiges, um seinen Arbeitsplatz aufzuwerten. Du wirst sehen, eines Tages werden wir hier auf dem Felsen die bedeutsamste Ausstellung über die Wracks in der Deutschen Bucht haben."

Als Leander gerade nachhaken wollte, wie sich diese Einschätzung damit verhielt, dass der angebliche Top-Mann ein Fundstück einfach weggeworfen hatte, verkündete Franziska mit einem Blick aus dem Fenster: „Die Sonne kommt durch. Was haltet ihr von einem Spaziergang zur Langen Anna?"

„Einverstanden." Pia stand auf und wartete erst gar nicht auf eine Reaktion der Männer. „Dabei können wir dann unser Vorgehen für die nächsten Tauchgänge besprechen."

Über die Kartoffelallee machten sie sich auf den Weg zum Klippenrandweg. „Bevor die nächste Regenfront durchzieht", wie Lasse nach einem Blick auf das Regenradar in seinem Smartphone unkte.

Aus 40 Metern Höhe staunten sie über die gewaltigen Wellen, die direkt auf die Schutzmauern zurollten, an ihnen hochschossen, im Wind zerstoben und auf die roten Buntsandsteinfelsen der Steilküste prasselten. Die Baßtölpel nutzten den stürmischen Wind, während sie zwischen dem freien Wasser und ihren Nestern hin und her wechselten. Leander vermutete, dass wegen der heftigen Bewegung im Meer reichlich Nahrung für sie in der Nähe der Oberfläche zu finden war.

Sie besprachen auf ihrem Weg zur Langen Anna, ob Pia und Lasse noch Ausrüstungsgegenstände besorgen mussten, wie Maik sie auf seinem Schiff zur Verfügung standen. Der kleine Kutter der Biologischen Anstalt bot aber ebenfalls alles, was für eine solche Expedition nötig war. Schließlich verabredeten sie sich für den kommenden Vormittag am Anleger der Düne. Die Holländer würden dem Auslaufen des unverdächtigen Bootes der Hummer-Aufzuchtstation keine Beachtung schenken und nicht mitbekommen, wenn Franziska und Leander auf der Düne an Bord gingen. Stattdessen würden sie Maiks Schiff unter Beobachtung halten, das drüben im Hafenbecken vor Anker lag. So zumindest war die Hoffnung, die Lasse aufmunternd formulierte.

Vor der James-Krüss-Schule trennten sie sich. Pia und Lasse bogen in die Gasse zu ihrem Häuschen ein, Franziska und Leander machten sich auf den Weg zur Dünenfähre.

Der Himmel war inzwischen vollkommen aufgerissen, das tiefe Blau wurde von weißen Schäfchenwolken durchwandert. Selbst Lasses Regenradar hatte entgegen der vorherigen Tendenz gemeldet, dass es von nun an keine Schauer mehr geben würde.

Als sie von der *Witte Kliff* im Dünenhafen abgesetzt wurden, hatte Leander noch gar keine Lust darauf, in den Bungalow zurückzukehren. „Was hältst du von einem Abstecher zum *Friedhof der Namenlosen*?", schlug er vor. „Wer weiß, vielleicht finden wir unter den Angespülten ja auch einen Seemann von der *Adolph Behrens.*"

Franziska nickte und hakte sich bei ihm ein.

So bogen sie also auf dem Bohlenweg nach rechts ab. Mit der Sonne kam die Hitze zurück, die sich zwischen den Sandhügeln

staute. Dampf stieg auf und hüllte sie ein wie eine Treibhausglo-
cke. In den Sanddornbüschen links und rechts des Weges tummelten sich Spatzen und stimmten ein Gezeter an, das alle anderen Geräusche überlagerte.

Der *Friedhof der Namenlosen* befand sich in einem kleinen
Dünental auf der rechten Seite. Ein schwerer Anker markierte
die Abzweigung, der Leander und Franziska nun folgten. Zunächst stießen sie auf einen mit Feuersteinen angefüllten Platz,
auf dem die aus Messing gefertigte Friedhofsglocke an einem
massiven schwarzen Eisengestell hing. Sie war laut Aufschrift
am 1. März 1952 nach Helgoland zurückgebracht worden, nachdem die Engländer ihre Bombardements beendet und erste Rück-
kehrer mit dem Wiederaufbau der Insel begonnen hatten.

Von hier führte der Steg zu einem Bereich, über dem ein besonders tiefer Frieden zu liegen schien. Dornenbüsche an den
Seiten bestimmten das Bild. An einigen hingen Muscheln und
Hühnergötter von den Ästen herab und trugen zu der morbiden
Atmosphäre der Grabstätte bei. Links und rechts des Holzsteges
ragte eine Ansammlung von großen und kleinen Gedenksteinen
und Holzkreuzen aus dem Sand.

Leander erzählte Franziska, dass hier seit dem 19. Jahrhundert
Leichen unbekannter Seeleute, die nach Stürmen und Seegefech-
ten angespült worden waren, in Seesäcken beerdigt wurden.
Aber auch an den Untergang bekannter Schiffe wurde erinnert,
wie zum Beispiel an den Seenotrettungskreuzer *Adolph Bermpohl,*
der am 23. Februar 1967 in einem Orkan gesunken war. Wie weit
die Grabstätte in die Geschichte zurückreichte, zeigte ein weiterer
Gedenkstein, der an die Gefallenen der Seeschlacht zwischen
Preußen, Österreich und Dänemark im Jahr 1864 erinnerte.

Franziska blieb bei den Holzkreuzen stehen, auf denen nur
das Datum stand, an denen die Toten gefunden worden waren.

„Als stehe die Zeit hier still", sagte sie ehrfürchtig. „Ich habe schon mehrere solcher Friedhöfe mit anonymen Bestattungen gesehen, aber noch nie habe ich die besondere Atmosphäre so gespürt wie hier."

Leander wusste genau, was sie meinte. „Vielleicht liegt das daran, dass wir gestern an einem der Wracks gewesen sind, aus denen einige der hier beigesetzten Besatzungsmitglieder stammen könnten. Das macht die Umstände ihres Todes irgendwie greifbarer."

Franziska dachte kurz darüber nach und nickte dann langsam. „Das stimmt, so nah bin ich den unbekannten Toten noch nie gewesen wie da unten. Ich weiß ehrlich nicht, was besser ist: in einem Seekriegsgrab in meinem Schiff am Grund der Nordsee zu liegen oder hier angespült und dann allein im Sand verbuddelt zu werden."

„Wenn du mich fragst, ist beides keine wünschenswerte Vorstellung", versuchte Leander, die gedrückte Stimmung etwas aufzulockern.

„Das stimmt." Franziska lächelte ihn an. „Allerdings verstehe ich jetzt viel besser, warum solche Seekriegsgräber besonders geschützt werden müssen." Sie drehte sich im Kreis und stellte fest: „Schade, kein Datum, das wir mit dem Untergang der *Adolph Behrens* in Verbindung bringen könnten."

„Ja, das ist schade." Leander griff nach ihrer Hand. „Jetzt ist es doch wieder ganz schön heiß geworden. Komm, lass uns unsere Badesachen holen und Schwimmen gehen."

Sie verließen den friedlichen Ort und wandten sich nach links in Richtung ihres Bungalows. Kurz vor dem Feriendorf blieb Franziska so abrupt stehen, dass Leander nicht mehr stoppen konnte und auflief.

„Holla, junge Frau", rief er und hielt sie fest, damit sie nicht umfiel. „Was ist denn in dich gefahren?"

Franziska deutete auf ihren Bungalow. „Merkwürdig, ich bin mir sicher, dass ich die Hütte abgeschlossen habe."

„Das hast du auch", bestätigte Leander.

Dass die Tür nun offen stand, konnte nur bedeuten, jemand musste während ihrer Abwesenheit das Holzhaus aufgebrochen haben. Einen weiteren Schlüssel besaßen nur die Verwalter des Dünendorfes und von denen würde garantiert niemand ohne vorherige Absprache einen bewohnten Bungalow betreten.

Leander deutete Franziska per Handzeichen an, in sicherer Entfernung stehen zu bleiben, und näherte sich dem Häuschen vorsichtig. Es konnte ja immerhin sein, dass die Einbrecher sich noch darin befanden und aggressiv reagierten, wenn sie nun überrascht wurden.

Langsam schob Leander die Tür weiter auf, überzeugte sich, dass sich niemand im Wohn-Ess-Bereich aufhielt, und schlüpfte dann so leise wie möglich in das Innere der Hütte. Mit einem raschen Rundumblick erfasste er, dass hier alles in Ordnung war. Die Tür zum Schlafraum stand halb offen. Leander huschte hinüber, schob sie langsam ganz auf und stellte fest, dass sich auch in diesem Raum niemand befand. Allerdings standen die Schranktüren offen und ihre Sachen waren aus den Fächern gewühlt und auf Bett und Boden verteilt worden. Die Kontrolle des Badezimmers war nun reine Routine und erbrachte ein ähnliches Ergebnis: Die Utensilien aus Franziskas Beautycase lagen verstreut am Boden.

Als Leander in den Wohnraum zurückkam, stand Franziska bereits in der Schlafzimmertür und betrachtete das Durcheinander. „Was ist denn hier passiert?", fragte sie fassungslos.

„Offenbar hat jemand etwas gesucht", antwortete Leander.

Franziska lief zu ihrem Nachttischchen und wühlte in der offenen Schublade. Sie zog einen Briefumschlag hervor und hielt ihn hoch.

„Das Geld ist noch da", verkündete sie erstaunt. „Was zum Teufel wollten die Kerle hier holen, wenn nicht unser Bares?"

„Deine Skizze", antwortete Leander und erklärte auf den ungläubigen Blick seiner Freundin: „Die Holländer haben gestern deine Zeichnung gesehen. Die wollen sie haben, weil sie bestimmt hoffen, dass die Skizze auch Daten über die genaue Lage der Wracks enthält."

„Die hatte ich doch den ganzen Morgen bei mir", wandte Franziska ein, kramte in ihrer Stofftasche und hielt schließlich das zusammengefaltete Blatt Papier hoch.

„Zum Glück. Aber woher hätten die Kerle das wissen sollen?"

Franziska sank seufzend auf das Bett. „Konnten die nicht einfach alles durchsuchen, ohne die Sachen in der ganzen Hütte zu verteilen?"

„Das hätten sie natürlich gekonnt, aber dann wäre ihre Warnung nicht intensiv genug bei uns angekommen."

Franziska sah ihn aufgeschreckt an. „Du hast Recht. Wir sollten offensichtlich merken, dass sie hier waren."

„Das kann nur einen Grund haben", schlussfolgerte Leander. „Sie wollen uns zu verstehen geben, dass wir entweder kooperieren, ihnen am besten sogar ganz das Feld überlassen, oder sie werden uns ganz nah auf die Pelle rücken und notfalls auch vor ungesetzlichen Mitteln nicht zurückschrecken."

„Kooperieren?", stieß Franziska aus. „Mit denen? Das werden wir sicher nicht machen!"

Leander lachte über die Kampfbereitschaft seiner Freundin. „Die konnten ja nicht ahnen, dass sie es mit einer zweiten Jeanne d'Arc aufnehmen."

„Worauf du dich verlassen kannst!" Sie machte ein betont grimmiges Gesicht und hob ihre Faust vor Leanders Nase. „Die sollen nur kommen!"

„Das ist kein Spaß, Franziska", wurde Leander nun ernst. „Wenn Maik Recht hat, könnte da unten ein wertvoller Fund auf uns warten. Und wenn es um viel Geld geht, haben manche Leute keine Skrupel. Du hast gehört, was Lasse über die Holländer gesagt hat."

„Wenn Maik Recht hat", nahm Franziska seinen Tonfall auf, „dann wartet dieser Fund auf seine ehrlichen Finder und nicht auf abgehalfterte Wrackplünderer wie Henk van Geldern. Außerdem werden wir ihnen mit unserem Plan zuvorkommen und dann gucken die ganz schön in die Röhre."

Leander hatte Zweifel daran, dass sich die Holländer einfach so hinters Licht führen lassen würden. Andererseits wollte er Franziskas Entschlossenheit, über die er sich im Grunde ja sehr freute, nicht bremsen. Das würde ihr den Spaß an diesem Urlaub vermiesen. Es war zu schön, einmal am selben Strang zu ziehen. Also nickte er verhalten und behielt seine Vorahnungen für sich.

Franziska machte sich daran, die Kleidungsstücke aufzusammeln und wieder in den Schrank zu räumen. Leander ging derweil hinüber zu den Nachbarn, die gerade mit Kaffee und Kuchen auf ihre Terrasse heraustraten.

Auf die Frage, ob sie zufällig etwas von dem Einbruch mitbekommen hätten, reagierte die Frau erschrocken und schaute unsicher zwischen ihrem Mann und dem Häuschen hin und her. Schließlich stellte sie ihr Tablett ab und lief hinein.

„Nein", antwortete er und blickte seiner Frau nach. „Wir waren über Mittag am Strand. Ist denn etwas gestohlen worden?"

„Wir hatten nichts Wertvolles hier. Ein paar Euro, aber die haben sie nicht gefunden", versuchte Leander es mit der halben Wahrheit.

Die Frau kam wieder heraus und stellte halb erleichtert, halb verwundert fest: „Bei uns scheinen sie nicht gewesen zu sein."

Natürlich nicht, dachte Leander, beschloss aber, die beiden nicht in den Hintergrund des Einbruchs einzuweihen. Je weniger Leute von ihren Funden wussten, desto besser. Gerüchte unter den anderen Urlaubern konnten sie nicht auch noch gebrauchen.

„Sie sollten die Verwaltung informieren und Anzeige erstatten", schlug der Mann vor und ergänzte hoffnungsvoll: „Vielleicht organisieren die einen Sicherheitsdienst."

„Das war bestimmt nur ein Dummejungenstreich." Leander winkte ab. „Es ist ja auch nichts Schlimmes passiert."

Er nickte den beiden zu und wechselte wieder zu seinem Bungalow hinüber. Im Wohnraum zog er sein Smartphone hervor und wählte Maiks Nummer.

Der Wracktaucher war sofort alarmiert, als er von dem Einbruch hörte. „Dann nimmt Henk die Sache offenbar auch ernst", stellte er fest. „Das spricht dafür, dass da unten was zu holen ist."

„Woher soll er das denn wissen?", zweifelte Leander. „Er kennt bisher nur den Namen des Zerstörers."

„Oh nein", widersprach Maik. „Henk ist ein Ganove, aber eines kann man ihm nicht absprechen: Er hat ein untrügliches Gespür für wertvolle Wracks."

„Morgen gehen wir mit Lasse und Pia runter", informierte Leander den Freund. „Dann werden wir ja sehen, ob es da wirklich etwas zu holen gibt."

„Seid vorsichtig. Mir wäre wirklich wohler bei der Sache, wenn ich mit dabei sein könnte." Maik schwieg einen Moment. „Ich werde sehen, wie ich meinen Job hier beschleunigen kann. Sobald meine Männer da sind und alleine alles vorbereiten können, bin ich wieder bei euch."

Sie beendeten das Gespräch und Leander trat hinaus auf die Terrasse, um über alles noch einmal in Ruhe nachzudenken.

Vom Bungalow nebenan hörte er aufgeregte Stimmen. Tamme Boysen stand dort und wurde gerade von der Nachbarin wortreich und mit hektischen Gesten, die immer wieder herüberdeuteten, über den Einbruch informiert.

Als der Seehundjäger Leander erblickte, legte er ihr beruhigend die Hand auf den Arm und versprach: „Keine Sorge, ich werde mich um die Sache kümmern." Dann kam er zu Leander und blickte ihn wortlos an, als erwarte er selbstverständlich und unaufgefordert einen vollständigen Bericht.

„Ein Bier?", fragte Leander und holte auf das Nicken des alten Mannes hin zwei Flaschen aus dem Kühlschrank.

Sie setzten sich an den Tisch, stießen mit den Flaschenböden an, und als Leander von sich aus keine Anstalten machte, Tamme Boysen zu informieren, stellte der fest: „Das waren doch keine einfachen Einbrecher."

„Meinst du?"

„Das passiert hier auf der Düne normalerweise nicht. Schon gar nicht am helllichten Tag, wenn jeden Moment jemand vom Strand nach Hause kommen kann." Er blickte Leander grimmig an. „Das waren die Holländer, stimmt's?"

Leander seufzte. „Vor dir kann man wirklich nichts geheim halten, Tamme."

Der Seehundjäger nahm das ohne weitere Regung als Selbstverständlichkeit hin. „Ich höre", forderte er Leander im Befehlston auf, zog seine Pfeife aus der Tasche und steckte sie sich kalt zwischen die Zähne.

Also berichtete der in groben Zügen von der Silbermünze, die sie auf dem Meeresgrund gefunden hatten. Tamme nickte zu alldem, als habe er so etwas schon geahnt. Dabei machte er ein Pokerface, das selbst Leander beeindruckte, der ja immerhin in Befragungs- und Vernehmungstechniken geschult und erfahren war.

Der Seehundjäger dachte einen Moment lang nach. „Vielleicht sollte man Henk van Geldern mal auf die Pelle rücken", sagte er schließlich.

„Und du meinst, das bringt was?" Leander machte mit seinem Tonfall keinen Hehl daraus, dass er so einen Vorstoß für sinnlos hielt.

Tamme zuckte mit den Achseln. „Das weiß man vorher nie. Es kann jedenfalls nicht schaden, wenn er weiß, dass die Polizei ihn auf dem Schirm hat. Ich werde ab sofort etwas auffälliger in seiner Nähe bleiben und außerdem meine Kollegen auf die Spur setzen."

Die werden sich bedanken, wenn du alter Knurrhahn ihnen ständig mit guten Ratschlägen kommst, dachte Leander. Aber laut sagte er: „Mach das. Vielleicht halten die Holländer sich dann etwas zurück."

Tamme grunzte, nahm die Pfeife aus dem Mund und trank seine Bierflasche aus. Dann erhob er sich schwerfällig von seinem Stuhl. „So langsam werden meine Gräten morsch", stellte er fest. „Geht alles nicht mehr so schnell wie früher." Er grüßte mit zwei Fingern am Mützenschirm, legte dann in der für ihn typischen Art den linken Arm auf den Rücken und stapfte von dannen.

In dem Moment kam Franziska hinaus auf die Terrasse. „So, alles wieder an seinem Platz." Sie ließ sich in den Stuhl neben Leander fallen. „War das Tamme Boysen eben?"

Dabei deutete sie mit dem Kopf in die Richtung, in die der Seehundjäger verschwunden war. Leander nickte und berichtete ihr von seinem Gespräch mit dem ehemaligen Wasserschutzpolizisten.

Franziska lachte. „Glaubst du ernsthaft, die Wrackplünderer würden sich von einem alten Mann einschüchtern lassen?"

„Unterschätz Tamme nicht. Sein Ruf ist legendär."

Sie ließ sich nicht weiter auf diese Diskussion ein. „Was machen wir denn nun mit dem angebrochenen Tag? Fahren wir rüber zum Felsen?"

„Also, ich für meinen Teil ziehe einen gemütlichen Abend hier im Bungalow vor."

„Mir scheint, nicht nur Tamme wird langsam alt", spottete Franziska.

In dem Moment klingelte Leanders Smartphone.

Als er den grünen Hörer betätigte, dröhnte ihm die Stimme seines Freundes Tom Brodersen ins Ohr: „Na, du Fahnenflüchtling, hast du noch keine Entzugserscheinungen? Heute ist Mittwoch!"

„Ach, deshalb bin ich so unruhig", meinte Leander. „Skatabend! Ich habe mich schon gewundert, was mit mir los ist."

„Da weiß ich Abhilfe: Um 20 Uhr Video-Konferenz mit Zoom. Ich habe dir eben einen Link per E-Mail geschickt."

„Tja, ich weiß nicht. Franziska und ich wollen vielleicht noch rüber auf die Hauptinsel."

„Das ist gelogen", rief Franziska dazwischen, die Toms laute Stimme nicht nur erkannt, sondern offenbar alles verstanden hatte, was er gesagt hatte. „Henning wird pünktlich sein, dafür werde ich sorgen."

„Gutes Mädchen!", lobte Tom. „Du hast Franziska gar nicht verdient, Henning, weißt du das eigentlich?"

„Komisch", bekannte Leander, „das höre ich in letzter Zeit öfter."

„Jaja, das sollte dir zu denken geben. Also: pünktlich 20 Uhr, sonst hetze ich dir Mephisto auf den Hals. Du weißt ja: Mit Hansman ist es ein Katzensprung zu euch da draußen."

Bevor Leander noch etwas erwidern konnte, hatte Tom das Gespräch beendet.

Er blickte Franziska an, die schmunzelnd neben ihm saß, und hatte plötzlich ein sehr schlechtes Gewissen. „Ist das für dich auch in Ordnung? Du weißt, wenn ich die drei Chaoten erst mal an der Backe habe, kann das dauern."

Franziska zuckte mit den Schultern. „Du hast doch eh keinen ruhigen Abend, wenn du weißt, dass die Jungs Skat spielen, während du hier mit mir festsitzt."

Leander musste sich eingestehen, dass sie da wohl Recht hatte.

„Mal sehen", schob Franziska mit Unschuldsmiene nach, „vielleicht rufe ich Maik an. Der hat bestimmt heute Abend Zeit für mich." Als sie Leanders erschrockenes Gesicht sah, lachte sie laut. „Dummkopf", neckte sie ihn und legte den Kopf auf seine Schulter.

Kapitel 17: Terra Prohibita

Pünktlich um 20 Uhr saß Leander vor seinem Laptop, klickte auf den Link, den Tom ihm geschickt hatte, und sah sich seinen drei Skatbrüdern gegenüber, die sich in *Mephistos Biergarten* mit Bierkrügen in der Hand um einen kleinen Bildschirm drängten. Die drei waren überschwänglich wie immer, jubelten, als sie ihn erblickten, und prosteten ihm zu, als hätten sie ihn seit Jahren nicht gesehen.

Mephisto eröffnete: „Sag mal, du Deserteur, schämst du dich eigentlich gar nicht, dich auf einem Sandhaufen zu verstecken, nur um nicht gegen uns im Skat zu verlieren? Das ist jämmerlich und ..."

Tom fiel ihm ins Wort und heuchelte Verständnis: „Er hat es Franziska nun einmal versprochen. Drei Wochen im Jahr ohne eine Nervensäge wie dich, das ist ja wirklich nicht zu viel verlangt."

Leander bemerkte, dass sein Freund die eigene Attacke „Fahnenflüchtling" offenbar schon wieder vergessen hatte. Aber das zeichnete die Freundschaft der Skatbrüder ja aus, dass sie in ihrer Parteiname extrem flexibel waren und keine Gelegenheit ausließen, den anderen eins auszuwischen.

Mephisto winkte beiläufig ab. „Sich hinter einem Frauenrock verstecken! Das sieht ihm ähnlich. Und du entschuldigst das auch noch, du Kinderquäler! Typisch Pauker, viel zu nachlässig und ohne jeden moralischen Kompass."

„Das sagst ausgerechnet du, ein ehemaliger Priester", reagierte Tom in Leanders Richtung.

Der lachte. „Ehrlich, Freunde, ich vermisse euch keine Sekunde lang."

„Hey, hey, hey", fiel nun auch Götz ein, „behandelt man so seine Skatbrüder? Die einzig wahren Freunde, die man hat?"

„Nein, das macht man nicht", bestätigte Mephisto. „Ich finde, wir sollten morgen zusammen nach Helgoland fliegen und dem Rüpel Manieren beibringen."

Zustimmendes Kopfnicken und Gemurmel von Tom und Götz.

„Das werdet ihr schön bleiben lassen", bestimmte Leander. „Helgoland ist für euch Terra Prohibita!"

Mephisto schüttelte den Kopf und wandte sich an die anderen beiden: „Wenn er so tut, als wäre er gebildet, dann stimmt mit ihm etwas nicht. Normalerweise steht er zu seiner proletarischen Unbildung."

„Wer oder was könnte ihn so aus der Bahn geworfen haben?", tat nun auch Götz besorgt.

Tom hob wie von einer göttlichen Erkenntnis getroffen ruckartig den rechten Zeigefinger. „Franziska!"

Mephisto nickte verständnisvoll und schenkte seine Aufmerksamkeit wieder direkt Leander: „Also, mein Freund, mit uns kannst du frei reden. Was ist los mit dir? Stimmt es mit Franziska nicht mehr?"

„Eiken!" Nun schien Götz eine Erleuchtung zu haben. „Er hat Eiken wiedergetroffen und jetzt steht er schon wieder zwischen zwei Frauen. So etwas macht den stärksten Mann mürbe."

Mephisto beugte sich vertrauensvoll vor. „Ist es das, mein Freund? Antworte frank und frei. Schütte deinem alten Beichtvater dein Herz aus. Hinreichende Neugier meinerseits ist vorhanden."

„Bevor ich bei dir beichte, gehe ich lieber ohne Erlösung direkt in die Hölle."

„Da triffst du dann ja wieder auf ihn", wandte Tom ein. „Mephisto hat da unten seit Jahren seinen Zweitwohnsitz."

Die drei Skatbrüder lachten, prosteten sich zu und tranken aus ihren Bierkrügen. Genau das war der Reiz an dieser Männerfreundschaft, dass sie sich gegenseitig nichts schenkten, sich dafür aber auch nicht böse waren, sondern besonders gelungene Gemeinheiten gemeinsam feierten und ganz genau wussten, dass sie sich immer aufeinander verlassen konnten.

Leander grinste und stand auf. „Wartet eine Sekunde, ich hole mir auch ein Bier aus dem Kühlschrank, dann fühle ich mich nicht ganz so unterlegen."

„Arme Sau", hörte er Mephisto sagen, während er sich auf den Weg zur Küchenzeile machte. „Anstatt hier mit uns ein Frischgezapftes zu genießen, muss er aus der Flasche trinken."

„Er hat es nicht anders gewollt", konstatierte Götz.

„Franziska hat es nicht anders gewollt", korrigierte Tom. „Der Ärmste steht ganz schön unter dem Pantoffel."

„Hast du mir nicht letztens noch gesagt, ich hätte so etwas Tolles wie Franziska nicht verdient?", erinnerte Leander ihn, als er wieder mit der Bierflasche vor dem Laptop saß und seinen Freunden zuprostete.

„Ja und? Da hatte ich doch Recht."

„Und jetzt erklärst du, ich stände ganz schön unter dem Pantoffel?"

„Da habe ich doch auch Recht."

„Merkst du gar nicht, wie widersprüchlich das ist?"

Tom zuckte mit den Schultern. „Wieso das? Du scheinst dich unter Franziskas Pantoffel doch sehr wohl zu fühlen. – Sag selbst: Habe ich Recht oder habe ich Recht?"

„Bevor unser Pauker hier gleich vor Selbstherrlichkeit abhebt", mischte sich Mephisto ein, „wenden wir uns mal den wirklich wichtigen Fragen des Lebens zu." Er nickte um Zustimmung heischend nach links und rechts. „Also, mein Lieber", fuhr er fort, ohne zu registrieren, dass überhaupt niemand ihm zustimmte, „die Sache ist abgemacht: Morgen rede ich mit Hansman, am Wochenende fliegt er uns rüber zu dir. So weit kommt das noch, dass wir dich auf deiner Sandbank in höchster Not hängen lassen. Wofür sind Freunde denn wohl da?"

„Kommt gar nicht in Frage!", wehrte Leander ab. „Erstens gibt es für euch überhaupt keine Unterkünfte mehr ..."

„Also mir würde die Bettritze zwischen dir und Franziska reichen", zeigte sich Tom bescheiden.

„Und mir die Küchenbank", ergänzte Mephisto.

„Gibt es auf der Düne nicht sogar einen Zeltplatz?", erkundigte sich Götz ehrlich interessiert.

„... und zweitens", fuhr Leander fort, als hätte er die abstrusen

Vorschläge gar nicht gehört, „hätte ich auch gar keine Zeit für euch. Franziska und ich sind nämlich jeden Tag zum Tauchen draußen."

„Tauchen!" Tom zog die Augenbrauen kraus. „Vor Helgoland. Du und Franziska."

Leander lachte. „Das verschlägt dir vor Bewunderung offenbar derart die Sprache, dass du nicht einmal mehr zu ganzen Sätzen in der Lage bist. Und so einer ist Deutschlehrer."

Mephisto ließ sich die Chance nicht entgehen und stieß in dasselbe Horn wie Tom: „Bei deinem Auftrieb kommst du doch gar nicht bis runter zum Meeresgrund."

Götz drängelte die beiden etwas zur Seite und beugte sich nun seinerseits dicht vor die Kamera. „Ignorier die beiden Kasper einfach. Und jetzt raus mit der Sprache: Ihr taucht tatsächlich da draußen vor Helgoland? Das hört sich spannend an."

„Ist es auch", bestätigte Leander und erzählte den Freunden von seinem Wiedersehen mit Maik, den Tauchgängen zu den Wracks, den Krebsen und Hummern dort unten und von ihrer Entdeckung am Meeresgrund.

Tom war augenblicklich elektrisiert. „Hammer!", stieß er hervor.

„Hummer!", korrigierte Mephisto. „Die Tiere heißen Hummer, nicht Hammer."

Aber Tom ließ sich nicht aus dem Konzept bringen: „Wahnsinn! Henning als Wracktaucher! Du musst mir unbedingt alles zumailen, was ihr bisher entdeckt und herausgefunden habt."

„Halt du dich da raus", befahl Leander. „Diesmal ist das allein Franziskas und meine Sache."

„Noch ein Wort und ich stehe wirklich am Samstag bei dir auf der Matte", wurde Tom nun energisch. „Überleg es dir. Ich werde dann aber nicht alleine kommen. Der Dicke hier ...", er klopfte

Mephisto auf die Schulter, „scharrt sowieso schon mit seinen teuflischen Hufen. Den bringe ich mit."

„Bloß das nicht!", rief Leander erschrocken. „Alles, nur das nicht. Also gut, ich schicke dir, was ich weiß, okay?"

„Na bitte!" Tom nickte Mephisto und Götz zu. „Man muss nur vernünftig mit ihm reden."

„Oder ein besonders abschreckendes Druckmittel haben", ergänzte Götz mit einem Seitenblick auf Mephisto.

Der schloss gleichmütig die Augen. „Wenn es der guten Sache nutzt, bin ich immer gern zu Diensten."

Kapitel 18: Sabotage

Tamme machte seine gewohnte Abend-Runde über das Oberland und kontrollierte die Abgrenzungszäune zu den Brutplätzen der Basstölpel und Lummen in der Steilwand. Hier war alles in Ordnung, kein Grund für den Bautrupp, auszurücken und Drähte nachzuspannen. Als er wieder auf die Siedlung stieß, die sich hier oben immer weiter ausbreitete, wählte er die Treppen, die am Krankenhaus vorbei hinunter in den Hafen führten. Wenn er schon mal unterwegs war, konnte er auch sein Versprechen, das er Leander gegeben hatte, in die Tat umsetzen, bei den Holländern nach dem Rechten sehen und dabei gleich mal ein bisschen Präsenz zeigen.

Auf der *Marijke* war alles ruhig. Das Schiff dümpelte vor der Mole. Die Kajüten unter Deck waren dunkel. Auch auf den beiden holländischen Kuttern, die in der Sturmnacht hier eingelaufen waren, gab es kein Lebenszeichen. Bestimmt gönnten sich die Mannschaften einen Landgang, bevor sie am nächsten Morgen bei ruhigerer See wieder auf Fischzug gingen. Tamme grunzte verächtlich, als er sich vorstellte, wie die Männer der Kutter sich gemeinsam mit ihren Landsleuten von der *Marijke* in irgendeiner Kneipe vollllaufen ließen.

Er wollte sich schon den Hummerbuden zuwenden, als er eine Bewegung an Deck der *Marijke* wahrnahm. Die Luke zum Maschinenraum hob sich leicht, als drücke sie jemand von unten auf und luge vorsichtig sichernd durch den Spalt. Tamme tat so, als entferne er sich, schob sich aber dann in den Schatten einer der Hummerbuden, drückte sich eng an die Holzwand und versuchte, durch das gelbe Licht der Laternen zu verfolgen, was da vor sich ging. Am anderen Ende des Hafenbeckens trat ein Mann aus seiner Deckung und gab ein Signal mit einer Taschenlampe in Richtung der *Marijke*. Verflucht, den hatte Tamme nicht gesehen. Was ihn besonders daran fuchste, war, dass er seinerseits offenbar beobachtet worden war, ohne es bemerkt zu haben.

Nun öffnete sich die Luke ganz und eine Gestalt hievte sich an Deck. Im Schatten der Aufbauten und weil sie eine Mütze tief ins Gesichte gezogen hatte, konnte Tamme nicht ausmachen, um wen es sich handelte. Die Gestalt schloss die Luke vorsichtig, huschte über die Planken und sprang auf die Mole. Von hier aus lief sie zu dem Mann mit der Taschenlampe hinüber. Beide beeilten sich nun, aus dem Bereich des Hafenbeckens zu kommen.

Als sie an Tammes Versteck vorbeirannten, lachten sie und der mit der Mütze sagte: „Das legt sie erst einmal für ein paar Tage lahm."

Tamme kannte die Stimme: Maik Gröning. Was, zum Teufel, hatte der an Deck der *Marijke* zu suchen? Gar nichts! Natürlich nicht. Deshalb hatten die beiden es ja so eilig und wollten nicht gesehen werden. Verflucht, was ging denn hier vor sich? Tamme spürte, wie der Adrenalinpegel in ihm anstieg. Als die beiden Männer durch den Lichtkegel einer Laterne liefen, erkannte Tamme auch den zweiten: Jörn Klaassen, der Museumsleiter!

Nachdenklich trat Tamme aus dem Schatten der Hummerbude und blickte zur *Marijke* hinüber, die nun wieder verlassen an ihrem Anlegeplatz ruhte. Was hatte Maik im Maschinenraum des Schiffes zu suchen gehabt? Und wieso machte ein seriöser Historiker und Museumsleiter gemeinsame Sache mit ihm bei einer Aktion, bei der sie offensichtlich das Tageslicht scheuen mussten?

Nachdenklich wandte er sich in Richtung Norden. Von den Männern war nichts mehr zu sehen. Als er an der *Bunten Kuh* vorbeikam, warf er einen Blick durch das Fenster und entdeckte sie an einem der Tische wieder. Sie bekamen gerade ihr Bier und stießen lachend an. Dann beugten sie sich mit den Köpfen vor, was aussah, als wollten sie Geheimnisse austauschen. Tamme stutzte, als die Stimmung plötzlich zu kippen schien und Klaassen dazu überging, heftig auf Gröning einzureden. Er überlegte einen Moment, was die beiden nach einer offenbar geglückten gemeinsamen Aktion wohl in einen Disput geraten lassen konnte, wo sie doch eigentlich die gleichen Interessen verfolgten und mit der Bergung der Netzsäge aktuell sogar eine geschäftliche Verbindung zueinander hatten. Dem musste er unbedingt auf den Grund gehen, und so beschloss er, zu ihnen hineinzuwechseln.

Mit einem laut in den Raum gerufenen „Moin!" betrat er die Traditionsgaststätte, steuerte die Theke an und orderte zunächst einmal ein Bier. Mit dem Glas in der Hand drehte er sich in den Raum, blickte sich interessiert um, stutzte betont erstaunt, als er Maik Gröning und Jörn Klaassen entdeckte, stieß sich von der Theke ab und steuerte auf den Tisch der beiden zu.

„Na, das ist ja eine Überraschung", freute er sich. „Da muss ich mein Bier ja gar nicht alleine trinken."

Die beiden Männer blickten finster, als der Seehundjäger sich völlig selbstverständlich auf einen freien Stuhl fallen ließ und ihnen zuprostete.

„Was ist los?", fragte er erstaunt. „Hat euch etwas die Stimmung verhagelt?"

Klaassen setzte zu einer Antwort an, aber Maik kam ihm mit einem drohenden Blick zuvor: „Schwierigkeiten mit der Bergung der Netzsäge."

„Oha, was Ernstes?", zeigte sich Tamme interessiert und beugte sich zu den Männern vor.

„Nein, nicht wirklich, aber die Sache verzögert sich etwas."

Jörn Klaassen schluckte sichtlich mühsam einen Kommentar hinunter.

Tamme nickte verständnisvoll, trank einen Schluck Bier und deutete auf die fast leeren Gläser vor den anderen beiden. „Die nächste Runde geht auf mich." Er hielt die Bedienung am Arm fest, als sie gerade vorübereilte. „Bring uns noch mal drei Helle, Deern."

Maik Gröning und Jörn Klaassen blickten einander an, widersprachen dem Seehundjäger aber nicht. Tamme kannte diese Reaktion auf sein bestimmtes Auftreten, das er sich schon als junger Behördenleiter antrainiert hatte, um ernst genommen zu werden. Und er wusste auch, dass sein bärbeißiger Gesichtsausdruck ihm zusätzlich einen gehörigen Respekt eintrug. Tamme war klug und skrupellos genug, das Gesamtkunstwerk, das er so zu inszenieren in der Lage war, für seine Zwecke zu nutzen.

„Die *Marijke* liegt drüben im Hafen", wechselte er das Thema. „Wisst ihr, was die Holländer hier wollen?"

Maik zuckte mit den Schultern: „Wahrscheinlich den Zerstörer plündern, den wir gerade betauchen."

„Oder das englische Segelschiff, das ihr dabei vielleicht entdeckt habt", schoss Tamme ins Blaue.

Maik stutzte, fragte aber nicht nach, woher der Seehundjäger seine Informationen hatte. Auch das war Tamme gewohnt: Jeder auf dem Felsen wusste, dass hier nichts geschah, ohne dass Tamme Boysen davon erfuhr. Dass er aber gerade eben beobachtet hatte, was vor sich ging, konnten Gröning und Klaassen nicht ahnen. Tamme beschloss, es ihnen jetzt noch nicht auf die Nase zu binden. Er wollte zuerst einmal Klarheit über die Absichten der beiden haben, bevor er sich aus der Deckung wagte.

„Wir sind den Wrackplünderern offenbar im Weg, weil wir jeden Tag da unten sind", fuhr Maik fort, als sei ihm selbst daran gelegen, Tamme eine nachvollziehbare Erklärung zu liefern. „Aber wenn die Netzsäge geborgen ist und wir wieder weg sind, werden sie wohl zuschlagen."

Nun wurde Jörn Klaassen lebendig: „Ihr könnt nicht einfach wieder verschwinden. Wir müssen die beiden Wracks vorher identifizieren und sichern."

„Nur den Engländer müssen wir noch identifizieren", wandte Maik ein.

„Heißt das, ihr kennt den Namen des Zerstörers?", wunderte sich Tamme.

„*Adolph Behrens*", antwortete Maik.

„Seid ihr sicher?"

„Wir haben Besteck gefunden, auf dem der Name steht."

Tamme nahm aus dem Augenwinkel wahr, wie Jörn Klaassen den Wracktaucher anstieß, beschloss aber, das zu ignorieren. *Adolph Behrens*. Irgendetwas klingelte da bei Tamme Boysen. Aber wo hatte er den Namen schon einmal gehört? In welchem Zusammenhang? Er erinnerte sich nicht. Nur dass es wichtig gewesen war, das hatte er im Gefühl. Noch etwas, worum er sich gleich morgen kümmern würde.

„Sonst alles in Ordnung mit euch?", hakte er nach und ergänzte auf die fragenden Blicke: „Ich hatte eben den Eindruck, als hättet ihr Streit."

Wieder dieser grimmige Blick des Museumsleiters in Grönings Richtung, während die Bedienung die drei Biergläser vor ihnen abstellte.

Der winkte jedoch ab. „Wir haben uns nur über den zu erwartenden Behördenkram aufgeregt. Selbst im 21. Jahrhundert dauert es immer noch zwei Jahre, bis man die Genehmigung für eine Bergung bekommt."

„Nichts Akutes also?"

„Nein, aber es ist immer wieder ärgerlich. In meinem Job ist Zeit eben Geld. Außerdem besteht ständig die Gefahr, dass uns Wrackplünderer zuvorkommen, während wir auf behördliche Genehmigungen warten müssen."

Tamme setzte erneut sein verständnisvolles Nicken ein. „Um die Holländer macht euch mal keinen Kopp. Die behalte ich im Auge." Dabei beobachtete er genau Grönings Reaktion. Der hatte sich aber vollständig im Griff und ließ sich nicht anmerken, dass er selbst sich bereits um das *Problem* gekümmert hatte. Also hob Tamme nur sein Bierglas und prostete den Männern zu.

Und euch behalte ich auch im Auge, dachte er. Wenn ihr glaubt, dass ihr einen Tamme Boysen verarschen könnt ...

Kapitel 19: Die Kiste

Als sie am Morgen den kleinen Dünenhafen verließen und die Reede durchquerten, lag die See so ruhig vor ihnen, als hätte es den Sturm gar nicht gegeben. Leander war immer wieder erstaunt darüber, wie schnell das Wetter an der Nordsee umschlug und zu welch extremen Gegensätzen es dabei von einem Tag auf den anderen kommen konnte. Aber gerade das machte dieses Meer ja so unberechenbar, und man tat gut daran, nicht leichtsinnig zu werden, sondern ihm mit Respekt zu begegnen. Die zahlreichen Wracks auf seinem Grund waren historische Zeugnisse dieser Naturgewalten.

Von der *Marijke* war weit und breit nichts zu sehen. Lasse berichtete, dass die Holländer beim Auslaufen keine Notiz von ihnen genommen hatten, da sie das kleine Schiff der Forschungsstation offenbar noch nicht auf dem Schirm hatten. An Bord habe allerdings rege Betriebsamkeit geherrscht, fast schon Hektik, wie er meinte. Sogar die Fischer der beiden holländischen Kutter habe er an Bord der *Marijke* gesehen. Egal worauf dies alles zurückzuführen war, ihre Taktik schien zu funktionieren.

Im Ruderhaus gingen sie noch einmal die Aufgaben durch, die jeder unten bei den Wracks zu erledigen hatte. Noch bevor sie ihr Ziel erreicht hatten, standen Franziska, Pia und Leander bereits in ihren Taucheranzügen an der Reling. Sie mussten davon ausgehen, dass die Sicht heute nach dem Sturm schlecht sein würde, und wollten keine Minute des wertvollen Zeitfensters verschwenden.

Lasse wies Leander an, den Anker direkt über dem Wrack fallen zu lassen, und machte sich selbst mit Pias Hilfe sofort daran, seine Ausrüstung anzulegen.

„Wir werden heute mit Vollgesichtsmasken tauchen", kündigte Pia an. „Die haben den Vorteil, dass sie per Funk miteinander verbunden sind und wir uns ohne Probleme absprechen können."

Leander bewunderte die Technik, über die die Biologische Anstalt auf Helgoland verfügte. Damit würde die Kommunikation dort unten deutlich leichter fallen als über Handzeichen, und mit Franziska mussten sie keinen Sichtkontakt halten, um sich mit ihr auszutauschen.

Sie setzten ihre Masken auf, die auch die Mundregion mit abdeckten. „Du siehst aus wie der Frosch mit der Maske von Edgar Wallace", witzelte Franziska und lachte.

„Schau mal in den Spiegel", konterte Leander augenzwinkernd.

Lasse ignorierte die Frotzeleien. „Kurzer Funktionstest. Können mich alle verstehen?"

Der Ton klang wie in eine Blechdose gesprochen, war aber klar und deutlich.

„Ich kann dich verstehen", antwortete Pia und auch Franziska und Leander bestätigten dies kurz.

Zuletzt legten sich alle gegenseitig die Geräte an und waren Minuten später entlang des Ankertaus auf dem Weg nach unten, wobei sie wegen der schlechten Sicht schon nach wenigen Metern ihre Lampen einschalten mussten.

Die *Adolph Behrens* tauchte erst kurz vor dem Meeresgrund aus dem trüben Schwarzgrün auf. Algenfäden bewegten sich sanft in der leichten Strömung. Fische querten die Überreste des Schiffskörpers, als handelte es sich um ein natürliches Riff. Die Anemonen hatten heute ihre Farbbrillanz eingebüßt, da die Lichtstrahlen der Taschenlampen durch die aufgewühlten Sedimente zu stark abgefangen und gebrochen wurden. Selbst die

Krebse und Hummer schienen die Fremdlinge in ihrer Welt erst im letzten Moment wahrzunehmen und huschten aufgeschreckt in die Nischen und Löcher zwischen Steinen und in der Bordwand, sobald sie der Lichtkegel einer der Lampen traf. Ein Katzenhai strich mit sanften Flossenschlägen an der Reling des Wracks entlang. Leander warf einen Blick auf Franziska, die ihm reflexartig mit Daumen und Zeigefinger signalisierte, dass alles okay sei und sie nicht wieder in Panik die Flucht ergreifen werde. Sie formierten sich im Kreis auf dem Meeresboden.

„Pia und Franziska", sagte Lasse, „ihr wisst, was ihr zu tun habt?"

„Ja", antworteten Pia und Franziska gleichzeitig. Sie tauchten wie an Deck besprochen zu der Stelle, an der Leander die Silbermünze gefunden hatte, um weitere Beweisen dafür zu entdecken, dass unter der *Adolph Behrens* ein älteres englisches Handelsschiff lag. Wie zwei Meerjungfrauen, dachte er. Sie würden so systematisch wie möglich den Sand durchsieben, während die Männer die deutlich anstrengendere Aufgabe übernahmen, die Kiste aus dem Meeresboden zu graben.

„Dann los!", sagte Lasse und deutete in Richtung der Stelle, an der Franziskas Angaben zufolge die Ecke des Behälters aus dem Sand ragte.

Leander folgte ihm, bis sie das schwarz klaffende Loch schräg über sich hatten, und ließ sich dort auf dem Grund nieder. Von der Kiste war nichts mehr zu sehen. Der Sturm hatte die Stelle wieder zugeschwemmt. Allerdings konnten sie eine leichte Vertiefung ausmachen, eine sanfte Mulde, unter der sich Franziskas Fund befinden musste. Sie schoben die losen Sedimente vorsichtig zur Seite, ohne sie aufwirbeln zu lassen und ihre ohnehin schon eingeschränkte Sicht weiter zu beeinträchtigen, und stießen tatsächlich nach wenigen Zentimetern auf Widerstand. Im

Lichtkegel ihrer Lampen lugte die abgerundete Ecke einer Stahlkiste aus dem Sand. Nun zog Lasse zwei Spachtel hervor, gab einen davon Leander, und beide gingen daran, die festen Schichten des Meeresbodens entlang des Kistenrandes auszuheben und zur Seite abzulegen. Je tiefer sie kamen, desto dichter wurde der Sand, der nun immer mehr von dunklen Schlickschichten durchzogen war. Zentimeter um Zentimeter gruben sie sich hinab, wobei die Ränder ständig nachgaben und in das Loch flossen.

Die Kiste war offenbar sehr groß, lag aber so flach im Sand, dass sie gut vorankamen. Hätte sie steiler im Meeresboden gesteckt, wäre es kaum möglich gewesen, sie ohne schwereres Gerät freizulegen. Nach etwa fünfunddreißig Zentimetern stieß Leander erneut auf einen Widerstand, der seinen Spachtel seitlich von der Kiste abgleiten ließ.

„Ich komme nicht weiter", sagte er. „Hier liegt eine zweite Kiste schräg über der ersten."

„Grab an den Seiten weiter", ordnete Lasse an. „Sie verkeilen sich gegenseitig. Wir müssen versuchen, eine davon freizubekommen."

So grub Leander nun seitlich schräg in die Tiefe.

Pia hatte zwei Siebe mitgebracht, mit denen sie und Franziska die oberen Zentimeter des Sandes abtrugen und vorsichtig durchsiebten.

„Nur Muscheln und Steine", sagte Franziska enttäuscht.

„Es wäre ja auch zu schön, wenn wir die Münzen jetzt einfach nur aufsammeln müssten", entgegnete Pia.

So arbeiteten sie sich Quadratmeter für Quadratmeter am Schiffsrumpf entlang vor, bis sie den Bug hinter sich gelassen hatten.

„Jetzt zurück", ordnete Pia an.

172

Franziskas Kopf war vollständig erfüllt von ihren Atemgeräuschen und dem Blubbern der Luftblasen im Wasser. Die Welt hier unten mit ihren filigranen Lebewesen war so in sich abgeschlossen und weit entfernt von der, die ihr Leben auf der Erdoberfläche bestimmte. Kein Wunder, dass man sich als Nichttaucher überhaupt keine Vorstellung davon machen konnte, wie verletzlich und schützenswert das Leben im Meer war. Da half es nichts, Bücher zu lesen oder Fernsehdokumentationen zu sehen, wirklich einfühlen musste man sich hier unten vor Ort. Franziska jedenfalls sah die Nordsee nach nur wenigen Tauchgängen bereits mit anderen Augen, obwohl sie ihr ganzes Leben auf einer Insel verbracht und immer geglaubt hatte, dass man den Elementen als Insulaner besonders nahekam.

Während ihr diese Gedanken durch den Kopf gingen, rutschte ihr Sieb plötzlich seitlich ab. Vorsichtig grub sie mit den Händen in die Tiefe, bis sie einen Gegenstand so weit freigelegt hatte, dass sie ihn aus dem Sand herausheben konnte. Zunächst hielt sie ihn für einen von Seepocken überzogenen Stein und wollte ihn schon zur Seite legen, als sie im Licht ihrer Lampe einen goldenen Schimmer zwischen den weißgrauen Verkrustungen wahrnahm. Sie überlegte kurz, ob sie Pia rufen sollte, aber die war bereits einige Meter voraus. Also steckte sie ihren Fund in den Beutel, der an ihrem Bleigurt baumelte, und setzte dann ihre Arbeit fort. Gezielt untersuchte sie von nun an alle großen verkrusteten Gegenstände, die sie fand, und legte die, die sie nicht eindeutig als Steine identifizierte, ebenfalls in ihr Netz.

Leander fluchte innerlich, als er sich immer mühsamer entlang der zweiten Kiste in die Tiefe arbeitete. Musste immer alles so kompliziert sein? Hätten sie nicht einfach einen frei im Sand liegenden Behälter finden können, der sich leichter bergen ließ?

Ein Blick auf seinen Tauchcomputer verriet ihm, dass ihre Grundzeit in wenigen Minuten ablief. Auch Lasse hatte das natürlich fest im Blick und grub sich mit immer entschlosseneren Bewegungen in den Sand. Dabei trübte sich die Sicht bedenklich ein, doch darauf nahm er angesichts der knapper werdenden Zeit nun keine Rücksicht mehr. Hier unten auf dem Meeresgrund hatten sie mit Hindernissen zu kämpfen, die es an der Erdoberfläche nicht gab. Jeder Zentimeter Sandtransport führte zu einer Verwirbelung und Eintrübung des Wassers, so dass sie den Aushub fast direkt neben dem Loch ablegen mussten, von wo aus er zumindest in Teilen zielsicher wieder zurückfloss. Die deutlich zunehmende Strömung tat ihr Übriges und erschwerte die Arbeit zusätzlich.

„Wir müssen rauf", sagte Lasse schließlich. „Hör auf zu graben, ich mache noch ein paar Fotos von den Kisten." Sie warteten, bis sich die Sedimente etwas gesetzt hatten, dann fotografierte Lasse die Kisten mit der Unterwasserkamera.

„Zurück zu den Frauen und dann ab nach oben", ordnete Lasse an. Sie ließen die halb freigelegten Kisten zurück und tauchten nebeneinander am Schiffsrumpf entlang zum Bug, den Schein der beiden Lampen von Pia und Franziska als Zielmarken im Blick. Als sie sie erreicht hatten, deutete Lasse auf seine Uhr und gab Anweisung zum Auftauchen.

„Warte", sagte Pia und deutete neben sich auf die Bordwand. „Sieh mal hier." Im Lichtkegel fuhr sie mit dem Handschuh an einer ungleichmäßigen Metallkante entlang.

Leander schwamm näher heran. „Das sieht so aus, als sei der Bug abgebrochen. Maik hat also Recht mit seiner Vermutung."

„Das werden wir uns morgen näher ansehen", bestimmte Lasse. „Wir müssen hoch!"

Gemeinsam tauchten sie in Richtung des Ankerseils, fanden

es aber im trüben Wasser nicht. Lasse blickte Leander fragend an, aber auch der konnte nur ratlos die Handflächen heben.

„Formiert euch im Kreis", sagte Lasse. „Wir steigen zusammen auf." Er übernahm die Aufgabe, die Dekompressionstiefen anzusagen und die Dauer ihrer Pausen zu überwachen.

Gemeinsam durchstießen sie schließlich die Wasseroberfläche. Suchend drehten sie sich im Kreis und entdeckten ihr Schiff etwa hundert Meter entfernt. Wie kann das sein!, dachte Leander, beim Abtauchen hat es direkt über dem Wrack gelegen.

Auch Lasse schien beunruhigt und eilte ihnen mit kräftigen Flossenschlägen voraus. Er kletterte als Erster an Deck, blickte sich um und half dann den nacheinander eintreffenden Frauen. Leander folgte zum Schluss. Die Flaschen zogen schwer an seinen Schultern und auch der Bleigurt kannte nur eine Richtung. Unten am Meeresgrund erleichterten diese Hilfsmittel die Arbeit und man merkte kaum, wie schnell die Kraft abnahm. Hier oben jedoch wurde einem schlagartig klar, wie anstrengend so ein Tauchgang war und dass selbst für gut trainierte Menschen die Arbeit in dem ungewohnten Element an die Kraftreserven ging.

Die Frauen begannen gleich damit, sich gegenseitig von den schweren Geräten und Anzügen zu befreien. Dabei stellte Franziska fest, dass die vorschriftsmäßigen Deko-Zeiten ausgesprochen langweilig seien. „Neunzehn Minuten Wassertreten, das ist verdammt lang", beschwerte sie sich.

„Daran gewöhnt man sich", entgegnete Pia.

Währenddessen stellte Lasse nur seine Flaschen zur Seite und kontrollierte die Winsch zum Ablassen und Einholen des Ankers. Leander trat an seine Seite.

„Ordnungsgemäß festgestellt", sagte Lasse mit besorgt krauser Stirn. „Wenn das Seil durchgerutscht und das Schiff abgetrieben wäre, würde ich mir jetzt keine Sorgen machen. Aber so?"

Leander wusste sofort, was das zu bedeuten hatte.

Lasse legte eine Hand über die Augen und suchte das Meer um sie herum ab. „Von der *Marijke* ist weit und breit nichts zu sehen."

„Vielleicht haben die ja etwas damit zu tun?" Leander deutete mit dem Kopf auf einen Fischkutter, der in einiger Entfernung langsam seine Bahn zog.

„Das ist einer der Holländer, die heute Morgen im Hafen lagen", stellte Lasse statt einer Antwort fest.

Leander sah zu Franziska und Pia hinüber und versicherte sich, dass sie von ihrem Gespräch nichts mitbekommen hatten. „Wie dem auch sei, wir sollten die Sache vorerst für uns behalten."

Lasse zögerte nachdenklich, nickte aber schließlich zustimmend. Dann half er Leander, sich aus seinem Anzug zu befreien.

Erschöpft ließen sie sich neben den Frauen an der Reling nieder. Zunächst einmal musste jeder für sich verschnaufen und wieder zu Kräften kommen, was den deutlich jüngeren und geübteren Wissenschaftlern erstaunlich schnell gelang. Franziska und Leander hingegen brauchten einige Zeit, bevor sie sich wieder aufrappelten.

„Verflucht, sind die Kisten verkeilt", stellte Lasse fest. „Wir werden mindestens einen, vielleicht sogar zwei weitere Tauchgänge brauchen, um wenigstens eine davon freizulegen."

Sie berichteten den Frauen von der zweiten Kiste, die die erste blockierte, was bei Franziska statt der erwarteten Enttäuschung ein Leuchten in den Augen hervorrief. „Dann liegt da unten also noch mehr, als wir bisher gedacht haben", stellte sie begeistert fest.

So hatte Leander das noch gar nicht betrachtet. Er hatte bisher nur die Erschwernis seiner Arbeit im Blick gehabt. Aber Franziska hatte natürlich Recht: Mehr als eine Kiste desselben Typs deutete möglicherweise auf eine ganze Ladung hin. Und Schiffsladungen hatten in der Regel einen nicht unbeträchtlichen Wert.

„Mir wäre wohler, wenn wir zumindest schon einmal den Inhalt einer Kiste kennen würden", zeigte sich Lasse deutlich weniger begeistert. „Dann könnten wir abschätzen, ob sich die Mühe überhaupt lohnt." Und nach einer kurzen Pause fügte er hinzu: „Und wir könnten hoffentlich ausschließen, dass sich etwas Hochexplosives darin befindet. Andernfalls..." Die anderen nickten. Ihnen war klar, dass sie zum Abbruch ihrer Bergung gezwungen waren, sollten sich Munition oder Granaten in den Kisten befinden.

„Und was habt ihr hochgeholt?", erkundigte sich Leander bei Pia.

„Leider gar nichts außer Muscheln und Steine", antwortete die enttäuscht.

„Vielleicht doch", korrigierte Franziska und zog ihr Netz heran, in dem sich vier verkrustete Gegenstände abzeichneten, die sie da unten freigelegt hatte.

Sie zog einen davon hervor und reichte ihn Lasse. Der machte sich sogleich daran, ihn mit seinem Tauchermesser zu bearbeiten. Als er rundherum immer wieder kratzend auf Widerstand stieß, resümierte er: „Ein Stein."

„Ein Felsbrocken mit Seepocken", reimte Leander und fing sich dafür einen vernichtenden Blick seiner Freundin ein.

Lasse hingegen nahm ihr das Netz aus der Hand und holte den nächsten Gegenstand hervor. Mit dem Tauchermesser hebelte er einige der Verkrustungen ab und legte ein teilweise schwarz angelaufenes goldfarbenes Metall frei.

„Messing", stellte er fest. „Das wird ein Instrument oder Ausrüstungsgegenstand des Schiffes sein." Und mit Blick auf die strahlende Franziska lobte er: „Du hast ein gutes Auge. Unser Kampfschwimmer hier hätte den Brocken einfach da unten liegen gelassen."

„Hast du schon eine Ahnung, was es sein könnte?" Franziska schien augenblicklich all ihre Energie zurückgewonnen zu haben.

„Nein, dafür müssen wir es zunächst weiter reinigen, aber es sieht nicht danach aus, als stamme es von dem Zerstörer."

Nachdem Lasse einen weiteren Stein über Bord geworfen hatte, entpuppte sich der letzte Brocken ebenfalls als ein Gegenstand aus Messing, was Franziska zu roten Wangen verhalf und Leander reumütig um Vergebung für seine Lästerei bitten ließ.

„Sei dir gewährt, du elender Wurm", zeigte sich Franziska großmütig. „Aber lass es dir eine Lehre sein und unterschätze mich zukünftig nie wieder!"

„Versprochen." Leander kniff ihr schelmisch ein Auge zu. „Ich werde deine Eignung als Trüffelschwein nie wieder in Frage stellen."

Lasse lachte und rappelte sich hoch, um den Anker zu lichten. „Zeit, zurückzufahren", stellte er fest. „Morgen kommen wir wieder hierher. Hoffentlich sind wir dann erfolgreicher als heute."

Kapitel 20: Lagebesprechung

Im Bungalow machten sich Franziska und Pia sogleich daran, die beiden Messingteile von ihren restlichen Verkrustungen zu befreien. Dabei tauschten sie sich aufgeregt über die mögliche Herkunft aus und rätselten, worum es sich wohl handeln könnte. Schließlich saßen alle vier um den Tisch auf der Terrasse und betrachteten Franziskas Funde.

„Das ist ein Kompass älteren Datums", stellte Lasse fest und drehte ein rundes Messinggehäuse in seinen Händen.

Die etwa zehn Zentimeter hohe, braun angelaufene runde Dose aus Metall hatte einen Messingring an der Vorderseite, der eine Glasscheibe einfasste. Die bewegliche Kompassscheibe darunter war beige mit braunen und schwarzen Flecken. Darauf war die Windrose mit langgezogenen Dreiecken eingezeichnet. Die Hauptrichtungen S, W, N und O sowie die Zwischenrichtungen SO, SW, NO und NW wurden von dicken Dreiecken symbolisiert, die von der Mitte der Scheibe bis zum Rand verliefen. Dazwischen zeigten halb so lange Dreiecke die feineren Abstufungen an.

„Ein Trockenkompass", konkretisierte Lasse. „Solche Geräte wurden im 18. und 19. Jahrhundert verwendet." Er bewegte ihn leicht in den Händen, so dass die Kompassscheibe auf und ab pendelte. „Seht ihr? Der Kompass ist kardanisch aufgehängt, um die Schiffsbewegungen auszugleichen. Damals hat man eine sogenannte Koppelnavigation durchgeführt: Der Kurs wurde mit Hilfe des Kompasses festgehalten, die Geschwindigkeit durch das Log und die Zeit durch eine Sanduhr."

Franziska hing an Lasses Lippen und überlegte, die Details hatte sie nicht verstanden, aber: „18. und 19. Jahrhundert ... also stammt er sicher nicht von der *Adolph Behrens* und es könnte sich durchaus um ein Gerät aus einem englischen Segler handeln."

„Davon können wir ausgehen und damit wird es auch wahrscheinlich, dass da unten noch ein weiteres, älteres Wrack liegt", bestätigte Lasse.

Franziskas Wangen glühten vor Begeisterung. Sie griff nach dem zweiten Gegenstand und drehte ihn in ihren Händen. „Eine Dose", meinte sie. „Oder eine Art Windlicht."

Die runde Messingdose war seitlich von sternförmigen Löchern durchsetzt und hatte einen Deckel, in den ebenfalls Sterne und kleine Löcher eingearbeitet waren. Dazu waren ein kleines Segelschiff und Buchstaben weniger kunstvoll in das Blech gedengelt.

„RCA", las Pia vor.

„Die Initialen des Schiffsnamens?", fragte Franziska begeistert.

Leander schüttelte den Kopf. „Eher die des Besitzers. Das sieht wie nachträglich eingehämmert aus und zwar eher laienhaft."

„Man müsste bei Lloyds anfragen, welche englischen Segelschiffe im 19. Jahrhundert zwischen England und Helgoland eingesetzt waren", überlegte Pia. „Bestimmt gibt es auch Mannschaftslisten. Wenn wir darauf jemanden mit diesen Initialen finden, wissen wir, wie das Schiff heißt."

„Kann man das nicht auch einfach googeln?", erkundigte sich Franziska.

„Gute Idee", lobte Lasse und ergänzte grinsend. „Das ist eindeutig Frauenarbeit."

„Wieso das?", begehrte Franziska auf.

„Weil Frauen akribischer und fleißiger sind als Männer. Das war ja schon in der Schule so."

„Wir werten inzwischen Lasses Fotos von den Kisten aus", versprach Leander grinsend.

„Fotos auswerten, soso", entgegnete Franziska. „Wie ich euch kenne, holt ihr euch auch gleich ein paar Bierflaschen dazu."

„Also, ich hätte gegen eine kleine Stärkung nichts einzuwenden", nahm Lasse den Vorschlag erfreut auf.

Leander lachte und machte sich auf den Weg zum Kühlschrank.

„Also los", sagte Pia seufzend zu Franziska. „Dann blättern wir uns mal durchs Internet."

Widerstrebend folgte Franziska ihr in den Bungalow und holte Leanders Laptop hervor.

„Gutes Gelingen", wünschte der mit seinen Bierflaschen in der Hand grinsend auf dem Weg nach draußen.

„Noch ein Wort!", drohte Franziska.

„Edelstahl oder Aluminium", meinte Lasse und betrachtete eines der Fotos auf dem Display der Kamera. „Sonst wäre das Metall längst durchgerostet."

„Also eindeutig nicht von dem Engländer sondern von der *Adolph Behrens*", schlussfolgerte Leander.

Lasse nickte. „Wenn du mich fragst, spricht das gegen Munitionskisten", stellte er fest, bemerkte Leanders fragenden Blick und erläuterte: „Munition ist vor allem in Kriegszeiten für den schnellen Einsatz vorgesehen gewesen. Da reichten Kisten aus Holz oder Stahl. Wenn etwas in Edelstahl oder Aluminium verpackt wurde, musste es besonders geschützt werden und war sicher ziemlich wertvoll."

„Die Kisten liegen unterhalb des Lochs in der Schiffswand", überlegte Leander. „Wahrscheinlich sind sie beim Untergang aus dem offenen Schiffskörper gefallen. Und wo zwei Kisten gewesen sind ..."

„... da könnten auch noch mehr sein", vollendete Lasse den Satz. „Kisten mit wertvollem Inhalt. Im Innern. Vielleicht ist es deutlich einfacher, im Schiff selbst weiterzumachen, anstatt die beiden Kisten mühsam freizulegen."

„Die müssten wir dann aber raustransportieren und das ist nicht weniger mühsam", wandte Leander ein.

Lasse schwieg einen Moment.

Leander sah ihm an, dass er ernsthafte Bedenken wälzte. „Was bedrückt dich? Denkst du an die Holländer?"

Lasse zögerte, dann sagte er: „Während unseres Tauchgangs war jemand an Bord und hat das Schiff versetzt."

„Daran muss ich auch die ganze Zeit denken", gab Leander zu.

„Aber warum?" Lasse sah ihn verständnislos an. „Was soll der Aufwand? Warum haben sie nicht einfach den Anker hochgeholt oder gekappt?"

„Weil sie uns diesmal nur warnen wollten", vermutete Leander. „Die Holländer geben uns zu verstehen, dass sie uns jederzeit in Gefahr bringen können, wenn wir ihnen nicht das Feld überlassen."

Lasse nickte. „Schon möglich. Wenn die den Anker gekappt hätten, wäre das Schiff unerreichbar weit abgetrieben. Das wäre für uns mit der schweren Ausrüstung tatsächlich lebensgefährlich gewesen. Niemals hätten wir es schwimmend zurück nach Helgoland geschafft."

„Und so ein Unfall hätte Ermittlungen nach sich gezogen, die auch die Holländer nicht gebrauchen können", ergänzte Leander. „Wir haben Henk van Geldern unterschätzt. So leicht lässt der sich nicht an der Nase herumführen." Er dachte einen Moment nach. „Sag mal, ist es möglich, euer Schiff hier im Dünenhafen liegen zu lassen?"

„Sicher, aber wozu?"

„Von hier könnten wir nachts unbemerkt auslaufen."

„Du willst statt am Tage bei Nacht tauchen?" Lasse dachte über die Idee nach. „Das könnte tatsächlich klappen. Zumindest ein oder zwei Mal, dann werden die Holländer auch das merken. Außerdem wäre es mit einem ziemlichen Aufwand verbunden, weil wir die Flaschen hin und her transportieren müssten, um sie zu füllen."

„Heute fahrt ihr in den Haupthafen zurück. Da füllt ihr die Flaschen auf und nehmt weitere an Bord. Anschließend kommt ihr zur Düne und lasst das Schiff hier."

Lasse schüttelte den Kopf. „Ich glaube nicht, dass das funktioniert."

„Es ist doch zumindest einen Versuch wert. Wenn wir die notwendige Oberflächenpause berücksichtigen, wann ist dann der nächste Gezeitenwechsel, den wir nutzen könnten?"

Lasse rechnete nach. „Gegen zwei Uhr kommende Nacht."

„Und? Schaffst du das?"

Lasse nickte widerwillig. „Unter einer Bedingung: Maik ist mit von der Partie. Da unten wartet eine ganze Menge Arbeit auf uns, wenn wir Pech haben, sogar Munition und dann können wir einen erfahrenen Wracktaucher gebrauchen. Nachts wird er ja sicher Zeit haben."

„Informierst du ihn?"

„Mache ich", antwortete Lasse, fügte aber mit skeptisch hochgezogenen Augenbrauen hinzu: „Mal sehen, was Pia dazu sagt."

„Was ich wozu sage?" Unbemerkt waren die Frauen wieder auf die Terrasse getreten.

Lasse legte ihnen Leanders Idee auseinander und begründete sie damit, dass die Holländer sich bestimmt nicht lange täuschen lassen würden und sie deshalb ab sofort nachts tauchen wollten.

„So dunkel, wie es da unten ist, macht das bestimmt kaum einen Unterschied", reagierte Franziska zu Leanders Erstaunen positiv auf die Idee. „Und spannend sind solche Nachttauchgänge doch ganz bestimmt."

Als auch Pia nickte, gab sich Lasse endgültig geschlagen.

„Was macht ihr eigentlich schon wieder hier draußen?", wunderte sich Leander nun. „Ist wohl doch nicht so weit her mit eurem weiblichen Fleiß?"

„Irrtum, mein Lieber!" Franziska ließ sich neben ihn auf den Stuhl fallen, griff nach seiner Bierflasche, nahm einen Schluck und sagte dann mit absolutem Understatement: „Wir melden Vollzug."

„Wie: Vollzug? Heißt das, ihr wisst, wie das Schiff da unten heißt?"

„Natürlich." Auch Pia tat so, als sei es ihre leichteste Übung gewesen, aus unzähligen Internetseiten innerhalb einer knappen halben Stunde ein bis dato unbekanntes Schiff aufzuspüren.

„Wir Frauen sind ja nicht nur fleißiger als ihr ...", stellte Franziska fest.

„... und intuitiver", ergänzte Pia.

„Genau! Wir sind auch deutlich systematischer und klüger veranlagt", vervollständigte Franziska.

Sie ließ ihre Worte ein paar Minuten auf die skeptisch blickenden Männer wirken, bevor sie fortfuhr: „Man muss halt einfach nur alle Informationen nutzen, die man zur Verfügung hat, dann kann man ganz gezielt auf die Suche gehen."

„Dann lass uns mal an den Früchten deiner Klugheit teilhaben", zeigte sich Leander ungeduldig.

„Es waren ja nicht nur Franziskas Informationen, die wir genutzt haben", wandte Pia ernst ein, was Franziska nickend bestätigte. „Es gab da ein paar Hinweise, die dir auch zur Verfügung gestanden hätten, aber du hast sie nicht mehr auf dem Schirm gehabt."

„Okay, okay", wurde Leander nun ungehalten. „Ich habe verstanden: Ihr seid uns einfach überlegen. Jetzt spannt uns bitte nicht länger auf die Folter."

Franziska lachte. „Findest du nicht auch, Pia, dass dein Vater ganz schön neugierig ist?"

„Ungeduldig war er auch schon immer." Pia nickte grinsend und zwinkerte Lasse zu, der das Spiel, das die beiden da abzogen, ebenfalls amüsiert verfolgte.

„Also gut", zeigte sich Franziska schließlich gnädig. „Erinnerst du dich daran, was Maik uns erzählt hat, als wir ihn zum ersten Mal drüben im *Dünenrestaurant* getroffen haben?"

„Er hat uns von der Bergung der Netzsäge berichtet", antwortete Leander.

„Und wovon noch?"

Nun ging Leander ein Licht auf: „Natürlich! Er hatte ein Stück Planke dabei, das von einem englischen Segelschiff stammen sollte. *HMS* ... wie hieß der Kahn doch gleich?"

„*Explosion*", triumphierte Franziska. „Er hat uns von der *HMS Explosion* erzählt und davon, dass er bisher nur ein paar Kanonen von dem Schiff gefunden habe, nicht aber das Wrack selbst. Nun sei ein Stück Planke angespült worden, was darauf hindeute, dass sich das Wrack möglicherweise verlagert haben könnte." Sie ließ ihre Worte einen Moment auf die Männer wirken. „Und wir wissen nun, wo die *Explosion* liegt: unter der *Adolph Behrens*. Wahrscheinlich hat sich der Zerstörer in einem der letzten Stürme leicht verlagert und dadurch einen Teil der *Explosion* freigelegt."

„Und das könnt ihr auch beweisen?", fragte Lasse.

„Dank der Dose, die Franziska da unten gefunden hat, schon", antwortete Pia.

Franziska stellte ihren Fund auf den Tisch und deutete auf die Initialen. „RCA bedeutet Roger Charles Anderson. Und dieser Roger Charles Anderson war niemand Geringerer als der Kapitän der *HMS Explosion*!"

Sie beugte sich vor und legte die Arme auf den Tisch, als habe sie nun ein besonderes Geheimnis, wenn nicht gar eine Sensation zu verkünden. „Die HMS *Explosion* war ein Schiff der englischen Marine, das 1685 vom Stapel gelaufen ist und mit sage und schreibe neunzig Kanonen bestückt war. Als eines der größten Kriegsschiffe der englischen Flotte war es in mehrere Schlachten verwickelt und ist immer einigermaßen unversehrt daraus hervorgegangen. Als es schließlich in die Jahre kam und ausgemustert werden sollte, begann die Kontinentalsperre. Also wurde die *Explosion* doch noch einmal eingesetzt, nämlich hier vor Helgoland. Sie hat Schmuggelgüter hierhertransportiert und auf dem Rückweg nach England die Einnahmen aus dem Handel und von der Spielbank mitgenommen. Im Jahre 1811 drohte ein besonders schwerer Sturm aus Nordwest. Der Kapitän …"

„Roger Charles Anderson", fiel Leander ihr ins Wort.

„… genau, eben unser RCA, befürchtete, dass sein Schiff vor Helgoland nicht sicher genug lag und möglicherweise losgerissen und gegen die deutsche Küste getrieben werden könnte. Also beschloss er, trotz der Warnungen auszulaufen und nach England zu fahren. Es war sein letzter Einsatz vor dem verdienten Ruhestand, und er wollte so schnell wie möglich nach Hause und nicht riskieren, dass seine Rückreise verzögert würde."

„Ich ahne, was dann geschah", warf Lasse ein.

Franziska nickte mit wichtiger Miene und hob schulmeisterhaft den Zeigefinger. „Die HMS *Explosion* verließ den Hafen mit Kurs auf England, geriet schon nach wenigen Kilometern in schwere See und sank mit Mann und Maus da draußen in Sichtweite des Felsens." Sie deutete in die ungefähre Richtung ihres Tauchreviers.

„Und wir haben sie nun nach über zweihundert Jahren aus ihrem Schlaf in dreiundzwanzig Metern Tiefe geweckt", vollendete Pia.

„Mein lieber Mann, was für eine Geschichte", staunte Lasse.

„Recherchiert und abgesichert in weniger als einer halben Stunde!" Franziskas rechter Zeigefinger betonte den Triumph. „Jetzt müssen wir nur noch tief genug graben, um den Silberschatz zu bergen", tat sie so, als sei das ihre leichteste Übung. „Nicht zu vergessen die Kisten von der *Adolph Behrens*, in denen ja vielleicht auch noch etwas Wertvolles zu finden ist."

„Kein Wunder, dass die Holländer uns so auf die Pelle rücken", stellte Leander fest.

„So, für uns wird es Zeit." Lasse stand auf. Dabei warf er Leander einen Blick zu, der verriet, dass auch er sich nun ernsthafte Sorgen machte.

„Bis später!" Pia winkte zum Abschied, als sie und Lasse sich auf den Weg zum Anleger machten.

Während Franziska unbeschwert pfeifend im Bungalow verschwand, war Leander ganz anders zumute. Ihm war schlagartig klargeworden, dass es hier womöglich um sehr viel Geld ging und sie von nun an mit allem rechnen mussten. Wie hatten Tamme und Maik gesagt? Henk van Geldern sei absolut skrupellos? Und wenn das so war: Konnte er dann Franziska dieser Gefahr weiterhin aussetzen? Nein, das konnte und durfte er nicht. So geschickt sie sich bisher auch angestellt hatte, sie war im Tauchen viel zu unerfahren, um eine Auseinandersetzung unter Wasser zu bestehen – noch dazu bei Nacht! Aber wie, verdammt noch mal, sollte er ihr, die ja einen entscheidenden Anteil an ihren Erkenntnissen hatte, das beibringen?

Leander ahnte, dass ihm auch an dieser neuen Front große Schwierigkeiten drohten.

Kapitel 21: Franziska wird ausgebootet

Franziska war in Hochform. Während des Abendessens sprach sie immer wieder von den möglichen Funden, wenn sie erst bis zur HMS Explosion vorgedrungen sein würden. Leander hielt dagegen, dass dies für sie als Hobbytaucher gar nicht möglich sei, da sie nicht über das nötige schwere Gerät verfügten. Außerdem müssten sie gerade bei der Adolph Behrens übervorsichtig sein, denn immerhin sei in ihren Laderäumen mit scharfer Munition zu rechnen, die noch dazu so verrottet sei, dass sie beide Wracks und jeden Taucher, der in der Nähe war, bei der kleinsten Berührung in die Luft jagen würde, beziehungsweise in die Wassermassen der Deutschen Bucht.

Franziska war schnell genervt von dem Spielverderber, der ihr offensichtlich den heutigen Triumph nicht gönnte. Entsprechend erleichtert war sie, als plötzlich Maik vor ihnen stand. „Hast du schon gehört, was Pia und ich herausgefunden haben?", begrüßte sie ihn.

Maik warf Leander einen schnellen Blick zu. „Pia und Lasse haben es mir eben drüben erzählt: Ihr habt herausgefunden, dass es sich bei dem zweiten Wrack um die HMS Explosion handeln muss. Damit sind wir einen ganz entscheidenden Schritt weitergekommen."

„So sehe ich das auch", entgegnete Franziska und deutete abschätzig mit dem Kopf auf Leander. „Der missgünstige Kerl hier will mir aber schon den ganzen Abend das Tauchen madig machen. Plötzlich kriegt er kalte Füße. Verstehst du das?"

Leander wollte schon widersprechen, als Maik ihm mit einer verdeckten pumpenden Handbewegung andeutete, sich zurückzuhalten. Offenbar hatte Lasse ihm auch von dem Vorfall mit dem Anker berichtet. „Oh ja, das verstehe ich sogar gut", antwortete er der verblüfften Franziska. „Erstens wissen wir nicht, was da unten tatsächlich auf uns wartet ..."

„Ja, schon klar. Jetzt kommst du auch noch mit Munition, Granaten und dem Zeug."

Maik nickte bestätigend. „Ganz genau. Damit ist nicht zu spaßen. Ich habe schon miterlebt, wie Profis bei Bergungsarbeiten draufgegangen sind. Und ein Profi bist du ja nicht, oder?"

Franziska winkte ab, als wollte sie sagen: „Geschenkt!"

„Und zweitens haben wir Konkurrenten, die uns verdammt gefährlich werden können."

„Die tricksen wir ja nun aus, wenn wir nachts tauchen", zeigte sich Franziska verständnislos. „Das hat ja selbst heute am Tag geklappt." Sie lachte auf, als hätte sie es den Trotteln ganz schön gezeigt.

„Das hat es eben nicht", korrigierte Leander nun entschlossen mit rauer Stimme.

Franziska sah ihn fragend an.

„Die waren an Bord unseres Schiffes, als wir da unten waren", berichtete er. „Sie haben dafür gesorgt, dass das Boot nicht mehr am vorherigen Ankerplatz lag, als wir aufgetaucht sind. Damit wollten sie uns warnen. Was meinst du wohl, was los ist, wenn sie den Anker ganz kappen? Dann saufen wir da draußen mit unserer Ausrüstung ab. Oder glaubst du, dass du fünfundzwanzig Kilometer mit dem Anzug schwimmen kannst?"

Einen Moment schien Franziska geschockt, aber sie erholte sich schon binnen Sekunden wieder. „Wir lassen Wachen an Deck."

„Wenn da unten tatsächlich ein Silberschatz liegt", übernahm Maik nun wieder, „lassen die sich auch von einer Wache nicht abschrecken. Es geht um Millionen Euros, Franziska. Dafür würde Henk seine Mutter töten."

„Sagt mal, Freunde", wurde Franziska plötzlich ganz aufmerksam, „was versucht ihr mir da eigentlich gerade zu verkaufen? Ihr könnt mir doch nicht erzählen, dass ihr jetzt aufgeben wollt."

„Du solltest heute Nacht hier im Bungalow bleiben", antwortete Leander. „Wenn es da unten gefährlich wird, haben wir genug damit zu tun, unsere eigenen Ärsche zu retten, und können uns nicht auch noch um dich kümmern."

Die Bombe schlug ein. Direkt in Franziskas Herz, das erkannte er an ihren Augen, und dieser Blick tat auch ihm selbst weh.

„Ihr fahrt heute Nacht ohne mich raus?"

Maik nickte. „Pia und Lasse haben mir ihren Kutter gegeben, damit ich hierherkommen konnte, und ich bleibe bei euch, bis sie um zwei Uhr im Dünenhafen zu uns stoßen." Für Leander ergänzte er: „Sie kommen mit einem ihrer Schlauchboote rüber. Damit können sie den Hafen drüben geräuschlos verlassen und den Außenborder erst draußen auf der Reede anwerfen."

Franziskas Augen ruhten auf Leander, der nicht wusste, wie er diesem Blick begegnen sollte. Als er ihr nicht beisprang, presste sie die Lippen zusammen, nickte verstehend, drehte sich um und verließ die Terrasse in Richtung Nordstrand.

Leander wollte aufspringen und ihr nachlaufen, aber Maik hielt ihn am Arm zurück. „Lass sie. Sie braucht etwas Zeit, dann wird sie es einsehen."

„Da kennst du Franziska aber schlecht", entgegnete der kopfschüttelnd.

Kapitel 22: Tom mischt mit

Während Leander mit seinem schlechten Gewissen kämpfte und Maik Berechnungen für den nächtlichen Tauchgang anstellte, klingelte Leanders Handy. Es war Tom. Leander war geradezu dankbar für diese Ablenkung.

„Da seid ihr aber auf einer ganz heißen Spur", eröffnete der Freund das Gespräch. „Ich habe mir das Material angesehen, das du mir gestern Abend gemailt hast. Die Münze ist der Knaller. Scheiße, Mann, wie gern wäre ich jetzt bei euch."

Leander berichtete ihm von den Messinginstrumenten, die sie an diesem Tag gefunden hatten, und von Franziskas und Pias Recherche-Ergebnissen.

„*HMS Explosion*", sagte Tom. „Interessant. Ich sehe mal, ob ich noch mehr über das Schiff herausfinden kann." Er machte eine kurze Pause. „Aber jetzt mal was anderes", fuhr er schließlich fort. „Habt ihr euch auch weiter mit der *Adolph Behrens* befasst? Ich meine, kennt ihr ihren wirklichen Einsatzort?"

„Nein, wieso?"

„Weil das möglicherweise eine echte Sensation ist."

„Jetzt raus mit der Sprache. Spann mich nicht auf die Folter."

„Lass mir doch das Vergnügen", entgegnete Tom lachend. „Aber gut, dann pass mal auf: Die *Adolph Behrens* war eines von zahlreichen Schiffen, die bei der Invasion Englands eingesetzt werden sollten. *Operation Seelöwe* war der Tarnname. Wie du vielleicht weißt, hat sie von See aus niemals stattgefunden, aber die Planungen für die Landung liefen tatsächlich schon im August 1939."

„Das war doch noch vor Kriegsbeginn", wunderte sich Leander.

„Exakt! Sie begannen einen Monat vor dem Überfall auf Polen

am 1. September und der Kriegserklärung Englands an Deutschland am 3. September. Hitler wollte ganz Europa unter seine Herrschaft zwingen und dazu gehörte natürlich auch das ehemals bedeutende British Empire. Zu diesem Zweck musste allerdings eine Menge an Waffen und Invasionsfahrzeugen transportiert werden, was mit Zerstörern und Kreuzern nicht möglich war. Also hat die Marine Frachtschiffe aus der Handelsschifffahrt umgebaut zu sogenannten Hilfskreuzern, wie auch die *Adolph Behrens*. Die wurden in der Regel nur mit Geschützen ausgestattet, besonders gepanzert wurden sie nicht. Ziel war es, feindliche Blockaden als vermeintliche Handelsschiffe durchfahren zu können. Das hat auch wunderbar geklappt."

„So weit, so gut", zeigte sich Leander unbeeindruckt, weil es ihm grundsätzlich egal war, um welchen Schiffstyp es sich handelte. „Aber welche Rolle hat Helgoland in den Invasionsplänen gespielt? Ich meine, für den Atlantikwall war der Felsen vielleicht wichtig, aber für eine Invasion Englands ist die Deutsche Bucht doch viel zu weit entfernt. Da bieten sich Holland, Belgien und Frankreich viel eher an."

„Ja, aber zu Anfang der Planungen standen diese Länder noch gar nicht unter deutscher Besatzung, sondern erst seit den erfolgreichen Feldzügen im Frühjahr 1940. Nach der Kapitulation Frankreichs war Großbritannien der einzig verbliebene Kriegsgegner. Für die Invasion der Insel wurden Anfang September 1940 die verfügbaren Schiffe in Häfen entlang der besetzten Nordseeküste verlegt. Auch die *Adolph Behrens* wurde nun von ihrem Heimathafen Hamburg aus auf die Reise geschickt und zwar in Richtung Belgien. In den Ladepapieren ist diffus von kriegswichtigem Material die Rede."

„Stimmt", meinte Leander.

„Was stimmt?"

„Dass die *Adolph Behrens* zuerst nach Belgien gefahren ist."

„Sag mal", kam es fassungslos von Tom zurück, „du weißt das alles schon und lässt mich ahnungslos ackern?"

„Nicht alles, nur einiges. Außerdem weiß ich doch, wie gerne du recherchierst", tat Leander großmütig. „Gerade wenn es um Geschichte geht."

„Da hört sich ja wohl alles auf!", erhitzte sich Tom.

„Außerdem war ich mir nicht sicher, ob das wirklich stimmt. Franziska hat die Informationen von ein paar alten Männern im Hafen und die wiederum von dem Vater eines dieser alten Männer. Da verläuft die Grenze zwischen Wirklichkeit, Seemannsgarn und Demenz nicht immer so trennscharf."

„Was hat Franziska denn noch herausgefunden?" Tom war dem Tonfall nach nun wirklich angefressen. „Ich will dir ja nicht noch mehr Dinge erzählen, die du schon weißt."

„Warum das Wrack hier vor Helgoland liegt."

„Nämlich?"

„Die alten Männer haben erzählt, das Schiff sei vorübergehend hierher verlegt und dann vergessen worden. Mehr weiß ich nicht, vor allem nicht, wie es untergegangen ist." Und als Tom schwieg, fügte Leander hinzu: „Ehrlich, das ist alles, was Franziska herausgefunden hat."

„Also gut, dann werde ich das Rätsel mal für dich lösen", zeigte sich Tom gnädig.

Leander grinste breit, weil er wusste, wie sehr Tom darauf brannte, seine Informationen loszuwerden.

„Pass auf", fuhr der Lehrer fort, „es kam zu weiteren Verzögerungen bei der *Operation Seelöwe*, weil Hitler eigentlich lieber über Verhandlungen mit England zu seinem Ziel kommen wollte und der Oberbefehlshaber der Kriegsmarine, Erich Raeder, ohnehin nicht an eine erfolgreiche Invasion glaubte. Außerdem konnte Görings Luftwaffe, deren Unterstützung man für die Operation dringend benötigte, die Royal Air Force einfach nicht in die Knie zwingen und erlitt wahnsinnig hohe Verluste. Die Invasion wurde also quasi als letzter Ausweg eingestuft, für den Fall, dass man sich nicht am Verhandlungstisch einigen könnte. Mit dem Herbst wurde das Wetter schlechter und als Hitler dann auch noch am 18. Dezember 1940 mit der *Operation Barbarossa* den Angriff auf die Sowjetunion befahl und Truppenteile und Gerät nach Osten abgezogen wurden, war die Invasion Englands faktisch erst einmal vom Tisch.« Leander hörte Tom einen Schluck trinken. „Ab Dezember 1941 wurde der Bau des Atlantikwalls befohlen, weil man nun umgekehrt Angst vor einer Invasion durch die Amerikaner und Engländer hatte. Die *Operation Seelöwe* wurde zwar erst am 5. Februar 1944 endgültig eingestellt, aber aktiv betrieben wurde sie in der Zwischenzeit auch nicht mehr. Was das für die *Adolph Behrens* bedeutet hat, wissen wir nicht. Logisch ist für mich, dass sie auch anderweitig eingesetzt wurde. Aber wo? Und ich habe auch nicht herausfinden können, wie sie nach Helgoland gekommen ist und warum sie dort im Hafen liegen blieb, anstatt das angeblich kriegswichtige Material nun in Richtung Osten zu transportieren."

„Um was für Material es sich handelte, weißt du nicht?"

„Nein. Und genau da geht für mich das Rätsel weiter. Wenn es Waffen gewesen wären, hätte man die für die *Operation Barbarossa* von Anfang an gebraucht. Ich nehme an, dass es Material war, von dem im Osten genügend zur Verfügung stand und das deshalb nach wie vor für die Invasion Englands gedacht war, aber aus dem Gebiet heraussollte, in dem man mit einer Gegenoffensive der Alliierten rechnete."

Leander dachte darüber nach, was für Material das wohl gewesen sein konnte, kam aber zu keinem Ergebnis.

Tom wälzte offenbar dasselbe Rätsel. „Habt ihr da unten nichts gefunden, das uns weiterhelfen könnte?"

„Nein. Wir haben nur den Maschinentelegrafen, das Besteck und ein Röhrchen mit Vitamintabletten gefunden."

Nun war es Tom, der eine Weile schwieg. „Und du bist sicher, dass es Vitamintabletten sind?", fragte er schließlich.

„Ja. Ich verlasse mich da auf die Expertise von Jörn Klaassen, dem Leiter des Helgoland-Museums. Und der kennt sich mit allem aus, was da unten in den Wracks zu finden ist."

Wieder Schweigen am Ende der Leitung. „Trotzdem", kam es schließlich von Tom, „beschreib mir das Röhrchen mal, das ihr gefunden habt."

Leander ahnte die Hoffnungslosigkeit des Freundes, wenn er schon eine derart unsinnige Spur verfolgte. „Das Ding ist aus Aluminium mit Schraubverschluss. Franziska hat das Etikett gesehen, bevor es weggetrieben ist. Es war rot-blau mit weißer Schrift. Mehr kann ich dir auch nicht sagen."

„Und da bist du dir sicher? Ich meine, dass es rot-blau war?"

„Ja, natürlich. Franziska ist ja nicht farbenblind."

„Vielleicht ist aber das Licht da unten ..."

„Wir benutzen starke Taschenlampen."

„Rot-blau also", überlegte Tom laut. „Mit weißer Schrift. Verdammt, wenn das stimmt, was ich da gerade denke ..."

„Was denkst du denn?"

„Es ist nur so eine Idee. Ich muss dem erst nachgehen, bevor ich die Pferde scheu mache. – Sag mal, kannst du mir ein Foto der Tabletten schicken?"

„Nein, kann ich nicht. Das Röhrchen ist weg."

„Wie: weg?"

„Klaassen hat es weggeworfen."

„Weggeworfen?" Toms war fassungslos. „Ein Museumsleiter,

der Exponate für seine Ausstellung sammelt, wirft einen Fund aus einem Wrack weg? Kommt dir das nicht merkwürdig vor?"

„Schon, aber warum soll nicht auch Klaassen mal einen Fehler machen?"

„Pass auf, ich gehe jetzt meinem Verdacht nach, dann melde ich mich wieder bei dir. Es kann ein paar Tage dauern, aber wenn das stimmt, was ich vermute, dann hat dein Museumsleiter das Röhrchen nicht einfach nur weggeworfen, dann hat er es beiseitegebracht."

„Wieso sollte er das tun?"

„Wie gesagt: Ich muss der Sache erst einmal nachgehen." Tom hatte es plötzlich hörbar eilig. „Grüß Franziska von mir. – Und seid bitte vorsichtig!"

Bevor Leander nach dem Grund für die Warnung fragen konnte, hatte der Freund das Gespräch beendet.

Maik sah ihn fragend an. Er hatte aktiv mitgehört, was Leander gesagt hatte. Der berichtete ihm in groben Zügen von der geplanten Invasion und davon, welche Rolle der Hilfskreuzer *Adolph Behrens* darin hätte übernehmen sollen.

„Ein Hilfskreuzer!", rief Maik und schlug sich auf die Stirn. „Klar, deshalb die ungewöhnliche Linienführung."

Als Leander Toms merkwürdige Andeutungen über das Tablettenröhrchen erwähnte, wurde Maik sehr nachdenklich. Leander konnte den Blick nicht deuten, der ihn nun traf: irgendetwas zwischen Skepsis und Vorsicht. Als hätte auch er bereits eine Ahnung, worum es geht, dachte Leander. Und was ihn noch mehr verunsicherte: Als wollte Maik ihm das nicht verraten.

Kapitel 23: Nachttauchgang

Das Wasser dümpelte schwarz und undurchdringlich zwischen den Betonmolen. Der Mond und zahllose Sterne spiegelten sich darin, die funzelig schwachen Laternen rund um das Hafenbecken warfen gelbe Balken dazwischen.

Leander und Maik warteten pünktlich um Mitternacht im Dünenhafen an Bord des Kutters, als von der Reede plötzlich das Geräusch eines Außenbordmotors zu ihnen herüberdrang. Kurz darauf bogen Pia und Lasse mit hohem Tempo und schräg aufgerichtetem Bug in einem Zodiac-Schlauchboot in das Hafenbecken und legten sich dicht hinter ihren Kutter.

„Ist alles gutgegangen?" Maik half ihnen, an Deck zu klettern. „Haben euch die Holländer gesehen?"

„Der ganze Aufwand wäre gar nicht nötig gewesen", berichtete Lasse. „Heute Morgen wollte die *Marijke* auslaufen, aber der Motor ist nicht angesprungen. Deshalb war da so eine Hektik an Bord. Im Hafen ist von einem Lagerschaden die Rede."

„Wunderbar", bemerkte Maik, allerdings ohne dass Leander ihm eine besondere Gefühlsregung angemerkt hätte. „Wenn es sich wirklich um einen Lagerschaden handelt, kann es Tage dauern, bis das Schiff wieder startklar ist. Dann sind die beschäftigt und wir haben erst mal Ruhe vor Henk und seinen Ganoven."

„Ich weiß nicht." Lasse zog skeptisch die Augenbrauen hoch. „Die Jungs sind verdammt schnell. Einer der beiden holländischen Fischkutter ist gleich heute Morgen zum Festland gefahren und am Nachmittag mit den Ersatzteilen zurückgekommen. Und der andere ist auch immer noch da. Henk hat eine Menge helfender Hände."

Das schien Maik nicht zu gefallen. Er nickte nur leicht und wandte sich ab.

„Wo ist Franziska?" Pia schien erst jetzt wahrgenommen zu haben, dass die Freundin ihres Vaters nicht dabei war.

Leander erklärte ihr knapp den Zusammenhang, stellte an ihrer Reaktion aber fest, dass Lasse ihr offenbar auch schon von dem nachmittäglichen Übergriff erzählt hatte.

„Sollte Pia nicht besser auch hierbleiben?", schlug Lasse vor. „Wenn es für Franziska zu gefährlich ist ..."

„Das geht nicht", unterbrach Maik ihn. „Wir brauchen da draußen jede Hand. Pia ist professionelle Taucherin und kann auch die Geräte an Deck bedienen. Wenn sie es sich zutraut ..."

Pia kniff die Lippen zusammen und nickte entschieden.

Lasse zögerte noch einen Moment, zuckte aber schließlich mit den Achseln und gab die nötigen Anweisungen. So liefen sie Minuten später aus dem Hafenbecken auf die Reede und dann nach Norden in Richtung ihres Tauchreviers.

Leander stand am Heck des Schiffes und blickte zurück auf die Lichter des Dünendorfes. Er stellte sich vor, wie Franziska dort hinten in ihrem Bungalow auf und ab tigerte und ihre Wut und ihre Trauer pflegte, weil sie so schmählich ausgebootet worden war. Und er, Leander, stand hier an der Reling auf dem Weg zu einem großen Abenteuer, das eigentlich ihr gemeinsames hätte sein sollen, und fühlte sich schuldig. Die Tatsache, dass die Holländer in dieser Nacht gar keine Gefahr darstellen konnten, machte seine desolate Gefühlslage noch schlimmer. Am liebsten hätte er umgedreht und Franziska an Bord geholt. Aber selbst wenn er die anderen davon hätte überzeugen können, war er sicher, dass sie gar nicht mitkommen würde. Das würde ihr Stolz nicht zulassen. Da hatte er sich mal wieder in eine beschissene Situation manövriert. Leander seufzte tief.

Franziska trat mit einem Glas Rosé auf die kleine Terrasse. Hatte das Dünendorf am Abend noch vor Leben gebebt mit all dem Kindergeschrei, Geschirrgeklapper und aus jeder Hütte einer anderen Musik, lag es jetzt wie ausgestorben da. Die Urlauber waren längst zu Bett gegangen, müde von einem langen Tag am Strand, der Sonne gnadenlos ausgesetzt, ausgetobt in der Brandung der Nordsee. Auch bei ihren direkten Nachbarn war es schon dunkel. Lediglich die Laternen entlang des Bohlenweges warfen gelbes Licht auf die Terrassen.

Franziska nahm einen Schluck Wein, setzte sich an den Tisch, blickte hoch hinauf in den schwarzen Himmel und auf die flackernden Sterne und widmete sich ganz dem tiefen Schmerz, der sie erfüllte. Henning hatte sie verraten. Sie war es doch gewesen, die als treibende Kraft das Tauchen angestoßen hatte. Ohne sie hätte er sich garantiert nicht mehr in die Tiefe getraut, sondern für den Rest seines Lebens sein Trauma gepflegt. Er hatte nur nachgegeben, weil er in ihrer Schuld stand und es ihr großer Wunsch gewesen war, mit Pia, Lasse und Maik in die Welt dort unten vorzudringen. Dieser Urlaub hätte für Henning und sie ein Neuanfang werden können, nachdem sie ihm klargemacht hatte, dass sie sich nicht länger aus seinem Leben ausschließen ließ.

Und jetzt war er es, der zusammen mit den anderen zu ihren gemeinsamen Wracks unterwegs war, während sie sich hier auf der Terrasse einer Holzhütte am Rande eines Sandhaufens mitten in der Deutschen Bucht einfach nur einsam und verlassen fühlte und in die endlose Verlorenheit der Nacht starrte. Ohne Hoffnung. Ohne Ziel. Ohne Zukunft.

Franziska seufzte tief.

Sie hatten ihren Zielort erreicht, den Anker direkt an den Wracks herabgelassen und sich gegenseitig in die schwere Ausrüstung geholfen. Nun tauchten sie entlang des Seils in die schwarze Tiefe, die Strahlenbahnen ihrer Taschenlampen wie eine Lichtstraße vor sich, die zu silbernen Schätzen führen sollte. Als sie die *Adolph Behrens* vor sich sahen, diesen schwarzen Koloss, dessen Bug sich in den Sand der Nordsee gebohrt hatte, huschten überall Fische, Hummer und Krebse davon. Aus dem Schlaf aufgeschreckt, wirkten sie noch viel panischer als am Tage.

„Nach vierzehn Stunden Oberflächenpause haben wir 45 Minuten Grundzeit", hatte Maik ihnen dargelegt, „also ungefähr 40 unten am Wrack. Bei aller Eile dürfen wir nicht aus den Augen verlieren, dass da unten Munition liegen kann. Also: Vorsicht!"

Gemäß dieser Ansage hatten sie alle noch an Deck ihre Tauchcomputer eingestellt und machten sich nun direkt an die Arbeit. Pia und Lasse wandten sich der Stelle zu, an der die Funde der *Explosion* gelegen hatten, Leander und Maik gruben die beiden Kisten weiter aus. Das gestaltete sich mühsam, weil im Laufe des Tages jede Menge Sediment in das Loch gerutscht war. Sie hoben vorsichtig das lose Zeug wieder heraus und ließen es einen Meter entfernt zu Boden fließen. Dann arbeiteten sie sich weiter in die Tiefe.

Leander gelang es schließlich, den Deckel seiner Kiste ein paar Zentimeter aufzuhebeln. Sofort drückte Wasser hinein und er erkannte, dass der Inhalt zuvor dank umlaufender Dichtungen tatsächlich trocken gewesen war. Nun wirbelte der Wasserdruck die darin geschichteten Aluminium-Röhrchen durcheinander. Im Schein der Taschenlampe stoben bedruckte Etiketten hoch, drifteten an den Seiten der Kiste hinaus, tanzten über den Meeresboden und verloren sich in der Dunkelheit. Leander griff nach einem der Zettelchen und stopfte es in den Beutel an seinem Gürtel. Auch ein paar Röhrchen fingerte er aus der Kiste und schob sie hinterher.

Maik schwamm an seine Seite. „Wir versuchen, die Kiste rauszuziehen", sagte er. „Fass du unter den Deckel, ich ziehe am Griff."

Leander suchte sich eine Stelle, an der seine Handschuhe durch den Spalt passten und nicht immer gleich wieder abrutschten. Schräg auf dem Rücken liegend stemmte er sich mit den Flossen vom Meeresboden ab. Maik versuchte, mit dem Druck seiner Flossenschläge Kraft auf die Kiste auszuüben. Gemeinsam zerrten sie an dem schweren Trumm, bekamen es aber nur zentimeterweise bewegt. Dafür wirbelten sie so viel Sediment auf, dass sie schon nach wenigen Sekunden keinerlei Sicht mehr hatten.

„So geht das nicht", stellte Maik fest. „Das dauert ewig, bis wir weiterarbeiten können, wenn wir hier alles aufwirbeln."

„Egal", befand Leander. „Die Kiste hat sich bewegt. Mit vereinten Kräften bekommen wir sie frei und die darunter vielleicht auch noch. Wir müssen die Dinger eh hier unten stehen lassen, weil sie viel zu schwer sind. Aber wenigstens sanden sie uns nicht wieder komplett ein."

„Na gut", gab Maik nach. „Morgen bringen wir Auftriebsäcke mit und bergen die Kisten. Also los, ziehen wir sie raus."

Sie zogen und zerrten nun ohne Rücksicht auf die Sandwolke, die sie dabei umgab. Plötzlich rutschte die Kiste vor ihnen aus der Kuhle auf den ebenen Meeresboden, als hätten sie einen unsichtbaren Widerstandspunkt überwunden. Sie schleiften sie einen Meter weiter und nahmen sich dann die Kiste vor, die eben noch schräg verkeilt daruntergelegen hatte. Nach der ruppigen Vorarbeit ließ diese sich nun erstaunlich leicht bewegen.

Kaum lag die zweite Kiste neben der ersten, meldete sich Leanders Tauchcomputer. Die Grundzeit war vorüber, sie mussten auftauchen.

Mist, dachte er, zehn Minuten mehr, dann hätte ich den Inhalt der zweiten Kiste überprüfen können.

„Wir müssen hoch", meldete sich nun auch Maik und deutete in Richtung des Ankerseils.

Von dort wedelten bereits die Lichtstrahlen von Lasses und Pias Taschenlampen herüber. Sie trafen sich am Seil, formierten sich im Kreis und stiegen gemeinsam auf. Dabei kontrollierten sie mit Hilfe ihrer Computer die erste Deko-Tiefe von sechs Metern und die vorgeschriebene Verweilzeit von fünf Minuten. Alle hatten genug Übung, selbst lange Deko-Zeiten gedanklich zu füllen, auch Leander hatte zu der Routine zurückgefunden. Als sie zu ihrem Sicherheitsstopp in drei Metern Tiefe aufstiegen, erinnerte er sich daran, wie sie in ihrer Jugend bei den ersten Tauchgängen immer versucht hatten, die Pausen abzukürzen, und welchen Ärger ihre Tauchlehrer deswegen jedes Mal gemacht hatten. Damals hatte er sich vorgestellt, was er am nächsten Wochenende machen würde, wenn er wieder Zeit für seine Freundin hatte.

Freundin – Franziska – schlechtes Gewissen. Scheiße, dachte Leander bei ihrem Sicherheitsstopp drei Meter unter der Oberfläche. Diese neunzehn Minuten würden ihm lang werden.

Kapitel 24: Der Überfall

Gegen Mitternacht waren Pia und Lasse mit ihrem Zodiac zur Düne übergesetzt. Dabei hatten sie den Motor erst draußen auf der Reede angelassen. Nachtigall, ick hör dir trapsen, hatte Tamme gedacht.

Gut zwei Stunden war das jetzt her. Seitdem herrschte Ruhe im Helgoländer Hafen. Nur ein paar Urlauber spazierten über den Bohlensteg und Musik wehte in Fetzen aus der *Bunten Kuh* herüber.

Die *Marijke* lag fest vertäut an der Mole. Lagerschaden! Tamme Boysen machte, was er selten tat: Er grinste. Da hatte Maik ganze Arbeit geleistet. Zwar war bereits am Nachmittag einer der Kutter aus Den Helder eingelaufen, hatte Ersatzteile gebracht und Henks Leute hatten auch direkt mit der Arbeit begonnen, aber es hatte sich herausgestellt, dass auch die Kolben marode waren und die Dichtungen sowieso, wie Tamme von einem der alten Männer erfahren hatte, die immer im Hafen herumsaßen. Auch wenn das keine direkte Folge der Sabotage war: Maik hatte davon ausgehen können, dass bei so einem alten und verrotteten Kahn eine Generalüberholung des Motors nötig war, sobald man ihn zerlegte. So schnell würde Henks Mannschaft den Seelenverkäufer weit ab von jeder Werft nicht wieder flottbekommen.

Tamme wollte sich schon abwenden und den Weg nach Hause antreten, als Bewegung in die Szene kam. Henk van Geldern und seine Männer wechselten von der *Marijke* auf einen der holländischen Kutter, der auch gleich darauf ablegte und Kurs auf die Düne nahm. Nachts um zwei Uhr bedeutete das nichts Gutes. Maik und Klaassen hatten Henks Schiff lahmgelegt, jetzt würde der Wrackplünderer sich revanchieren.

Verdammt, wen von den Börteboot-Männern konnte Tamme jetzt aus dem Bett holen, um rechtzeitig da drüben zu sein?

Maik kletterte als Erster an Deck und half den anderen hinauf. Sie nahmen sich gegenseitig die Flaschen ab und stellten sie zur Seite. Schwer atmend quälte sich Leander aus dem Taucheranzug, auch die anderen waren ganz mit sich selbst beschäftigt und noch nicht zu einem Gespräch in der Lage. Er stützte sich auf die Reling und atmete tief die frische Nachtluft ein. So spannend er das Tauchen im Urlaub fand: In diesem Moment beglückwünschte er sich zu der Entscheidung, es nicht zu seinem Beruf gemacht zu haben. Dagegen kamen ihm die Unbequemlichkeiten seines Polizistenlebens nun fast schon lächerlich vor. Es ist eben alles relativ, dachte Leander.

Der Leuchtturm auf dem Felsen schickte Lichtstrahlen über das Wasser. Selbst die Straßenlaternen am Falm waren als hell flackernde Punkte bis hierher zu sehen. Auf der Düne zeichnete sich der Hafenbereich gelb erleuchtet vom schwarzen Himmel ab, ebenso die Laternen im Feriendorf, in dessen Bungalows die Urlauber zu dieser tiefen Nachtzeit friedlich schlummerten. Und eine davon war Franziska.

Ob sie tatsächlich schlafen konnte, während er hier draußen nach Schätzen tauchte? Bestimmt saß die Enttäuschung über seinen Verrat noch so tief, dass sie sich ruhelos hin und her wälzte. Dass sie ihn zum Teufel wünschte! Leander konnte es kaum erwarten, wieder bei ihr zu sein. Und gleichzeitig hatte er Angst vor dem Zusammentreffen. Scheiße, dachte Leander.

Franziska blieb lange auf der Terrasse, nachdem die anderen kurz vor Mitternacht zum Hafen gegangen waren. Sie trank eine ganze Flasche Rosé und holte sich dann eine zweite aus dem Kühlschrank. Die Enttäuschung saß tief, wenngleich die erste Wut verraucht war. Der Alkohol dämpfte ihren Kampfgeist. Henning wollte sie beschützen, das war klar, aber verdammt noch mal, sie war selbst in der Lage, zu entscheiden, welches Risiko sie einzugehen bereit war. Er hätte mit ihr reden, hätte ihr die Risiken beschreiben und sie dann selbst abwägen lassen müssen. Was zum Teufel fiel ihm ein, einfach so über sie zu bestimmen?

Es war still auf der Düne. Selbst der Wind hatte sich gelegt und sein sanftes Rauschen im Dünengras eingestellt. Die Bungalows lagen in tiefem Schlaf. Nur einmal kam der Nachbar auf die Terrasse und zündete sich eine Zigarette an.

„Können Sie auch nicht schlafen?", fragte er.

„Nein", antwortete Franziska.

Ihr war im Moment nicht nach Smalltalk zumute. Der Mann nickte wissend, zog an der glimmenden Zigarette, blies den Rauch in die Luft.

„Es ist die Stille", sagte er. „Das sind wir nicht gewohnt. Leben Sie auch in der Stadt?"

„Nein, auf Amrum."

Wieder nickte der Nachbar, als wisse er genau, wovon sie sprach. „Wir kommen aus Düsseldorf und wohnen mitten in der City. Da gibt es das gar nicht, dass man nachts nichts hört. Der Verkehr, die Musik aus den Kneipen, die Menschen auf den Straßen – das geht die ganze Nacht so." Er zog an der Zigarette, blies Rauch aus. „Wenn es so still ist wie hier, kann ich einfach nicht schlafen."

Er drückte seine Zigarette im Aschenbecher auf dem Tisch aus, nickte zu ihr hinüber und zog sich wieder in den Bungalow zurück. Franziska trank einen Schluck Wein und dachte über diese merkwürdig-einseitige Unterhaltung nach. Kein Wort hatte der Mann zu viel gesagt und doch alles ausgedrückt, was ihn gerade beschäftigte. Und er war angenehm respektvoll distanziert geblieben, hatte nicht wissen wollen, warum sie so allein hier draußen saß und nicht schlafen konnte. Hatte es ihn gar nicht interessiert, oder hatte er nur akzeptiert, dass es ihn nichts anging?

Franziska sah auf die Uhr: Fünf vor zwei. Zeit, ins Bett zu gehen, auch wenn sie wusste, dass sie kein Auge zutun würde. Sie nahm die Flaschen und das Glas mit in den Bungalow und schloss die Terrassentür ab. Henning hatte einen Schlüssel und würde hereinkommen, ohne sie wecken zu müssen, falls sie doch einschlafen sollte. Und wenn nicht, sollte er doch hier draußen schlafen, verdammt noch mal!

Plötzlich lag die Düne im Dunkeln. Leander brauchte einen Moment, um zu begreifen. Er richtete sich von der Reling auf und sah angestrengt durch die Nacht. Mit einem Mal hatte er ein mulmiges Gefühl. Mist, das gefiel ihm nicht.

„Auf der Düne ist das Licht ausgegangen!", rief er den anderen zu. „Wir müssen sofort zurück."

„Wahrscheinlich nur ein Stromausfall", entgegnete Maik.

„Das kommt schon mal vor", bestätigte Lasse. „Kein Grund zur Sorge. In ein paar Minuten werden die Laternen bestimmt wieder brennen."

Pia sah ihren Vater an und verstand offenbar, dass sein Instinkt etwas anderes sagte. „Schmeiß den Motor an, Lasse", rief sie. „Lass uns sehen, dass wir so schnell wie möglich zurückkommen."

Der zog skeptisch die Stirn kraus, nickte aber und eilte zum Ruderhaus. Im Laufen rief er Leander zu, er solle den Anker einholen.

Das Schiff pflügte rauschend durch die spiegelglatte See. Lasse holte aus dem Motor heraus, was er zu bieten hatte, und doch ging es Leander viel zu langsam. Die Düne lag dunkel vor ihnen, ganz im Gegensatz zum Felsen, auf dem die Lichter nach wie vor brannten. In Leander kroch die furchtbare Gewissheit hoch, dass seine Freundin in Gefahr war.

Kratzende Geräusche an der Terrassentür schreckten Franziska aus ihrem unruhigen Schlummer. Einen Moment lang musste sie sich orientieren. Wo befand sie sich? Sie wunderte sich über die Dunkelheit um sie herum, obwohl sonst doch immer der sanfte Schein der Laternen durch die Vorhänge drang.

Die Terrassentür klackte auf. Henning, dachte sie und warf einen Blick auf den Wecker neben sich. Die Leuchtziffern zeigten an, dass es kurz nach halb drei war. Merkwürdig, dachte sie. Hatten die vier ihren Tauchgang vorzeitig abgebrochen?

Sie überlegte, wie sie sich verhalten sollte, wenn er ins Zimmer kam. Unmöglich konnte sie ihn begrüßen, als wenn nichts gewesen wäre. Sich einfach schlafend zu stellen, kam ihr aber auch kindisch vor. Noch während sie grübelte, wurde die Schlafzimmertür aufgestoßen. Im Restlicht des Mondes, das seinen Weg durch die Vorhänge fand, machte Franziska Schatten aus, die ins Zimmer huschten. Sie war so überrumpelt von der Situation, dass es ein paar Sekunden brauchte, bis die Erkenntnis zu ihr durchdrang: Das war nicht Henning! Und es war auch nicht nur eine Person!

Panisch schreckte Franziska hoch.

Der Rückweg zur Düne war quälend weit. Leander verkrampfte die Hände an der Reling, beugte sich weit vor und ließ das Dünendorf, das sich wie ein Scherenschnitt vom sternenklaren Himmel abhob und sich viel zu langsam näherte, nicht aus den Augen. Plötzlich stand Pia an seiner Seite und legte ihm schweigend die Hand auf den Arm.

Franziska wurde an den Armen gepackt und zurück aufs Bett gedrückt. Der Schrei, den sie ausstieß, kam ihr jämmerlich vor und wurde von der Angst fast erstickt. Eine schwarze Gestalt sprang links neben ihr auf die Matratze und presste ihr seine Hand auf den Mund.

„Sei still", hauchte eine Stimme mit leichtem holländischem Akzent rechts in ihr Ohr. „Dann lassen wir dich am Leben."

Franziska fühlte den Atem des Mannes an ihrer Wange. Wenn sie jetzt in Panik fiel, war sie verloren. Ihr war klar, dass sie den Männern ausgeliefert war und sich gegen sie nicht wehren konnte. Umso wichtiger war es nun, die Nerven zu behalten. Sie zwang sich, so ruhig wie möglich durch die Nase zu atmen, auch wenn ihr von der Hand ihres Bezwingers ein widerlicher Nikotingestank in die Stirnhöhlen stach. Langsam glitt seine andere Hand über ihren Körper. Der Kerl drückte leicht zu, als er ihre Brust umfasste, dann wanderte die Hand weiter nach unten, über den Bauch, strich am Rand des Slips entlang. Franziska durchfuhr eisige Kälte, sie fühlte die Gänsehaut, die sich ausbreitete, und versuchte, sich gegen den Übergriff aufzubäumen. Aber der Mann rechts von ihr ließ keine Gegenwehr zu. Jetzt glitt die Hand in ihren Slip, während sich die auf ihrem Mund lockerte. Franziska schrie.

Als sie dicht vor dem Nordstrand waren, rief Leander Lasse zu: „Fahr langsam, ich schwimme zum Strand."

„Das solltest du nicht tun", warnte Pia, während Lasse den Motor drosselte, so dass das Schiff gleichmäßig auslief. „Denk an die Kegelrobben, mit denen ist nicht zu spaßen!"

Die Raubtiere waren Leander in diesem Moment völlig egal. Mit einem Satz sprang er auf die Reling, stieß sich davon ab und hechtete kopfüber ins Meer. Die Kälte jagte wie ein Stromschlag durch seinen Körper, doch er bäumte sich dagegen auf und zwang sich zu kräftigen Schwimmstößen, während er die ersten fünfzehn Meter unter Wasser zurücklegte. Dann durchstieß er die Oberfläche, rang kurz nach Luft und war schon wieder kraulend unterwegs zum Strand, als er hörte, dass hinter ihm der Motor des Schiffes voll aufdrehte.

Der Mond warf sein mattes Licht auf die Oberfläche des Meeres und die vor ihm liegende Düne. Nach wenigen Minuten hatte er die Schutzmauer rechts neben sich und kam in Reichweite des Strandes. Von den Kegelrobben war weit und breit nichts zu sehen. Sie lagen in der Regel weiter östlich. Leander richtete sich auf, sobald er den Sand unter sich fühlte, und arbeitete sich nun laufend weiter vor. Sein Atem ging stoßweise, Seitenstiche griffen schmerzhaft nach ihm, aber er hatte jetzt keine Zeit, ihnen nachzugeben. Mühsam rannte er durch den fließenden Sand in Richtung Bungalow-Dorf, bis er auf den Bohlenweg stieß. Er hetzte über die Planken, umrundete den letzten Sandhügel. Die Häuser tauchten dunkel vor ihm auf. Überall auf den Terrassen standen Urlauber und tauschten sich aufgeregt aus. Leanders Nachbar befand sich nicht vor seinem eigenen Bungalow, er stand auf Franziskas Terrasse und blickte angespannt ins Innere der Hütte. Keuchend sprang Leander an ihm vorbei und stoppte abrupt vor der weit offen stehenden Tür. Drinnen war alles dunkel und still.

„Franziska?", rief er laut hinein.

Zuerst hörte er nichts, dann sickerte ihre Stimme dünn zu ihm durch: „Henning!"

„Sie sind weg", meldete sich nun der Nachbar in seinem Rücken unsicher. „Es waren zwei."

Leander blickte ihn an, verstand nicht sofort, was der Mann ihm sagen wollte.

„Meine Frau ist jetzt bei ihr", fuhr der Mann leise fort.

Bis zum Schlafzimmer waren es nur wenige Schritte. Franziska saß mit angezogenen Beinen, die sie fest mit ihren Armen umklammert hielt, im Bett. Tränen liefen ihr über die Wangen, aber sie schien zumindest unverletzt zu sein. Die Nachbarin saß auf der Bettkante, streichelte sanft Franziskas Rücken. Als sie

Leander erkannte, stand sie auf und verließ wortlos mit gesenktem Kopf den Raum.

Er setzte sich neben Franziska, nahm sie in die Arme, fühlte ihr Beben, hörte ihr Schluchzen an seiner Schulter.

„Ruhig, Liebes", flüsterte er und drückte sie fest. „Ich bin jetzt da."

In dem Moment betrat Pia das Schlafzimmer, erfasste die Lage und sagte: „Lass uns allein, Vater."

Draußen erwarteten ihn Lasse und Maik. Sie versuchten, die Männer und Frauen aus den umliegenden Bungalows wegzuschicken, die sich inzwischen vor der kleinen Holzveranda drängten.

Lasse sah ihn fragend an. Er wirkte besorgt.

„Ich weiß nicht, was ..." Leander hatte Mühe, zu sprechen. Franziskas jämmerlicher Anblick hielt ihn gefangen.

„Es waren zwei Männer", meldete sich der Nachbar wieder zu Wort. „Wir haben Schreie gehört."

„Mein Gott", stieß Lasse aus, „haben sie Franziska ...?"

„Ich glaube nicht", antwortete Leander. „Pia ist jetzt bei ihr."

Maik räusperte sich, hielt aber den Blick halb gesenkt, als er sich an Leander wandte: „Sie sind uns entgegengekommen. Wir haben sie bis zum Strand verfolgt. Da sind sie ins Wasser gesprungen."

Jetzt trat auch Tamme keuchend auf die Terrasse und stützte sich mit beiden Händen auf den Tisch. „Was ist passiert?"

Lasse setzte ihn knapp in Kenntnis. Auch der Nachbar trat nun wieder vor und berichtete, was er gehört und gesehen hatte.

„Das waren die Holländer", stieß Tamme wütend hervor. „Sie sind mit einem Kutter zur Düne übergesetzt. Das kam mir merkwürdig vor, so mitten in der Nacht. Da habe ich Boy Rickmers geweckt, der hat mich mit seinem Börteboot rübergebracht. Das hat leider etwas gedauert, deshalb bin ich zu spät gekommen." Er zog sein Smartphone aus der Tasche. „Ich informiere meine Kollegen. Die werden sie drüben in Empfang nehmen. – Sie!" Er deutete auf den Nachbarn. „Sie haben die Kerle gesehen und müssen gegen sie aussagen."

„Es war zu dunkel", wandte der Mann erschrocken ein. „Ich würde sie niemals wiedererkennen."

„Ich auch nicht." Franziska stand plötzlich mit Pia in der Tür. Sie hatte eine Decke um die Schultern gelegt und hielt sie eng mit gekreuzten Armen vor der Brust fest. „Sie waren maskiert und er hat Recht: Es war zu dunkel, um jemanden zu erkennen. Allerdings hatte einer einen holländischen Akzent."

„Das deutet leider auf keinen konkreten Tatverdächtigen hin", stellte Tamme fest. „Einen holländischen Akzent haben die Männer auf den Fischkuttern und auf Henks Schiff alle."

„Das heißt, die Schweine kommen davon?", stieß Lasse aus.

Tamme zuckte bedauernd mit den Achseln. „Ohne Beweise oder eindeutige Zeugenaussagen ..."

„Dann müssen deine Kollegen sie eben richtig in die Zange nehmen", erregte sich Maik.

Tamme ignorierte den Einwurf. Stattdessen wandte er sich an Franziska: „Entschuldige, aber ich muss das jetzt fragen: Haben sie dich ...?"

Franziska schüttelte langsam den Kopf. „Nein", sagte sie, „ich glaube, sie wollten mir nur Angst einjagen."

Damit drehte sie sich wieder um und ging ins Haus zurück. Tamme wollte ihr folgen, aber Leander hielt ihn zurück.

„Lass sie. Sie braucht jetzt Ruhe. Morgen wird sie bestimmt alle Fragen deiner Kollegen beantworten."

Der Seehundjäger nickte. Dann wandte er sich an die Nachbarn, die immer noch zahlreich versammelt waren und beobachteten, was nun passierte: „So, Herrschaften! Ihr geht jetzt mal alle wieder ins Bett. Hier gibt's nichts zu sehen. Es sei denn, jemand kann noch etwas Sachdienliches beitragen. Nein? Dann ab mit euch!"

Raunend wandten sich die Leute ab und zogen sich in die Dunkelheit zurück.

Tamme blickte ihnen nach und nickte zufrieden. „Ich fahre dann mal rüber und sorge dafür, dass ihr wieder Strom bekommt." Damit wandte er sich um und stapfte in die Dunkelheit.

Pia war Franziska in den Bungalow gefolgt. Die Männer ließen sich auf die Stühle fallen.

„Verdammt", fluchte Lasse. „Was sollte diese Aktion?"

Leander zuckte mit den Schultern.

Maik räusperte sich verlegen und sagte: „Ich ahne, was die Kerle wollten." Auf Leanders fragenden Blick hin deutete er auf den Beutel, den er vom Schiff mitgebracht und auf den Tisch gelegt hatte. „Da drin ist die Antwort."

Leander zog den Beutel heran und holte die Röhrchen und den Zettel heraus, die er unten am Meeresgrund selbst hineingesteckt hatte.

„Pervitin", sagte Maik. „Das Zeug liegt vermutlich kistenweise im Wrack der *Adolph Behrens*."

„Pervitin?", fragte Leander verständnislos.

Maik nickte bedeutungsvoll.

„Ach, du Scheiße", stieß Lasse hervor.

Kapitel 25: Panzerschokolade

Am Morgen war der Strom wieder da. Die Techniker hatten einen gewaltsam herbeigeführten Kurzschluss im aufgebrochenen Verteiler entdeckt und die Beschädigungen beseitigt. Im Bungalow-Dorf waren die Vorfälle der Nacht das alles bestimmende Thema, aber die anderen Urlauber machten einen Bogen um Leander und Franziska, weil sie nicht wussten, wie sie mit der Situation umgehen sollten.

Zwischen Leander und Franziska war die Stimmung auf dem Tiefpunkt. Sie schwieg die meiste Zeit, er schob das auf ihren Schock, wusste aber, das war nicht die ganze Erklärung.

Nach dem Frühstück setzte Franziska mit der Dünenfähre auf die Hauptinsel über, um bei der Wasserschutzpolizei ihre Aussage zu machen. Leander hatte sie begleiten wollen, aber sie hatte entschieden abgelehnt. Pia warte drüben auf sie, hatte sie gesagt, und er sei ja ohnehin nicht dabei gewesen, weil er es vorgezogen habe, ohne sie zum Tauchen rauszufahren. Folglich könne er auch nichts Sachdienliches aussagen.

Das hatte gesessen! Für Leander fühlte es sich wie ein Vorwurf an, sie im Angesicht der Bedrohung im Stich gelassen zu haben. Dabei hatte er sie doch nur beschützen wollen, weil er davon ausgegangen war, dass die Gefahr draußen auf dem Meer lauerte. Wie hätte er ahnen können, dass die Holländer einen derartig brutalen Überfall auf den Bungalow verüben würden?

Er saß mit seinem schlechten Gewissen und einem Pott Kaffee auf der Terrasse, als sein Smartphone klingelte. „Na, du Glückspilz?", meldete sich Tom. „Weißt du eigentlich, worüber du da in deinem Wrack gestolpert bist?"

„Über Pervitin", antwortete Leander, als wisse er genau, was es damit auf sich hatte. Dabei war er bisher noch nicht dazu gekommen, den Namen zu googeln, weil er sich bis eben um Franziska bemüht hatte.

Am anderen Ende blieb es einen Moment still. Dann kam es wütend von Tom: „Du weißt, um was es da geht? Habe ich mir mal wieder den Arsch ganz umsonst für dich aufgerissen?"

„Nein", entgegnete Leander schwach. „Entschuldige, ich bin noch immer nicht ganz bei mir nach dem, was letzte Nacht passiert ist."

„Wieso, was ist denn passiert? Hast du zu viel getrunken, oder was?" Der Freund war tatsächlich ziemlich angefressen.

„Warte, das muss nicht jeder mitbekommen." Leander stand auf und wechselte ins Esszimmer. Dann berichtete er Tom in groben Zügen, was sich in der vergangenen Nacht auf der Düne zugetragen hatte.

„Mein lieber Scholli", reagierte Tom betroffen. „Aber ehrlich, Mann, es ist kein Wunder, dass die Holländer so heiß auf das Zeug sind."

„Was ist denn Pervitin jetzt ganz genau?"

„Jedenfalls das Gegenteil von Vitamintabletten." Tom lachte. „Ich habe dir einen Zoom-Link geschickt. Hol deinen Laptop, und dann zeige ich dir, was ich gefunden habe."

Kurz darauf setzten sie ihr Gespräch in einem Videomeeting am Rechner fort. Das Gesicht des Freundes grinste ihm voller Vorfreude auf dem Bildschirm entgegen.

„Ich zeige dir jetzt ein Foto", begann Tom und gab seinen Bildschirm für Leander frei. „Ist das so ein Röhrchen, wie ihr es da unten am Wrack gefunden habt?"

„Ja, genauso sehen die Dinger aus."

„Bingo", freute sich Tom. „Also, dann pass mal auf, das wird dich umhauen: Pervitin war im Dritten Reich auch unter den Spitznamen *Panzerschokolade, Hermann-Göring-Pillen* und *Hausfrauenpralinen* im Umlauf. Dabei handelt es sich um die früheste Form von *Crystal Meth.*"

„Wie bitte?"

„Ja, du hast richtig gehört. *Crystal* ist eine deutsche Erfindung. Seit den Goldenen Zwanzigern war Deutschland auf Drogen. Kokain, Morphium, wer es sich leisten konnte, hat sich zugedröhnt." Tom hielt ein Taschenbuch in die Höhe. „Hör dir das an: Die junge Republik badete in bewusstseinsverändernden und rauscherzeugenden Substanzen" Das war so ungeheuerlich, er musste es wiederholen: „Sie badete darin! Und das häufig sogar auf Rezept, um die Nerven- und Phantomschmerzen nach den Amputationen im Ersten Weltkrieg zu bekämpfen. Außerdem war die Realität so beschissen, dass abends und an den Wochenenden in allen Clubs und Bars Drogen haufenweise geschmissen wurden, um sich in eine schönere Zeit zu träumen. Ehrlich, die Zwanziger Jahre mit ihrer Arbeitslosigkeit und all dem Elend nach dem verlorenen Krieg waren in Wirklichkeit alles andere als golden. Die Temmler-Werke in Berlin-Johannistal haben dann 1937 ein Meth-Amphetamin entwickelt, das sie Pervitin genannt haben. Das Zeug war von Anfang an der Renner und in allen deutschen Apotheken bis 1939 sogar rezeptfrei erhältlich. Es wurde erst recht zum Verkaufsschlager, als die Soldaten im Krieg unter Drogen gesetzt wurden. Das war auch nichts Neues. Alle Soldaten werden seit ewigen Zeiten unter Drogen gesetzt: Im amerikanischen Bürgerkrieg 1861-65, im deutsch-französischen Krieg 1870/71; und im Ersten Weltkrieg war es Morphium."

„Heroin im Vietnam-Krieg", ergänzte Leander. „Und wer weiß, was die Soldaten in allen Kriegen der Welt heute so einschmeißen."

„Ganz genau. Denk an Kindersoldaten in Afrika, den IS oder russische Soldaten in der Ukraine. Für die kann man fast schon hoffen, dass sie ihre bestialische Grausamkeit mit Drogen entschuldigen können. Aber auch für die Bevölkerung gab es nach dem Ersten Weltkrieg morphinhaltige Säfte, Kokain in Coca-Cola, Heroin in Hustensäften für Kinder. Alle Pharmaunternehmen produzierten Drogen. 1926 war Deutschland weltweit der größte Produzent von Morphin und Exportweltmeister von Heroin. Es gab also einen Markt für Pervitin im ganz normalen Alltag. Im Zweiten Weltkrieg kam es dann in großem Stil zum Einsatz. Es vertreibt nämlich bis zu zwölf Stunden lang das Schlafbedürfnis und den Hunger, man fühlt sich hellwach und unbesiegbar, ja geradezu euphorisch. Anschließend stürzt man zwar in tiefe Depressionen und Antriebslosigkeit, aber die können ja mit einer neuen Dosis Pervitin wieder vertrieben werden." Das Zoom-Bild zeigte den schulterzuckenden Tom.

„Das Zeug macht in kürzester Zeit abhängig und zerstört radikal die Nervenzellen. Gleichzeitig baut Pervitin sämtliche Hemmungen ab, ideal also für Soldaten. Die können ruhig abmagern, wenn die Droge ihr Gehirn zerfrisst, Hauptsache sie überfallen fremde Länder und töten hemmungslos Menschen. Die sogenannten Blitzkriege wären doch gar nicht möglich gewesen, wenn die Soldaten nicht tagelang ohne Schlaf durchmarschiert wären. Ohne Skrupel und Gefühle wurden sie zu Mordmaschinen. Pervitin wurde wie die tägliche Essenration ausgeteilt. Und weil die Droge den Soldaten in ihrer beschissenen Lage auch tatsächlich guttat, nahmen sie das Zeug bedenkenlos in großen Mengen. Die schnell einsetzende Abhängigkeit ließ sie ständig mehr davon brauchen. Auch an der Heimatfront wurde das Leben leichter durch Schokolade und Pralinen mit Pervitin, die von den Frauen schachtelweise vernascht wurden."

„Die Deutschen waren also im Dritten Reich ein Volk auf Drogen und die Soldaten süchtige Mordmaschinen", fasste Leander zusammen. „Vielleicht erklärt das die bestialischen Verbrechen, zu denen sie in den besetzten Ostgebieten fähig waren."

„Das ist zwar etwas pauschal formuliert, aber in der Tendenz stimmt das. Und dieses Teufelszeug liegt vermutlich kistenweise im Wrack der *Adolph Behrens*", schloss Tom. „Das Schiff war ja ursprünglich für die Invasion gegen England vorgesehen. Nicht auszuschließen, dass es die dafür nötigen Pervitin-Rationen nach Belgien bringen sollte, von wo der Überfall starten sollte. Fragt sich aber immer noch, warum es dann vor Helgoland gesunken ist, das ja gar nicht auf seiner Route lag."

„Das ist mir jetzt egal." Leander stöhnte auf. „Dann ist ja jetzt wohl klar, worauf es die Holländer abgesehen haben."

„Und warum sie dabei so brutal zur Sache gehen. Das Zeug wird zwar nicht mehr zu 100 Prozent wirksam sein, aber 70 oder 80 Prozent reichen ja auch. Nach allem, was ich recherchiert habe, wurde bei der Produktion Wert auf sehr lange Haltbarkeit gelegt. Auf jeden Fall ist das ein Millionen-Geschäft. Ganz ehrlich, Henning, ihr solltet alles der Polizei überlassen. Keiner von euch ist in der Lage, es mit Drogenhändlern aufzunehmen."

„Das sind simple Wrackräuber", widersprach Leander. „Die sind genauso zufällig wie wir über das Pervitin gestolpert. Wir haben es hier nicht mit der Mafia zu tun. Aber ich stimme dir zu, die Sache ist trotzdem zu gefährlich für uns. Und ich kann Franziska nicht weiter einer solchen Gefahr aussetzen. Wahrscheinlich wird sie ohnehin sofort abreisen wollen, wenn sie davon erfährt. Wir packen noch heute unsere Sachen und kommen zurück nach Föhr."

„Das werden wir nicht tun", kam es unvermittelt von Franziska, die hinter Leanders Rücken unbemerkt eingetreten war und offenbar Toms Bericht mitbekommen hatte.

Leander drehte sich erstaunt zu ihr um. Sie stand mit entschlossenem Gesichtsausdruck in der Tür und funkelte ihn an. „Du wirst nicht schon wieder über meinen Kopf hinweg entscheiden", sagte sie grimmig.

„Franziska, bitte, lass uns das in Ruhe besprechen", entgegnete Leander.

„Ich lasse euch jetzt am besten alleine", kam es von Tom aus dem Laptop. „Aber halt mich auf dem Laufenden, Henning. Das bist du mir schuldig."

Er beendete die Zoom-Sitzung und Leander klappte den Rechner zu, während Franziska zur Spüle ging, sich ein Glas Wasser holte und sich damit zu ihm an den Tisch setzte.

„Wie war es bei der Polizei?", versuchte Leander einen versöhnlichen Einstieg in das unabwendbare Streit-Gespräch.

Franziska winkte ab. „Die können den Holländern gar nichts. Nachdem Tamme letzte Nacht auf der Wache gemeldet hat, was passiert ist, haben die Beamten in den frühen Morgenstunden den holländischen Kutter und die *Marijke* gestürmt. Sie haben aber nur schlafende Seeleute in ihren Kojen angetroffen, die noch dazu ausgesagt haben, sie wären rein zum Vergnügen zu einer Nachtfahrt ausgelaufen. Auf der Düne seien sie gar nicht gewesen."

Leander nickte mit resignierter Miene. „Und da wir niemanden in der Dunkelheit identifizieren konnten, sind sie jetzt aus dem Schneider."

„Henk van Geldern hat den Beamten mit einer Dienstaufsichtsbeschwerde gedroht und uns mit einer Anzeige wegen übler Nachrede, wenn wir sie weiterhin beschuldigen."

„Klar, die haben jetzt Oberwasser und fühlen sich unbesiegbar." Leander zögerte einen Moment, bevor er zum eigentlichen Punkt kam. „Es geht um Drogen, Franziska. Da ist mit denen nicht zu spaßen. Wir sollten uns aus der Sache zurückziehen."

Franziska schüttelte vehement den Kopf. „Ich habe gehört, was Tom gesagt hat, und ich werde nicht eher abreisen, als bis das Zeug in Sicherheit oder besser noch vernichtet ist. Jedenfalls dürfen wir nicht zulassen, dass Henk van Geldern es in die Finger bekommt und auf dem Drogenmarkt verkauft."

„Dann werden wir jetzt die Polizei informieren und ihr das Ganze überlassen", bestimmte Leander.

„Willst du nicht erst mit Maik darüber sprechen?", wandte Franziska ein. „Ich habe ihn drüben im Hafen getroffen. Er will gegen Mittag hier sein, um das weitere Vorgehen zu besprechen."

„Maik wird das genauso sehen. Wir haben von Anfang an vereinbart, dass wir die Polizei einschalten, wenn die Sache zu gefährlich wird."

„Trotzdem, warte, bis du mit ihm gesprochen hast."

Leander dachte darüber nach. Die Holländer würden nicht tagsüber rausfahren und das Pervitin heben. Außerdem war ihr Schiff ja auch noch außer Gefecht, würde es wohl noch ein paar Tage sein und die holländischen Kutter waren nicht mit der notwendigen Bergetechnik ausgestattet. Es kam also auf die paar Stunden jetzt auch nicht mehr an.

„Okay, wir sprechen erst mit Maik", gab er nach.

Franziska nickte ernst, machte aber einen recht zufriedenen Eindruck, weil sie sich durchgesetzt hatte. „Und noch etwas", sagte sie und blickte Leander fest in die Augen. „Du wirst nie wieder eigenmächtig Entscheidungen treffen über Sachen, die auch mich etwas angehen."

Kapitel 26: Der Plan

Maik stand gegen zwölf Uhr auf der Terrasse, wo Franziska und Leander auf ihn gewartet hatten. „Schlechte Nachrichten", sagte er. „Die Polizei führt ihre Ermittlungen gegen Unbekannt. Henk und seinen Männern ist nichts nachzuweisen."

„Das hat Franziska heute Morgen auch schon auf der Wache erfahren", entgegnete Leander.

Maik wandte sich an Franziska: „Soweit ich weiß, haben die Kerle dich zwar heftig eingeschüchtert, aber wirklich verletzt haben sie dich nicht, oder?"

„Nein, es sollte wohl eher eine Warnung sein. Allerdings haben sie gesagt, bevor sie vor euch getürmt sind, beim nächsten Mal käme ich nicht wieder so davon. Wir sollten heute abreisen und die Wracktaucherei vergessen, sonst kämen sie zurück."

Maik winkte ab. „Das trauen sie sich nicht. Jetzt hat die Polizei sie auf dem Schirm und wir sind gewarnt."

Franziska zog skeptisch die Augenbrauen hoch und stand auf, um Maik ein Glas zu holen. Sie goss ihm ungefragt Wasser ein. „Henning hat dir etwas zu sagen", verkündete sie, als habe er ein Tribunal zu erwarten, und setzte sich wieder.

Erstaunt blickte der Wracktaucher seinen Freund an und ließ ihn auch nicht aus den Augen, als er einen Schluck Wasser nahm.

Leander räusperte sich. „Ich weiß inzwischen, was Pervitin anrichtet und dass wir möglicherweise auf einer ganzen Schiffsladung davon sitzen."

Maik nickte. „So sieht es aus, ja. Deshalb war ich ja von Anfang an so darauf bedacht, dass Henk nichts mitbekommt."

Erstaunt schaute Leander zwischen Franziska und dem Freund hin und her. „Das heißt, du weißt das alles schon länger?"

„Wissen ist zu viel gesagt", entgegnete der. „Ich habe es geahnt, vor allem nachdem Jörn Klaassen das Röhrchen angeblich weggeworfen hat. Das mit den Vitaminen hat mich jedenfalls von Anfang an nicht überzeugt."

„Und warum hast du uns nichts davon gesagt?"

„Ich wollte die Pferde nicht scheu machen. Außerdem konnte ich nicht sicher sein, solange wir die Kisten nicht freigelegt hatten."

„Drogen sind scheiße", verkündete Franziska. „Damit wollen wir nichts zu tun haben. Henning meint, wir sollten die ganze Sache der Polizei überlassen."

Maik schüttelte heftig den Kopf. „Das könnt ihr nicht machen!"

„Ach ja?" Leander beugte sich angriffslustig über den Tisch. „Und warum, bitte schön, können wir einen Drogenfund nicht einfach der Polizei überlassen?"

„Weil es eben nicht nur um das Pervitin geht."

Nun tauschten Franziska und Leander fragende Blicke.

„Versteht ihr denn nicht?", wunderte sich Maik über die Begriffsstutzigkeit der Freunde. „Die *Adolph Behrens* liegt mit ihrer Drogenfracht über der *Explosion*, in deren Bauch wir einen Silberschatz vermuten. Wenn wir den Hilfskreuzer den Behörden überlassen, ist auch die Fracht des Engländers für uns verloren. Das kann ich mir nicht leisten. Allein der Finderlohn wird ausreichen, um ein paar Jahre lang nach der *Maria* zu suchen, ohne immer wieder von der Auftragstaucherei aufgehalten zu werden. So lange hoffe ich schon auf den einen großen Fund und jetzt liegt er zum Greifen nah da unten auf dem Meeresboden. Wir müssen ihn nur heben."

„Sofern es den Silberschatz überhaupt gibt", wandte Leander ein.

„Und sofern wir überhaupt bis zu ihm durchkommen", ergänzte Franziska. „Immerhin liegt ein Kriegsschiff aus dem Zweiten Weltkrieg darüber. Möglicherweise mit Munition an Bord."

„Zumindest versuchen können wir es doch." Maik schaute fast flehend von einem zur anderen.

Leander dachte über den Vorschlag nach und schüttelte schließlich den Kopf. „Zu riskant", beschied er. „Wer sagt uns, dass uns die Holländer nicht zuvorkommen, das Pervitin bergen und auf den Markt bringen? Noch dazu, wo wir inzwischen gemerkt haben, dass mit denen nicht zu spaßen ist."

„Ich werde mit ihnen reden", kam es überraschend von Maik, als sei das seine leichteste Übung.

„Prima", ätzte Leander, „du sagst ihnen, sie sollen uns in Ruhe lassen, sich vom Wrack fernhalten und dann werden die das auch machen, oder was?"

„So natürlich nicht. Ich werde ihnen einen Deal vorschlagen."

„Einen Deal?" Franziska zog die Stirn kraus. „Die kriegen die Drogen und wir das Silber, oder wie?"

„Ganz genau." Nun grinste Maik breit. „Allerdings werden wir uns nicht daran halten. Ich werde ihnen vorschlagen, dass sie alle Pervitin-Kisten bekommen, die wir aus dem Sand buddeln, während wir uns zur *Explosion* vorgraben. Hochholen müssen sie das Zeug natürlich dann selber, das ist klar. In Wahrheit werden wir die Kisten aber abseits von den Wracks in einem Depot stapeln und ich werde sie mit einer Sprengladung und Stolperdrähten versehen, damit die Holländer uns eben nicht zuvorkommen können. Wenn jemand Unbefugtes unser Depot antastet … Bumm!"

Leander verstand, was sein Freund im Sinn hatte. „Du meinst …"

Maik nickte grinsend und kniff ihm ein Auge zu. „Genau: Wenn wir das Silber haben, überlassen wir das Pervitin den Behörden. Und sollte jemand versuchen, es in der Zwischenzeit zu bergen, jagt er sich mit dem ganzen Scheiß in die Ewigkeit. Niemand wird das Pervitin jemals in den Handel bringen, das verspreche ich euch."

Leander schüttelte den Kopf. „Zu gefährlich. Ich riskiere nicht, dass Franziska etwas passiert, wenn die Holländer sich ihrerseits nicht an den Deal halten."

„Niemandem wird etwas passieren", entgegnete Maik, als könne er das garantieren. „Wir werden nur noch alle zusammen rausfahren. Zwei Leute bleiben an Deck, während die anderen tauchen. Und wir bleiben ständig über Funk in Kontakt. Außerdem solltet ihr Tamme nicht vergessen. Der hat die Holländer auf dem Kieker und wird seine Kollegen von der Wasserschutzpolizei alarmieren, wenn ihm irgendetwas gefährlich vorkommt."

„Du willst ihn einweihen?", fragte Leander.

„Das ist gar nicht nötig. Tamme schleicht ständig um Henk und seine Leute herum. Ihr habt ja letzte Nacht selbst erlebt, dass er zur Stelle ist, wenn etwas passiert."

„Allerdings war er zu spät", erinnerte Leander.

„Das wird er beim nächsten Mal nicht mehr sein. Jetzt ist er gewarnt. Ich kenne doch Tamme, der hält seine ehemaligen Kollegen ab sofort ständig in Bereitschaft." Maik lachte auf. „Ich möchte gar nicht wissen, wie er denen auf den Sack geht."

„Was meinst du?" Franziska blickte Leander halb fragend, halb auf Zustimmung hoffend an.

Der zog geräuschvoll Luft durch die Nase und stieß sie wieder aus. Die Sache war ihm nicht geheuer. „Angenommen, du legst das Depot an, sicherst es mit einer Sprengfalle und Henks Leute jagen sich damit tatsächlich in die Luft ...", überlegte er.

„Ist das dann nicht Mord?", warf Franziska erschrocken ein.

Leander winkte in ihre Richtung ab und fuhr fort: „... dann zerstören wir damit auch die Wracks. Das kann doch nicht dein Ernst sein."

Maik schüttelte leichthin den Kopf. „Das darf natürlich nicht passieren. Wird es aber auch nicht. Pass auf: In sicherer Entfernung zu den Wracks erhebt sich ein Ausläufer des Felssockels. Dahinter fällt der Meeresboden einige Meter steil ab." Er formte die Abbruchkante mit den Händen nach. „Wir legen das Depot unterhalb des Sockels an. Der ist dann einerseits ein guter Sichtschutz, so dass niemand einfach so darüber stolpern wird. Und andererseits wird die Detonation – falls es überhaupt eine gibt – nicht in Richtung der Wracks gelenkt. Die sind also in jedem Fall sicher."

Leander zog zweifelnd die Augenbrauen zusammen. „Ich weiß nicht."

„Sieh es als Freundschaftsdienst", sagte Maik. „Gib mir ein paar Tage für den Schatz, und ich verspreche dir, dass das Pervitin nicht in falsche Hände kommt." Und da Leander die Anspielung wohl nicht verstanden hatte und immer noch zögerte, musste er deutlicher werden und ergänzte mit belegter Stimme: „Ich sage es nur ungern, Henning, aber wo wärst du heute, wenn ich dich damals nicht aus der Scheiße geholt hätte?"

„Langsam, mein Freund", erhitzte sich Leander. „Immerhin warst du es, der uns mit seinen Joints erst hineingeritten hat!"

„Wir denken darüber nach", ging Franziska entschieden dazwischen. „Du kannst ja mal bei van Geldern vorfühlen, Maik. Wir entscheiden je nachdem, wie er reagiert."

„Einverstanden." Der Wracktaucher erhob sich geradezu erleichtert von seinem Stuhl. „Ich fahre jetzt wieder rüber und taste mal vor. Und ihr könnt euch in der Zwischenzeit ausquatschen. Ich habe den Eindruck, dass zwischen euch noch einiges zu klären ist."

Diesmal zwinkerte er Franziska zu, bevor er in Richtung Hafen verschwand. Na super, dachte Leander, jetzt haben sich die beiden gegen mich verbündet. Wie war das doch vorhin mit den Entscheidungen über den Kopf des anderen hinweg?

„Glaubst du Maik, dass er nicht von Anfang an ganz genau wusste, worum es da unten geht?", fragte Leander, als sie sich der Aade über den Nordstrand näherten.

„Vertraust du ihm nicht mehr?", wunderte sich Franziska und schwenkte nach rechts aus, weil vor ihnen eine fette Kegelrobbe im Sand lag und sie mit großen Augen ansah.

„Ich weiß es nicht." Leander spürte einen Ring um die Brust, während er das sagte. „Maik ist ein alter Hase. Und er kennt sich mit den Wracks in der Deutschen Bucht und mit Schiffsladungen aus. Ich kann mir nicht vorstellen, dass er das Pervitin nicht sofort erkannt hat."

„Zuerst wussten wir ja gar nicht, was für ein Schiff das ist. Und die Sache mit den Vitaminen aus irgendeiner Bordapotheke war doch logisch."

Leander schwieg, der Zweifel nagte an ihm und das beobachtete er mit Widerwillen.

„Aber selbst wenn er eine solche Vermutung gehabt hat", fuhr Franziska fort. „Ich verstehe, was ihn angetrieben hat, uns nichts zu sagen: Je weniger Leute von den Drogen wissen, desto ungefährlicher ist es. Er hat halt nur seinen Silberschatz im Blick." Sie grinste, als sie ergänzte: „Und seine *Maria*."

„Ich weiß nicht", wiederholte Leander.

Franziska blieb stehen und stellte sich ihm in den Weg. „So unentschlossen kenne ich dich gar nicht. Was ist denn los mit dir? Niemand kennt ihn so gut wie du. Ihr seid alte Freunde, du warst noch dazu Polizist und hast Erfahrung mit zweifelhaften Gestalten. Wenn du mit Überzeugung sagst, dass man ihm nicht vertrauen kann, beenden wir die Sache und melden unseren Fund noch heute der Wasserschutzpolizei."

Wieder zögerte Leander. Konnte er das tatsächlich über Maik sagen? Woher kam plötzlich dieses Misstrauen? War es der gute Instinkt des Ermittlers, der ihn selten getrogen hatte, oder war es, wie Franziska so gerne sagte, nur eine Déformation professionelle, die ihn möglicherweise in die Irre führte? Oder hatte es etwas mit seinem schlechten Gewissen zu tun, wollte er Franziska nicht noch einmal in Gefahr bringen? Und zu allem Übel fühlte er sich auch noch in einer Zwickmühle wegen der alten Bringschuld, die er überdeutlich spürte, seit er Maik wiedergetroffen hatte, und deren Begleichung der nun eingefordert hatte.

„Du denkst daran, dass du ihm etwas schuldig bist", stellte Franziska fest.

Leander staunte einmal mehr darüber, wie gut sie ihn kannte und seine Gedanken lesen konnte. Er nickte zögernd. „Allerdings stinkt es mir, wie er mich vorhin daran erinnert hat. Das war gar nicht nötig."

„Er steht halt ziemlich unter Druck", entgegnete Franziska. „Versetz dich mal in seine Lage. Da kann man schon mal über das Ziel hinausschießen." Und nach einer kurzen Pause ergänzte sie: „Wenn du dir allerdings tatsächlich nicht sicher bist, ob du ihm trauen kannst, darf die alte Schuld keine Rolle spielen. Falls du aber zu dem Ergebnis kommst, dass er uns nicht hinter das Licht führen will, ist das jetzt deine Gelegenheit."

„Er hat mir nie einen Grund gegeben, unsere Freundschaft in Frage zu stellen", gestand Leander.

„Dann sehe ich nur noch einen Unsicherheitsfaktor: Ist Maik

tatsächlich dazu in der Lage, das Pervitin zuverlässig mit Sprengstoff zu sichern?"

„Eindeutig ja. Wenn einer von uns das kann, dann er. Er hat die entsprechende Ausbildung und als professioneller Wracktaucher sicher auch die notwendige Erfahrung."

Franziska nickte und wandte sich wieder der Aade zu. „Dann ruf ihn doch an. Vielleicht hat er inzwischen ja auch schon mit den Holländern gesprochen. Wir sollten jedenfalls keine Zeit verlieren."

Diesmal schüttelte Leander entschieden den Kopf. „Ich werde warten, bis er sich wieder meldet. In der Zwischenzeit sollten wir darüber nachdenken, warum Jörn Klaassen uns verheimlicht hat, dass wir auf Pervitin gestoßen sind. Bei ihm bin ich mir sicher, dass er es erkannt hat."

„Entweder ist er davon ausgegangen, dass es sich um ein einzelnes Röhrchen handelt, das einer der Marinesoldaten, die da unten im Wrack von den Krebsen gefressen worden sind, in der Tasche hatte, oder er wollte uns nicht beunruhigen", vermutete Franziska.

„Ich werde Maik fragen, was von ihm zu halten ist", beschloss Leander.

„Na bitte, du vertraust deinem Freund ja doch noch", stellte Franziska fest und schien geradezu erleichtert zu sein.

Leander legte ihr den Arm um die Schultern und freute sich, dass sie ihn nicht zurückwies.

Kapitel 27: Das Ultimatum

Henk van Geldern verließ den Hafenbereich, kurz vor den Hummerbuden bog er auf den Invasorenpfad ab. Merkwürdig, dachte Tamme, macht der jetzt einen Verdauungsspaziergang? Der Seehundjäger hatte wie üblich die *Marijke* im Blick gehabt, als auf Deck eine heftige Diskussion zwischen den Wrackplünderern ausgebrochen war, die der Boss schließlich mit einer beschwichtigenden Handbewegung beendet hatte. Dann war er aufgebrochen, verfolgt von den grimmigen Blicken seiner Männer.

Tamme Boysen hatte an diesem Tag versucht, seine ehemaligen Kollegen von der Wasserschutzpolizei dazu zu bringen, die Holländer in die Zange zu nehmen. Den Verbrechern musste das Handwerk gelegt werden. Spätestens mit dem brutalen Überfall auf Franziska in der letzten Nacht waren sie eindeutig zu weit gegangen. Dass sie schon für die Störung der Totenruhe und die Plünderung der Wracks in den vergangenen Jahren kaum zur Rechenschaft gezogen worden waren und deshalb ungehindert immer so weitermachten, war schon schwer erträglich für einen Mann wie ihn, der sein Leben aus fester Überzeugung der Aufrechterhaltung von Recht und Ordnung gewidmet hatte. Dass sie aber nun auch noch mit einem Sexualdelikt, mit Nötigung und Androhung von Mord davonkommen sollten, verstärkte seinen Drang, selbst tätig zu werden.

Auf seine ehemaligen Kollegen jedenfalls konnte er nicht bauen. Die betonten, dass es keinerlei Beweise gebe und dass sie nicht über genügend Personal verfügten, um die Holländer unter Dauerüberwachung zu stellen. Sie konnten sie auch nicht ohne Grund des Hafens verweisen. Und das Tauchen verbieten konnte man ihnen ebenfalls nicht – sofern sie sich an die Gesetze hielten.

Und dass sie eben dies nicht taten, musste ihnen erst nachgewiesen werden. Da biss sich der Hering in die Schwanzflosse und das machte Tamme rasend.

Entsprechend grimmig hatte er wieder seinen Posten im Hafen bezogen und die Verbrecher nicht aus dem Blick gelassen. Dass an Bord des Schiffes dicke Luft herrschte, hatte er gleich gemerkt. Klar, die Taucher saßen seit der Sabotage an ihrer Maschine fest und waren den ganzen Tag damit beschäftigt gewesen, das riesige Trumm zu zerlegen. Ein Taucher, der nicht taucht, taucht nichts, dachte Tamme schadenfroh.

Nun folgte er also Henk van Geldern, der nicht der Typ für einen lauschigen Abendspaziergang war, über den Invasorenpfad und die Leuchtturmstraße hinauf zum Klippenrandweg. Dabei musste er gar nicht darauf achten, genügend Abstand zu halten, um im fahlen Mondlicht nicht aufzufallen. Im Gegenteil, er hatte Mühe, dem kräftig ausholenden Kerl zu folgen. Und so hechelte er den Weg entlang zum Leuchtturm und hatte schon die Befürchtung, den Holländer verloren zu haben, als er ihn unvermittelt wieder vor sich sah. Er stand nördlich des Turms an einer Weggabelung und schien auf jemanden zu warten. Tamme drückte sich im Schatten des Gebäudes an den Lattenzaun und japste nach Luft. Jetzt stieß von links eine zweite Person dazu: Maik Gröning. Der musste vom Krankenhaus aus aufgestiegen sein. Tamme traute seinen Augen kaum. Was hatten die beiden denn miteinander zu tun? Gröning war es doch gewesen, der van Gelderns Schiff lahmgelegt hatte. Und warum trafen sie sich nachts hier oben am Klippenrandweg, anstatt einfach im Hafen miteinander zu sprechen?

Nun setzten sie sich in Richtung Medelst Hörn wieder in Bewegung und auch der Seehundjäger raffte sich auf, ihnen zu folgen. Zu zweit gingen sie langsamer, das kam ihm sehr entgegen.

Immer wieder blieben sie kurz stehen, wandten sich einander zu, redeten aufeinander ein. Tamme hätte viel darum gegeben, hätte er hören können, was die beiden miteinander zu verhandeln hatten. Kurz hinter dem Leuchtturm führte eine Treppe vom Klippenrandweg hinab zu einem Aussichtspunkt. Hier stiegen die Männer die Stufen hinunter. Da unten befand sich eine Bank direkt vor dem Sicherungsgeländer, wie Tamme wusste. Er näherte sich dem Abgang vorsichtig, immer darauf bedacht, dass sie nur einen Abstecher gemacht haben und plötzlich wieder vor ihm auftauchen könnten. Oberhalb des Aussichtspunktes blieb er stehen und lauschte in die Nacht.

Die Stimmen drangen nicht zu ihm hoch, also schlich er sich ein Stück die Treppenstufen hinunter und näherte sich vorsichtig der Plattform, die etwa drei Meter tief ins Oberland eingeschnitten war. Erst als er verstehen konnte, was zwischen den Männern gesprochen wurde, hielt er im Schutz eines Grasbuckels inne und lauschte in die Dunkelheit.

„Aber ich warne dich", hörte er Henk van Geldern sagen. „Meine Leute werden langsam ungeduldig. Ich garantiere für nichts, wenn du versuchst, uns zu verarschen."

„Wir sind uns also einig?", überhörte Maik Gröning die Drohung.

Mist, da war Tamme eindeutig zu spät gekommen, um zu erfahren, worum es konkret ging. Er hatte in seiner Vorsicht einfach zu lange da oben gezögert.

„Vier Tage", sagte der Holländer mit drohendem Unterton. „Keinen Tag länger, sonst holen wir uns das Zeug selber."

„Du kannst dich auf mein Wort verlassen. Bis dahin haben wir gefunden, was wir suchen. Dann habt ihr freie Bahn." Und nach einer kurzen Pause fuhr Maik fort: „Und du denkst daran, was du mir versprochen hast. Wenn du mich verarschst und dich mit meinem Anteil aus dem Staub machen willst, schalte ich die Bullen ein und dann gehen wir beide leer aus."

„Wir haben einen Deal", antwortete van Geldern.

Tamme stellte sich vor, wie die beiden ihr Geschäft per Handschlag besiegelten, und musste grinsen. Was ein Handschlag wohl wert war, wenn er von einem Verbrecher wie Henk van Geldern kam? Vermutlich glaubten die noch an so etwas wie Ganoven-Ehre. Tamme stieß Luft durch seine Nasenlöcher: Wrackplünderer und Ehre! Das schloss sich für ihn gegenseitig aus.

Er hörte das Klacken eines Feuerzeugs. Dann kam der glimmende Punkt einer Zigarette in sein Blickfeld, was nur bedeuten konnte, dass das Treffen beendet war. Tamme drehte sich so flink um, wie es seine morschen Knochen zuließen, und hetzte die Treppenstufen wieder hoch. In seinem Alter war das schon eine Herausforderung. Die verkalkten Gelenke wollten nicht mehr so und die Luft war auch nicht mehr so reichlich vorhanden wie noch vor zwanzig Jahren.

Oben wandte er sich nach links in Richtung Lummenfelsen. Nach etwa zwanzig Metern blieb er stehen und rang nach Sauerstoff. Die glimmende Zigarette entfernte sich in der Dunkelheit.

Nun konnte Tamme sich mit dem Rückweg Zeit lassen. Die holte er eh nicht mehr ein. Er folgte weiter dem Klippenrandweg und dachte über das seltsame Treffen nach. Das war schon eine merkwürdige Konstellation: Maik Gröning und Henning Leander tauchten gemeinsam am Wrack eines Kriegsschiffes. Henk van Geldern und seine Leute überfielen Leanders Freundin und bedrohten sie. Man sollte meinen, Maik müsste alles daransetzen, dass van Geldern dafür zur Rechenschaft gezogen wurde. Doch stattdessen traf er eine Verabredung mit ihm – einen *Deal*, wie der Holländer gesagt hatte. Das war nicht nur merkwürdig, das war in höchstem Grade verdächtig.

Und von was für Zeug war da die Rede gewesen? Für Tamme stand fest, dass Maik und Henning unten im Wrack etwas gefunden hatten, hinter dem van Geldern ebenfalls her war. Aber warum holten sie es nicht hoch? Wofür brauchte Maik vier Tage Zeit? Nicht zum Bergen von dem *Zeug*, so viel stand fest, denn das überließ er ja wohl dem Holländer. Und dann war da noch die verdächtige Verabredung, nach der Maik später etwas zustand. Tamme fasste in Gedanken kurz zusammen: Maik wollte vier Tage mit Leander ungestört tauchen – wonach auch immer –, dann überließ er dem Holländer das *Zeug* und forderte dafür einen späteren Anteil. Für Tamme hörte sich das verdammt danach an, dass Henning Leander um irgendeine Sache betrogen werden sollte.

Und dann war da ja auch noch Maik Grönings Treffen mit dem Museumsleiter. Die beiden hatten ihm erzählen wollen, dass es nur um die Bergung der Netzsäge gegangen war. Aber Tamme war nicht auf den Kopf gefallen. Bestimmt hatten die beiden ebenfalls irgendeine Verabredung getroffen, die möglicherweise im Zusammenhang mit der zwischen Maik und dem Holländer stand. Andererseits konnte sich Tamme nicht vorstellen, dass Klaassen ausgerechnet mit den Wrackräubern gemeinsame Sache machte, die ihm die besten Ausstellungsstücke vor der Nase wegklauten und nach Holland brachten, beziehungsweise international verscherbelten.

Fuhr Gröning zweigleisig? Beschiss der nicht nur Henning Leander, sondern auch Jörn Klaassen? Machte der wirklich gemeinsame Sache mit holländischen Wrackplünderern? Hatte sich Tamme so in Gröning getäuscht, den er immer für einen gesetzestreuen Berufstaucher gehalten hatte? Oder hörte Tamme einfach nur mal wieder die Flöhe husten, wie Leander ihm vorgeworfen hatte?

Nein, fand der Seehundjäger. Wenn die Sabotage auf der *Marijke* und der Überfall in der letzten Nacht nicht gewesen wären, dann vielleicht. Einen Motor außer Kraft zu setzen, war eine Sache. Geschenkt. Aber wer eine wehrlose Frau derart in Angst und Schrecken versetzte, der hatte keine Skrupel und kannte keine Moral. Dem ging es um etwas Großes. Und er, Tamme Boysen, würde herausfinden, was das war. Henk van Geldern war ein Verbrecher und Maik Gröning spätestens seit heute Abend auch nicht mehr koscher. Tamme würde ihnen auf die Schliche kommen – und wenn es das Letzte war, das er in seinem Pensionärsleben noch zustande bringen würde.

„Alles klar", meldete Maik telefonisch. „Henk geht auf unseren Vorschlag ein."

„Wie? Einfach so?" Leander schaltete das Smartphone auf Lautsprecher, weil Franziska sich neugierig über den Tisch beugte.

„Ich habe ihn auf der *Marijke* besucht und vor die Wahl gestellt: Entweder er lässt uns eine Woche in Ruhe tauchen und wir überlassen ihm dafür die Kisten oder wir übergeben die Wracks den Behörden und alle gehen leer aus. Am Ende haben wir uns auf vier Tage geeinigt."

„Und das nimmt er dir wirklich ab?"

„Ein Deal unter Ehrenmännern." Maik lachte. „Er weiß ja nicht, dass ich in diesem Fall genauso wenig ehrenhaft sein werde wie er. Der wird schön wüten, wenn wir das Pervitin der Polizei übergeben."

„Und du vertraust seinem Versprechen, uns in Ruhe zu lassen?", zweifelte auch Franziska.

„Was soll schon passieren? Wir sichern uns ja doppelt ab, indem wir das Schiff nicht mehr unbewacht lassen und die Kisten verminen. Im schlimmsten Fall versucht er, sie vor der Zeit zu heben. Dann jagt er sich selbst mit dem ganzen Scheiß ins Nirvana. Ich verspreche dir noch einmal, Franziska: Das Pervitin wird niemals in Umlauf kommen."

„Also gut", schloss Leander. „Dann hoffen wir mal, dass du Recht behältst."

„Ich habe noch eine Neuigkeit", verkündete Maik. „Das Militärhistorische Museum in Dresden hat auf meine Mail geantwortet: Die Historiker dort bestätigen, dass die *Adolph Behrens* Teil der *Operation Seelöwe*, also der Invasionspläne gegen England war."

„Das wissen wir doch schon", wandte Leander ein.

„Ja, aber wir wussten bisher nicht, wie das Schiff nach Helgoland gekommen ist." In Maik Stimme schwang so etwas wie Triumph mit. „Also passt mal auf: Als die Invasion immer wieder verschoben wurde, hat der Kapitän der *Adolph Behrens* im Dezember 1941 die Order bekommen, nach Helgoland zu schippern und dort auf die nächsten Einsatzbefehle zu warten. Möglicherweise wollte man das Pervitin auf Helgoland in Sicherheit bringen, bis entschieden war, ob es weiterhin für die Invasion oder nun für den Russlandfeldzug verwendet werden sollte. Tja, und da wurde das Schiff dann in den Wirren und Rückschlägen vergessen."

„Das passt zu meinen Informationen", erinnerte Franziska. „Einer der alten Männer im Hafen hat von dem *Belgier* gesprochen und erzählt, das Schiff sei auf Helgoland vergessen worden."

„Eben", fühlte sich Maik bestätigt. „Die *Adolph Behrens* hat sogar noch im Helgoländer Hafen gelegen, als die Royal Air Force am 18. April 1945 den verheerenden Luftangriff auf Helgoland durchgeführt hat. Offenbar hat der Kapitän versucht, seinen

Kahn aus dem bombardierten Hafen aufs offene Meer zu retten. Jedenfalls ist sie bei diesem Angriff vor Helgoland versenkt worden. Bis zu unserem Fund war unklar, wo genau das Wrack liegt. Dass sie es so weit geschafft hat, konnte ja angesichts der Masse an britischen Bomben auch niemand vermuten. Na, was sagt ihr?"

„Unglaublich", staunte Leander, „die haben den Pott tatsächlich hier vergessen."

„Und mit ihm das Pervitin", ergänzte Franziska.

„Wie dem auch sei", wurde Maik nun wieder geschäftsmäßig. „Wir haben vier Tage. Das ist verdammt wenig Zeit für den Versuch, das Pervitin mit einer Sprengladung zu sichern, uns zur *Explosion* vorzuarbeiten, das Silber zu finden und zu bergen."

„Dann müssen wir uns aufteilen", schlug Leander vor. „Zwei von uns bergen das Pervitin, zwei graben sich zur *Explosion* vor."

Am Ende der Leitung war es einen Moment still, dann antwortete Maik: „Gut, so machen wir's."

„Wann gehen wir wieder runter?", fragte Leander.

„Morgen früh geht es los. Ich sage Pia und Lasse Bescheid. Wir brauchen jetzt jede helfende Hand."

„Was ist mit deinen Männern? Können die uns nicht unterstützen?"

„Die kommen morgen im Laufe des Tages auf die Insel. Es wird Zeit, die letzten Vorbereitungen für die Bergung der Netzsäge zu treffen. Das sind zwar Vollprofis, aber das eine oder andere ist halt doch immer vorzubereiten. Wenn ich gewusst hätte, dass wir sie hier für unseren Vorstoß zur *Explosion* brauchen, hätte ich sie eher herbestellt. Aber sie können ja zumindest in der Nacht im Wechsel mit uns tauchen. Am Tag müssen wir alleine klarkommen. Außerdem würden wir uns da unten sonst auch gegenseitig im Weg stehen. Es ist verflucht eng in so einem Schiffsbug."

„Heißt das, du willst durch das Wrack der *Adolph Behrens* tauchen? Meinst du, wir schaffen das?"

„Wir müssen, Henning! Für mich geht es um alles." Maik ließ die Worte einen Moment wirken. „Morgen früh um zehn im Dünenhafen. Ich verlasse mich auf euch."

„Das kannst du", versprach Leander und beendete das Gespräch.

Verflucht! Er hatte sich geschworen, nie wieder in ein Wrack einzutauchen, geschweige denn in ein Kriegsschiff. Und jetzt stand genau das auf dem Programm. Morgen! Ohne jede Vorbereitung, ohne Absicherung, was sie in dem Kasten erwartete. Leander wurde heiß und kalt bei dem Gedanken.

„Jetzt wird es ernst", stellte auch Franziska verhalten fest.

Natürlich spürte sie, dass bei Leander die Stimmung kippte.

„Noch können wir zurück." Er nahm ihre Hand und beugte sich zu ihr vor. „Wir müssen das nicht machen."

„Doch", entgegnete Franziska in einem Tonfall, als zwinge sie sich geradezu zu dieser Entschlossenheit. „Das müssen wir. Sonst haben wir keine andere Wahl, als den Fund zu melden und Maik damit in den Rücken zu fallen, oder es kommen hunderte Kilo Meth-Amphetamin in Umlauf. Das können wir nicht verantworten."

Leander nickte widerstrebend und ließ ihre Hand los. Die Sache war entschieden. Sich da jetzt rauszuziehen, wäre Fahnenflucht.

„Was hältst du von einem Glas Wein?"

„Sehr viel!" Franziska grinste breit. „Und dann sehen wir zu, dass wir morgen ausgeschlafen sind."

„Wir können auch direkt ins Bett gehen." Leander zwinkerte ihr zu.

„Nichts da! Du brauchst jetzt deine ganze Kraft für den Einsatz am Wrack!"

„Och, ich glaube, so ein bisschen kann ich auch noch für dich abzweigen."

Kapitel 28: Tag 1– Im Wrack

Auf der Fahrt hinaus informierte Maik Pia und Lasse darüber, was er am Abend zuvor mit Leander abgesprochen hatte: „Die *Adolph Behrens* steckt ohne Bug im Meeresboden, das heißt, dass wir mit etwas Glück durch das Loch direkt zu unserem Segelschiff vordringen können und uns nicht außen herum zu ihm vorarbeiten müssen."

„Du willst durch das Wrack tauchen? Trotz der Gefahr, dass dort Munition gelagert sein könnte?" Lasse war sichtlich unwohl bei dem Gedanken.

„Zumindest werden wir heute versuchen, bis zum Bug vorzutauchen. Dabei sehen wir ja dann, ob wir es riskieren können."

Pia nickte nachdenklich. „Das könnte klappen. Allerdings müssen wir irgendwie den Sand nach außen transportieren, ohne uns komplett die Sicht zu nehmen."

„Dafür habe ich eine Absaugvorrichtung mitgebracht. Das Saugrohr wird über Pressluft von dem Kompressor hier an Bord betrieben und der Sand wird durch einen Schlauch nach außen befördert. Zu zweit bekommen wir das sperrige Teil schon irgendwie durch das Wrack bugsiert. Dafür brauche ich dich, Lasse. Du hast die nötige Taucherfahrung und nicht jahrelang ausgesetzt wie unser Freund hier." Er grinste Leander augenzwinkernd an. „Nichts für ungut."

„Kein Problem", erwiderte Leander, der froh war, nicht mit einem sperrigen Rohr durch einen Schiffsrumpf tauchen zu müssen. „Du hast ja Recht."

„Gut, dann zu euch, Pia und Franziska: Wir haben ja bereits besprochen, dass das Schiff nicht ohne Wache bleiben sollte. Ich rechne zwar eigentlich nicht damit, dass Henk noch einmal einen Angriff auf uns plant, aber Vorsicht ist die Mutter der Porzellankiste. Allerdings brauchen wir da unten jede Hand. Deshalb sollte eine von euch an Deck bleiben und eine mit uns runtergehen."

Franziska ahnte offenbar, dass ihre mangelnde Erfahrung sie zum Deckdienst verdonnern würde, und senkte betroffen den Blick.

„Wir wechseln uns ab", schlug Pia vor. „Ich übernehme heute die Deckwache, du morgen. Einverstanden?"

„Einverstanden." Franziska lächelte sie dankbar an.

„Leander, du kümmerst dich um sie", ordnete Maik an. „Ihr beide arbeitet draußen, Lasse und ich im Rumpf des Schiffes. Es reicht ja, wenn zwei von uns in die ewigen Tauchgründe gesprengt werden."

„Macht bloß keinen Scheiß", reagierte Pia besorgt. „Wenn es zu heikel ist, nehmen wir den Weg außen rum."

Lasse legte ihr beruhigend eine Hand auf den Arm. „Keine Angst, ich habe nicht vor, jetzt schon abzutreten."

Maik lachte, dann nickte er in die Runde. „Also, Leute, jetzt wird es ernst. Macht euch für den Tauchgang bereit, wir sind gleich da."

Zwanzig Minuten später standen alle fertig angezogen an der Reling. Maik erklärte Pia die Bedienung des Kompressors. „Wenn du irgendetwas Verdächtiges siehst, gibst du uns Bescheid. Mit der Funkstation kennst du dich ja aus. Wir sind dann so schnell wie möglich bei dir hier oben. In der Zwischenzeit versteckst du dich unten bei der Maschine. Du kannst die Luke von innen verriegeln. Pass auf, dass dich niemand sieht, dann sucht auch niemand nach dir."

Pia nickte.

„Du nimmst den Schlauch, Lasse", ordnete Maik an und deutete auf die zusammengeschnürte Rolle, die in einem Netz vor dem Ruderhaus lag und aussah wie ein dickes, flexibles Drainagerohr. „Ich nehme das Saugrohr, Henning den Druckschlauch. Wir schließen alles unten am Wrack zusammen."

Während Lasse nach dem Netz griff, schob Leander einen Arm durch die Rolle des Druckschlauches, der an einem Ende bereits an den Kompressor angeschlossen war.

Maik reichte Franziska einen Beutel. „Den nimmst du mit runter. Da drin ist Sprengstoff für das Pervitin-Depot. Aber keine Angst, das Zeug ist ungefährlich, solange ich die Zünder nicht scharfmache." Dann blickte er feierlich in die Runde. „Gut, Freunde, holen wir uns das Silber von der *HMS Explosion!*"

Sie klatschten sich gegenseitig ab, setzten ihre Vollgesichtsmasken auf und sprangen ins Wasser. Maik verlor keine Zeit und tauchte direkt am Ankerseil hinab. Die anderen folgten in kurzen Abständen. Lasse, der zunächst noch mit dem Auftrieb des Saugschlauches zu kämpfen hatte, kam als Letzter hinterher.

Die Sicht war heute wieder deutlich klarer als nach dem Sturm, so dass die *Adolph Behrens* schnell im Schein der Lampen auftauchte. Maik schwamm zu den Aufbauten und kniete sich vor dem Abgang auf das schräg stehende Deck. Er klemmte das Saugrohr zwischen seine Oberschenkel und nahm Leander das Ende des Druckschlauches aus der Hand, um beides zu verbinden.

„Franziska", sagte er und drehte sich halb zu ihr um, „stell den Beutel mit dem Sprengstoff da unten neben die Aufbauten." Franziska schwamm hinüber und folgte der Anweisung, dann kam sie wieder zu ihnen zurück.

Als Lasse neben ihnen auftauchte, ordnete Maik an: „Gib Henning ein Ende des Schlauches und roll ihn auf dem Weg durch das Schiff nach und nach ab. Henning und Franziska, ihr legt das Ende so weit wie möglich vom Wrack entfernt auf den Boden und beschwert es so mit Steinen, dass der Schlauch nicht herumwirbeln kann. Wenn ihr seht, dass das funktioniert, taucht ihr außenrum zum Laderaum und überprüft, ob darin weitere Kisten liegen. Der Strömung nach zu urteilen werden wir in etwa zehn Minuten Stauwasser haben. Mit etwas Glück schaffen wir es bis dahin runter in den Bug. Alles klar, Lasse? Bist du bereit?"

„Alles klar!"

„Prima. Los geht's!"

Maik tauchte mit dem Saugrohr zum Abgang und versuchte, kopfüber hinunter in den Rumpf des Schiffes zu gelangen. Dabei hielt er das sperrige Ding mit beiden Händen vor sich und hatte sichtbar Mühe, sich nicht mit den Flossen im Druckschlauch zu verheddern und alles in den schmalen Schacht zu bugsieren. Leander war bei dem Anblick froh, dass er diesen Part nicht zugewiesen bekommen hatte. Lasse wartete einen Moment, bis Maik schließlich im engen Treppenschacht verschwunden war, dann folgte er mit dem Saugschlauch.

„Lass uns dort hinüberschwimmen." Leander deutete auf einen Bereich, an dem eine Senke im Meeresboden zu sehen war.

Sie legten den Schlauch so hinein, dass das Ende auf der anderen Seite wieder herausführte. Dann sammelten sie alle Steine, die sie im Umkreis finden konnten, und füllten die Senke damit auf. Mit etwas Glück würde das reichen, damit der Schlauch sich nicht unkontrolliert bewegen konnte.

„Alles frei hier drin", hörte Leander Maik sagen. „Scheint so, als müssten wir uns über Munition keine Sorgen machen."

Franziska blickte Leander an. Er konnte durch das Glas ihrer Maske deutlich ihre Erleichterung sehen.

„Hier ist Schluss", kam es von Maik. „Steck den Schlauch auf das Rohr, Lasse. Aber pass auf, dass er richtig festsitzt. Wenn uns das Ding um die Ohren fliegt, können wir nicht ausweichen. Und sehen werden wir dann auch nichts mehr. – Gut, scheint zu sitzen. Henning und Franziska, es geht los. Pia, schalte den Kompressor an."

Im nächsten Moment ging ein Ruck durch den Schlauch. Die Steine ruckelten sich zusammen, aber der Schlauch lag fest in der Senke. Sekunden später stob eine Sandfontäne daraus hervor.

„Pass bloß auf, dass du keine Granate ansaugst", drang Lasses Stimme aus dem Funkgerät.

„Und du halt das Rohr da hinten so locker wie möglich, sonst kann ich es hier vorne nicht dirigieren", kam es von Maik zurück.

Der Sand stob schräg über den Meeresboden und tauchte Leander und Franziska in eine Wolke aus Sediment. Sie konnten schlagartig nichts mehr sehen. Es rauschte durch den Schlauch, hin und wieder klackerten Gegenstände hindurch.

„Was ist das?", fragte Franziska.

„Nur Steine." Leander bemühte sich um einen beruhigenden Tonfall und hoffte inständig, dass er Recht hatte.

„Alles gut bei euch da draußen?", fragte Maik.

„Alles prima", antwortete Franziska mit zitternder Stimme.

Maik lachte. „Keine Sorge, wir haben das hier im Griff. Und wir kommen besser voran, als ich gedacht habe. Wir hatten

Recht: Der Bug ist abgerissen, das Loch ist groß genug, um hindurchzutauchen. Wenn die *Explosion* unter dem Schiff liegt, werden wir sie auf diesem Weg erreichen. Blöd nur, dass von den Seiten ständig Sand nachfließt."

„Dann nehmen wir jetzt den Laderaum unter die Lupe", sagte Leander.

„Jepp", kam es von Maik zurück. „Aber passt auf. Da könnte auch Munition drinliegen."

Leander gab Franziska ein Zeichen, ihm zu folgen. Gemeinsam tauchten sie über das Wrack hinweg, vorbei an den Aufbauten und an der anderen Seite wieder hinab. Jetzt befanden sie sich direkt vor dem Loch in der Bordwand. Leander leuchtete mit seiner Lampe hinein und zog sich an den Kanten des Loches hindurch ins Innere des Rumpfes. Der Raum umfasste die volle Breite des Schiffes und ging etwa zwanzig Meter in die Länge. Zwischen dem Sand und der Decke war ein guter Meter Platz, genug, um sich frei bewegen zu können. Der Riegel am Schott, hinter dem sich der Gang befinden musste, war verschlossen und ließ sich nicht lösen Er schwamm zurück zum Loch im Rumpf, reichte Franziska die Hand und zog sie zu sich hinein.

„So groß hatte ich mir den Raum nicht vorgestellt", staunte sie.

„Immerhin mussten mit diesen Hilfskreuzern die Waffen für einen ganzen Feldzug transportiert werden", entgegnete Leander. „Lass uns mal vorsichtig den Sand beiseiteschieben und sehen, was zum Vorschein kommt."

Gemeinsam bewegten sie mit ihren Handschuhen Sand zu den Seiten weg. Bereits nach etwa zehn Zentimetern stießen sie auf einen Gegenstand und erkannten im Schein der Lampe eine weitere Kiste aus Edelstahl. Allerdings war der Deckel aufgesprungen und so konnte man davon ausgehen, dass der Inhalt sich im Lauf der Jahrzehnte durch das eingedrungene Wasser aufgelöst hatte. Sie arbeiteten sich weiter in die Tiefe und stießen auf mehrere Edelstahlkisten, die überwiegend fest verschlossen schienen.

„Bingo!", freute sich Leander.

„Habt ihr etwas gefunden?", drang Maiks Stimme aus dem Funk.

„Sieht so aus, als sei der ganze Laderaum voller Pervitin-Kisten", antwortete Leander. „Der Sand ist kein Problem. Das bisschen sollten wir wegräumen können. Zum Glück müssen wir die schweren Behälter nicht durch das ganze Schiff schleppen, sondern können sie durch das Loch bergen."

„Ich glaube, hier ist etwas", meldete nun auch Lasse. „Schalt den Kompressor aus, Pia!"

„Holz", sagte Maik. „Das könnte das Deck des Seglers sein. Nein, besser: Hier geht es an der Seite hoch. Wahrscheinlich ist das Deck komplett eingedrückt. Wenn wir Glück haben, befinden wir uns schon im Laderaum der *Explosion*. Wir machen jetzt ganz vorsichtig weiter. Muss ja nicht sein, dass wir das Silber da draußen im Meer verteilen. Kompressor wieder an, Pia!"

Leander sah förmlich vor sich, wie die beiden sich da unten nun zentimeterweise in den Rumpf der *Explosion* vorarbeiteten. In diesem Moment wäre er am liebsten bei ihnen gewesen.

Da ging ein Klackern durch den Rumpf des Schiffes, das sich innerhalb von Sekunden zu einem Dröhnen steigerte.

„Was ist das?", fragte Franziska erschrocken.

„Kanonenkugeln", antwortete Maik. „Hier liegen so einige. Wir müssen sie beiseiteräumen, Lasse. Pia, schalte den Kompressor ab."

Leander bemerkte die Angst in den Augen seiner Freundin und zeigte auf das Loch in der Bordwand. „Lass uns machen, dass wir hier rauskommen. Alleine bekommen wir die Kisten sowieso nicht frei."

Kapitel 29: Misstrauen

Eine steife Brise ließ Malte Kohrs' Kutter auf den Wellen schaukeln, so dass Tamme die *Odyssee* immer wieder aus dem Sichtbereich des Fernglases verlor. Zuerst hatte Kohrs sich geweigert, den Seehundjäger hier rauszufahren. Schließlich hatte er Besseres zu tun, als greise Knurrhähne durch die Gegend zu schippern. Fischen zum Beispiel. Aber dann hatte Tamme ihn daran erinnert, dass auch für ihn die Fangquoten galten, und damit gedroht, demnächst ganz genau hinzusehen, wenn er seinen Fang anlandete. Das hatte den Fischer überzeugt, der wusste, dass der Seehundjäger keine leeren Drohungen ausstieß. Tamme war es immer schon ein Dorn im Auge gewesen, dass Kohrs sich nicht an die Regeln hielt und auf Helgoland machte, was er wollte. Allerdings hatte er ihm bislang nichts nachweisen können. Doch das musste ja nicht so bleiben.

Da drüben war es seit einer halben Stunde ruhig an Deck. Maik, Leander, Lasse und Franziska waren unter Wasser und Leanders Tochter hielt allein die Stellung an Bord. Sie hatte sich am Heck des Schiffes niedergelassen und die Beine auf die Reling gelegt. Das sah wie ein entspanntes Sonnenbad aus, aber Tamme wusste, dass sie nicht ohne Grund Wache schob. Außerdem hielt sie die ganze Zeit über etwas in der Hand, das wie ein Funksprechgerät aussah. Damit war sie wahrscheinlich mit den Tauchern verbunden. Manchmal stand sie auf und eilte ein paar Meter in Richtung Ruderhaus. Was sie da machte, konnte Tamme auf die Distanz nicht erkennen.

Von Helgoland aus näherte sich nun ein Schiff. Tamme bemerkte es im Augenwinkel, schwenkte das Fernglas in die Richtung und erkannte die *Marijke*. Ungläubig vergewisserte er sich anhand des Namensschriftzuges, dass er sich nicht verguckt hatte. Wie zum Teufel hatten es die Holländer geschafft, den Motorschaden in so kurzer Zeit zu beheben? Sie mussten die Nächte durchgearbeitet haben. Das verriet, wie groß der Druck war, unter dem sie standen. Außer dem Steuermann im Ruderhaus befand sich an Deck ein weiterer Matrose, der ebenfalls ein Fernglas in Händen hielt und die *Odyssee* nicht aus den Augen ließ, während sie sich dem Schiff näherten.

Pia hatte sie auch entdeckt und stand nun an der Reling. Die *Marijke* kam bis auf hundert Meter heran, dann wurde die Maschine gestoppt. Schaukelnd blieb sie dort liegen. Der Mann an Deck senkte das Fernglas und blickte Pia direkt an. Von Tammes Position sah es aus wie in einem Wildwestfilm, wenn sich zwei Duellanten gegenüberstanden.

Allerdings war das noch nicht High Noon, es schien sich um eine reine Drohgebärde des Holländers zu handeln. Tamme war geschult genug im Umgang mit Verbrechern: Sieh her, wir lassen euch nicht aus den Augen, bedeutete das. Entsprechend wenig beeindruckt war offenbar auch Pia. Man kann jemandem auch den Mittelfinger zeigen, ohne ihn auszustrecken, dachte Tamme.

Da drüben, das war dem Seehundjäger klar, traute einer dem anderen nicht über den Weg – Deal hin oder her. Und zumindest die Holländer hielten es auch nicht für nötig, den Anschein zu erwecken. Im Gegenteil, sie gaben den Tauchern deutlich zu verstehen, dass sie jederzeit zuschlagen konnten, wenn die sich nicht an die Absprachen hielten.

Das allein wäre schon alarmierend genug gewesen, aber Tamme wusste, dass ein Vertrauensbruch gar nicht nötig war. Henk van Geldern und seine Leute konnten auch gefährlich werden, sobald sie sich einen Gewinn davon versprachen. Der Seehundjäger hoffte, dass er dann rechtzeitig zur Stelle sein und am

besten sogar eine Standleitung zu den Kollegen der Wasserschutzpolizei haben würde. Maik, Lasse und Leander waren alle
drei Profis auf ihrem Gebiet, aber der Skrupellosigkeit und Bru-
talität der Wrackplünderer, für die Absprachen in Wahrheit be-
deutungslos waren, hatten sie nur wenig entgegenzusetzen. Das
wusste niemand besser als der ehemalige Chef der Wasserschutzpolizei, Tamme Boysen, der über viele Jahre mit den Holländern im Clinch gelegen hatte.

Kapitel 30: Im Seekriegsgrab

Leander und Franziska schwammen zurück auf die andere Seite
des Schiffes und versicherten sich, dass der Schlauch noch immer
fest in der Senke lag. Sie sammelten weitere Steine und schich-
teten sie zusätzlich darüber. Der Sand schoss seit einigen Minuten wieder aus dem Schlauch, als Maik erneut die Anweisung
gab, den Kompressor auszuschalten.

„Siehst du das, Lasse? Was ist das?"

Es folgte eine kurze Pause, dann Lasses Stimme: „Ein Beschlag! Sieht wie Messing aus. Und da ist noch einer!"

„Stell das Rohr da hinten an die Seite. Wir machen jetzt mit
den Händen weiter", ordnete Maik an. „Steck alles, was du findest, in deinen Beutel."

„Sollen wir reinkommen und helfen?", fragte Leander.

„Nein, es ist zu eng hier vorne. Aber du kannst schon mal den
Saugschlauch rausholen. Damit kommen wir jetzt nicht weiter."

Leander nickte Franziska zu und tauchte zu den Aufbauten

hinüber. Vor dem Abgang machte er kurz Halt und leuchtete mit der Lampe hinunter. Die angerosteten Stahlstufen führten steil in die Dunkelheit hinab. Ein beklemmendes Gefühl beschlich ihn, aber er musste sich zusammenreißen. Was konnte da unten schon groß passieren? Schließlich waren seine Freunde ja auch durch das Wrack getaucht. Er raffte sich auf und ließ sich langsam kopfüber in den schmalen Schacht hinab. Sedimentwolken tanzten im Lichtkegel. Wahrscheinlich waren Sand und Schlamm von dem ruckelnden Saugschlauch und den hindurchrauschenden Kanonenkugeln aufgewirbelt worden. Er erreichte den Boden, folgte dem Schlauch nach rechts und fand sich in einem schmalen Gang wieder. Da der Hilfskreuzer schräg im Meeresgrund steckte, fiel der Gang ab, wodurch seine Höhe optisch verringert wurde.

Er kam an offenstehenden Luken vorbei, hinter denen sich Kajüten befanden. Im Schein seiner Lampe sichtete er rostige Stahlgestelle, die an den Wänden festgemacht waren. Das Mannschaftslogis, dachte Leander und spürte einen Schauer auf seinem Rücken. In diesen Betten hatten die Marinesoldaten geschlafen. Einen Moment lang stellte er sich vor, hier auf ihre Gerippe zu stoßen. Immerhin hatten beim Untergang des Schiffes zahlreiche Menschen ihren Tod gefunden.

Das ist ein Seekriegsgrab, hörte er Maiks Stimme in Gedanken. Allerdings waren weder Skelette, noch die Reste der Matratzen auf den Gestellen zu sehen. Die hatten sich im Laufe der Jahrzehnte genauso aufgelöst wie alles andere, das nicht aus Stahl gemacht war.

Leander wandte sich wieder dem Gang zu. Weiter vorne bewegten sich Lichtkreise und er erkannte die Freunde, die nebeneinander auf der Schräge hockten und arbeiteten.

Als er bei ihnen war, fragte er: „Wie kommt ihr voran?"

Lasse drehte sich um und strahlte ihn durch die Maske an. „Maiks Plan war goldrichtig. Wir haben Beschläge von einer Truhe gefunden. Und wenn da Beschläge sind, kann auch der Inhalt nicht weit sein." Er hielt Leander den Beutel entgegen, in dem im Schein der Lampe deutlich zu erkennen war, dass es sich um angelaufenes Messing handelte.

Maik arbeitete unterdessen weiter und ignorierte Leander. Der Schatztaucher war vollkommen in seinem Element. Für ihn ging der Traum seines Lebens in Erfüllung, auch wenn dies nicht die *Maria* war.

Leander griff nach dem Saugrohr und zog den Schlauch ab. Vorsichtig tauchte er zurück und rollte ihn dabei so eng wie möglich auf, um ihn durch den schmalen Schacht nach außen transportieren zu können.

Als er aus dem Aufgang tauchte, blickte er sich nach Franziska um, konnte sie aber nicht auf Anhieb sehen. Weiter hinten am Schiff entdeckte er schließlich den Strahl einer Lampe. Was zum Teufel trieb sie da? Er überlegte einen Moment, ob er zu ihr hinübertauchen sollte, entschied sich aber schließlich dagegen, da er ja auch noch das Saugrohr hochholen musste. Franziska war inzwischen geübt genug, um auch einmal ein paar Minuten ohne einen Aufpasser klarzukommen.

Beim zweiten Mal fiel ihm der Weg durch den Rumpf der *Adolph Behrens* wesentlich leichter. Er kannte sich jetzt aus und wusste, was ihn erwartete. Auch die leeren Kajüten kamen ihm nun nicht mehr so unheimlich vor. Erfreut stellte er fest, dass er bisher nicht eine Sekunde an den Vorfall von früher gedacht hatte. Offensichtlich hatte er sein Trauma endgültig überwunden. Dank Maik, dachte er und war dem Freund unendlich dankbar.

„Wir müssen Schluss machen", hörte er Maik sagen. „Den Rest der Zeit brauchen wir, um das Pervitin-Depot anzulegen."

Kurz darauf tauchten er und Lasse nacheinander aus dem Aufgang ins freie Wasser. Auch Franziska war inzwischen wieder da. Maik reichte ihr seinen Beutel und forderte Lasse auf, es ihm gleichzutun.

„Wir holen jetzt das Pervitin", ordnete er an, nahm den Beutel mit Sprengstoff und tauchte voran über das Schiff hinweg zu der Stelle, an der die beiden Kisten standen. Leander und Lasse wuchteten die erste hoch und folgten Maik weg von dem Wrack. Sie hatten etwa einhundert Meter zurückgelegt, als vor ihnen Felsbrocken aus dem Sand ragten. Genau wie Maik es beschrieben hatte, fiel der Meeresboden dahinter gut zehn Meter steil ab, so dass der Eindruck eines Riffs entstand.

Während Maik knapp über der ersten Kiste eine Sprengladung befestigte, holten die Männer die zweite, die Maik dicht danebenschob. „Ich ziehe noch ein paar Stolperdrähte bis rauf zur Kante. Ihr könnt schon einmal auftauchen, ich komme dann nach."

Die Männer schwammen zu Franziska zurück, teilten die Geräte untereinander auf und machten sich an den Aufstieg. Bei ihrem ersten Deko-Stopp stieß Maik zu ihnen. „Das Zeug ist sicher", verkündete er. „Wehe demjenigen, der es ohne mich hochholen will." Lasse lachte, während Leander sich die Explosion vorstellte und das gar nicht lustig fand. So eine Sprengladung verarbeitete jeden, der sich in der Nähe befand, zu Fischfutter.

Nachdem sie auch noch den Sicherheitsstopp in drei Metern Tiefe absolviert hatten, durchstießen sie die Oberfläche und arbeiteten sich durch die Wellen, die merklich zugenommen hatten, zur *Odyssee* vor. Pia erwartete sie an der Leiter und zog die Gerätschaften an Deck. Als sie die Beutel hochgereicht bekam, in denen sich die Beschläge befanden, verzog sie enttäuscht das Gesicht. „Mehr habt ihr nicht gefunden?"

„Die Zeit war zu knapp", erklärte Lasse. „Morgen bergen wir den Inhalt der Truhe, ganz bestimmt."

„Dafür habe ich etwas", meldete sich Franziska und hielt eine Handvoll Silbermünzen hoch. „Die habe ich am Heck des Schiffes ausgegraben, während ihr da vorne Altmetall gesammelt habt." Fast ehrfürchtig trug sie die Münzen zum Ruderhaus und legte sie hinein, während Pia den anderen aus den Taucheranzügen half. Leander berichtete inzwischen, wie sich die Lage im Laderaum darstellte.

„Also nur eine dünne Sandschicht", schloss Maik und sah sehr zufrieden aus. Er trat an die Reling und schaute zur *Marijke* hinüber. „Sind die schon lange da?"

„Ihr wart kaum unten, da sind sie aufgetaucht", antwortete Pia.

„Warum hast du uns nicht Bescheid gegeben?"

„Das hätte ich, wenn sie nähergekommen wären. Aber die haben mich nur beobachtet."

„Scheiße", fluchte Lasse, „das gefällt mir nicht."

„Die machen sich nur wichtig", entgegnete Maik, aber sein Blick verriet Leander, dass er selbst nicht so ganz davon überzeugt war.

Auf dem Rückweg war der Wracktaucher sehr schweigsam und nachdenklich. Während Pia, Franziska und Lasse an Deck die Münzen betrachteten, die Franziska gefunden hatte, stand er im Ruderhaus und starrte mit regungslosem Gesicht durch die Scheibe.

Leander trat neben ihn. „Du machst dir Sorgen."

„Ich frage mich, warum Henks Leute so ungeduldig sind. Offenbar traut er mir nicht."

„Mit Recht", wandte Leander ein. „Er kennt dich eben genauso gut wie du ihn. Die werden uns nicht aus den Augen lassen, aber wenn wir ihnen keinen Anlass geben, einzuschreiten, halten sie sich bestimmt an die verabredeten vier Tage."

„Wir müssen verdammt aufpassen", entgegnete Maik mit gesenkter Stimme. „Beim ersten Anzeichen, dass sie uns auf die Pelle rücken, brechen wir ab."

„Elf!", rief Franziska zu ihnen hoch und strahlte. „Ist das nicht unglaublich?"

Leander lächelte zurück und auch Maik bemühte sich um einen unverfänglichen Gesichtsausdruck, als er ihr zunickte. Dann sagte er so leise, als spräche er nur zu sich selbst: „Ich würde mir nie verzeihen, wenn euch etwas zustieße."

„Wir nehmen die Münzen mit auf den Felsen", bestimmte Maik, als er Franziska und Leander im Dünenhafen absetzte. „Bei euch im Bungalow sind sie nicht sicher genug."

„Wenigstens eine gibst du uns mit", widersprach Franziska. „So weit kommt das noch, dass wir sie uns nicht einmal genau ansehen können."

Maik lachte, griff in den Beutel und reichte Franziska eine Münze. „Die anderen bringe ich zu Jörn. Der soll sie im Tresor des Museums verschließen." Er warf den Motor wieder an, grüßte mit der Hand und drehte das Schiff in Richtung Ausfahrt.

„Um 19 Uhr im *Aquarium-Restaurant*?", rief Lasse. „Ich reserviere einen Tisch."

„Wir werden da sein", versprach Franziska.

Sie sahen noch zu, wie die *Odyssee* auf die Reede hinauslief, dann legte Franziska Leander einen Arm um die Hüfte und zog ihn die Schräge zur Mole hinauf. Sie schien bei diesem Tauchgang um zehn Jahre jünger geworden zu sein.

„Bist du gar nicht erledigt?", wunderte sich Leander. „Ich spüre jeden einzelnen Knochen nach der Ackerei mit dem Saugschlauch und den Kisten." Er stöhnte theatralisch.

Franziska lachte. „Ich werde dich wieder aufbauen, alter Mann", versprach sie. „Vertrau auf meine heilenden Hände."

Das klang eigentlich verheißungsvoll. Aber selbst für Sex war Leander zu kaputt, wie er enttäuscht feststellte.

Kapitel 31: Arbeitsteilung

„Meine Leute werden sich gegen elf auf den Weg machen", berichtete Maik.

Sie saßen an einem Tisch in der Ecke des *Aquarium-Restaurants* und warteten auf die Getränke und die Speisekarten.

„Übrigens haben wir uns zu einer Planänderung entschlossen, nachdem ihr heute den Frachtraum untersucht habt und die Holländer offenbar aufdringlicher sind, als ich gedacht habe: Es ist jetzt wichtig, das Pervitin in Sicherheit zu bringen. Wir bringen es dann morgen nur noch ins Depot und haben Zeit genug für den Silberschatz. Wenn wir Glück haben, werden wir von nun an Kisten im Akkord schleppen."

Leander fand die Planungen des Freundes zu optimistisch. „Was machen wir, wenn Henks Männer nicht abwarten wollen?"

„Dann wird es eng. Hoffen wir, dass Henk seine Leute im Griff hat."

Wie lange kennst du ihn eigentlich schon?", wollte Lasse wissen.

„Ach!" Maik winkte ab. „Seit ich in diesem Geschäft unterwegs bin, kreuzen sich unsere Wege immer mal wieder. Das ist quasi eine Dauerkonkurrenz. Es stinkt ihm natürlich, dass ich die Unterstützung der Behörden habe, während er von ihnen bekämpft wird."

„Er müsste sich ja nur an die Regeln und Gesetze halten", warf Pia ein.

Maik lachte, als sei das eine besonders naive Vorstellung. „Gesetze, die seinen Profit einschränken, gelten für ihn nicht und seine Regeln macht er sich selber. Nein, Pia, mit solchen bürgerlichen Tugenden brauchst du Henk van Geldern nicht zu kommen."

„Ich bin dafür, dass wir die Wachen an Deck verdoppeln", schlug Leander vor.

Maik schüttelte den Kopf. „Wir haben nur noch drei Tage. Da brauchen wir unten an den Wracks jede Hand. Morgen kommen wir ohne Saugrohr weiter. Das heißt, Franziska bleibt an Deck und hält Wache, Du und Pia taucht runter zur *Explosion* und sucht nach Silber und Lasse und ich schleppen die Pervitin-Kisten in unser Drogenlager."

„Unser Drogenlager", wiederholte Franziska kopfschüttelnd. „Wie sich das anhört."

„Du weißt, wie ich es meine", entgegnete Maik ernst und wandte sich dann wieder Leander zu: „Wir haben keine Kapazitäten für zusätzliche Wachen frei, solange uns die Holländer derart im Nacken sitzen."

Leander gab achselzuckend nach. Maik hatte ja Recht: Unten an den Wracks konnte keiner von ihnen allein arbeiten. Und angesichts der Zeitknappheit würden sie ohnehin nicht den ganzen Schatz bergen können. Da war es wichtiger, die Drogen zu sichern. Es wunderte ihn allerdings, dass Maik das auch so sah. Vielleicht war er doch verantwortungsbewusster, als Leander es ihm zugetraut hatte.

Aber konnte er zulassen, dass Franziska allein an Deck Wache hielt? Andererseits: Musste sie das nicht selbst entscheiden? Er beschloss, sie eindringlich zu mahnen, ihn zu alarmieren, sobald sich die Holländer auch nur einen Meter näher herantrauen sollten als am heutigen Nachmittag.

„Zeig mir einmal genau, wo du die Münzen heute gefunden hast, Franziska." Maik faltete die Karte auf dem Tisch auseinander.

Franziska deutete auf eine Stelle kurz vor dem Heck. „Da, ungefähr einen Meter von der Stelle entfernt, an der die erste Münze gelegen hat."

„Aber da haben wir doch neulich alles durchgesiebt", wunderte sich Pia. „Wieso haben wir sie nicht sofort gefunden?"

„Wahrscheinlich habt ihr den Boden aufgewühlt und die Strömung hat den Sand so weit abgetragen, dass die Münzen heute nah an der Oberfläche lagen", versuchte Maik eine Erklärung. „Da unten können sich die Verhältnisse von einem auf den anderen Tag ändern, vor allem nach einem Sturm. Aber das ist es nicht, was mich beunruhigt."

„Na ja", entgegnete Franziska enttäuscht, „beunruhigt solltest du vielleicht nicht sein, wenn ich eine Handvoll Münzen finde."

Maik wiegte den Kopf hin und her. „Du hast sie nur blöderweise am falschen Ort gefunden." Er tippte mit dem Zeigefinger auf die Skizze. „Wir haben die Beschläge hier vorne unter dem abgebrochenen Bug der *Adolph Behrens* gefunden. Deshalb haben wir vermutet, dass sich der Hilfskreuzer in den Rumpf der *Explosion* gebohrt hat, und wir haben unterstellt, dass unter ihm der Laderaum mit dem Silber ist. Bis jetzt haben wir aber nur ein paar Beschläge entdeckt und einzelne Silbermünzen lagen weit von unserem Grabungsort entfernt. Das bedeutet, dass wir vielleicht gar nicht in dem Laderaum mit Silbereinnahmen von Helgoland graben. Vielleicht verschwenden wir einfach nur unsere Zeit."

Betroffen schwiegen sie und senkten ihre Blicke. Maik faltete den Zettel wieder zusammen.

„Wie dem auch sei, wir haben uns mit dem Deal, den wir mit Henk geschlossen haben, selbst die Möglichkeit genommen, unsere Pläne zu ändern und am Heck noch mal bei null anzufangen. In drei Tagen ist Schluss. Also müssen wir alles auf eine Karte setzen und uns durch den Bug der *Adolph Behrens* weiter in die Tiefe buddeln."

„Wir sollten die Saugausrüstung vorsichtshalber wieder mit runternehmen", schlug Lasse vor. „Wenn Henning und Pia im Schiffsrumpf nichts mehr finden, können sie tiefer saugen und den Sand rausbefördern."

„Einverstanden." Maik nickte ihm zu. „Am besten lassen wir die Ausrüstung dann für die nächsten Tage gleich unten im Wrack und nehmen immer nur den Druckschlauch mit hoch."

Die Kellnerin kam mit den Getränken und den Speisekarten. So widmeten sich nun alle für ein paar Minuten ganz der Auswahl, die sowohl in der Zusammenstellung, als auch von den Preisen her dem edlen Ambiente entsprachen. Sogar Seezunge gab es hier auf Vorbestellung. Schließlich orderten sie unterschiedliche Fischgerichte und Maik wählte einen hochpreisigen Weißwein dazu aus. Franziska setzte zum Widerspruch an, aber Maik wischte ihn mit einer entschiedenen Handbewegung vom Tisch. „Der geht auf meine Rechnung. Heute Abend seid ihr meine Gäste."

Während sie aßen, glaubte Leander einmal, aus den Augenwinkeln Henk van Geldern draußen auf der Straße wahrgenommen zu haben. Sicher war er, als kurz darauf Tamme Boysen vor den Fenstern hermarschierte. Der Seehundjäger hatte wie gewohnt eine Hand auf den Rücken gelegt und nickte Leander zu. Keine Sorge, sagte sein Blick, ich habe die Mistkerle im Auge. Leander beschloss, den anderen nichts davon zu sagen. Das hätte nur die Stimmung verdorben.

Im Laufe des Abends wurden weitere Flaschen nachgeordert und auch ein Dessert, das wahlweise aus einem Espresso-Nougat-Parfait oder einer Mousse au Chocolat bestand, trieb die Rechnung in die Höhe. Sie sprachen darüber, welche Pläne sie nach ihrem Tauch-Abenteuer mit einem hohen Finderlohn hatten. Für Maik war die Antwort eindeutig: zwei Jahre ausschließlich nach der *Maria* suchen. Leander und Franziska hatten vorerst keine konkrete Idee, weil sie bislang nicht ernsthaft mit einem größeren Geldzufluss gerechnet hatten. Pia und Lasse gestanden, dass sie sich Flitterwochen in Ecuador und auf den Galapagos-Inseln leisten wollten, solange diese Paradiese noch in einem halbwegs guten Zustand waren. Und so erfuhr Leander, dass seine Tochter ernsthafte Heiratspläne schmiedete. Wenn das kein Grund für eine weitere Flasche Wein war! Diesmal natürlich auf seine Kosten.

Dass er trotz der freudigen Nachricht einen eher verhaltenen Eindruck machte, wurde ihm erst bewusst, als Franziska sich zu ihm beugte und ihm ins Ohr flüsterte: „Alles in Ordnung? Du bist so schweigsam heute Abend."

„Alles prima", flüsterte er zurück, las aber Zweifel in ihren Augen. „Ich erzähle es dir später."

Er sah dem leicht spöttischen Blick seiner Freundin an, dass sie ihn der väterlichen Eifersucht verdächtigte. Wenn ihm aber eines absolut fernlag, dann ein derartiges Gefühl. Im Gegenteil: Er freute sich für Pia und Lasse, die einen sehr glücklichen Eindruck machten, nachdem sie den anderen von ihren Plänen erzählt hatten.

Als Franziska und Leander mitten in der Nacht von Maik zur Düne hinübergebracht wurden, weil um diese Zeit keine Fähre mehr fuhr, war der Wracktaucher auffällig still. Immer wieder blickte er in nördliche Richtung über das Meer.

Leander stellte sich neben ihn, während Franziska an der Reling mit in den Nacken gelegtem Kopf und geschlossenen Augen die nächtliche Kühle genoss. „Meinst du, deine Männer bekommen heute Nacht Besuch von den Holländern?"

Maik zuckte mit den Schultern. „Sie wären da unten nur zu zweit und damit in der Unterzahl." Aber dann schüttelte er entschieden den Kopf. „Unsinn", beschied er, „sie würden sich zu wehren wissen."

Doch daran hatte Leander seine Zweifel. In einem direkten Kampf am Meeresboden ständen sich gleichermaßen durchtrainierte Taucher gegenüber. Da machte die Überzahl der Holländer möglicherweise den entscheidenden Unterschied. „Bleibt auch nachts eine Wache an Deck?", hakte er nach.

„Natürlich. Einer bleibt immer oben, um die anderen zumindest zu warnen, wenn sich die *Marijke* nähert. Und bewaffnet sind meine Leute auch." Er warf einen schnellen Blick hinüber zur Reling. „Aber davon kein Wort zu Franziska. Sie soll sich nicht mehr ängstigen, als unbedingt nötig."

Er setzte Franziska und Leander im Dünenhafen ab und fuhr gleich zurück. Sie schauten dem auslaufenden Schiff nach.

„Was war denn vorhin mit dir los?", wollte Franziska nun wissen.

Leander erzählte ihr von Henk van Geldern draußen vor dem Restaurant.

„Glaubst du, das hat etwas zu bedeuten? Plant er etwas gegen uns?"

Leander schüttelte beruhigend den Kopf. „Wir dürfen uns

von ihm nicht einschüchtern lassen. Wahrscheinlich will er uns nur unter Kontrolle halten. Außerdem war Tamme ihm dicht auf den Fersen. Der passt schon auf, dass die Holländer uns kein Haar krümmen."

Franziska lachte. „Das ist schon ein uriger Typ, dieser Seehundjäger. Aber ich mag ihn. Und jetzt komm, mir wird langsam kalt."

Leander legte den Arm um sie, während sie in Richtung des Bungalows gingen. Ich bin froh, wenn die nächsten Tage vorbei sind und wir die Sache heile überstanden haben, dachte er.

„Was ist?" Franziska blickte ihn schmunzelnd von der Seite an. „Denkst du darüber nach, welchem Gott du ein Opfer bringen kannst, wenn unser Plan aufgeht?"

Leander blieb abrupt stehen. „Also langsam wirst du mir unheimlich mit deiner Gabe, Gedanken zu lesen!"

Franziska lachte. „In deinem Fall ist das leicht. Für mich bist du wie ein offenes Buch."

„Ach ja? Und was sagst du zu dem Gedanken, den ich jetzt gerade habe?"

„Dass du ihn dir abschminken kannst. Bis wir unsere Tauchgänge hinter uns haben, brauchen wir jede Minute Schlaf."

„Ich bin doch kein Mönch!", rief Leander erschrocken, stellte aber, als sie schließlich zu Hause waren, erleichtert fest, dass Franziska auch keine Nonne war.

Kapitel 32: Tag 2 – Der Fund

Maik wies Franziska in den Gebrauch des Funkgerätes ein und ermahnte sie, es auf jeden Fall zu gebrauchen, falls sie das Gefühl habe, dass die Holländer übergriffig werden könnten. Dann brachen er und die anderen zu ihrem nächsten Tauchgang auf.

Auf der Herfahrt hatte er ihnen berichtet, dass seine Männer in der Nacht durch das Loch im Rumpf des Schiffes stapelweise Pervitin-Kisten geborgen hatten. Die Ladung war zwar verrutscht und wild durcheinandergefallen, aber immerhin waren die Kisten nicht im Schlick vergraben wie außerhalb des Schiffes. Wie sie bereits bei ihrer ersten Sichtung des Laderaumes festgestellt hatten, waren einige aufgesprungen, als das Schiff unterging. Der Inhalt der meisten Röhrchen, die sich darin befunden hatten und offenbar nicht dicht waren, hatte sich aufgelöst. Diese leeren Behälter waren ideal zur Abdeckung des Depots und zur Anlage der Sprengfalle.

Die Taucher fanden unten einen beachtlichen Stapel an Stahlbehältern vor, die Maiks Männer in der Nacht bereitgestellt hatten. Maik tauchte zu seinem Depot und entschärfte die Sprengladungen. Dann machte er sich zusammen mit Lasse daran, die erste der schweren Kisten vom Wrack zu der Lagerstätte zu schaffen. Mit den mitgebrachten Hebesäcken ließen sie sich wesentlich leichter zum Depot transportieren.

Leander und Pia richteten inzwischen die Absaugvorrichtung ein. Sie hatten beschlossen, mindestens die nächsten dreißig Zentimeter abzutragen und erst aufzuhören, wenn sie auf irgendwelche Gegenstände stießen. Was irrtümlich mit abgesaugt wurde, konnten später Lasse und Maik draußen aufsammeln.

Anfangs schien es so, als sei gar nichts mehr zu finden. Lediglich Steine und ein paar Kanonenkugeln musste Pia zur Seite räumen. Aber dann stieß Leander auf Widerstand. Es handelte sich um einen Gegenstand aus Holz, der nicht verrottet war, da er tief genug unter Luftabschluss vergraben gewesen war.

„Wir haben etwas gefunden", meldete Leander über Funk. „Es sieht nach einer großen, langen Holzkiste aus." Vorsichtig fuhr er mit dem Rohr an den Kanten entlang und legte die Kiste nach und nach frei. Am Deckel und an den Seiten tauchten im Licht der Lampe, die Pia hielt, schwarz angelaufene Beschläge auf.

„Schalt den Kompressor ab, Franziska", ordnete Leander an.

Es dauerte einen Moment, dann sackte der Saugschlauch in sich zusammen und das Rohr sank auf den Boden. Leander versuchte, die Kiste an einer Seite mit Hilfe des Beschlages anzuheben, aber sie war zu schwer.

„Ich schaffe es nicht", meldete er über Funk. „Maik und Lasse, ihr müsst uns helfen."

Um Platz zu schaffen, tauchte Pia in den Gang zurück, während die beiden Männer über sie hinweg nach vorne schwammen. Maik erschien an Leanders Seite und schwenkte ihren Fund mit der Lampe ab.

„Wie eine Geldtruhe sieht das nicht aus." Das klang enttäuscht. „Vielleicht sind da Waffen drin. Fass du links an, Henning, ich ziehe rechts."

Gemeinsam wendeten sie alle Kraft auf, zu der sie in dem engen Bereich in der Lage waren, aber die Kiste bewegte sich nicht.

„Keine Chance", sagte Maik schließlich. „Vielleicht schaffen wir es mit einem Hebesack. Pia, hol uns zwei Säcke herein. Sie liegen draußen neben den Aufbauten."

Franziska verfolgte an Deck jede Anweisung, die über Funk zu ihr durchdrang. Das schien wirklich spannend zu sein, was sich im Wrack gerade zutrug. Wie gerne wäre sie jetzt mit da unten! Aber sie musste ja aufpassen, damit niemand an Deck kommen und ihre Aktion sabotieren konnte.

Aufpassen! Scheiße!, fuhr es Franziska durch den Kopf.

Angesichts der spannenden Funkdialoge hatte sie die Holländer für einen Moment vergessen. Ihr Schiff war kurz nach dem Abtauchen der anderen erschienen und etwa hundert Meter entfernt vor Anker gegangen. Erschrocken sah sie nun in die Richtung, in der die *Marijke* eben noch gelegen hatte. Aber da war sie nicht mehr. Franziska sprang auf und blickte sich um. Das Schiff hatte sich deutlich genähert und trieb nun langsam etwa zwanzig Meter entfernt links an der *Odyssee* vorbei. An der Reling stand Henk van Geldern und fixierte Franziska mit düsterem Blick.

„Ich hoffe, ihr kommt voran", rief er herüber.

„Machen Sie sich da mal keine Sorgen!", konterte Franziska und legte so viel Entschlossenheit in ihre Stimme, wie ihr in dieser Situation möglich war. Dabei schlotterten ihr die Knie, aber diese Unsicherheit durfte sie sich gegenüber dem Holländer nicht anmerken lassen.

„Zwei Tage!", rief van Geldern und hob den rechten Zeigefinger. „Sag das Maik, Meisje! Noch zwei Tage!"

Franziska starrte finster zurück, ohne darauf zu reagieren. Van Geldern rief eine Anweisung zu dem Mann im Ruderhaus. Der beschleunigte das Schiff und drehte in Richtung Helgoland ab.

Was hatten die hier gewollt? Die Erinnerung an die verabredete Schonfrist konnte es allein nicht sein. Hatte sich van Geldern einfach nur in Erinnerung bringen wollen? Wollte er die Drohkulisse verstärken? Hatte er sich bloß vergewissern wollen, wie weit sie waren? Was wäre wohl passiert, wenn Franziska nicht als Wache an Bord geblieben wäre? Hätten sie diesmal das Ankertau gekappt?

Die *Marijke* stoppte in etwa hundert Metern Entfernung den Motor und nahm ihren Beobachtungsposten wieder ein.

Sie füllten die Auftriebssäcke aus ihren Ersatz-Atemgeräten, bis sich die Kiste leicht aus dem Sand hob. „Langsam jetzt!", befahl Maik. „Wir dürfen nicht zu hoch kommen, sonst kriegen wir sie nicht durch den Gang."

Vorsichtig ließen sie ihren Fund zentimeterweise aufsteigen. Als die Kiste etwa auf halber Höhe des Gangs im Wasser schwebte, zog Maik sie an sich vorbei und schob sie vor sich her. Leander folgte ihm. Maik gab Lasse die Anweisung, hinaufzutauchen und die Kiste an Deck in Empfang zu nehmen. Am Treppenaufgang ließ er aus einem der Säcke Luft entweichen und füllte den anderen weiter auf. In dieser Schieflage schwebte das sperrige Ding nun nach oben.

„Wenn jetzt ein Beschlag abreißt, fällt der ganze Scheiß zu uns runter", sagte Leander.

„Keine Angst, die Kiste ist stabil genug", entgegnete Maik. „Sonst hätte ich sie mit Gurten gesichert." Tatsächlich kam sie heil am Ausgang an und wurde von Lasse ins freie Wasser gezogen. „Ich tauche zurück und sauge weiter Sand ab", schlug Leander vor.

„Nein, wir haben keine Zeit mehr", widersprach Maik. „Zieh nur den Druckschlauch ab und lass den Saugschlauch aufgesteckt. Das Rohr lassen wir für morgen vor Ort."

Als Leander kurz darauf wieder ins Freie schwamm, war nur noch Pia da und wartete auf ihn. „Die beiden sind schon mit der Kiste aufgestiegen", berichtete sie.

Leander machte das Okay-Zeichen, dann schwammen sie zum Ankerseil und stiegen ebenfalls auf.

Als Franziska die gelben Säcke an die Oberfläche ploppen sah, eilte sie zum Heck und überlegte, wie sie die wohl an Bord bekommen sollte. Gar nicht, wurde ihr schnell klar, denn schließlich hing eine schwere Kiste samt Inhalt daran. Sie blickte sich an Deck um und entdeckte einen langen Bootshaken, der an der Rückwand des Ruderhauses festgemacht war. Den holte sie und angelte damit nach dem ersten Hebesack. Dabei achtete sie darauf, ihn nicht zu beschädigen. Das fehlte gerade noch, dass die Kiste wegen ihrer Dummheit wieder in die Tiefe rauschte!

Minuten später tauchten Maik und Lasse auf. Sie schwammen zur Leiter der *Odyssee*, setzten ihre Flaschen ab und reichten sie Franziska an. Maik kletterte an Bord, nahm die Maske vom Kopf und griff nach dem Bootshaken.

„Das hast du sehr gut gemacht, Franziska", lobte er. „Fass mal mit an, Lasse."

Er zog die Kiste bis zur Leiter und griff nach dem seitlichen Beschlag. Lasse drückte von unten nach. Das gelang aber erst, als auch Leander wieder an der Wasseroberfläche war und ebenfalls schob. Mit Schwung rutschte das schwere Teil über die Bordkante und polterte dumpf dröhnend auf die Planken. Lasse kletterte die Leiter hoch, schwang sich über die Reling und wuchtete zusammen mit Maik die Kiste zur Seite. „Puh, ist das Ding schwer", stöhnte Lasse.

Zwei Minuten später waren alle wieder an Bord. Sie halfen sich gegenseitig aus den Taucheranzügen. Maik fixierte dabei den holländischen Kutter und machte ein finsteres Gesicht. Franziska, die das bemerkte, berichtete von dem Besuch Henk van Gelderns an ihrer Seite.

Maik nickte verhalten. „Die haben Angst, dass wir das Pervitin wegschaffen."

„Na, dann wird der Anblick der Kiste sie zumindest nicht beruhigt haben", kommentierte Lasse.

Leander versicherte sich mit einem forschenden Blick, dass es Franziska gutging. Sie nickte beruhigend zurück, erzielte damit aber nicht die erhoffte Wirkung. Leander wusste, dass sie nicht so tough und abgebrüht war, wie sie vorgaukeln wollte, um nicht wieder aus dem Team ausgeschlossen zu werden. „Morgen sollte keine von euch alleine an Deck bleiben", versuchte er einen Vorstoß.

Pia, die sofort begriff, wie er empfand, ergänzte: „Auf keinen Fall. Morgen bleiben wir zusammen oben."

Maik schien widersprechen zu wollen, nickte aber nach einem Blick auf Franziska schließlich zustimmend und machte sich nun daran, die Kiste zu öffnen. Die Beschläge und das Schloss, die den Deckel zierten, waren festgerostet und ließen sich nicht bewegen. „Gib mir mal den Bootshaken, Henning." Mit der eisernen Spitze des Werkzeugs hebelte er so lange vorsichtig am Schloss herum, bis der rostige Bügel nachgab, sich aus der Verriegelung ziehen ließ und der Deckel hochsprang. Er reichte Leander den Haken zurück.

„Habe ich es nicht gesagt?", verkündete er. In der Kiste lagen sorgfältig aneinandergereiht Gewehre mit Holzgriffen und fein ziselierten Metallbeschlägen.

„Steinschloss-Musketen", erklärte Maik mit andächtiger Stimme. „Englische Vorderlader aus dem 18. Jahrhundert. So gut erhaltene Waffen habe ich schon lange nicht mehr gesehen."

„Schade, dass es keine Silbermünzen sind", wandte Franziska ein.

Maik winkte ab. „Das hier ist ein Schatz für sich. Die Museen werden sich darum reißen."

Pia hob eines der Gewehre aus der Kiste und betrachtete es so vorsichtig von allen Seiten, als bestände die Gefahr, dass es ihr in den Händen zerfiel. Der Lauf wirkte im Verhältnis zum kurzen Schulterknauf extrem lang. Oberhalb des Holzes lief ein Eisenrohr entlang, unterhalb steckte der Stopfstab mit Eisengriff.

Leander nahm ebenfalls ein Gewehr aus der Kiste. Es fühlte sich glatt und edel an. Außerdem war es komplett trocken. Die Beschläge mussten den Deckel derart auf die Kiste gezogen haben, dass sie absolut wasserdicht geblieben war. Allein das ist Handwerkskunst vom Feinsten, stellte er bewundernd fest.

„Wie viele sind das wohl?", fragte Pia.

„Mindestens fünfzig", schätzte Maik. „Wir werden sie an Land nachzählen. Jetzt lasst uns sehen, dass wir zurückkommen. Sonst fallen denen da drüben noch die Augen aus dem Kopf."

Henk van Geldern und neben ihm ein weiterer Mann standen mit Ferngläsern an der Reling und verfolgten jede Bewegung auf der *Odyssee*. Er konnte sich vorstellen, wie sehr die sich jetzt wünschten, an ihrer Stelle zu sein.

Kapitel 33: Tag 3 – Es geht voran

Auf der Fahrt hinaus berichtete Maik, dass seine Männer in der zweiten Nacht den größten Teil der Pervitin-Kisten aus dem Frachtraum geborgen hatten. „Warum schaffen die so viel mehr als wir?", wunderte sich Leander.

„Das sind halt Profis", erklärte Maik lachend, „nicht solche Freizeit-Schnorchler wie ihr."

„Noch eine solche Bemerkung und du kannst deinen Schatz alleine weitersuchen", konterte Leander.

„Als wenn du dir das Abenteuer entgehen lassen würdest", spottete Maik. „Du bist doch schon wieder genauso angefixt wie damals, als wir zu den Kampfschwimmern gegangen sind. Was hätte aus dir werden können, wenn du am Ball geblieben wärest. Aber du musstest ja zu den einfachen Bullen desertieren."

Leander boxte ihn auf den Arm, gestand sich aber insgeheim ein, dass Maik nicht ganz Unrecht hatte: Das Wracktauchen machte ihm tatsächlich wieder Spaß und löste inzwischen geradezu einen Adrenalin-Kick bei ihm aus. Entsprechend schlecht war allerdings sein Gewissen mit Blick auf Franziska. Die Frauen standen nebeneinander am Bug und schauten bedrückt über das Meer.

Sie hatten am Abend gemeinsam noch einmal alle Möglichkeiten durchgespielt und schließlich endgültig beschlossen, dass Pia und Franziska als Wachtposten an Deck bleiben sollten. Die Frauen konnten die schweren Kisten mit dem Pervitin nicht zum Depot transportieren. Und da sie nur noch zwei Tage Zeit hatten, bis das Ultimatum der Holländer ablief waren sie gezwungen, auf die kräftigeren Männer zu setzen. Leander wusste, wie enttäuscht Franziska darüber war, und er hätte gerne seinen Platz im Team für sie freigemacht. Aber dem wollte Maik nicht zustimmen.

Lasse steuerte die *Odyssee* zu ihrem Ziel und drosselte die Motoren, als sie die Tauchgründe erreicht hatten. Den lästigen Teil, das Anlegen der schweren Ausrüstung, hatten Leander und Maik schon auf der Fahrt erledigt. So konnten sie Lasse nun beim Umziehen helfen und alle waren kurz vor Öffnung des Stauwasser-Fensters bereit. Pia hisste die Taucherflagge, während die Männer sich ins Wasser begaben. Franziska reichte Leander den

Druckschlauch hinab. Das Letzte, was er an der Oberfläche auffing, war Franziskas Blick und der begleitete ihn auf dem Weg nach unten und machte ihm das Atmen schwer.

Unterhalb des Loches im Bug der *Adolph Behrens* standen die Pervitin-Kisten aufgereiht und bereit zum Abtransport. Maiks Männer schafften in der Nacht tatsächlich doppelt so viel wie sie selbst am Tag. Ein Blick in den Frachtraum ließ darauf hoffen, dass in der kommenden Nacht die Arbeit erledigt sein würde. Hätten sie nicht die Holländer im Nacken gehabt, hätten sie sich dann mit vereinten Kräften ganz auf die *HMS Explosion* konzentrieren können. So aber hing es allein an Leander, wie sie in dem englischen Segler vorankommen würden.

Natürlich hätten Maiks Leute die Kisten schneller in das Depot transportieren können, aber das hatte er ihnen untersagt. Er wollte sein Wissen über den Aufbau der Sprengfalle sicherheitshalber nicht aus den Händen geben. Während er also zum Pervitin-Depot tauchte, um sie zu deaktivieren, brachte Lasse schon einmal die Hebesäcke an. Leander tauchte zu der Senke auf der anderen Seite des Schiffes und kontrollierte die feste Lage des Saugschlauches. Er wandte sich den Aufbauten zu, mit dem Druckschlauch tauchte er durch den Abgang ins Unterdeck des Hilfskreuzers. Das Absaugrohr lehnte an der Wand, wie er es am Tag zuvor zurückgelassen hatte. Nur der Sand war wieder nachgerutscht und hatte das Loch zu einem nicht unerheblichen Teil aufgefüllt. Wo kam der nur ständig her?

Leander leuchtete die Bugwände ab. Auf der Steuerbordseite verlor sich der Lichtstrahl plötzlich und er sah, dass hier ein schmaler Spalt unter der Abbruchkante der Stahlwand entstanden war, der direkt nach draußen führte. Das musste die Stelle sein, die sie von außen schon vor ein paar Tagen entdeckt hatten. Hätte das Heck des Schiffes nicht auf einem Felsenriff gelegen, wäre die *Adolph Behrens* wohl schon lange in Bewegung geraten und hätte sich flach auf den Grund gelegt. Blieb nur zu hoffen, dass sie nicht durch das weitere Absaugen von Sand ins Rutschen kam.

Seine Lampe klemmte Leander so mit Steinen fest, dass der Saugbereich gut ausgeleuchtet war. Er koppelte den Druckschlauch an, brachte das Saugrohr in Stellung und funkte die Order nach oben zur *Odyssee*, den Kompressor anzuwerfen. Der Schlauch ruckte und schon fraß sich das Rohr in den Sand. Da aber nun durch den Spalt von außen immer mehr nachrutschte, saugte Leander erst einmal an den Seiten so lange Sand ab, bis von dort nichts mehr kam. Jetzt konnte er sich vorsichtig weiter in die Tiefe arbeiten.

Kapitel 34: Störmanöver

Nachdem Pia den Kompressor eingeschaltet hatte, setzten sich die Frauen auf eine Materialkiste an der Steuerbordseite des Schiffes und blickten über das Meer. Franziska langweilte sich jetzt schon. Der Tauchgang der Männer würde zwar nur etwa eine Stunde dauern, aber auch die konnte verdammt lang werden, wenn man nur darauf wartete, dass die Minuten vorbeizogen, und alles, was man selbst tun konnte, darin bestand, einmal den Kompressor ein- und einmal wieder auszuschalten und sonst nur auf die endlose Weite der Nordsee zu starren. Von der *Marijke* war weit und breit nichts zu sehen. Das Meer lag seidig glatt vor ihr, die Sonne reflektierte so sehr, dass sie die Augen leicht zusammenkneifen musste. Am Horizont kreuzten zwei Fischkutter mit ausgefahrenen Netzen.

„Wie war Henning eigentlich früher?", fragte sie Pia. „Ich kenne ihn ja nur als ruhelosen Frühpensionär, bei dem intensiv ausgelebte Ruhephasen und wildester Aktionismus von einem Tag auf den anderen wechseln können." Sie lachte, um die Frage an die Tochter ihres Freundes möglichst unverfänglich und unbeschwert klingen zu lassen. Schließlich näherten die beiden sich gerade erst mühsam wieder einander an, nachdem sie viele Jahre lang keinen Kontakt gehabt hatten.

Pia ließ sich Zeit mit ihrer Antwort. „Das ist schwer zu sagen. Was du als ruhelos bezeichnest, trifft wohl auf ihn zu. Als Kinder hatten wir so gut wie gar nichts von ihm. Der Dienst ging immer vor und bei der Polizei heißt das: sieben Tage die Woche, vierundzwanzig Stunden am Tag entweder im Einsatz oder zumindest in Bereitschaft zu sein." Sie blickte in die Ferne, als sei da ihre Kindheitserinnerung zu sehen. „Wenn er mal zu Hause war, hatte er meist schlechte Laune. Heute weiß ich, dass er seinen Job nicht ablegen konnte, aber als Kind erlebt man nur den miesepetrigen Vater in seiner Ungeduld und Zurückweisung."

Franziska spürte, wie schwer es Pia fiel, das so offen auszusprechen. Es war ihrem Tonfall auch anzumerken, dass die Kindheitserfahrungen noch heute auf der selbstbewussten Frau lasteten.

„Als Forscherin habe ich inzwischen sogar Verständnis für ihn", fuhr sie fort. „Lasse und ich haben das Glück, an gemeinsamen Projekten zu arbeiten und dieselben Zukunftsvisionen zu verfolgen. Und selbst für uns ist es manchmal zu viel, was unser Job von uns verlangt. Ich könnte mir im Moment gar nicht vorstellen, wie wir das damit vereinbaren sollten, gute Eltern zu sein. Aber ich denke doch auch, dass man sich irgendwann entscheiden muss, ob man eine Familie haben will. Wenn ja, muss die Arbeit zumindest teilweise eben zurückstehen. Am besten bei beiden."

„Das ist leichter gesagt, als getan", wandte Franziska ein. „Wenn man erst einmal in der Tretmühle steckt …"

„Das weiß ich ja auch alles." Pias gereizter Unterton offenbarte ihr Dilemma. „Ich sehe auch die Verantwortung, die wir mit unserer Arbeit haben. Gerade wir, die wir uns dafür einsetzen, die ökologische Stabilität auf unserem Planeten wiederherzustellen."

„Das war zu unserer Zeit nicht anders", erinnerte sich Franziska. „Die Welt befand sich im Kalten Krieg. Überall starrte sie vor Atomwaffen im Ausmaß eines vielfachen Overkills. Helmut Schmidt unterschrieb den Nato-Doppelbeschluss und in Deutschland lagerten Atomsprengköpfe. Dazu die Kernkraftwerke, das fehlende Atommüll-Endlager, die Castor-Transporte, Tschernobyl. Und der saure Regen, der die Wälder vernichtete. Für uns junge Leute war das ein Blick in den Abgrund. Aber wir haben uns aufgelehnt, dagegen demonstriert, entsprechend gewählt und trotzdem Kinder bekommen. Und die sind es jetzt, die zusammen mit unseren Enkeln – so wir denn welche haben – mit Fridays for Future Druck machen und ja auch durchaus erfolgreich sind. Erfolgreicher als wir damals übrigens."

Während Pia in Gedanken versank, wandte sich Franziska wieder der offenen See zu. Die beiden Fischkutter kamen allmählich immer näher. Allerdings kreuzten sie nun nicht mehr, sie schienen sogar direkten Kurs auf die *Odyssee* zu halten.

„Sag mal, was machen die da eigentlich?", wunderte sich Franziska. „Wenn die nicht gleich abdrehen, rammen sie uns noch."

Pia sprang auf und legte eine Hand über die Augen. „Spinnen die? Sehen die nicht, dass wir die Taucherflagge gehisst haben?"

Beide Kutter liefen nun nebeneinander regelrecht auf Kollisionskurs und machten keine Anstalten, abzudrehen. Und das, obwohl jeweils zwei Männer am Bug standen und zu ihnen hinübersahen.

Leander stieß auf einen runden, länglichen Gegenstand. Als er mit dem Saugrohr daran entlangfuhr, zeichnete sich der Umriss eines Geschützrohres ab. „Ich hab hier was", meldete er den anderen. „Sieht wie eine Kanone aus."

„Wir kommen zu dir", antwortete Maik. Minuten später tauchte der Freund in der Enge des Bugs auf. Leander wich zur Seite und ließ ihn einen Blick auf den Fund werfen.

„Tatsächlich, ein leichtes Bordgeschütz", erkannte Maik. „Die wurden bis Anfang des 19. Jahrhunderts eingesetzt. Das passt auch zu den Kugeln, die wir hier gefunden haben."

„Wollen wir das Ding bergen?"

„Wir werden es versuchen. Zum Glück ist es ja keine Karronade. Deren Rohr wiegt gut eineinhalb Tonnen und die bekämen wir hier in der Enge nicht hoch."

„Prima, dann hat sich mein Einsatz heute ja doch noch gelohnt."

„Wie man's nimmt. Diese leichten Bordgeschütze befanden sich an Deck in der Nähe des Steuerrades. Das bedeutet, dass wir uns hier vermutlich weit oberhalb der Frachträume befinden."

„Es könnte doch auch durch die vermoderten Planken gebrochen sein."

„Wie dem auch sei, wir haben keine andere Wahl, als weiterzugraben. Aber für heute ist Schluss. Sichere die Geräte hier unten und dann ab nach oben. Ich mache die Sprengladung wieder scharf."

Maik wandte sich ab und tauchte durch den Gang zurück.

„Hey, ihr da drüben!", schrie Pia. „Was soll denn das? Hier sind Taucher im Wasser! Dreht gefälligst ab!"

Die Männer taten, als hörten sie nichts.

„Wo kommen die überhaupt her?", fragte Franziska. „Sind das Fischer von Helgoland?"

„Nein." Pia schirmte die Augen gegen die Sonne ab und versuchte, Kennungen der Kutter zu lesen. „Die kommen aus Harlingen. – Verdammt! Das sind die Holländer!"

Im letzten Moment drehten beide Kutter ab. Einer lief vor dem Bug, einer am Heck der *Odyssee* vorbei, ohne das Tempo zu verringern. Dadurch sorgten sie für gegenläufig heranbrandende Wellen. Die *Odyssee* schaukelte heftig, als die Ausleger der Kutter knapp an ihnen vorbeirauschten. Dabei blickten die Fischer finster zu ihnen hinüber und verzogen auch keine Miene, als Pia ihnen die Faust zeigte.

„Was soll der Scheiß?", brüllte sie. „Tickt ihr nicht richtig? Seht ihr die Flagge da oben?" Sie deutete mit hektisch in die Luft stechendem Finger auf ihren Mast.

Nun lachte einer der Männer und streckte ihr den Mittelfinger entgegen.

„Ich fasse es ja nicht", erregte sich Pia. „Was für Arschlöcher!"

Sie wechselten auf die Backbordseite und verfolgten den Kurs der Schiffe.

„Ich hatte schon gehofft, van Geldern würde uns heute in Ruhe lassen", sagte Franziska. „Stattdessen schickt er uns eine Armada auf den Hals."

Die Kutter wendeten, was angesichts der ausgefahrenen Fangbäume zu großen Wendekreisen führte, und nahmen erneut Kurs auf die *Odyssee*. „Warum holen die ihre Netze nicht ein?", wunderte sich Franziska. „Sie wären doch viel beweglicher."

„Ich nehme an, sie wollen ihre Tarnung nicht aufgeben. Wenn jetzt ein Schiff der Wasserschutzpolizei auftauchen würde, könnten sie immer behaupten, nur zu fischen und uns aus Versehen zu nahe gekommen zu sein."

„Können die uns ernsthaft gefährlich werden?", erkundigte sich Franziska.

Pia schüttelte den Kopf. „Nur wenn sie mit uns kollidieren und das werden sie nicht machen. Dann gehen sie nämlich selbst unter. Aber für unsere Männer wird es kritisch, wenn sie auftauchen. Wir müssen sie warnen."

Da drang Leanders Order zu ihnen hinauf, den Kompressor auszuschalten. Franziska lief dorthin, während die Kutter nun scharf an den Seiten ihres Schiffes vorbeirauschten und es erneut in starke Schwankungen versetzten.

Pia rannte zum Ruderhaus hinüber und griff nach dem Sender des Funkgerätes. „Maik, Lasse, hört ihr uns?"

„Ich höre dich", drang Maiks Stimme aus dem Lautsprecher. „Alles in Ordnung da oben?"

„Passt auf, wenn ihr auftaucht. Wir werden hier gerade von zwei Kuttern in die Zange genommen, die für ordentlich Wellenbewegung sorgen."

„Braucht ihr unsere Hilfe?", schaltete sich Leander ein.

„Bis jetzt nicht. Ich denke, die wollen uns nur aufscheuchen. Aber für euch kann es gefährlich werden, wenn ihr hochkommt."

„Danke für die Warnung", entgegnete Maik. „Unsere Grundzeit ist in zehn Minuten um. Dann tauchen wir direkt unterhalb des Schiffes auf."

„Seid vorsichtig", schickte Pia noch nach, dann hängte sie den Sender wieder an das Gerät.

Sobald der Schlauch in sich zusammenfiel, legte Leander das Saugrohr zur Seite, koppelte den Druckschlauch ab und tauchte damit wieder zum Aufgang und hinauf ins freie Wasser, wo Lasse schon auf ihn wartete. Als Maik an ihrer Seite erschien, machten sie sich gemeinsam an den Aufstieg.

Leander wäre am liebsten direkt aufgetaucht, wusste aber, dass er das nicht riskieren durfte. Die nächsten Minuten würden verdammt lang werden. Wer wusste schon, zu welchen Mitteln die Männer da oben noch greifen würden?

Die Frauen waren an die Reling zurückgekehrt. Beide Kutter wiederholten ihr gefährliches Manöver. Einer nahm Kurs auf das Ankerseil der *Odyssee*, das schräg ins Wasser führte. Pia lief ins Ruderhaus zurück, warf den Motor an und setzte das Schiff langsam in Richtung Anker in Bewegung, von dem es sich durch den starken Wellengang deutlich entfernt hatte, um dem Kutter die Chance zu nehmen, das Seil zu kappen. Dadurch verringerte sie den Abstand zu ihrem Angreifer derart, dass der nun Mühe hatte, ihnen auszuweichen. Wütend drohten die Männer mit der Faust zu ihnen herüber.

„Wenn ihr glaubt, dass ihr uns einschüchtern könnt", brüllte Franziska hinüber, „dann habt ihr euch aber geschnitten!"

Erneut wendeten die Kutter und liefen in weitem Bogen wieder auf sie zu.

Je höher sie kamen, desto lauter wurden die Motorengeräusche. Im einfallenden Licht konnten sie die Kiele sehen, die quer zur *Odyssee* durch das Wasser schnitten. Solange die Kutter in Bewegung waren, drohte den Frauen keine akute Gefahr. Also legten die Männer auf Maiks Anweisung hin ihren Sicherheitsstopp unterhalb des eigenen Schiffes ein und tauchten schließlich hart an der Seite in direkter Nähe zur Leiter auf. So konnten sie sicher sein, nicht in den Gefahrenbereich der Angreifer zu geraten.

Die gingen auf Abstand, als die Taucher an der Wasseroberfläche waren, und nahmen Kurs in Richtung offene See. Ihr Auftrag war offenbar erfüllt, und Leander stellte erleichtert fest, dass der nicht darin bestanden hatte, die *Odyssee* zu entern.

Die Männer nahmen ihre Flaschen ab. Maik kletterte an Deck und ließ sich die Geräte anreichen. Als alle drei wieder an Bord des Schiffes waren, atmeten die Frauen merklich auf.

„Keine Sorge, die wollten nur den Druck erhöhen", sagte Maik. „Vermutlich befürchtet Henk, wir könnten zu erfolgreich sein, bevor er am Zug ist."

„Es war auf jeden Fall gut, dass ihr zu zweit wart", meinte Leander, der sich vorstellte, welche Angst Franziska allein ausgestanden hätte.

„Ein Tag noch", sagte Maik beruhigend, „dann ist das alles vorbei."

Leander wunderte sich, offensichtlich fand sein Freund das positiv, anstatt zu bedauern, dass sein Traum vom Silberschatz durch den Konkurrenzdruck nicht erfüllt werden konnte. Aber vielleicht war dieser Druck ja inzwischen selbst für den erfahrenen Wracktaucher zu groß.

Kapitel 35: Tag 4 – Der Countdown läuft

Am nächsten Tag herrschte eine seltsame Stimmung an Deck. Einerseits empfanden alle ein Hochgefühl wegen ihrer Funde an den Vortagen. Die Kiste hatte tatsächlich fünfundfünfzig Gewehre enthalten. Jörn Klaassen war vor Begeisterung über den erstklassigen Erhaltungszustand völlig aus dem Häuschen gewesen. Und dann wartete da unten noch ein leichtes Geschütz auf sie, das sie heute bergen wollten. Gleichzeitig fuhr aber auch die Trauer darüber mit ihnen hinaus, dass es sich um ihren letzten gemeinsamen Tauchgang hinunter zu den Wracks handelte. Ohne dass sie eine Spur zu dem erhofften Silberschatz gefunden hatten, den sie damit abhaken konnten. Alles sprach dafür, dass es sich bei dem Laderaum des alten Seglers bestenfalls um die Waffenkammer handelte.

Und dann die ständige Bedrohung durch die Holländer! Was als harmloses Freizeitvergnügen begonnen hatte, war zu einer bedrohlichen Aktion geworden. Genau das hatten Leander und vor allem Franziska in diesem Urlaub vermeiden wollen. Für sie war der Tag besonders bitter, denn sie musste erneut zusammen mit Pia an Deck bleiben.

Leander war gar nicht wohl dabei, die Frauen alleinzulassen. Es lag etwas in der Luft, das sagte ihm sein kriminalistischer Instinkt. Der Vorfall mit den Kuttern hatte bewiesen, dass van Geldern bereit war, sie in Gefahr zu bringen. Was konnten zwei Frauen gegen seine Männer ausrichten, wenn die ernst machten?

„Ich bleibe mit Franziska hier", schlug er erneut schweren Herzens vor. „Geh du ruhig mit hinunter, Pia."

„Das kommt nicht in Frage", widersprach Maik. „Wir brauchen dich da unten. Pia kann das Saugrohr nicht alleine halten und sie kann auch nicht die Kanone bergen. Vom Transport der Kisten ins Depot ganz zu schweigen."

Leander wusste, dass sein Freund Recht hatte. Also nickte er Franziska und Pia resigniert zu. „Denkt an das Funkgerät!", mahnte er. „Bei dem ersten Zweifel ..."

„Ja, Papa", kam es unisono von Pia und Franziska, was beide direkt zum Lachen reizte.

Dass ihre Fröhlichkeit nur vorgetäuscht war, war Leander klar. Er bemühte sich um ein Grinsen, dann ließ er sich rückwärts über Bord fallen. Franziska reichte ihm den Druckschlauch nach und die Hebesäcke, mit denen er versuchen sollte, die Bordkanone zu bergen. So folgte er ein letztes Mal den anderen in die Tiefe.

Kapitel 36: Tamme traut dem Braten nicht

Henk van Geldern bestieg die Dünenfähre und suchte sich einen Platz im Außenbereich direkt an der Bordwand. Er lehnte sich zurück, kreuzte die Arme vor der Brust und blinzelte in die Sonne. So sah jemand aus, der einen Urlaubstag in tiefem Frieden mit sich selbst verbrachte.

Tamme kratzte sich die Stirn mit dem Pfeifenstiel. Das Bild gefiel ihm nicht. Wie konnte Henk so ruhig und zufrieden zur Düne schippern, während da draußen das Wrack ausgeräumt wurde? Oder war er so ausgeglichen, weil die Zeit für ihn arbeitete? Weil morgen das Ultimatum ablief und die *Adolph Behrens* dann ihm gehörte?

Nein, für Tamme stand fest: Das Bild, das sich ihm bot, stimmte nicht. Irgendetwas daran war faul. Was, verdammt noch mal, führte der Holländer im Schilde? Henning Leanders Bungalow war ein leicht zu knackendes Objekt, während die Bewohner weit draußen vor Helgoland tauchten. War es das? Wenn ja: Was hoffte er, dort zu finden?

Tamme steckte die Pfeife wieder in den Mund. Er würde den Wrackplünderer weiter nicht aus den Augen lassen. Vielleicht konnte er so einen erneuten Einbruch in den Bungalow verhindern

„Moin, Tamme", grüßte ihn der Kapitän von seinem erhöhten Sitz, als er die Dünenfähre betrat. „Mal wieder nach den Robben gucken?"

„Jo", antwortete Tamme knapp und ließ sich auf einem Sitzplatz gegenüber dem Einstieg nieder.

Die Plätze füllten sich nun zügig. Vor allem draußen drängten sich die Touristen eng aneinander. Tamme hatte Henk van Geldern gut im Blick, der sich von dem Gedrängel um ihn herum nicht beeindrucken ließ und sein Gesicht mit geschlossenen Augen der Sonne entgegenreckte.

Bald legte die Dünenfähre ab und raste in der für sie typischen Weise über die Reede hinüber zum Dünenhafen, wo sie nur Minuten später anlegte. Tamme wartete, bis alle Urlauber ausgestiegen waren, die es hier gewohnheitsmäßig genauso eilig hatten, von Bord zu kommen, wie sie eben noch in das Boot gestürmt waren.

Schließlich trat Henk auch an Land, gefolgt von Tamme, der seinen Stock einsetzen musste, um sicher auf die Schräge zu wechseln. Die zur Hilfe gereichten Hände der Fährenbesatzung ignorierte er mit stolz erhobenem Haupt. So gebrechlich war er noch lange nicht, dass man ihn jetzt schon an Land hieven musste.

Van Geldern schlenderte aufreizend langsam in Richtung Nordstrand – weg von den Bungalows, wie Tamme beruhigt feststellte. Vielleicht hatte er gespürt, dass der Seehundjäger ihm im Nacken saß, und geahnt, dass er nicht nur wegen der Kegelrobben hier war. Auch gut, dachte Tamme und freute sich über seine abschreckende Wirkung.

Am Strand hätte der Holländer gute Chancen, denn Tamme konnte sich in seinem Alter nur mühsam durch den Sand bewegen. Aber van Geldern nahm sie nicht wahr. Anstatt sich durch die Dünen in Richtung Feriendorf zu schlagen, schlenderte er gemütlich in vorschriftsmäßigem Abstand zu den Raubtieren in Richtung Aade und schien den Anblick der dunklen Kolosse, die sich da im Sand wälzten, ausgiebig zu genießen. Hin und wieder blieb er stehen, beobachtete ein Jungtier auf dem Weg ins Wasser oder einen Bullen, der seinem Nachbarn brüllend die riesigen Hauer zeigte, und nahm dann seine gemütliche Strandwanderung wieder auf.

Verflucht, dachte Tamme, was macht der Kerl hier eigentlich? Wartet er, bis ich aufgebe und verschwinde, um dann in Leanders Bungalow einzubrechen und nach geborgenen Schätzen zu suchen? Aber nicht mit mir, mein Lieber. So leicht wirst du mich nicht los. Ich halte das hier noch Stunden durch.

In Höhe der Aade, kurz vor dem abgesperrten Bereich, stapfte van Geldern durch die Steinfelder auf die Einflugschneise des Flugplatzes zu und verschwand schließlich hinter der nächsten Düne. Tamme beschleunigte seine Schritte, so gut es ihm möglich war, und stakste durch die rollenden Feuersteine.

Als er etwas kurzatmig um die Sandhügel herumbog und den Südstrand vor sich hatte, sprach ihn jemand von der Seite an: „Na, Tamme, altes Walross, machst du dir auch einen schönen Tag auf der Düne?"

Erstaunt drehte der Seehundjäger sich um und erblickte Henk van Geldern, der auf einer Bank am Rand der Dünen saß und ihn hämisch angrinste. Spätestens dieses Grinsen war es, das Tamme klarmachte, dass der Wrackplünderer ihn hereingelegt hatte. „Und du?", brummte er ruppig zurück. „Nichts zu tun heute?"

„Was bist du so unfreundlich zu mir?", kam es scheinheilig zurück. „Komm her und setz dich neben mich. Auf der Düne ist genug Platz für uns beide."

Auf der Düne, dachte Tamme. Auf der Düne. Auf der Düne! Verdammt noch mal, das ist es!

Wie ein Blitz schlug die Erkenntnis bei Tamme Boysen ein: Der hinterhältige Wrackräuber hatte ihm eine Falle gestellt. Er hatte natürlich bemerkt, dass Tamme ihm hinterherspionierte. Hier draußen auf der Düne hatte Tamme den Hafen nicht mehr im Blick. Den Hafen nicht und damit auch nicht die *Marijke*!

Wortlos nahm der Seehundjäger seinen Weg wieder auf und arbeitete sich, so schnell seine alten Beine und die rollenden Steine es zuließen, in Richtung *Dünenrestaurant* vor. Ein Blick zurück offenbarte ihm, dass er die Lage richtig einschätzte: Henk van Geldern sah ihm nach und schüttete sich auf seiner Bank aus vor Lachen über den alten Trottel.

Schweißüberströmt, völlig außer Atem und mit schmerzenden Beinen erreichte der Seehundjäger die Dünenfähre und ließ sich diesmal sogar hineinhelfen. „Mein Gott, Tamme, was ist denn mit dir passiert?", rief der Kapitän und machte Anstalten, von seinem Sitz zu klettern.

„Frag nicht und sieh zu, dass du mich rüberbringst!", fuhr Tamme ihn an. „Mach hin! Gefahr in Verzug!"

Der Kapitän schüttelte missbilligend den Kopf, gab seinen Kollegen aber ein Zeichen, die Taue zu lösen, und warf den Motor an. Die fünf Minuten hinüber zum Felsen kamen Tamme vor wie eine Ewigkeit. Kaum hatten sie die Hafeneinfahrt genommen, war klar, dass Tamme die Lage richtig eingeschätzt hatte: Die *Marijke* war weg!

Kapitel 37: Bergung der Kanone

Am Wrack der Adolph Behrens deutete nichts darauf hin, dass heute etwas anders war als an den Tagen zuvor. Maiks Männer hatten in der Nacht die letzten Pervitin-Kisten, die sich in dem Laderaum hinter dem Loch befunden hatten, herausgeholt. Sie lagen aufgereiht im Sand neben der Bordwand, die leeren Kisten von denen mit Pervitin getrennt. Anschließend hatten sie sich innerhalb des Wracks in die Tiefe des Laderaums der *Explosion* gegraben und weitere Kanonenkugeln gefunden. Diese hatten sie direkt mit nach oben gebracht, so dass heute nur noch die Kanone geborgen werden musste.

Während Maik nun die Sprengfalle entschärfte, damit er zusammen mit Lasse die Kisten ins Depot transportieren konnte, tauchte Leander mit dem Druckschlauch und den Hebesäcken durch den Abgang hinunter in den Hilfskreuzer. Das Saugrohr lehnte mit angeschlossenem Absaugschlauch an der Seite. Er koppelte den Druckschlauch an und bugsierte das unhandliche Gerät vor zum Bug. Der Sand war wie üblich von den Seiten nachgerutscht und hatte die Bordkanone wieder umflossen. Etwa vierzig Zentimeter war die Lücke zwischen Bordwand und Meeresboden breit, durch die noch eine leichte Strömung spürbar war, da das Stauwasser gerade erst einsetzte. Leander leuchtete die Stelle mit der Lampe aus und erkannte, dass der Spalt tatsächlich breit genug war, um das Kanonenrohr direkt hier nach außen befördern zu können. So hatten er und Maik es auf der Herfahrt geplant.

„Wie weit bist du da unten?", unterbrach ihn die Stimme des Freundes.

„Ich muss noch den nachgerutschten Sand wegsaugen, dann kann ich die Kanone bergen", meldete Leander zurück.

„Also gut, Mädels, dann schmeißt mal den Kompressor an",
funkte Maik nach oben an Deck.

Leander hielt das Saugrohr schräg in den Sand. Sekunden
später saugte es sich rauschend entlang des Kanonenrohres in
die Tiefe. Als er das Eisenrohr wieder freigelegt hatte, gab er die
Order, den Kompressor auszuschalten, kniete sich vor die Kuhle
und stemmte die Kanone hoch. Das ging leichter, als er erwartet
hatte. Er schob die Waffe in Richtung der Lücke unter der Bordwand und bugsierte sie nach und nach bis ganz nach draußen.
Dann tauchte er durch das Wrack hindurch. Neben dem Bug befestigte er zwei Hebesäcke an der Kanone und füllte sie mit Hilfe
seines Ersatz-Lungenautomaten mit Luft. Langsam stiegen die
gelben Säcke auf, schwebten bald im Wasser über ihm und hoben
schließlich das Eisenrohr an. Leander blieb daneben und ließ
Luft nachströmen, bis der Auftrieb stark genug war und sich die
Kanone nach oben bewegte.

„Franziska und Pia!", rief er in das Funkgerät. „Hört ihr
mich?"

„Ey, ey, Sir", kam es von Pia zurück.

„Gleich werden zwei Hebesäcke mit der Bordkanone auftauchen. Nehmt den Bootshaken und zieht sie zu euch heran. Wir
werden sie dann später gemeinsam an Bord holen."

„Wird gemacht!"

„Maik?"

„Ja?"

„Braucht ihr mich? Sonst tauche ich wieder ins Schiff und sehe, ob ich noch etwas finden kann."

„Mach das. Wir kommen hier alleine klar."

Leander wandte sich also wieder den Aufbauten zu und
tauchte den Abgang hinunter und durch den Gang zum Bug. Das
Loch war nun deutlich tiefer, nachdem er die Bordkanone he-

rausgezogen hatte. Er zog das Saugrohr heran, gab den Frauen an Deck die Order, den Kompressor einzuschalten, und machte sich wieder an die Arbeit.

Kapitel 38: Der Angriff

Die Frauen stützten sich neben dem ratternden Kompressor auf die Reling und warteten auf das Auftauchen der Hebesäcke. Plötzlich richtete Pia sich auf und deutete in Richtung Helgoland. „Das wäre ja auch zu schön gewesen, wenn die uns heute in Ruhe gelassen hätten."

Franziska legte eine Hand über die Augen und erkannte vor dem Umriss des Felsens die *Marijke*, die zügig auf die *Odyssee* zulief. „Solange sie uns nur beobachten, kann uns das egal sein."

„Hauptsache, sie lassen es dabei bewenden."

„Es ist eh der letzte Tauchgang, dann gehören die Wracks den Holländern", stellte Franziska fest. „Zumindest glauben sie das."

Da ploppten zwei gelbe Säcke mit der Kanone an die Wasseroberfläche, schaukelten ein paarmal auf und ab und lagen schließlich ruhig auf den sanften Wellen. Pia holte den Bootshaken vom Ruderhaus und beugte sich weit über die Bordwand, bis sie die Leine eines der Säcke einhaken konnte. Sie zogen sie gemeinsam bis zur Bordwand und dann zum Heck. Pia befestigte sie an der Reling. Franziska stellte den Bootshaken an die Wand des Ruderhauses. Bestimmt würden die Männer ihn noch brauchen, wenn sie die Kanone später an Bord hieven mussten. Dann lehnten sich die Frauen wieder an die Reling, um auf weitere Anweisungen der Taucher zu warten.

„Wo ist denn die *Marijke* geblieben?", wunderte sich Franziska.

In dem Moment ließ ein Geräusch in ihrem Rücken sie herumfahren. Auch Pia drehte sich erschrocken um und stieß einen erstickten Schrei aus. Die *Marijke* hatte sich unbemerkt an ihre Seite gelegt. Durch das Rattern des Kompressors hatten die Frauen den Motor nicht gehört und die Arbeit mit den Hebesäcken hatte sie zusätzlich abgelenkt. Gerade kletterte einer der Holländer über die Reling zu ihnen an Deck.

Das Grinsen in seinem Gesicht drückte den großen Spaß aus, den dieser Überfall ihm bescherte. Er genoss es, seine Überlegenheit zu spüren. Langsam näherte er sich den Frauen.

Pia hatte sich als Erste wieder gefangen. Sie stürzte nach links in Richtung des Ruderhauses, wo das Funkgerät stand, wurde aber bereits nach wenigen Metern gestoppt. Der Mann sprang ihr in den Weg und schlug ihr mit solcher Wucht seine Faust ins Gesicht, dass sie zur Seite geschleudert wurde und an die Wand des Ruderhauses prallte. Dabei stieß sie heftig mit dem Kopf an und sackte wie eine Stoffpuppe zu Boden, wo sie bewusstlos liegen blieb. Der Mann nahm das Funkgerät und warf es über Bord.

Franziska erwachte aus ihrer Schockstarre und wollte sich auf den Holländer stürzen, aber der drehte sich zu ihr um und zog ein Tauchermesser aus seinem Gürtel. Er fixierte ihre Augen und bewegte sich langsam auf sie zu.

Franziska wich zurück, aber es gelang ihr nicht, den Abstand zu ihrem Angreifer zu vergrößern, da er jede ihrer Bewegungen augenblicklich nachvollzog. Nun breitete er die Arme mit vorgestrecktem Messer aus und beugte sich vor, als erwarte er allen Ernstes einen Zweikampf.

Franziskas nächster Schritt zurück wurde von der Reling abgefangen. Sie taumelte und musste mit den Armen rudern, um nicht über Bord zu gehen.

Jetzt habe ich dich, triumphierten die Augen des Mannes.

Der Angriff kam wie aus dem Nichts. Leander glaubte zunächst, sich irgendwo mit dem Luftschlauch verfangen zu haben, aber dann wand sich eine Schlinge um seinen Hals und er wurde mit einem heftigen Ruck zurückgerissen. Reflexhaft ließ er das Saugrohr los, das in den Sand fiel und wild herumzutrudeln begann. Er griff sich verzweifelt an den Hals. Als der Zug für einen Moment nachließ und sein Körper wie schwerelos im Wasser hing, gelang es ihm, zwei Finger der linken Hand unter die Schlinge zu schieben.

Er versuchte, sich in der Enge des Bugs umzudrehen, aber da wurde er auch schon ein zweites Mal nach hinten gerissen und in den Gang der *Adolph Behrens* gezerrt. In diesem Moment begriff Leander, dass auch er sein Leben in einem Seekriegsgrab auf dem Grund der Deutschen Bucht beenden würde.

Der Angreifer warf sich mit einem Sprung aus dem Stand auf Franziska. In seinen Augen erkannte sie den Triumph des Großwildjägers, der sich der Beute sicher war.

Das weckte den Trotz in ihr. Diesem Dreckskerl würde sie es nicht so leicht machen. Die Schweine hatten sie einmal schwach gesehen, aber hier an Deck des Schiffes, noch dazu am helllichten Tag, war die Lage anders als nachts im Bett ihres Bungalows.

Während der massige Körper auf sie zustürzte, ging sie in die Knie. Sie stieß sich mit dem rechten Fuß von der Bordwand ab. Mit einem verzweifelten Sprung tauchte sie unter seinem Messer hindurch. Der Aufprall auf die Planken war hart. Ein stechender

Schmerz in der Brust raubte ihr für einen Moment den Atem. Doch sofort schoss der Gedanke an ihren Angreifer wieder in ihr Bewusstsein. Wie in einem Überlebensreflex wälzte sie sich keuchend zur Seite.

Der Mann hatte mit der Fallenergie seines Gewichtes zu kämpfen und schlug hart gegen die Reling. Aber bereits in der Fallbewegung drehte er sich um und stand Sekunden später wieder sicher auf den Beinen. Das Grinsen in seinem Gesicht war nun einer grimmig verzerrten Fratze gewichen. Er beugte sich über sein Opfer, das auf dem Rücken vor ihm lag.

Franziska ruderte hektisch mit den Armen über die Planken. Ihre Finger suchten verzweifelt nach irgendetwas, mit dem sie sich zur Wehr setzen könnte. Aber da war nichts. Sie stieß sich mit den Fersen rückwärts. Ihr Blick war starr auf die kalten Augen in der verzerrten Grimasse gerichtet. Panik ergriff von ihr Besitz.

Da stieß ihre rechte Hand an die Wand des Ruderhauses und an einen langen runden Gegenstand. Sie krallte ihre Finger darum, riss ihn nach vorne, richtete ihn auf. In diesem Moment stürzte sich ihr Angreifer mit einem Schrei auf sie.

Malte Kohrs war nicht leicht zu bewegen gewesen, seinen Kutter wieder einfach so zur Verfügung zu stellen. Diese Extratouren des alten Spinners kosteten nicht nur Zeit, sondern auch Diesel und der war verdammt teuer. Aber Tamme Boysen hatte derart aufgelöst vor ihm gestanden, was der Fischer von dem erfahrenen ehemaligen Chef der Wasserschutzpolizei gar nicht kannte, dass er schließlich seinen Widerstand aufgegeben hatte und ausgelaufen war.

Nun kam das Schiff der Holländer in Sichtweite. Tamme sah schon von Weitem, dass es nicht auf Abstand lag wie an den Tagen zuvor, sondern sich an die Seite der *Odyssee* gelegt hatte. Mit dem Fernglas suchte er das Deck der *Marijke* ab, aber da rührte sich nichts. Dafür erschien in diesem Moment auf der *Odyssee* einer von Henks Männern an der Bordwand. Mit dem Fernglas erkannte Tamme, dass er ein Messer in der vorgestreckten Hand hielt. Jetzt verschwand er hinter dem Ruderhaus.

Scheiße, dachte Tamme, ich komme zu spät. Er drehte sich um und brüllte: „Gib Gas! Hol aus deiner Nussschale heraus, was geht! Wir müssen da rüber!"

„Spinnst du?", kam es grimmig von Malte Kohrs zurück. „Ich fahre für dich doch nicht meinen Motor zu Klump."

„Du machst, was ich dir sage", brüllte Tamme. „Da drüben geht es um Leben und Tod!"

Der Fischer legte die Hand über die Augen und blickte in die angezeigte Richtung. Widerwillig drehte er den Motor hoch, der sich röhrend zu widersetzen versuchte.

Verflucht, das dauerte alles viel zu lange.

Leander ging zum Angriff über. Anstatt sich wehrlos ziehen zu lassen, setzte er seine Flossen ein und sorgte so für einen Rückstoß, mit dem der Angreifer nicht gerechnet hatte. Erneut lockerte sich der Zug an seinem Hals.

„Maik! Lasse! Ich werde angegriffen!", schrie er, während er sich um die Längsachse drehte und einen Taucher vor sich erblickte, der seinen Luftschlauch in Händen hielt.

Aber es kam keine Antwort. Wahrscheinlich wurden die Freunde in diesem Moment selbst attackiert und er war auf sich allein gestellt. Er musste sich ganz auf seinen Gegner konzentrieren, sonst hatte er hier unten im Wrack keine Chance. Mit den Flossen erzeugte er einen starken Schub, um sich aus der Umklammerung zu lösen. Alle Kraft legte er in seine Beine, schoss vorwärts in Richtung des Tauchers. Der konnte in der Rückwärtsbewegung nicht so schnell reagieren. Der Zug um Leanders Hals lockerte sich. Es gelang ihm, sich aus dem Schlauch zu winden. Er war wieder frei.

Er zog sein Messer, um dem nächsten Angriff zuvorzukommen, als er plötzlich einen dumpfen Knall hörte. Luftblasen schossen laut blubbernd hinter dem Kopf des Tauchers empor. Im Kegel seiner Lampe erblickte Leander Maik. Wie aus dem Nichts war er hinter dem Fremden aufgetaucht und hatte ihm den Luftschlauch durchtrennt. Der Taucher schlug mit unkoordinierten Armbewegungen um sich und trat heftig mit den Flossen aus, aber Maik bewegte sich schon wieder zurück in Richtung Treppenaufgang. Würde der Taucher es bis dorthin schaffen? Selbst wenn es ihm gelingen sollte, das Wrack zu verlassen, der Weg an die Oberfläche war zu weit. Leander wusste das und Maik wusste es auch. So beobachtete Leander, wie sein Freund rückwärts vor dem feindlichen Taucher unter dem Aufgang durch- und weiter den Gang entlangpendelte, während der taumelnde Mann immer langsamer wurde und schließlich mit letzter Kraft in dem engen Schacht verschwand.

Mit sanften Flossenschlägen folgten Leander und Maik ihm. Sie beobachteten, wie sich der Taucher über ihnen am Geländer hochzog und schließlich mit hängenden Armen hinaus ins freie Wasser schwebte.

„Der ist erledigt", stellte Maik lapidar fest und tauchte durch den Treppenaufgang. Oben angekommen, lugte er vorsichtig durch die Öffnung und schwamm schließlich hinaus. Leander folgte ihm. Der Freund stand seitlich der Aufbauten mit kurzen Flossenschlägen im Wasser.

Jetzt tauchte auch Lasse neben ihm auf. „Bist du in Ordnung?"

„Alles klar", antwortete Leander.

„Wir müssen das Depot sichern, dann tauchen wir auf", stellte Maik klar. „Der Kerl war bestimmt nicht alleine. Für heute ist Schluss hier unten. Hol das Saugrohr aus dem Schiff und dann ab nach oben!"

Leander signalisierte okay und blickte den Freunden nach, die sich wieder in Richtung Pervitin-Depot entfernten. Dann suchte er den Bereich über sich mit seiner Lampe ab. Der leblose Taucher hing wie schwerelos im Wasser, während er von seinem Bleigurt langsam zurück in die Tiefe gezogen wurde. Dem konnte niemand mehr helfen.

Kopfüber stieß Leander in den Abgang, um hinunter in den Rumpf der *Adolph Behrens* zurückzukehren. Da wurde er an seiner Flosse festgehalten. Erschrocken fuhr er herum und sah sich einem weiteren Taucher gegenüber, den der Lichtkegel seiner Taschenlampe erfasste. Der musste aus dem Frachtraum gekommen sein, in dem das Pervitin gelegen hatte. Wie, zum Teufel, hatte er das Schott aufbekommen? Jetzt versperrte der Mann den Weg zum Ausgang.

Leander schlug heftig mit seinen Flossen auf und ab. Er brachte Abstand zwischen sich und den Angreifer, der ihm vorsichtig folgte. Für einen Notruf an die Freunde war es zu spät. Die waren längst wieder am Depot und würden nicht rechtzeitig hier sein. Und auf einen Kampf in der Enge des Bugs durfte er es nicht ankommen lassen, dafür war er zu untrainiert. Langsam kam der Taucher mit gezogenem Messer durch den Gang auf ihn zu.

Franziska sah die Mordlust in den triumphierenden Augen des Angreifers, dann das Erstaunen, als er gurgelnd in den Bootshaken stürzte, den sie so plötzlich schützend vor sich gehalten hatte. Das Gewicht des Mannes wurde in diesem Moment zu einer unbeherrschbaren Größe. Es sorgte dafür, dass sich die Metallspitze wie durch Schaumstoff in seinen Körper bohrte. Blut spritzte auf Franziska hinab. Der lange Stiel des Bootshakens rutschte über die Planken, verfing sich am Aufbau des Ruderhauses und katapultierte den massigen Körper zur Seite und über die Reling in die Wellen der Nordsee.

Franziska sprang auf, stürzte hinüber und vergewisserte sich, dass ihr Angreifer nicht im nächsten Augenblick zurückkletterte, um sein mörderisches Werk zu vollenden. Erstaunt aufgerissene Augen starrten ihr entgegen, während der Mann auf dem Rücken liegend langsam im Meer versank. Im nächsten Moment schluckte die schwarze Tiefe den aufgespießten Körper und den wie eine Lanze in die Höhe ragenden Bootshaken.

Ohne etwas wahrzunehmen, starrte Franziska in das undurchdringliche Grüngrau des Meeres. Plötzlich war es totenstill um sie herum. Kein Laut drang mehr zu ihr durch. Sie ließ sich auf das Deck nieder, rang nach Luft und richtete ihren Blick hinauf in den Himmel, auf die Sonne, die hoch über der Deutschen Bucht grell auf sie hinabbrannte, als sei der Frieden in der Welt ein Urgesetz.

Wie lange sie so dagesessen hatte, wusste sie nicht, als sich langsam das leise Klatschen der Wellen an der Bordwand einen Weg in ihr Gehör bahnte. Mit den Geräuschen kam auch ihr Gefühl zurück. Der stechende Schmerz in der Brust, die Prellungen überall in ihrem Körper, die Angst, die sie verdrängt hatte, das Bewusstsein, soeben dem sicher geglaubten Tod entronnen zu sein – und die fürchterliche Erkenntnis, vor wenigen Augenblicken einen Menschen getötet zu haben.

Dann fiel ihr Pia ein. Erschrocken schaute sie sich um. Da vorne lag sie, leblos mit einer blutenden Kopfwunde. Franziska rappelte sich hoch und lief zu ihr hinüber. „Pia?"

Keine Reaktion.

Sie zog ihr Shirt aus, schob es unter den Kopf der Freundin und strich ihr die blutigen Haare aus dem Gesicht. „Pia, hörst du mich?"

Leander wich hektisch zurück. Plötzlich stieß er gegen das Saugrohr, das immer noch wild auf und ab tanzte. Nun hatte er den Angreifer mit dem Messer vor und das Saugrohr hinter sich. Er saß in der Falle und hatte keine Chance, wie Maik zuvor an die Luftschläuche des Gegners zu kommen. Da schoss ihm ein Gedanke durch den Kopf: Der Durchgang im Bug, den Maiks Männer in der letzten Nacht geschaffen hatten! Wenn es ihm gelang, da hindurchzutauchen, wäre er gerettet.

Aber wie sollte das gehen? Zunächst musste er dorthin gelangen und dabei war überhaupt nicht klar, ob die Öffnung groß genug für ihn und seine Ausrüstung sein würde. Langsam näherte sich der Taucher. Er fixierte ihn durch seine Maske. Es musste Leander gelingen, das Saugrohr unter Kontrolle zu bringen. Das war seine einzige Chance. Er griff nach dem Schlauch und drückte gleichzeitig das Rohr mit dem Rücken gegen die Wand. Derart fixiert ließ es sich nun greifen. Leander bohrte es vor sich in den Boden und hüllte den Gang in eine braune Wolke. Steine und Kanonenkugeln klackerten in Richtung des Angreifers. Sehen konnte Leander nun nichts mehr. Schnell zog er sich zurück in Richtung Loch im Bug. Dort löste er die Gurte seiner Pressluftflaschen und stieß das schwere Gerät zur Seite weg. Jetzt konnte er sich flach auf den Rücken legen.

In dem Moment knallte es im Gang. Luftblasen schossen in die Höhe. Gleichzeitig sank das Rohr zu Boden. Der Taucher hatte den Pressluftschlauch durchtrennt und sich so aus dem Sandstrahl befreit. Als er erkannte, was Leander vorhatte, ging er zum Angriff über.

Leander nahm den Kopf in den Nacken. Ganz tief holte er Luft und riss sich die Maske vom Gesicht. Mit kräftigen Flossenschlägen, mit denen er sich gleichzeitig den Taucher vom Leib hielt, stieß er sich rückwärts durch den Spalt ins Freie. Der Plan ging auf: Mit Flaschen auf dem Rücken konnte ihm der Angreifer nicht folgen. Jetzt hatte Leander zwei Minuten, mit etwas Glück drei, dann würde ihm die Luft ausgehen. Was sollte er tun? Ohne Deko-Pausen in Richtung Oberfläche schießen? Gute zwanzig Meter in zwei Minuten? Wo, zum Teufel, waren Lasse und Maik? Sein Gegner war inzwischen sicher auch schon wieder auf dem Weg zum Treppenaufgang! Aber der würde ihn nicht ein zweites Mal stellen!

Wild entschlossen löste Leander seinen Bleigurt, stieß sich vom Boden ab und schnellte in Richtung Meeresoberfläche. Dabei ließ er langsam Luft ab, um ihrer Ausdehnung in seinen Lungen entgegenzuwirken. Den Blick hielt er nach unten gerichtet, und so sah er, wie ein Lampenstrahl aus dem Aufbau der *Adolph Behrens* schoss, wie er nach oben irrte, kurz verharrte und sich dann in Richtung Pervitin-Depot wandte. Leanders Angreifer hatte offenbar eine andere Priorität, als ihn zu verfolgen. Den war er los.

Dafür ging die Bedrohung nun von der Tiefe des Meeres selbst aus. Je höher Leander kam, desto stärker wurde der Druck in seiner Brust. In seinen Schläfen pochte schmerzhaft das Blut. Die Lungen gierten nach Sauerstoff und pumpten wie wild. Wenn er dem jetzt nachgab, war es vorbei. Dann würde Wasser hineinströmen und er würde ertrinken. Das wilde Flimmern um ihn herum war sicher das erste Anzeichen, dass es gleich zu Ende sein würde.

Franziska!, schoss es ihm durch den Kopf. Pia!

Auf keinem der beiden Schiffe war ein Lebenszeichen auszumachen, als sich der Fischkutter mit Tamme an Bord näherte.

„Leg dich an die Seite der *Odyssee*", befahl er dem Fischer. „Ich wechsle rüber an Bord."

Das Bild, das sich ihm bot, als er schwerfällig von einem Deck auf das andere kletterte, war herzzerreißend. Überall war Blut. Vor dem Ruderhaus beugte sich Franziska über den leblosen Körper von Leanders Tochter und versuchte, sie mit leichten Schlägen auf die Wange wiederzubeleben.

„Alarmiere meine Kollegen!", rief er zu Malte Kohrs hinüber. „Die sollen sofort hierherkommen."

Dann wandte er sich den beiden Frauen zu.

Plötzlich wurde Leander bewusst, dass es nicht das flimmernde Licht des Jenseits war, das ihn erwartete, sondern Sonnenstrahlen, die um ihn herumtanzten, da er sich nun der Oberfläche näherte. Er legte seine letzte Kraft in Beine und Flossen, er durfte jetzt nicht nachlassen, so kurz vor der rettenden Wasseroberfläche.

Da schoss Lasse ihm von schräg unten entgegen – mit Sauerstoffflasche! Leander sah den erschrockenen Blick, dann die Erleichterung. Er signalisierte mit einer schneidenden Bewegung an der Kehle, dass er keine Luft mehr hatte.

Lasse steuerte auf ihn zu, griff nach seinem Ersatzmundstück und reichte es dem Freund. Langsam atmen!, mahnte er mit sanft pumpenden Handbewegungen.

Der hatte gut reden! Leander steckte sich das Mundstück zwischen die Zähne und atmete gierig ein und aus. Den stechenden Schmerz in der Lunge versuchte er zu ignorieren. Da durchstießen sie gemeinsam die Meeresoberfläche. Leander nahm das Atemgerät aus dem Mund und hechelte die frische Seeluft.

„Wo ist Maik?", fragte er keuchend. „Wir müssen wieder runter und ihm helfen."

Aber Lasse schüttelte den Kopf und deutete auf die *Odyssee*, die in einiger Entfernung vor ihnen sanft auf und ab schaukelte. „Wir müssen an Bord."

„Was ist mit Maik?", ließ Leander nicht locker.

„Alles in Ordnung! Der kommt nach", antwortete Lasse knapp und machte sich schon auf in Richtung Schiff.

Jetzt erst registrierte Leander die *Marijke*, die direkt vor dem Bug der *Odyssee* trieb, und einen Fischkutter direkt dahinter. Auf keinem der Decks war eine Bewegung auszumachen. Von Franziska und Pia war nichts zu sehen. Leander überfiel die Angst mit solcher Wucht, dass er sich nur mühsam zwingen konnte, die Beine zu bewegen. Mit Grauen dachte er daran, was ihn wohl an Bord erwartete. Bis jetzt war er so mit seinem eigenen Überleben beschäftigt gewesen, dass er an nichts anderes hatte denken können. Aber bestimmt hatten die Holländer ihren Überfall nicht nur unter Wasser verübt. Was, wenn sie Franziska und Pia überwältigt hatten? Da unten hatten sie versucht, ihn umzubringen. Warum also sollten sie die Frauen verschont haben?

Die Männer kraulten die letzten Meter. Leander musste sich im Gegensatz zu Lasse nicht erst von seinen Flaschen befreien, zog nur seine Flossen ab und warf sie hinter sich. So stand er Sekunden später keuchend an Deck.

Vor dem Bootshaus knieten Tamme und Franziska vor Pia, die am Boden lag, den Kopf auf Franziskas Shirt gelegt. Erst jetzt registrierte Leander, dass seine Freundin mit nacktem Oberkörper da hockte. Und noch etwas erkannte Leander nun: Pia hatte die Arme um Franziskas Hals geschlungen.

Oh, mein Gott, sie leben!, war alles, was er in diesem Moment zu denken in der Lage war. Da stürzte auch schon Lasse an ihm vorbei.

Ein Rumpeln ließ sie hochfahren, ihm folgte ein Ausruf: „Scheiße, hilft mir denn keiner?"

Fünf Augenpaare wandten sich der Leiter zu, über die Maik gerade seiner Pressluftflasche, die er an Deck gewuchtet hatte, hinterherhechtete. „Unten bleiben!", brüllte er plötzlich.

In dem Moment explodierte die Deutsche Bucht.

Ein ohrenbetäubender Knall ertönte und nur den Bruchteil einer Sekunde später ergoss sich eine Wasserfontäne über die *Odyssee*. Reflexartig hatten Franziska, Lasse und Leander die Arme über die Köpfe gerissen und sich über Pia gebeugt. Selbst Tamme hatte sich flach auf die Planken geworfen. Jetzt waren alle klatschnass und schauten erschrocken hoch.

Maik rappelte sich auf und stand nun wuchtig vor ihnen. Er hatte seine Maske abgenommen, die Haare hingen strähnig um seinen Kopf und ließen Wasserfäden auf sie hinablaufen. „So", tönte er selbstgefällig grinsend. „Den Dreck kriegt jetzt keiner mehr."

„Verdammt", dröhnte Tamme Boysens Stimme dazwischen, der sich langsam auf die Beine quälte und sich wie der Meeresgott Poseidon persönlich vor ihnen aufbaute – mit triefendem Bart und einem bitterbösen Blick. „Ich denke, ihr habt mir jetzt einiges zu erklären!"

Kapitel 39: Das Protokoll

Die *Bürgermeister Brauer* der Wasserschutzpolizei blieb mit drei Mann Besatzung vor Ort, solange noch zumindest theoretisch mit dem Auftauchen der Holländer gerechnet werden konnte, während die *Marijke* zurück nach Helgoland gesteuert wurde. An Bord hatte sich niemand mehr befunden und mindestens zwei der Holländer, durch die Detonation wahrscheinlich auch der dritte Mann, waren tot. Um wen es sich dabei gehandelt hatte, konnte niemand sagen.

Die Bergung der Bordkanone war vor dem Hintergrund der Ereignisse geradezu beiläufig vorgenommen und von Lasse und Maik ohne Aufsehen abgewickelt worden. Selbst ein so außergewöhnliches Stück, das in seinem hervorragenden Erhaltungszustand sicherlich eines der wertvollsten Exponate des Helgoländer Museums abgeben würde, schaffte es nicht, die Aufmerksamkeit der Besatzung an Bord der *Odyssee* auf sich zu ziehen.

Pia hatte sich so weit wieder erholt, dass sie bei Bewusstsein war und sprechen konnte. Erleichtert darüber, dass auf ihrer Seite niemand ernsthaft zu Schaden gekommen war, wurde Franziska nun von dem Gefühl überwältigt, dass sie einen Menschen getötet hatte. Das war zwar eindeutig in Notwehr geschehen, aber für sie war es trotzdem ein derart traumatisches Erlebnis, dass sie immer schweigsamer wurde und sich in sich selbst zurückzog. Leanders Kopf schmerzte, er spürte einen dumpfen Druck in der Stirn und in der Brust und bekam zu allem Übel nun auch noch Nasenbluten. Der überschnelle Aufstieg ohne Dekompression machte ihm zu schaffen. Lasse war zwar besorgt um Pia, aber sonst guter Dinge. Angesichts seiner guten körperlichen Konstitution hatte er den zu schnellen Aufstieg besser weggesteckt als Leander. Zudem war er den Angriffen in der Tiefe geschickt ausgewichen und hatte Leander tatkräftig zur Seite gestanden. Verständlich, dass er mit sich und dem Ausgang des gefährlichen Abenteuers zufrieden war.

Ein Phänomen, fand Leander, war Maiks überschwängliche Laune. Klar, sein Plan mit der Sprengfalle war aufgegangen. Niemand würde das Pervitin bergen und in Umlauf bringen können. Zudem hatte er selbst die Explosion überlebt und zwei mörderische Gegner ausgeschaltet. Andererseits war sein Traum vom Silberschatz und von der unbeschwerten Suche nach der *Maria* jetzt auch vorbei. Die *Adolph Behrens* und die *HMS Explosion* gehörten von nun an den Unterwasserarchäologen des Landes Schleswig-Holstein mitsamt allem, was sie an Schätzen noch in sich tragen mochten. Vielleicht hoffte er auf den offiziellen Bergungsauftrag? Auffällig war jedenfalls, dass er hervorragender Stimmung war und immer wieder quasi als Live-Übertragung schilderte, wie sich der gegnerische Taucher dem Pervitin-Depot genähert hatte, während er selbst schon auf dem Weg nach oben gewesen war. Dass die Sprengladung genau in dem Moment ausgelöst worden war, als er sich in Sicherheit an Deck seines Schiffes befunden hatte, war ein perfektes Timing gewesen! Zumindest stellte er das so dar. Leander bewertete es schlicht als unfassbares Glück.

Tamme stand während der Rückfahrt mit auf dem Rücken verschränkten Armen an der Reling, den Blick weit über das Meer gerichtet, die kalte Pfeife fest zwischen die Zähne geklemmt. Und doch war Leander sich absolut sicher, dass er alles, was in seinem Rücken stattfand und erzählt wurde, haargenau registrierte.

Als sie in den Helgoländer Hafen einliefen, erwartete sie Henk van Geldern an der Mole. Er tigerte ungeduldig auf und ab und strich sich dabei in kurzen Abständen mit gespreizten Fingern die wilde Mähne aus der Stirn. Aufregung und Anspannung strahlten von ihm aus wie Radioaktivität nach der Kernschmelze. Er eilte zunächst auf die *Odyssee* zu und konnte ihr Anlegemanöver kaum abwarten. Als er jedoch erkannte, dass Maik Gröning am Steuer stand, blieb er abrupt stehen. Erst der Anblick der kurz darauf einlaufenden *Marijke* sorgte dafür, dass sich seine Gesichtszüge erleichtert entspannten und er seinen Kurs entschlossen in Richtung ihres Liegeplatzes änderte. Beim Vorbeifahren machte er den Beamten der Wasserschutzpolizei am Steuer aus und erstarrte in der Bewegung. Hektisch huschten seine Augen über das Deck, auf dem sich niemand von seiner Mannschaft befand.

Leander, der das alles gespannt beobachtete, konnte sich ganz genau vorstellen, was in dem Mann vor sich ging. Noch die beste denkbare Variante musste für van Geldern sein, dass sich seine Männer in Gewahrsam unter Deck befanden. Die schlechteste …

In diesem Moment empfand er fast Mitleid mit dem Mann. Aber nur kurz, dann machte er sich klar, dass der Chef der Wrackplünderer hinter dem mörderischen Anschlag stecken musste, dem sie alle vor einer Stunde nur ganz knapp entkommen waren.

Lasse und Pia gingen zuerst in die Paracelsus-Nordseeklinik, um Pias Kopf untersuchen zu lassen. Die anderen wandten sich auf Weisung des Einsatzleiters in Richtung Ringstraße zur Dienststelle der Wasserschutzpolizei, um ihre Aussagen zu Protokoll zu geben.

So erfuhr Leander nun, was sich im Einzelnen an Bord abgespielt hatte und in welcher Situation Lasse und Maik gewesen waren, während er sich im Bauch der *Adolph Behrens* dem mörderischen Angriff ausgesetzt sah: Die beiden Freunde hatten gerade eine Kiste ins Pervitin-Depot verfrachtet, als Leanders Notruf sie erreichte. Lasse bekam die Aufgabe, Maik den Rücken freizuhalten. So gesichert konnte der in das Wrack tauchen und Leanders Angreifer unschädlich machen.

Maik lachte während des Berichtes triumphierend und hatte nicht die geringsten Schuldgefühle, weil er einen Menschen getötet hatte.

Nach Leanders vermeintlicher Rettung waren die beiden zum Drogen-Depot zurückgetaucht und hatten die Kisten mit der Sprengladung gesichert. Lasse war schließlich als Erster aufgestiegen und auf den um Luft ringenden Leander gestoßen, während Maik die Auslöser mit den Stolperdrähten verbunden und scharfgemacht hatte.

Als er ebenfalls auftauchte, sah er unter sich einen weiteren Taucher, der direkt auf das Drogendepot zusteuerte – und damit auf die Stolperdrähte. Gerade noch rechtzeitig hatte Maik die Oberfläche und die Leiter der *Odyssee* erreicht, da ging unter ihm die Sprengladung hoch. Seine Kopf- und Brustschmerzen als Folge der ausgelassenen Deko-Pause nahm er dafür liebend gern in Kauf. Und all das erzählte er, als sei es ein großes Abenteuer gewesen und keine lebensgefährliche Situation, die er nur mit Glück überlebt hatte.

Tamme Boysen lehnte mit dem Rücken am Fenster der Dienststube und hörte sich die Geschichte regungslos an. Was er dazu dachte, war für Leander beim besten Willen nicht zu erkennen.

„Da unten hat sich selbst jemand zu Fischfutter verarbeitet", schloss Maik selbstgefällig seinen Bericht. „Von dem werden Sie keinen Fetzen mehr finden und von dem Pervitin auch nicht."

Der Beamte, der die Befragung leitete, sah von seinem PC auf. „Wenn wir also davon ausgehen, dass der zweite Angreifer auf Herrn Leander derselbe Taucher war, der anschließend die Sprengladung ausgelöst hat, dann haben wir es also insgesamt mit drei Toten zu tun und niemand hat überlebt. Ist das korrekt?"

„Der Mann, den Frau Tadsen über Bord geschickt hat", zählte Maik mit Hilfe seiner Finger vor, „der, dem ich den Luftschlauch durchtrennt habe, um meinem Freund hier das Leben zu retten, und der, der meiner Sprengfalle zum Opfer gefallen ist. Korrekt."

Das klang so triumphierend, dass der Polizist missbilligend die Stirn runzelte, während er das Protokoll abschloss: „Alle hier können also bezeugen, dass es sich in zwei Fällen um Notwehr gehandelt hat und in einem um Selbstverschulden?"

„Das ist korrekt", wiederholte Maik zufrieden, während Franziska und Leander betroffen nickten.

„Selbstverschulden?", brummte Tamme. „Immerhin war die Sprengladung ganz bewusst eine Falle. Da wird noch etwas auf dich zukommen, Maik Gröning."

Der Wracktaucher zuckte gleichmütig mit den Schultern. Er war sichtbar mit sich selbst im Reinen.

„Dann werden wir uns jetzt einmal Henk van Geldern vornehmen." Der Wasserschutzpolizist erhob sich und gab damit für Leander und seine Freunde das Aufbruchssignal.

Als Maik den Raum verlassen wollte, hielt der Beamte ihn noch einmal zurück. „Sie wissen, dass Tamme Recht hat. Da wird noch einiges auf Sie zukommen."

„Wieso?", zeigte sich Maik verständnislos. „Sie haben doch eben selbst zu Protokoll genommen, dass wir eindeutig in Notwehr gehandelt haben."

„Davon rede ich nicht. Sie haben die Wracks widerrechtlich betaucht und hätten schon gar nicht mit Sprengstoff arbeiten dürfen."

„Wir haben im Auftrag des Museums gehandelt", behauptete Maik kaltschnäuzig. „Fragen Sie Jörn Klaassen, er wird Ihnen das bestätigen."

„Damit kommen Sie nicht durch!" Der Beamte wechselte

grimmig einen Blick mit Tamme Boysen. Der steckte sich nur die kalte Pfeife in den Mund, drehte sich zum Fenster und blickte schweigend hinaus.

Draußen kam ihnen Lasse entgegen. Pia hatte eine leichte Gehirnerschütterung und sollte über Nacht vorsichtshalber im Krankenhaus bleiben. Lasse wollte nun seine Aussage machen und dann nach Hause gehen. Auch von den anderen stand niemandem mehr der Sinn nach einem gemeinsamen Abend und so machten sich Leander und Franziska allein auf den Weg zur Dünenfähre.

„Wie geht es dir?" Leander legte Franziska einen Arm um die Schultern, zog ihn aber direkt wieder zurück, als er merkte, wie sie sich unter der Berührung versteifte.

„Beschissen", war die knappe Antwort.

„Das kann ich verstehen. Der erste Tote ist immer schwer zu verdauen."

Franziska blieb abrupt stehen und blickte Leander fassungslos an. „Wenn du jetzt noch sagst: Mit der Zeit gewöhnt man sich ans Töten, schreie ich!"

Kapitel 40: Medienberichte

Am nächsten Tag waren die Medien voll von Berichten über die Explosion vor Helgoland. Alle handelten davon, dass die Wasserschutzpolizei zwei im Meer treibende Leichen geborgen hatte, bei denen es sich um holländische Staatsbürger handelte. Einer war offenbar ertrunken, der andere von einem Bootshaken aufgespießt worden. Gerüchten zufolge gehörten sie dem berüchtigten Duikteam van Geldern an. Von einem dritten Taucher des Teams fehlte jede Spur. Allerdings lag es nahe, dass er bei der Explosion ums Leben gekommen war und seine Überreste niemals wieder auftauchen würden.

Über die Beweggründe des Duikteams, vor Helgoland zu tauchen, trieben die Vermutungen bunte Blüten. Aussagen der Wasserschutzpolizei zufolge hatte jedenfalls keine Tauchgenehmigung für eines der Wracks, die im Umfeld des Auffindeortes am Grund der Deutschen Bucht ruhten, vorgelegen. Kein Wunder also, dass schon bald von Wrackplünderungen die Rede war und von explodierter Munition aus einem der Schiffe aus dem Zweiten Weltkrieg, die gerade rund um Helgoland so zahlreich am Meeresgrund lagen. Henk van Geldern stand bedauerlicherweise für Interviews nicht zur Verfügung.

Kein Wunder, dachte Leander. Der hatte gerade wahrscheinlich alle Hände voll zu tun, die Behörden davon zu überzeugen, dass seine Leute ohne sein Wissen und selbstverständlich ohne seine Anordnung gehandelt hatten. Immerhin ging es nun um nicht weniger als um Mordversuche in fünf Fällen und in der Folge um drei in Notwehr getötete Menschen.

Und dann war da noch die Rede von den Besatzungen zweier holländischer Fischkutter, die mit van Geldern gemeinsame Sache gemacht haben sollten und nun von Helgoland verschwunden waren. Natürlich würde man sie auftreiben können, da sie immerhin tagelang im Hafen gelegen hatten, aber Leander war klar, dass ihnen kaum etwas nachzuweisen war. Sie hatten garantiert von Henk van Geldern ein stattliches Schweigegeld bekommen und selbst überhaupt kein Interesse daran, den Wrackplünderer zu belasten, indem sie ihre Rolle freiwillig offenbaren.

Das Lösen des Ankers war ihnen nicht nachzuweisen und im Falle des gefährlichen Angriffs auf die *Odyssee* standen Pias und Franziskas Aussagen gegen die der Besatzungen zweier Kutter.

Die Reporter sowohl der öffentlich-rechtlichen als auch der privaten Rundfunkanstalten fielen nun wie die Heuschrecken auf dem Flugplatz der Düne ein, so dass die Flugsicherheit mit den Start- und Landeerlaubnissen alle Hände voll zu tun hatte. Der Chef der Wasserschutzpolizei wurde in den Abendnachrichten sämtlicher Sender interviewt und warnte eindringlich vor den Gefahren des Wracktauchens in der Deutschen Bucht. In die Medienberichte wurde gerne auch Archivmaterial über das *Projekt Hummerschere* aufgenommen und über die Bombenräumkommandos, die bis heute bei jedem Bauprojekt und vor allem bei allen Ausbauvorhaben im Hafen zum Einsatz kamen. Sogar die Filmaufnahmen über den Big Bang wurden wieder hervorgekramt, weil man die Explosion, die sich tags zuvor da draußen zugetragen hatte, irgendwie anschaulich machen wollte.

Leander wunderte sich darüber, wie gut hier auf Helgoland die Geheimhaltung funktionierte. Niemand von der Wasserschutzpolizei hatte sein Wissen über die wahren Hintergründe zu Geld gemacht. Das wäre bei seiner ehemaligen Dienststelle in Kiel undenkbar gewesen. Hier wollten alle gemeinsam auf jeden Fall verhindern, dass Glücksritter aus dem Drogenmilieu nach Helgoland kamen und nach weiteren Pervitin-Ladungen in den zahlreichen Wracks suchten.

Franziska und Leander blieben vollkommen unbehelligt, da auch keine Namen von Beteiligten an die Presse durchgestochen worden waren. Sie nutzten den Tag, um auf der Düne zur Ruhe zu kommen, was vor allem Franziska auch wahrlich nötig hatte. Leander selbst hatte nur noch mit dumpfen Kopfschmerzen zu kämpfen, für ihn war also alles glimpflich verlaufen.

Als Jörn Klaassen als Leiter des Helgoländer Museums am Abend im Heute-Journal des ZDF auf dem Bildschirm erschien und Auskünfte über die Funde in den Wracks gab, die in den letzten Jahren rund um Deutschlands Hochseeinsel geborgen worden waren, kam in Leander die Frage wieder auf, welche Rolle er eigentlich in der ganzen Sache gespielt hatte. Warum hatte er das erste Pervitin-Röhrchen verschwinden lassen? Hätte er von Anfang an mit offenen Karten gespielt und offiziell die Behörden eingeschaltet, hätte man ihnen zwar die Tauchgänge untersagt, aber es wäre auch niemals zu diesen tödlichen Angriffen gekommen.

Leander beschloss, den Mann am nächsten Tag zur Rede zu stellen.

Kapitel 41: Das Geständnis

Klaassen wirkte erschöpft. Er hatte dunkle Ringe um die Augen und stand mit den Händen in den Hosentaschen und leicht vorgebeugt im Ausstellungsraum des Museums. „Da habt ihr uns eine schöne Bescherung eingebrockt", begrüßte er Leander. „Die Presseheinis fallen über den Felsen her wie die Schmeißfliegen über einen Kuhfladen."

Sieh an, dachte Leander, der sonst so trockene Historiker hat auch eine andere Seite. „Wieso? Sie und Ihr Museum können doch froh sein über so viel Publicity", gab er sich verständnislos. „Das lockt mit Sicherheit eine Menge Touristen hierher."

„Hauptsache, nicht die falschen", knurrte der Museumsleiter.

„Aber bisher ist ja nichts über die Pervitin-Fracht der *Adolph Behrens* nach außen gedrungen."

„Das ist das Stichwort", entgegnete Leander und blickte Klaassen tief in die Augen. „Ich habe mich gefragt, warum Sie das erste Röhrchen, das wir da unten gefunden haben, verschwinden lassen und die Story von den Vitamin-Tabletten erzählt haben."

„Ganz einfach." Klaassen zog die Hände aus den Taschen und drehte beide Handflächen nach oben, als sei das doch ganz logisch. „Es wäre am besten gewesen, wenn kein Mensch etwas von dem Pervitin erfahren hätte. Das Zeug lag da unten seit fast achtzig Jahren vergessen im Sand. Ich wollte nicht, dass Sie oder irgendjemand anderes davon Wind bekommt. Wie Recht ich damit hatte, haben Sie ja am eigenen Leib erfahren. Immerhin wären Sie fast draufgegangen da unten."

„Sie hätten nur die Behörden einschalten müssen", widersprach Leander. „Dann wäre das Pervitin gehoben und vernichtet worden."

Nun nickte Klaassen. „Das stimmt wohl. Aber erstens wollte ich, dass die Netzsäge endlich hochgeholt wird. Sie wissen doch, wie lange es gedauert hat, bis wir die Genehmigung hatten. Die Polizei hätte Maik und seine Leute aber garantiert zuerst zur Bergung des Pervitins abgeordnet und wir hätten noch mal warten müssen. Zweitens wollte ich die Erforschung der *Adolph Behrens* nicht in Gefahr bringen. Ich habe aber mit Maik abgemacht, dass nach den Aktionen die Drogen an die Polizei ausgeliefert würden. Das wäre auch in ein paar Tagen der Fall gewesen, denn morgen wird die Netzsäge geborgen und dann hätte sich Maiks Team ganz auf den Hilfskreuzer konzentrieren können. Außerdem liegt darunter noch die *HMS Explosion*. Haben Sie eine Vorstellung, was die Behörden uns da unten für ein

Schlachtfeld hinterlassen hätten, nachdem sie den Meeresboden nach den Kisten durchwühlt hätten?"

„Da hat er Recht", dröhnte Maiks Stimme durch den Raum, bevor Leander die Chance hatte, Klaassen zu fragen, was er von dem Deal mit den Holländern gewusst habe.

Leander drehte sich um und blickte seinem Freund direkt in die Augen. Der Taucher grinste über das ganze Gesicht und schien durch die Ereignisse des Vortages in keiner Weise belastet zu sein. Aber das hatte Leander ja schon auf der Rückfahrt gestern gewundert.

„Jetzt guck nicht so grimmig." Maik ließ seine Pranke auf Leanders Schulter sausen. „Wir haben das Abenteuer überlebt. Und wie ich das sehe, winkt uns ein ganz nettes Sümmchen als Finderlohn." Er wandte sich Jörn Klaassen zu: „Hast du Zeit? Ich würde gerne die letzten Einzelheiten für unseren Einsatz morgen besprechen."

Damit machte er unmissverständlich klar, dass das *Verhör* durch Leanders nun beendet war. Wortlos wandte der sich ab, verließ das Museum und machte sich nachdenklich auf den Weg in Richtung Hafen.

War Maik immer schon so gewesen? So ein Draufgänger? Mit allen Wassern gewaschen? Mit nichts zu beeindrucken? Leander dachte an ihre gemeinsame Zeit in Eckernförde zurück. Daran, dass eigentlich alle verbotenen Aktionen immer von Maik ausgegangen waren – inklusive des Einschmuggelns junger Mädchen in die Kaserne. Auch die Joints hatte er damals in die Runde geworfen. Und dann die Abgebrühtheit, mit der er Leander unten am Ostsee-Wrack gerettet und später vor einem Rauswurf bewahrt hatte. Ja, schloss Leander, Maik war immer schon ein abgebrühter, harter Knochen gewesen. Und das hatte er gestern erneut unter Beweis gestellt, als er eiskalt den Luftschlauch des feindlichen Tauchers durchtrennt hatte. Das hatte schon Killer-Qualitäten gehabt.

Unsinn, schalt sich Leander, er hat dir das Leben gerettet. Das war eindeutig Notwehr. Jetzt hörst du schon die Flöhe husten wie der alte Sturkopf Tamme Boysen.

Mit diesen Gedanken betrat Leander die Paracelsus-Nordseeklinik. Am Empfang teilte man ihm mit, dass Pia bereits entlassen worden sei. Also verließ er das Krankenhaus wieder und lief über die Hafenstraße hinüber zur Hummer-Aufzuchtstation. Hier traf er auf einen aufgebrachten Lasse Thorgren und eine blass und erbärmlich aussehende Pia.

„Sag du mal was dazu!", begrüßte Lasse ihn. „Sie hat sich quasi selbst entlassen. Und jetzt schau sie dir an!"

„Du siehst wirklich nicht gut aus", stimmte Leander ihm zu und umarmte Pia vorsichtig.

„Nur eine kleine Gehirnerschütterung", entgegnete sie, verzog aber unter der offenbar schmerzhaften Umarmung das Gesicht. „Nichts Ernstes." Ihr Anblick bezeugte das Gegenteil. Sie war leichenblass und wirkte geradezu zerbrechlich und hilflos.

„Damit ist nicht zu spaßen", belehrte Leander seine Tochter. „Du hättest ruhig noch ein paar Tage unter Aufsicht im Krankenhaus bleiben sollen."

„Da hörst du's!" Lasse warf die Arme hoch, als sei bei seiner Freundin Hopfen und Malz verloren.

„Ausruhen kann ich mich auch zu Hause", widersprach Pia schwach.

„Dann mach das bitte auch", entgegnete Lasse aufgebracht. „Hier will ich dich jedenfalls für den Rest der Woche nicht mehr sehen."

„Wie geht es Franziska?", ignorierte Pia den Ausbruch ihres Freundes.

Leander zuckte mit den Achseln. „Sie wollte heute auf der Düne bleiben und ist immer noch sehr in sich gekehrt. Aber ich habe den Eindruck, dass es ihr schon etwas besser geht."

„Was glaubst du: Wird sie den Schock verarbeiten?"

„Franziska ist stark", meinte Leander. „Ich denke, sie wird damit fertig."

„Sag ihr, dass ich heute Abend auf die Düne komme. Jetzt lege ich mich erst mal wieder hin." Pia wollte ihm zum Abschied zunicken, hielt aber mitten in der Bewegung inne und verzog vor Schmerz das Gesicht.

„Ich muss dich sicher nicht fragen, ob ich dich nach Hause bringen soll", versuchte Lasse ein Angebot.

„Ich komme schon klar", antwortete Pia störrisch.

„Das dachte ich mir." Lasse war wirklich sauer.

Als Pia die Station verlassen hatte, grinste Leander ihn unsicher an. „Ich fürchte, sie kommt in der Hinsicht nach mir."

Lasse ging nicht darauf ein und deutete auf einen Hocker neben seinem Schreibtisch. „Kann ich dir etwas anbieten?"

Leander schüttelte den Kopf. „Ich komme gerade von Jörn Klaassen und wollte nur kurz nach Pia sehen. Außerdem möchte ich Franziska nicht so lange alleine lassen."

„Gut, wir sehen uns dann heute Abend. Um sieben bei euch?"

Leander nickte zustimmend und verließ die Aufzuchtstation.

Auf dem Weg zur Dünenfähre verfolgte ihn Pias Anblick. Das war wirklich haarscharf gewesen, gestern. Ohne Franziskas beherzte Tat und das Glück, dass sie eine geeignete Waffe zur Hand gehabt hatte, wären jetzt beide Frauen tot. Und alles nur wegen des verfluchten Pervitins, das Maik zum Glück gesprengt hatte.

Franziska freute sich ehrlich über den Besuch. Leander hatte Brot und Käse eingekauft und den Weinvorrat aufgefüllt.

Die Hitze des Tages wurde von einem sanften Nordwind vertrieben. Die jetzt schon gelbliche Einfärbung des Himmels versprach einen besonders schönen Sonnenuntergang. Sie saßen auf ihrer kleinen Terrasse, und nachdem sie Pia, die schon fast wieder die Alte war, ausgiebig und gegen ihren erbitterten Widerstand bemitleidet hatten, sprachen sie darüber, wie sie sich den Rest des Urlaubs vorstellten. Dass sie nicht abreisen würde, hatte Franziska geradezu trotzig gleich am Morgen klargemacht.

„Ich glaube, ich beschränke mich ab jetzt auf das Schnorcheln bei den Seehunden", sagte sie mit einem wehmütigen Zug um die Lippen. „So schön es da unten bei den Wracks ist, so unheimlich ist es auch. Und gefährlich noch dazu."

„In ein paar Tagen wirst du das anders sehen", versuchte Lasse sie aufzumuntern. „Vielleicht hast du dann mal Lust, mit uns bei den Hummerbänken zu tauchen. Erfahren genug bist du ja jetzt."

Franziska zog zweifelnd die Augenbrauen hoch.

„Was hat es denn heute Morgen eigentlich bei Klaassen gegeben?", wechselte Lasse das Thema.

Leander berichtete, welchen Grund der Museumsleiter dafür angegeben hatte, dass er das erste Pervitin-Röhrchen verschwinden lassen hatte: Er habe verhindern wollen, dass der Drogenschatz bekannt wurde.

„Glaubst du ihm das?", zweifelte Pia.

Leander zuckte mit den Schultern. „Du nicht?"

„Ich weiß nicht. Für mich klingt das irgendwie unlogisch. Er wusste, dass ihr zusammen mit Maik da unten weiter tauchen werdet. Da ist es doch höchst unwahrscheinlich, dass ihr nicht auf die ganze Ladung der *Adolph Behrens* stoßt."

„Und was ist mit Maik?", fügte Lasse vorsichtig hinzu. „Ich meine, der ist ja auch nicht von gestern. Wenn Klaassen auf Anhieb wusste, was er da vor sich hatte, hat Maik das doch bestimmt auch erkannt."

„Du glaubst ...?"

„Kann doch sein."

„Was kann sein?" Franziska blickte verständnislos zwischen den Männern hin und her.

„Er meint, Maik und Jörn Klaassen könnten von Anfang an begriffen haben, dass da unten eine ganze Schiffsladung Pervitin liegt, und gemeinsame Sache gemacht haben", erklärte Leander.

„Dann hätte Maik das Depot doch nicht gesprengt", wandte Pia ein.

„Angenommen, er hat das Depot nur angelegt, um es später zu bergen", überlegte Lasse. „Und er hat es vermint, damit die Holländer ihm nicht zuvorkommen."

„Nicht Maik!" Leander schüttelte entschieden den Kopf.

„Und selbst wenn", wandte Pia ein. „Man wird es ihm jetzt nicht mehr nachweisen können, weil einer der Holländer sich mit dem Depot in die Luft gejagt hat."

„Schade ist nur, dass wir nun auch nicht mehr zur *Explosion* können", sagte Leander. „Es hätte mich schon gereizt, weiter nach dem sagenhaften Silberschatz zu suchen."

„Das werden jetzt die Archäologen machen", entgegnete Lasse. „Und ich gehe jede Wette ein, dass sie Maik dafür engagieren und er so auch weiter mit von der Partie sein wird."

„Zuerst gibt es morgen im Hafen das ganz große Schauspiel", berichtete Pia. „Da wird nämlich die Netzsäge aus dem U-Boot angelandet. Das sollten wir uns nicht entgehen lassen." Sie blickte in die Runde und ergänzte: „Besser noch, wir fahren raus und beobachten die Bergung."

„Du fährst morgen nirgendwo hin", bestimmte Lasse. „Denk an deine Gehirnerschütterung."

Pia stemmte die Hände in die Hüften und richtete sich auf. „Das entscheide ich immer noch selber. Und weißt du was? Jetzt erst recht!"

Leander stellte mit gemischten Gefühlen fest, dass seine Tochter und seine Freundin sich sehr ähnlich waren.

Kapitel 42: Die Netzsäge

Die *Odyssee* verließ den Hafen um 11 Uhr 30. Eine Stunde später würde das Stauwasser einsetzen, dann mussten die Taucher vor Ort bei der Netzsäge sein und mit der Bergung beginnen. Den Wracktauchern folgte das Schiff der Aufzuchtstation mit Lasse, Pia, Franziska und Leander an Bord, diesem wiederum ein Fischkutter mit Journalisten und ein Börteboot mit schaulustigen Urlaubern.

Das Wrack des U-Boots *UC-71* lag gerade einmal einen Kilometer vor Helgolands Felsen, so dass der kleine Tross bereits Minuten später wieder Halt machte. Die *Odyssee* setzte ihre Taucherflagge. Lasse warf in etwa einhundert Metern Abstand den Anker aus, um bei der Bergung nicht im Aktionsradius zu sein. Von hier aus hatten sie gute Sicht auf das Geschehen, so dass sich auch der Fischkutter und das Börteboot in unmittelbare Nähe zu ihnen legten.

„Das U-Boot befindet sich in zweiundzwanzig Metern Wassertiefe", erklärte Lasse. „Einige Meter vor dem Bug haben Maik und seine Männer die Netzsäge im Sand entdeckt."

Sie beobachteten, wie die Taucher ein Grundgewicht mit einer

Leine abwarfen, an deren oberem Ende eine rote Boje befestigt war. Sie wurde immer wieder seitlich unter Wasser gezogen, da die Strömung aktuell noch sehr stark war. Erst als sie oben blieb und sanft auf den Wellen schaukelte, wussten die Taucher, dass nun das Stauwasser eingesetzt hatte und sie hinuntergehen konnten. Zwei von ihnen sprangen mit Seilen über Bord, deren Enden oben in der Winde befestigt waren, und verschwanden kopfüber unter Wasser. Während seine Leute unten die Seile an der Netzsäge befestigten, schwenkte Maik oben an Deck die Winde über die Reling.

Drüben auf dem Fischkutter wurde jede Handbewegung mitgefilmt und fotografiert. So eine Bergung war eben ein besonderes Ereignis.

Die Männer tauchten wieder auf und gaben das Zeichen, so dass Maik die Winde in Gang setzen konnte. Die Seile strafften sich und wurden langsam und gleichmäßig aufgewickelt. Plötzlich gab es einen Ruck und es ging nicht mehr weiter.

„Die Winde ist hängen geblieben", erklärte Lasse, der das Geschehen mit einem Fernglas verfolgte. „Die Netzsäge ist anscheinend zu schwer."

Sie beobachteten, wie Maik zwei Hebesäcke über Bord warf und seinen Leuten heftig gestikulierend Anweisungen gab. Das Zeitfenster war zu eng für langwierige Beratungen. Die Männer im Wasser signalisierten, dass sie verstanden hatten, und tauchten mit den Säcken wieder ab.

„So ein Hebesack kann 250 Kilogramm bewegen", erklärte Lasse. „Damit sollten sie das Ding hochbringen."

Es dauerte eine Weile, bis die beiden gelben Säcke an die Wasseroberfläche ploppten. Auf der *Odyssee* brach Jubel aus und die Männer an Deck klatschten sich ab.

„Na bitte", freute sich auch Lasse, als wäre er selbst Teil der Bergungsaktion.

Als die Taucher nach ihrer Deko-Pause wieder an Bord waren, lichtete die *Odyssee* den Anker und nahm mit der Netzsäge im Schlepp Kurs auf den Helgoländer Hafen. Die anderen Boote folgten in sicherem Abstand, um nicht versehentlich mit dem wertvollen Bergegut zu kollidieren.

Auf der Mole wartete bereits der Hafenkran auf sie. Die *Odyssee* legte direkt davor an. Einer der Taucher sprang ins Hafenbecken und befestigte die Gurte des Hebegeschirrs an der Netzsäge. Maik verließ sein Schiff und stellte sich neben Jörn Klaassen, der die Bergung des seltenen Relikts gebannt beobachtete, während sich die Journalisten in möglichst geringem Abstand in Stellung brachten und jede Bewegung auf ihre Kamera-Chips bannten.

Der Kran ruckte an und zog ein langes, gezahntes Etwas aus dem Wasser, das vollständig verrostet, mit Algen behangen und an einigen Stellen weiß verkrustet war. Vorsichtig legte der Kranführer das Relikt nach Anweisung durch Klaassen auf ein paar Bohlen ab.

Während der Museumsleiter vor Spannung fast zu platzen schien, sagte Franziska enttäuscht: „Das habe ich mir aber anders vorgestellt. Irgendwie majestätischer."

„Es ist halt nur ein Stück Stahl von einem U-Boot", wandte Lasse ein.

Der Gesichtsausdruck Jörn Klaassens machte deutlich, dass der Museumsleiter das ganz anders sah.

Sie verließen das Schiff und gingen zu Maik und dem Museumsleiter hinüber, die noch einmal Revue passieren ließen, wie sich die Bergung abgespielt hatte.

„Glückwunsch", sagte Leander. „Das ist wirklich ein eindrucksvolles neues Ausstellungsstück."

„Na ja, in zwei Jahren wird es das sein", gab sich Klaassen bescheiden. „Zuerst wird es jetzt nach Schleswig verbracht. Zur Reinigung und Konservierung."

„Und das dauert zwei Jahre?", wunderte sich Franziska.

Klaassen nickte bedauernd, versuchte aber, sich selbst aufzumuntern: „Jetzt hat die Netzsäge über hundert Jahre da unten gelegen. Da kommt es auf die zwei Jahre auch nicht mehr an. Wichtig ist, dass wir sie nun hier oben haben."

„Und sie ist erstaunlich gut in Schuss", freute sich auch Maik und streichelte fast zärtlich über eine Stelle, an der mit der Verkrustung auch der Rost abgeplatzt war und blaugrauer Stahl zum Vorschein kam.

Kapitel 43: Ein fairer Verlierer

„Morgen fahren wir zurück nach Cuxhaven", kündigte Maik an. „Unser Auftrag hier ist erledigt, und was die *Adolph Behrens* und die *HMS Explosion* angeht, sind jetzt erst mal die Behörden am Drücker. Da kommen wir nicht mehr ran."

Sie saßen in den *Mocca-Stuben* an einem großen Tisch weit ab von der Theke. Maik hatte Leander, Franziska, Pia, Lasse und Tamme eingeladen, um die Bergung der Netzsäge zu feiern. „Außerdem waren wir zusammen ja auch recht erfolgreich", hatte er noch hinzugefügt. „Auch wenn wir den großen Silberschatz nicht bergen konnten."

„Was wird denn nun aus deiner Suche nach der *Maria*?", erkundigte sich Franziska.

Für Leander schwang ein etwas zu großes Maß an Mitgefühl

in ihrer Tonlage mit. Als nagte der arme Kerl nun am Hungertuch, dachte er.

„Ach!" Maik winkte leichthin ab. „Die suche ich halt weiter, während ich meine Aufträge ausführe. Das bin ich ja inzwischen gewohnt. Alles andere wäre auch zu leicht gewesen."

„Sieh an", lobte Lasse. „Ein fairer Verlierer."

„So sehe ich mich nicht", widersprach Maik. „Wir haben zwei großartige Wracks entdeckt und ansatzweise erforscht. Außerdem haben wir etwas Silber, ein paar antike Instrumente und Gewehre gehoben. Von der Bordkanone samt Kugeln ganz zu schweigen. Das ist doch deutlich mehr als nichts. Und es ist Stoff genug für ein Buch, das ich darüber schreiben werde."

„Und nicht zu vergessen, dass wir eine noch größere Menge Drogen vernichtet haben", ergänzte Pia, die den Eindruck machte, als hätte es ihre Gehirnerschütterung nie gegeben. „Das ist für mich eigentlich der wichtigste Erfolg."

„So sehe ich das auch." Franziska hob ihr Glas und prostete Pia zu. „Das Zeug hätte wirklich großen Schaden angerichtet, wenn es auf den Markt gekommen wäre."

„In diesem Sinne!" Maik hob sein Glas. „Stoßen wir auf eine höchst erfolgreiche Mission an."

Während Leander seinem Beispiel folgte und sich beim Zuprosten im Kreis umsah, bemerkte er, dass Tamme Boysen sich nicht an der Zeremonie beteiligte, sondern direkt mit dem ihm eigenen grimmigen Blick aus seinem Bierglas trank. Alter Miesepeter, dachte Leander, aber damit lasse ich dich heute Abend nicht durchkommen. „Tamme, du Spaßbremse", sagte er und boxte dem Seehundjäger sanft an den Arm. „Was ist los mit dir? Du müsstest als ehemaliger Wasserschutzpolizist doch besonders zufrieden sein."

„Ich hätte gerne alle Verbrecher hinter Gitter gebracht", antwortete der brummig.

Maik winkte ab. „Da hätten sie den Steuerzahler nur Geld gekostet. Und der Chef der Bande ist ja lebendig gefasst. Henk van Geldern wird dir und deinen Kollegen hier so schnell keinen Ärger mehr machen. Jetzt ist die Polizei am Zug. Sie muss ihm seine Beteiligung an den Mordanschlägen auf uns eben wasserdicht nachweisen."

Tamme grunzte und presste die Lippen über seinem Bart zusammen. Dabei fixierte er Maik aus dunklen Augen, als habe er mit ihm noch eine Rechnung offen.

Franziska frotzelte leise in Leanders Richtung: „Und ich habe immer gedacht, du hättest die schwerste Déformation professionelle, die man sich vorstellen kann."

„Da kannst du mal sehen", raunte der zurück und kniff ihr ein Auge zu. Er wandte sich an Maik. „Wann legt ihr morgen ab?"

„Gegen zehn. Dann sind wir mittags in Cuxhaven. Nächste Woche habe ich einen Auftrag vor Borkum. Bis dahin will ich den Bürokram erledigt haben, der inzwischen aufgelaufen ist."

„Sehen wir uns einmal wieder?", fragte Franziska.

„Bestimmt. Wenn ich das nächste Mal vor den Nordfriesischen Inseln arbeite, mache ich einen Abstecher nach Föhr. Versprochen!" Maik zwinkerte Franziska schelmisch zu. „Oder ich komme direkt zu dir nach Amrum. Du musst mir aber versprechen, das Tauchen nicht aufzugeben."

„Versprochen." Franziska lachte und hob ihr Glas in seine Richtung.

„Vorsicht, mein Schatz", rief Leander dazwischen, „du weißt ja, dass Seeleute in jedem Hafen eine Braut haben."

Franziska hängte sich an seinen Arm. „Was meinst du, warum ich mir eine Couch-Potato wie dich ausgesucht habe."

„Mit solchen Formulierungen wäre ich an deiner Stelle aber etwas zurückhaltender", warnte Leander. „Ich kann auch wieder von meiner Couch herunterkommen und Aufträge annehmen. Schließlich halte ich mich nur deinetwegen aktuell aus Kriminalfällen heraus."

„Na, das hat ja in diesem Urlaub wunderbar geklappt!", kommentierte Pia lachend.

„An meinem letzten Abend will ich hier keine Missstimmung haben", ging Maik dazwischen und prostete noch einmal in die Runde. „Morgen um zehn im Hafen. Ich will euch alle mit weißen Taschentüchern winken sehen, wenn wir auslaufen."

„So soll es sein", sagte Lasse.

Tamme drückte sich mit den Fäusten auf der Tischplatte hoch und verkündete mit tiefer Stimme. „Ich muss noch meine Kontrollrunde drehen."

Er griff nach seinem Stock, nickte allen außer Maik zu und humpelte in Richtung Ausgang.

„Undankbarer alter Knochen", schimpfte Franziska. „Er hat sich nicht einmal für die Einladung bei dir bedankt, geschweige denn von dir verabschiedet, Maik!"

Der winkte leichthin ab. „Lass ihn. So ist er nun mal und das wird sich auch nicht mehr ändern. Ich glaube, er kommt einfach nicht damit klar, dass seine Zeit vorbei ist."

Als die Bedienung an ihrem Tisch vorbeiging, hielt er sie am Arm fest. „Min Deern, bring uns doch noch einmal eine Runde auf meinen Deckel." Dabei kreiste sein Zeigefinger einmal um den Tisch herum. „So jung kommen wir nie wieder zusammen."

Es sollte nicht die letzte Runde in dieser sehr langen Nacht bleiben.

Kapitel 44: Abschied

Pia und Franziska hatten tatsächlich weiße Taschentücher mitgebracht und teilten sie nun lachend aus, als die *Odyssee* ablegte. Das Schiff steuerte an ihnen vorbei auf die Hafenausfahrt zu. Einer der Taucher stand am Ruder, zwei holten die Leinen ein. Maik stand an der Reling und winkte seinen Freunden zu. Die schwenkten nun unisono ihre Taschentücher.

„Wenn jetzt noch Freddy Quinn aus einem Lautsprecher dröhnt, fange ich an zu flennen!", rief Maik zu ihnen hinüber.

Selbst Leander spürte einen Kloß im Hals. Nach vielen Jahren der Trennung hatte er in den letzten Tagen ein sehr intensives Wiedersehen mit seinem alten Freund erlebt. Er nahm sich fest vor, den Kontakt nicht wieder abreißen zu lassen.

Tamme Boysen stand plötzlich an seiner Seite und blickte dem Schiff finster nach. „Jetzt mach nicht so ein Gesicht, Tamme", schalt Leander den alten Mann. „Maik ist einer von uns Guten, das hat er in den letzten Tagen ja wohl bewiesen."

Tamme hielt Leanders Blick stand, ohne eine Miene zu verziehen. Dann drehte er sich wortlos um, humpelte in Richtung Promenade und zog dabei sein Handy aus der Hosentasche. Leander sah noch, wie der Seehundjäger grimmig mit jemandem telefonierte, bevor er hinter dem Fährgebäude verschwand.

Franziska schüttelte missbilligend den Kopf. „Hoffentlich wirst du im Alter nicht auch so."

„Keine Angst", beruhigte Leander sie. „Du würdest niemals zulassen, dass es so weit kommt."

Als die *Odyssee* nun südlich der Düne verschwand, wandten sie sich ebenfalls der Promenade zu.

„Werden euch die nächsten zwei Wochen auf der Düne nicht zu langweilig werden?", fragte Lasse. „Ich meine, nach so einem Abenteuer fallt ihr jetzt doch bestimmt in ein tiefes Loch."

„Ich werde die Ruhe genießen", widersprach Franziska. „Keine Einbrüche in unseren Bungalow, keine nächtlichen Überfälle, keine Kämpfe unter Wasser auf Leben und Tod."

„Richtig!", ergänzte Leander und legte den Arm um seine Freundin. „Nur die Sonne, der Strand, die Robben und wir zwei."

Kapitel 45: Der letzte Akt

Franziska hatte gerade eine Flasche Rosé geöffnet, als es an der Tür des Bungalows klopfte. Erstaunt blickte sie Leander an, der seinerseits auf die Uhr sah: 22 Uhr 17. Definitiv zu spät für uneingeladenen Besuch.

Er ging zur Tür und sah sich dem bärtigen Gesicht Tamme Boysens gegenüber, das wie üblich von keinerlei Ansatz eines Lächelns entstellt wurde. „Ich dachte, ihr solltet dabei sein", brummte der Seehundjäger und machte auf dem Absatz kehrt.

Leander und Franziska tauschten erstaunte Blicke, waren sich aber wortlos einig darüber, dass es sich um etwas Wichtiges handeln musste, wenn der alte Mann sie um diese Zeit abholte. Franziska stellte die Flasche ab, griff nach ihrer Jacke und trat an Leander vorbei ins Freie. Der schloss die Tür hinter sich und folgte ihr und Tamme in Richtung Hafen.

Am Anleger wartete die *Bürgermeister Brauer* mit laufenden Maschinen auf sie. Tamme kletterte an Bord, half Franziska hinauf und machte dann Platz für Leander. Vier mit Maschinengewehren ausgestattete Beamte standen an der Reling. Das Schiff legte direkt ab, verließ den Dünenhafen und nahm deutlich Fahrt auf, als es durch die Reede in Richtung offene See steuerte. Es nahm offensichtlich Kurs auf die Tauchgründe an der *Adolph Behrens*. In diesem Moment versank der Sonnenball hinter der Langen Anna im Meer und färbte die Wolkenschleier am Himmel blutrot.

„Was soll das?", fragte Leander Tamme. „Wieso fahren wir da raus?"

„Ich habe mit Cuxhaven telefoniert, als Maik mit seiner Mannschaft ausgelaufen ist", antwortete der Seehundjäger. „Ein früherer Kollege dort sollte mir Bescheid geben, wenn die *Odyssee* einläuft."

„Und?"

„Sie ist niemals angekommen."

Leander verstand nicht, was Tamme damit sagen wollte. „Dann ist Maik halt nach Wilhelmshafen oder sonst wohin gefahren."

Tamme schüttelte den Kopf. „Der ist nirgendwohin gefahren."

„Verdammt, Tamme, was willst du damit sagen?"

„Wenn ich Recht habe, werden wir Maik und seine Männer gleich draußen am Wrack der *Adolph Behrens* aufgreifen."

„Unsinn! Warum sollte er noch hier sein?"

„Seine Suche nach der *Maria*", erklärte Tamme. „Das ist zur Obsession geworden. Und nachdem sein Traum von dem Schatz der *Explosion* geplatzt ist, hat er beschlossen, sich die nächsten Jahre durch die Drogen finanzieren zu lassen."

„Von welchen Drogen redest du?"

„Das Pervitin."

„Unsinn, das hat er doch gesprengt!"

Tamme sah ihn unter zusammengekniffenen Augenbrauen an. „Hast du dich eigentlich nicht gefragt, warum die Holländer euch angegriffen haben? Ihr hattet doch einen Deal mit ihnen."

„Die werden Angst gehabt haben, dass wir uns nicht an die Absprachen halten. Was ist außerdem mit Jörn Klaassen? Der wusste auch von dem Pervitin. Vielleicht steckte er mit den Holländern unter einer Decke."

Tamme schüttelte den Kopf. „Jörn hat mich gleich kontaktiert, als du ihm das erste Tablettenröhrchen gebracht hast und ihm klar wurde, worum es sich dabei handelte. Er hatte Angst, dass die Bergung der Netzsäge sich erneut verschiebt, wenn er offiziell die Polizei einschaltet. Deshalb hat er mich um Rat gefragt. Ich hatte die Holländer und euch die ganze Zeit über im Blick, also haben wir vereinbart, dass wir erst nach der Bergung der Netzsäge offiziell zu meinen Kollegen gehen."

Leander brauchte einige Zeit, um das zu verarbeiten.

Tamme merkte offenbar, dass er noch nicht überzeugt war, und fuhr fort: „Außerdem hat es nicht nur den Deal gegeben, von dem du weißt. Ich habe Maik und Henk auf dem Oberland belauscht. Ich habe zwar nicht alles mitbekommen, aber ich kann eins und eins zusammenzählen. Die haben ein Geschäft miteinander gemacht. Maik hat Henk vorgeschlagen, das Pervitin zu bergen, damit die Holländer es dann über ihre Kanäle verkaufen können. Das hat Henk heute Nachmittag auch bei den Kollegen ausgesagt. Den Erlös wollten sie teilen. Anders als du hat Henk Maik aber nicht getraut und euch unter Dauerbeobachtung gestellt. Er hat geahnt, dass Maik auf eigene Rechnung arbeitet. Deshalb hat er seine Kontakte aktiviert und erfahren, dass jemand gerade eine große Menge Pervitin auf dem Markt angeboten hat. Welch ein Zufall, was?"

„Das kann ich nicht glauben!", fuhr Leander den Seehundjäger an und suchte Blickkontakt und Unterstützung bei Franziska, aber die stand mit zusammengekniffenen Lippen an seiner Seite und starrte hinaus aufs Meer. „Ich kenne Maik", fuhr er fort. „Der würde niemals mit Drogen handeln, nur um seine Geschäfte zu finanzieren. Außerdem warst du doch dabei, als er das Pervitin gesprengt hat."

„Fake", entgegnete Tamme unbeeindruckt und deutete vor sich auf das Meer. „Aber danach kannst du ihn gleich selbst fragen."

Vor ihnen lag die *Odyssee* vor Anker. An Bord war niemand zu sehen. Die *Bürgermeister Brauer* drosselte ihre Geschwindigkeit und legte sich sanft an die Seite des Schiffes. Sofort sprangen die bewaffneten Polizisten über die Reling an Deck.

Tamme wollte folgen und auch Leander und Franziska waren dicht hinter ihm, aber der Einsatzleiter hielt sie zurück: „Tut mir leid, Tamme, bis hierher und nicht weiter! Zivilisten haben bei einem Polizeieinsatz aus Sicherheitsgründen nichts verloren, und das weißt du auch." Als Tamme widersprechen wollte, wurde sein Tonfall noch energischer. „Du weißt, wie sehr ich dir entgegengekommen bin, als ich dich und deine Freunde an Bord genommen habe!"

Der Seehundjäger nickte widerstrebend und warf Leander und Franziska einen wütenden Blick zu, als hätte er ohne deren Anwesenheit garantiert an dem Einsatz teilnehmen dürfen.

Während sie sich auf Anweisung des Steuermanns in den Schutz des Ruderhauses hockten, ging die *Bürgermeister Brauer* wieder auf Abstand zur *Odyssee*, damit die Taucher nicht schon beim Auftauchen von dem zweiten Kiel über ihren Köpfen gewarnt wurden. Allerdings bekamen sie Ferngläser, mit denen sie das Geschehen wenigstens aus der Entfernung verfolgen konnten.

Sie mussten fast eine halbe Stunde warten, bis plötzlich in kurzer Folge eine große Zahl an Hebesäcken an die Wasseroberfläche ploppte. Kurz darauf folgten Maik und seine Männer. Sie schwammen zur Leiter und kletterten an Bord. Kaum hatten sie ihre Tauchgeräte abgelegt, begannen sie auch schon damit, die Säcke mit Bootshaken heranzuziehen und mit vereinten Kräften die Kisten an Deck zu hieven, die darauf befestigt waren. Dabei waren sie so in ihre Arbeit vertieft, dass sie das Schiff der Wasserschutzpolizei ein paar Hundert Meter entfernt nicht bemerkten. Die versteckten Polizisten ließen das geschehen und warteten offenbar auf ihren Zugriffsbefehl.

Als die Taucher die letzte Kiste an Bord gezogen hatten, brach großer Jubel aus. Obwohl sie stehend k.o. sein mussten, tanzten sie in ihren Taucheranzügen nun umeinander und klatschten sich gegenseitig ab.

Das war der Moment, in dem die Beamten ihren Zugriffsbefehl bekamen. Mit vorgehaltenen Maschinengewehren traten sie aus der Deckung. Augenblicklich erstarrten die Männer und blickten schockiert auf die Beamten, die so plötzlich wie aus dem Nichts aufgetaucht waren. Maik war der Erste, der sich wieder fing und seinen Leuten das Zeichen gab, keinen Widerstand zu leisten. Sie wechselten unsichere Blicke und knieten sich schließlich mit erhobenen Händen auf die Planken. Maik hob ebenfalls die Hände, blieb aber stehen.

Der Einsatzleiter sprach in sein Funkgerät, woraufhin der Steuermann die *Bürgermeister Brauer* wieder an die Seite der *Odyssee* brachte. Die Polizeibeamten führten die Wracktaucher an Deck des Polizeischiffs.

Nun trat Leander dicht gefolgt von Tamme aus dem Schutz des Ruderhauses und stellte sich direkt vor den Mann, den er für seinen Freund gehalten hatte.

„Warum?", fragte er tonlos.

„Die *Maria*." Maik zuckte mit den Schultern. „Ich hätte es mir nie verziehen, wenn ich die Chance nicht ergriffen hätte." Dabei machte er ein Gesicht, als sei er bei einer lässlichen, kleinen Sünde ertappt worden.

„Und dafür verkaufst du sogar Drogen? Nimmst in Kauf, dass das Zeug demnächst auf Schulhöfen gedealt wird? In Discos und Jugendclubs?" Leander schüttelte den Kopf. „Ich dachte, ich würde dich kennen."

Maik lachte auf. „Du warst immer schon ein Sozialromantiker. Aber ich kann dich beruhigen: Von dem Pervitin wäre nichts auf Schulhöfen oder in Clubs gelandet. Hast du eine Ahnung, was das Zeug in Nazikreisen wert ist? Das ist nicht einfach nur Cristal, das ist Pervitin! Hermann-Göring-Pillen! Damit haben unsere Großväter Frankreich erobert!" Maiks Stimme wurde immer lauter, je mehr er sich in Begeisterung redete. „Und was das Beste ist: Die Dinger sind auch noch originalverpackt. Sie stammen aus einem historischen Wrack und waren für die Invasion Englands bestimmt! Die Echtheit kann man über die Chargen-Nummern in den Unterlagen der Temmler-Werke nachweisen. Weißt du, was das heißt? Historische Reliquien mit Herkunftsnachweis! Die alten und neuen Nazis hätten uns das Zeug zu Mondpreisen aus den Händen gerissen! Und all die Militaria-Sammler!"

„Und wenn es nicht einfach nur in Vitrinen bekloppter Sammler landet, sondern bei den Arschlöchern, die auf ihren nationalen Treffen vom Vierten Reich träumen? Die dann vielleicht mit den Drogen ihrer Großväter und Urgroßväter deren Krieg weiterführen? Flüchtlingsheime überfallen? Völlig hemmungslos Menschen töten? Frauen und Kinder bei lebendigem Leib verbrennen? Willst du dafür die Verantwortung tragen?"

Maik zuckte mit den Schultern, als wollte er sagen: Beim Hobeln fallen Späne. Stattdessen senkte er den Kopf und murmelte: „Jetzt muss die *Maria* halt ein paar Jahre länger warten. Aber finden werde ich sie. Irgendwann."

„Du bist wirklich besessen, Maik", entgegnete Leander, wandte sich ab und ging zu Franziska hinüber, die ihn mit traurigen Augen ansah.

Kapitel 46: Zu viel Kitsch

Leander verließ die Dünenfähre und ging nachdenklich die Schräge am Anleger hoch. Er hatte zwar auch nicht dabei sein dürfen, als die Beamten der Wasserschutzpolizei Maik vernommen hatten, aber Tamme, der sich diesmal nicht hatte abweisen lassen, hatte ihm von dessen gleichgültiger Offenheit berichtet, und das hing ihm nun nach.

Der Wracktaucher hatte alle Fragen freimütig beantwortet wie jemand, der gespielt und verloren hatte, dem es aber nicht leidtat, derart ins Risiko gegangen zu sein. Im Gegenteil, er strahlte laut Tamme mit jeder Pore aus, dass er jederzeit wieder so handeln würde, wenn er eine Chance für sich sah. Leander hatte das Gefühl, es wäre von einem vollkommen fremden Menschen die Rede. Der Maik Gröning, den er gestern bei seiner Festnahme erlebt und von dem Tamme nun berichtet hatte, war mit seinem Jugendfreund nicht in Einklang zu bringen. Oder sollte Leander sich damals so in ihm getäuscht haben?

Maiks Umgang mit den Joints am Marinestützpunkt und die

abgebrühte Art, wie er Leander damals den Hintern gerettet hatte, kam ihm wieder in den Sinn. Aber so kaltblütig das in der Rückschau auch aussehen mochte: Es war in keiner Weise damit zu vergleichen, was Maik nun zu verantworten hatte. Wegen seiner Gier nach dem Gold der *Maria* waren Menschen gestorben und fast wären auch noch gefährliche Drogen in Umlauf gekommen. Nein, fand Leander, dazu wäre sein Jugendfreund nicht fähig gewesen. Damals hatte er noch auf der richtigen Seite des Gesetzes gestanden. Jugendsünden hin oder her. Oder waren sie doch der Startpunkt für all das gewesen, was nun seinen Höhepunkt gefunden hatte?

Leander nahm direkt den Weg zum Nordstrand. Er hatte Franziska beim Betreten der Dünenfähre im Helgoländer Hafen angerufen und sich bei den Kegelrobben mit ihr verabredet. Sie stand am Rand der Dünen, oberhalb der Raubtiere, die sich am Spülsaum aneinanderdrängten, und blickte über die sanfte Dünung aufs Meer hinaus, als Leander neben sie trat. Wortlos stellte er sich an ihre Seite.

Sie sah ihn vorsichtig an und verstand sofort. „Du hast Maik über 20 Jahre lang nicht wiedergesehen, aber den Freund hast du erst jetzt verloren."

Leander blickte sie fasziniert von der Seite an. Da tauchte er in einem der gefährlichsten Meere der Welt nach Schätzen, dabei hatte er den größten Schatz schon längst an seiner Seite. Während er noch überlegte, ob dies jetzt nicht eine ideale Gelegenheit wäre, Franziskas Bedürfnis nach Liebesbezeugungen zu stillen, indem er diesen Gedanken aussprach, schüttelte sie leicht den Kopf.

„Sag es nicht. Erstens passt so etwas nicht zu dir und zweitens wäre es selbst mir zu kitschig."

Leander schluckte schwer. Es war schon nicht so ganz einfach mit einer Frau, die seine Gedanken lesen konnte, während er das

Gefühl hatte, ihre Bedürfnisse ständig falsch einzuschätzen. „Ich habe ihn heute nicht wiedererkannt", wechselte er sicherheitshalber das Thema.

„Hast du wenigstens ein paar Antworten bekommen?"

„Das schon."

Franziska wartete auf einen Bericht, aber Leander wusste nicht, wo er anfangen sollte. Also schwieg er. „Wieso ist das Pervitin nicht zerstört worden?", fragte sie schließlich. „Wir haben doch die gewaltige Explosion selbst miterlebt."

„Als ich da unten an den Wracks angegriffen worden bin, hat Maik die Sprengladung an den leeren Kisten vor der Felskante angebracht. Der Taucher, der Maik gefolgt ist, musste davon ausgehen, dass sich hier unser Depot befunden hat. Die Explosion, die er ausgelöst hat, indem er in die Sprengfalle geraten ist, hat ihn sein Leben gekostet, aber das Pervitin nicht zerstört. Die Druckwelle ist von den Felsen in Richtung der Wracks abgelenkt worden. Dem Depot ist nichts passiert, außer dass vielleicht ein paar Felsbrocken darauf gefallen sind."

„Und die Wracks? Hat Maik tatsächlich diese Denkmäler zerstört?"

Leander schüttelte den Kopf. „Sie waren weit genug entfernt und sind schlimmstenfalls mit Sand zugeschwemmt worden. Die Unterwasserarchäologen wissen ja, wo sie sich befinden, und werden sie wieder freilegen. Maik muss das von Anfang an so geplant haben. Und die nötige Expertise als Sprengmeister hat er ja auch. Meine Güte, was hat der uns verarscht!"

„Er ist besessen", sagte Franziska. „Und ihm ist offenbar jedes Mittel recht. Auch wenn er dafür alte Freunde opfern muss."

Dieser letzte Gedanke war es, der Leander am meisten zu schaffen machte: Maik hatte billigend in Kauf genommen, dass sie alle bei der Sache draufgehen würden. Nicht nur er, der Jugendfreund Henning Leander, sondern auch Lasse und – was Leander nun besonders zu schaffen machte – Pia und Franziska.

Schweigend standen sie da und schauten über die massigen dunklen Körper der Kegelrobben hinweg hinaus aufs Meer. Dorthin, wo die Wracks der *Adolph Behrens* und der *HMS Explosion* lagen und zahlreiche ertrunkene Seeleute, derer man sich erinnern sollte.

„Was glaubst du, Henning", fragte Franziska schließlich. „Wie viele Schätze liegen wohl noch da draußen auf dem Meeresgrund?"

Leander zog langsam die Schultern hoch und ließ sie wieder sinken. „Das werden wir wohl nie erfahren. Nur wenn irgendwelche Schatztaucher etwas finden und öffentlich machen, werden wir davon hören."

„Schatztaucher wie wir", sagte Franziska und lachte leise. „Wenn dies ein Film wäre, würde ich nun im Licht der untergehenden Sonne irgendetwas ins Meer werfen. Etwas, das wir bei den Wracks gefunden haben und nun dem Meer zurückgeben. Eine der Münzen vielleicht. Die Kamera würde ihr folgen, wie sie absinkt und unten am Grund des Meeres auf einer Holzkiste liegen bleibt, die ein ganz klein wenig aus dem Sand ragt und über die gerade ein großer blauer Hummer hinwegklettert. Und dann würde ein kleiner Sonnenstrahl in die Tiefe vordringen und einen Schatz aufblitzen lassen, der daraus hervorquillt."

Leander nickte schmunzelnd. Diese Szene konnte er sich sehr gut vorstellen. „Verdammt kitschig, findest du nicht?", wandte er ein. „Aber irgendwie auch das perfekte Happy End."

In absoluter Gewissheit, dass sie sich selten so nah waren wie in diesem Moment, legte er den Arm um Franziska. Die wand sich jedoch darunter hindurch und stellte sich vor ihn.

„Moment, mein Lieber! So leicht kommst du mir nicht davon."
Sie kniff die Augenbrauen zusammen und funkelte ihn düster
an. „Mit dir habe ich nämlich noch ein Hühnchen zu rupfen."

„Weshalb?", entgegnete Leander erschrocken, da er sich überhaupt keiner Schuld bewusst war.

Franziska stemmte theatralisch die Fäuste in die Hüften. „Hat-
test du mir nicht einen Sommer ohne Leichen versprochen?"

Leander hob abwehrend die Hände und erwiderte betont ent-
rüstet: „Also bitte, das ist nicht fair. Wer spießt denn hier wahrlos
Leute mit Bootshaken auf und schickt sie über die Reling? Du
kannst mich doch nicht für deine Leichen verantwortlich machen!"

ENDE

Anhang: Zum Verhältnis von Fiktion und Realität

Dies ist ein Roman. Das heißt, dass wesentliche Teile der Handlung fiktiv sind und der Fantasie des Autors entspringen. Der Hintergrund seiner Geschichte jedoch orientiert sich an Tatsachen und historischen Ereignissen, die im Folgenden kurz ausgeleuchtet werden sollen.

1. Historische Daten und fiktionale Freiheiten

Grundsätzlich gilt: Die historischen Daten in diesem Roman entsprechen der Realität.

Helgoland war von 1807 bis 1890 britische Kronkolonie. Zu Zeiten der Napoleonischen Kriege übernahm die Insel sogar die Funktion Hamburgs als Überseehafen. Wie im Roman geschildert, liefen bis zu 400 Schiffe täglich den Felsen an, lieferten ihre Kolonialwaren bei den Außenhandelsposten der Hamburger Kaufleute ab und nahmen Agrarprodukte an Bord. Von Helgoland aus wurden die Kolonialwaren dann durch die Kontinentalsperre zum Festland geschmuggelt.

Die im Roman in diesem Zusammenhang angeführte *HMS Explosion* war ein englisches Handelsschiff, das von Unterwasserarchäologen nach wie vor gesucht wird. Teile des Rumpfes wurden im Laufe der letzten Jahre auf der Düne angespült, und auch Kanonen, die dem Segelschiff zugeschrieben werden, hat man auf dem Grund der Nordsee nahe Helgoland gefunden. Alle weiteren Zuschreibungen als Schatzschiff, ihre Lage im Meer und insbesondere die Tauchgänge zu ihrem Wrack sind frei erfunden. Dass in dem Namen des Schiffes schon *Explosion* enthalten ist, die Maik Gröning in dem Roman auslöst, habe ich zugunsten größtmöglicher Realitätsnähe in Kauf genommen.

Am 1. Juli 1890 wurde Helgoland im Zuge eines Tausches gegen Sansibar dem Deutschen Reich zugeschlagen. Der Vorteil aus Sicht Großbritanniens war die Erweiterung der afrikanischen Kolonien um einen Vorposten in Ostafrika. Für das Deutsche Reich war hingegen Helgoland von Interesse, da der Nord-Ostsee-Kanal zu dem Zeitpunkt ausgebaut wurde und als Verbindung zwischen Nord- und Ostsee für Handels- und Kriegsschiffe dienen sollte. Wäre Helgoland weiterhin britisch gewesen, hätte England im Kriegsfall einen strategisch wichtigen Vorposten in Reichweite genau dieses Kanals besessen.

Von nun an begann eine wechselvolle Geschichte, in der die Insel mal zu militärischen Zwecken, mal als Seebad genutzt wurde. Kaiser Wilhelm II. ließ die Insel zu einem Marinestützpunkt und im weiteren Verlauf zu einer Seefestung ausbauen. Das führte zu einem Rückgang der Gästezahlen. Im Jahre 1900 wurde auf Helgoland das erste deutsche Seebad eingerichtet, in dem Männer und Frauen gemeinsam baden durften. Der nun folgende Anstieg der Gästezahlen wurde ab 1908 jedoch erneut gebremst, weil die Marine den Bereich des Südhafens für sich beanspruchte und aufwändig ausbaute.

Im Ersten Weltkrieg wurde die 2. U-Boot-Flottille auf Helgoland stationiert, was mehrere starke Seegefechte vor dem Felsen zur Folge hatte. Wracks untergegangener U-Boote und Kriegsschiffe aus dieser Zeit finden sich zahlreich in der Deutschen Bucht – so auch das Wrack der *UC-71*, deren Netzsäge von Wracktauchern und Unterwasser-Archäologen 2016 für das Helgoland-Museum geborgen wurde. Diese Bergung schildere ich im Roman so, wie sie mir vor Ort berichtet wurde. Diese Netzsäge ist inzwischen in restauriertem Zustand in dem neuen Bunkerstollen am Fahrstuhl ausgestellt, den Franziska im Roman besucht. In dem engen Gang wirkt sie sehr eindrucksvoll.

Während nach dem Ersten Weltkrieg die Engländer den Felsen besetzt hielten und das Kriegsgerät abbauten, versuchten die Helgoländer, wieder britisch zu werden. Das scheiterte jedoch daran, dass die Briten den Felsen nicht zurückhaben wollten. Auch Dänemark hatte kein Interesse und so blieb die Insel deutsch.

In der nationalsozialistischen Diktatur wurden ab 1935 die militärischen Anlagen wiederaufgebaut und verstärkt. Die Maßnahmen liefen unter dem Decknamen *Projekt Hummerschere*. Ziel war es, mit Hilfe eines Marinestützpunktes Helgoland für den geplanten Krieg zu einem Vorposten in der Deutschen Bucht auszubauen. Bereits 1939 zog dieses strategisch wichtige maritime Ziel die alliierten Bomber auf sich. Im Zuge einer gestiegenen Bedeutung der Luftwaffe für die Kriegsführung verloren aber bald sowohl die deutsche Marine als auch die Briten ihr Interesse an Helgoland. Entsprechend ließen die Bombardierungen nach und auch das *Projekt Hummerschere* wurde 1941 eingestellt.

Erst als die deutschen Invasionspläne gegen England immer wieder verschoben wurden und schließlich die Gefahr einer Invasion durch alliierte Truppen auf dem Seeweg drohte, bekam Helgoland für kurze Zeit eine neue Funktion als Teil des Atlantik-Walls.

Die *Adolph Behrens*, deren Untergang im Prolog beschrieben ist und deren Wrack im Verlauf der Handlung eine zentrale Rolle spielt, ist eine Erfindung des Autors. Sie hat aber reale Vorbilder: die zu Hilfskreuzern umgebauten Handelsschiffe, von denen tatsächlich zehn im Einsatz waren und die auf die im Roman dargestellte Weise genutzt wurden.

Die Schilderung der Bombardements am 18. und 19. April 1945 ist durch Zeugenberichte abgesichert. Über Helgoland warfen etwa 1000 Bomber innerhalb von 104 Minuten in drei Wellen 7000 Spreng- und Zeitzünder-Bomben auf Felsen und Düne ab. Fast alle Häuser des Unterlandes und zwei Drittel der Gebäude auf dem Oberland wurden dem Erdboden gleichgemacht. Die Stromversorgung und sämtliche Versorgungseinrichtungen für Wasser und Abwasser wurden zerstört.

Am zweiten Tag wurden die Bombardements von 36 viermotorigen *Lancastern* abgeschlossen. Sie ließen Spezialbomben mit der Bezeichnung *Tallboy* auf den Felsen regnen, die sich zehn Meter in die Tiefe fraßen, bevor sie explodierten, und ein künstliches Erdbeben auslösten. Was bisher noch gestanden hatte, fiel nun endgültig in sich zusammen.

Am 20. April 1945 wurde die Bevölkerung von der Insel evakuiert. Die *Festung Helgoland* war gefallen.

Eine sehr detaillierte und atmosphärisch dichte Darstellung der Bombardements findet sich in dem Buch „Helgoland Band I. Erinnerungen, Tatsachen, Dokumente aus der Zeit von 1933 bis Mai 1945" von Benno Krebs.

2. Pervitin

Tom Brodersen berichtet in meinem Roman ausführlich über den Drogenkonsum und -missbrauch im Dritten Reich. Seine Kenntnisse entstammen dem aktuellen Forschungsstand. Eine besonders ausführliche Schilderung des *Volkes unter Drogen* findet sich in dem Buch „Der totale Rausch" von Norman Ohler.

Alles, was in dem Roman über die Verbreitung in der Bevölkerung und den bewussten Einsatz von Pervitin in den militärischen und paramilitärischen Verbänden im NS-Regime beschrieben wurde, entspricht ebenso der Realität wie die Bezeichnungen, die diesen Pillen in der Bevölkerung gegeben wurden: Hermann-Göring-Pillen, Panzerschokolade oder Hausfrauen-Pralinen. Die von den Temmler-Werken bei Berlin hergestellte Droge wurde in großem Stil bei den sogenannten Blitzkriegen eingesetzt und führte zu einer schnellen Abhängigkeit der Soldaten. Von Heinrich Böll zum Beispiel sind Feldpostbriefe erhalten, in denen er seine Familie dringlichst um Zusendung von Pervitin bat, da er drogenabhängig war und ohne das *Crystal-Meth* die Einsätze nicht hätte überstehen können.

Dass die Droge Pervitin in unglaublichen Mengen zu den Kriegseinsatzorten transportiert werden musste, ist eine logische Konsequenz. Frei erfunden hingegen ist die Schiffsladung dieser Droge, die in dem Roman eine zentrale Rolle spielt und sich auf der fiktiven *Adolph Behrens* befunden haben soll. Dass sie für die Invasion gegen England zunächst in Belgien gestrandet und dann nach Helgoland umgeleitet worden ist, dient allein der logischen Begründung für den Handlungsort des Romans.

3. Wracktaucher und Wrackplünderer

Der im Roman handelnde Taucher Maik Gröning hat ein reales Vorbild: Andi Peters, der mit seinem Team ein abenteuerliches Leben als Wracktaucher führt. Seine Einsätze und Erlebnisse schildert er in mehreren Veröffentlichungen, darunter die zur UC-71, deren Netzsäge er geborgen hat. Der größte Lebenstraum von Andi Peters ist das Aufspüren des Schatzschiffes *Maria*, von dessen Existenz er felsenfest überzeugt ist. Natürlich würde er dafür niemals gegen Gesetze verstoßen oder gar das Leben anderer Menschen in Gefahr bringen.

Die von Maik angeführte Rechtslage für Tauchgänge zu den Wracks am Grund der Nordsee entspricht dem aktuellen Sachstand. Wracks aus den beiden Weltkriegen gelten als Seekriegsgräber und stellen zudem geschützte Denkmäler dar, deren Plünderung und Beschädigung verboten sind.

Damit kommt das Duikteam van Geldern ins Spiel, das leider ebenfalls ein reales Vorbild hat. Ein aus Holland stammendes Team aus Hobbytauchern gerät immer wieder mit dem in Deutschland geltenden Recht in Konflikt, weil es rücksichtslos Wracks plündert, die Plünderungen filmt, die Filme zum Beispiel bei YouTube veröffentlicht und die Beute im Internet zum Verkauf anbietet oder in einem eigenen kleinen Museum ausstellt.

Insofern knüpft der Kampf zwischen offiziellen Wracktauchern mit Genehmigungen und holländischen Wrackplünderern durchaus auch an der Realität an. Dabei sei an dieser Stelle aber ausdrücklich noch einmal darauf hingewiesen, dass allein diese Sachlage auf der Basis von Fakten geschildert wird, die Figuren jedoch von mir frei konstruiert sind und keinerlei beabsichtigte Ähnlichkeit mit lebenden oder verstorbenen Personen besitzen.

Danke!

So ein Roman ist natürlich in erster Linie das Werk des über einen längeren Zeitraum einsam vor sich hin schreibenden Autors. Auch die Recherchen im Internet und in der Literatur nimmt ihm niemand ab. Allerdings finden meine Recherchen zu nicht unerheblichen Teilen auch am Ort der Handlung statt, in diesem Fall auf Helgoland. Und dorthin muss ich nicht allein reisen.

Ich danke meiner Frau für ihre Engelsgeduld, wenn ich kostbare Urlaubszeit in Museen, Bibliotheken und nicht zuletzt am Laptop verbringe. Zum Glück bietet Helgoland zur Überbrückung aber auch jede Menge faszinierende Ausblicke auf Basstölpel und Kegelrobben und nicht zuletzt die wunderschöne Düne mit ihren Stränden und roten Feuersteinen.

Bedanken möchte ich mich auch bei meinen schriftstellerisch mordenden Kolleginnen Maren Graf, Andrea Gehlen, Petra Göbel und Kathrin Heinrichs. Sie werden niemals müde, sich unter Zuhilfenahme anregender Speisen und Getränke meine Plot-Entwürfe anzuhören und sie kritisch-konstruktiv mit mir zu korrigieren und zu verfeinern. Was wäre ich ohne Menschen mit derart krimineller Expertise?

Ein herzlicher Dank geht auch an Kim Scheider und Michael Stoffers: Kim organisiert mit unfassbar viel Herzblut und Engagement jedes Jahr in den Osterferien das Helgoländer Lesefestival, an dem ich von Anfang an mit meinen Romanen und Geschichten teilnehmen durfte. Gerade diese Kontakte und Aufenthalte liefern mir immer wieder Ideen und Hintergründe für Romane und Kurzkrimis, die nur auf Deutschlands einziger und einzigartiger Hochseeinsel spielen können.

Und Michael, den ich aus genau diesem Anlass jährlich wiedertreffe, ist quasi mein Vorposten auf dem Felsen. Er wohnt dort zusammen mit seiner Freundin Anne und schreibt selbst wunderbare Bücher. Brauche ich dringend eine Information oder ein Fachbuch, das es nur dort gibt (wie das von Benno Krebs zum Beispiel), springt er umgehend unterstützend ein.

Ein zentraler Anlaufpunkt für all meine Fragen ist auch Jürgen Huß von der Buchhandlung Bu-Bu in Wyk auf Föhr. Sein Wissen, seine Erinnerungen und nicht zuletzt sein Fundus im Keller unter dem Laden stehen mir jederzeit zur Verfügung. Ihm kann ich für seine jahrelange Unterstützung gar nicht genug danken.

Ein Manuskript wird ohne Verlag nie zum Buch. „Leander und der Rausch der Tiefe" ist nach ein paar Kurzkrimis mein erster Roman, der im Prolibris Verlag erscheint. Ich danke meinem Verleger Rolf Wagner für sein Vertrauen und seine Unterstützung und meiner Lektorin Anette Kleszcz-Wagner für ihre unnachgiebigen und dabei immer feinfühligen Versuche, meine Arbeitsergebnisse noch ein Stück besser zu machen, als sie es ohne ihre Expertise und ihr Einfühlungsvermögen wären.

Und dann sind da noch Tausende Leserinnen und Leser, die Henning Leander seit vielen Jahren treu sind. Ich freue mich immer über Feedback und konstruktive Kritik, die man über meine Homepage loswerden kann. Dort finden sich auch Kurzvorstellungen, Hintergründe, Rezepte aus *Mephistos Biergarten* und Fotos von den Handlungsorten: www.breuer-krimi.de.

Euch und Ihnen allen ein herzliches Dankeschön!

Thomas Breuer im Juli 2023

Inselkrimis aus dem Prolibris Verlag

Amrum

Volker Streiter, Mörderische Nachsaison
ISBN 978-3-935263-95-5

Volker Streiter, Grab ohne Meerblick
ISBN 978-3-95475-007-8

Volker Streiter, Das Geheimnis des Strandvogts
ISBN 978-3-95475-096-2

Fehmarn

Meike Messal, Düsterstrand
ISBN 978-3-95475-205-8

Meike Messal, Klippenfall
ISBN 78-3-95475-228-7

Meike Messal, Dünenschrei
ISBN 978-3-95475-245-4

Föhr

Doris Oetting, Die Föhr-Affaire
ISBN 978-3-95475-239-3

Doris Oetting, Das Föhr-Geheimnis
ISBN 978-3-95475-247-8

Und viele weitere finden Sie
im Buchhandel auf Ihrer Lieblingsinsel und auf
www.prolibris-verlag.de